KB061973

장정일

삼국지

3

장정일 삼국지 3

저자   장정일

1판 1쇄 인쇄   2004. 11. 17.
1판 5쇄 발행   2005. 1 . 10.

발행처   김영사
발행인   박은주

등록번호   제406-2003-036호
등록일자   1979. 5. 17.

경기도 파주시 교하읍 문발리 출판단지 514- 2 우편번호 413- 834
마케팅부 031)955-3100, 편집부 031)955-3250, 팩시밀리 031)955-3111

글 ⓒ 2004, 장정일 · 그림 ⓒ 2004, 김태권
이 책의 글과 그림의 저작권은 각각의 저작권자에게 있습니다. 서면에 의한
저작권자와 출판사의 허락없이 내용의 일부를 인용하거나 발췌하는 것을 금합니다.

값은 표지에 있습니다.

ISBN 89-349-1542-0 04820
        89-349-1539-0(전10권)

독자의견 전화   02)741-1990
홈페이지   http://www.gimmyoung.com
이메일   bestbook@gimmyoung.com

좋은 독자가 좋은 책을 만듭니다.
김영사는 독자 여러분의 의견에 항상 귀 기울이고 있습니다.

장정일

삼국지

3

관도대전
官渡大戰

김영사

[등장인물]

가후 賈詡
동탁의 모사였다가 이각·곽사의 군사, 장수의 세객을 거친 뒤 조조에게 귀순해 주요 참모가 된다. 그가 이렇듯 주인을 자주 바꾸면서도 조조에게 중용된 것은 그에게 탁월한 능력과 극도의 자기 절제라는 품성이 있었기 때문이다. 진수의 정사 『삼국지』에는 "천하의 지혜를 논하려고 하는 자는 가후에게로 온다"고 적혀 있다.

길평 吉平
조조를 죽이려고 했던 한황실의 어의(御醫). 훗날 그의 두 아들인 길막·길평 역시 아버지의 원수를 갚고자 경기·위황·김위 일행의 반조 거사에 참여했다가 함께 처형된다.

손권 孫權
손견의 둘째아들. 형 손책이 암살당하자 18세의 어린 나이로 강남을 떠맡았다. 수성에는 강했으나 천하제패의 의욕은 크지 않았다. 까닭은 오나라의 태생이 지방 호족 집단의 연합체였기 때문이다. 집권 초기에는 많은 업적을 쌓아 아버지와 형이 물려준 오나라를 반석에 올려놓았으나 후반기에는 암군(暗君)의 모습을 보였다.

유벽 劉辟
유비가 다시 살아나서 자신의 오점을 지운다면, 가장 먼저 부인할 인물이 바로 유벽이다. 조조와 원소의 손아귀에서 빠져나온 유비 형제는 황건 농민군의 잔존 부대였던 유벽과 합작하여 간신히 세력을 유지할 수 있었다. 『삼국지』에 등장하는 어떤 제후도 황건 농민군과 연합한 사실이 없었다는 것을 볼 때, 유비의 사정이 얼마나 딱했던가를 알 수 있는 대목이다. 성리학적 춘추사관에 입각해 씌어진 나관중·모종강본 『삼국지』는 이 대목에서는 철저히 침묵한다.

주유 周瑜
오나라의 명장이자 최고의 전략가. 손권의 형인 손책과는 절친한 친구 사이이자 동서지간이다(교국로의 첫째 딸 대교는 손책에게, 둘째 딸 소교는 주유에게 시집갔다). 손권이 주유가 죽은 후 "나는 주유가 아니었다면 황제가 될 수 없었다"고 늘 그리워할 만큼 오나라에서 주유가 차지한 역할은 컸다. 정사에 "술자리에서 악사들의 음이 틀리면 주유가 돌아본다"고 씌어 있을 정도로 예술적 감수성도 뛰어났다.

**공·융孔融
예·형禰衡**
공·예·양씨(楊氏)는 한나라를 이끌었던 중요한 명문 호족이다. 이들은 한실이 기울어지자 극심한 혼란에 당면했던 것으로 보인다. 기존 체제는 서산의 해처럼 애처롭게 사그라져갔지만 그렇다고 해서 신흥 군벌들이 할거하는 새 시대의 질서를 받아들일 수도 없었다. 조용히 물러나 칩거하는 것도 한 방법일 수 있었으나 그것은 유자(儒者)로서의 자존심이 허락하지 않았을 것이다.

 손책을 발광하게 만든 도사. 조조를 약올린 좌자나 유비를 실망시킨 청성산 도사 같은 방사(方士)들이 심심치 않게 등장하는 것은 『삼국지』가 군담역사소설이면서 대중들에게 인기 있던 지괴담(志怪談)을 많이 수용했음을 알려준다.

조·운趙雲 원래는 이름난 장수들이 허다하던 원소의 진영에 있었으나, 변방의 말장수 출신이라 주목받지 못했다. 잠시 공손찬의 휘하에 있다가 그가 죽은 후에는 유비와 인연을 맺고 평생을 함께 했다. 전투로 해가 지고 날이 새는 살벌한 시대에 70여 세를 살다가 병사했다는 사실은 조운의 출중한 실력을 웅변한다.

노·숙魯肅 손권의 모사. 나관중·모종강본 『삼국지』는 시종 노숙을 제갈량에게 이용당하는 우둔한 인물로 묘사하고 있으나, 실제로는 천하삼분지계(天下三分之計)를 통해 중원을 안정시키고 오나라를 보호하려고 했던 외교주의자이며 평화주의자다.

**제·갈근
諸葛瑾**
제갈량의 형. 일찍 아버지를 여읜 탓에 경제적 책무와 동생의 교육을 혼자 책임졌다. 그가 어린 나이에 오나라에서 벼슬을 하게 된 것도 그런 집안환경 때문이라고 볼 수 있다. 손권이 주유·노숙·제갈근을 자신의 스승으로 여기고 따른 것으로 보아 그의 실제 능력은 나관중·모종강본 『삼국지』에 묘사된 것 이상이었을 것이다.

삼국시대 지도

선비족

양주(凉州)

요동

유주

위

황하

서량

병주   기주

청주

업   태산

웅주   사주   낙양   허도   연주   낭야

농서   천수   하비   서주

정군산   장안   남양   예주   수춘

기산   건업

면죽   한중   상용   양양   합비   오군

익주   장강

가맹   이릉   남군   강하   회계

성도   효정   언왕

강족

가릉   파군   무릉   적벽   양주(揚州)

아미산   장사

익주   형주   오

운남   건녕   영릉   계양

천축   영창

교주

조
조
와

결
별
한
유
비

　원술이 죽어 장례까지 치렀다는 소식을 들은 유비는 조정에 올리
는 표문을 썼다. 그것을 주령과 노소에게 주며 조조에게 바치라고 명
령했다. 주령과 노소는 조조의 심복이므로 이들을 데리고 서주를 경
영할 수는 없었기 때문이다. 주령과 노소를 조조에게로 보낸 뒤 유비
는 서주에 군대를 주둔시키고 그곳을 지켰다. 그리고 성밖으로 나가
난리 통에 여기저기 흩어진 백성들을 모아서 다시 그들의 생업으로
돌아오도록 했다.

　조조는 주령과 노소가 돌아온 것을 보자 허탈하기도 하고 화가 치
밀기도 했다. 유비를 감시하라고 딸려보냈는데 별 내용도 없는 표문
하나를 들고 허도로 돌아왔으니 자신의 계획이 틀어진 거나 다름없
었다. 옆에 있던 순욱이 말했다.

　"승상, 승상께서 유비에게 군권을 맡기셨으니 저들이 저렇게 돌아

전란으로 흩어졌던 백성들을 성안으로 불러모아 생업에
종사하게 한다. 그림에 보이는 한나라 노동자의 차림새는
당시의 부장용 인형인 '용(俑)'에 근거한 것이다. 돌이나
흙으로 만든 성에서 나무로 된 성문은 항상 약점으로
노출되었다. 성문을 보호하기 위해 성곽에 ㄷ자 모양으로
덧붙인 '호성장(護城墻)'의 모습이 눈길을 끈다.

올 수밖에요. 그러나 지금 서주에는 차주가 있지 않습니까? 그에게 은밀히 지령을 내려 진규 부자와 함께 유비를 제거할 방도를 찾으면 될 것입니다."

조조는 순욱의 말에 따라 차주에게 비밀리에 사람을 보냈다. 조조의 명령이 담긴 밀서를 받아본 차주는 바로 진등을 불러 묘책을 상의했다. 진등이 한동안 침묵하고 있더니 입을 열었다.

"그리 어려운 일은 아닌 듯합니다. 요즘 유비는 백성들을 돌본다는 명목으로 서주 일대를 돌고 있습니다. 어제 유비는 동해로 가서 오는 길에 하비와 소패를 둘러본다고 하니 아마도 모레 저녁에야 도착할 것입니다. 그러니 장군께서는 성 주위에 군사들을 매복시켰다가 유비가 나타나면 단칼에 그의 목을 베시면 됩니다."

"그런데 진공, 유비가 그리 쉽사리 죽겠소?"

"걱정하지 마십시오. 제가 성 위에서 100여 개의 노를 준비하고 기다리고 있다가 장군을 엄호하면서 유비 군사들을 향해 노를 쏘아 접근할 수 없도록 하겠습니다."

차주는 진등의 말을 듣자 마음이 놓였다.

"조승상께서 반드시 진공과 상의하라고 하셨는데 역시 대단하십니다."

진등은 웃으면서 내실을 나왔다. 그러나 한편으로는 착잡한 기분을 억누를 수가 없었다. 다시 막다른 골목, 선택의 기로에 서게 된 것이다. 조승상과 유비 가운데 한 사람을 택해야만 했다. 진등은 고민하면서 집으로 돌아가 아버지 진규에게 이 사실을 알렸다. 뜻밖에도 진규는 진등에게 조조의 음모를 유비에게 알리도록 권했다. 진등이 걱정스러운 듯 물었다.

"아버지, 이제 와서 조승상을 배신한다면 앞으로 우리가 무사할 수 있겠습니까?"

진규가 조심스럽게 대답했다.

"네 말이 일리가 없는 것은 아니다. 그러나 서주 백성들 대부분은 조조에 대한 원한이 사무쳐 있다. 우리가 만약 차주 편을 들어 유비를 죽인다면 우리도 서주 땅에 발붙이고 살기는 어렵다. 그러나 조승상은 우리가 유비를 도와준다고 해도 이에 대한 책임을 물을 사람이 아니다. 만약 책임을 묻는다면 불가피한 일이었다고 하면 될 것이다. 또한 내가 서주 땅의 백성들에게 신망이 있으니 제아무리 조조라 하더라도 날 함부로 하진 못할 것이다."

다음날 아침 진등이 말을 몰아 하비성으로 갔다. 그러나 유비는 아직 도착하지 않았고 관우와 장비만 성을 지키고 있었다. 정오가 넘어설 무렵, 진등은 유비를 마냥 기다릴 수만은 없어 이들에게 그 동안의 사정을 낱낱이 알려주었다. 이 말을 들은 장비는 당장 쫓아가 서주 자사 차주를 죽이겠다고 날뛰었다. 이때 관우가 장비를 만류하며 말했다.

"차주놈이 성 주위에 이미 복병을 숨겨두었을 것이니 섣불리 가는 것은 위험하네. 차주놈을 쉽게 잡을 수 있는 방법이 한 가지 있는데, 내가 조조군으로 변장을 하고 가서 장요 행세를 하는 것이네. 그러면 차주는 자기의 지원병이 온 줄 알고 좋아하겠지. 차주는 나를 맞으러 나올 것이고 그때 기습하여 그놈의 목을 베겠네."

관우는 부하들에게 명해 조조군의 군기와 휘장을 준비하고 장요의 깃발을 최대한 빨리 만들라고 지시했다. 밤에 서주에 당도할 것이었으므로 깃발은 크고 정확하게 만들지 않아도 되었다. 관우는 진등을 먼저 보내 차주를 안심시키라고 한 뒤, 저녁을 일찍 먹고 군대를 몰아 서주로 출발했다.

관우가 칠흑같이 어두운 밤에 군대를 몰아 서주성에 도착했을 때는 벌써 자정이 넘어 있었다. 차주는 이때까지 성의 문루에서 군사들을 지휘하며 경계에 임하고 있었다. 그런데 갑자기 해자 밖에서 성문을 열라는 함성이 들렸다. 성 위에서 병사 하나가 아래를 내려다보며 군대의 소속을 밝히라고 하자 그들은 조승상이 보낸 장요의 군사들이며 조승상이 서주 자사 차주 장군을 도우라고 하여 오는 길이라고 대답했다.

이 말을 듣고 깜짝 놀란 차주가 망루에서 자세히 살폈다. 어두운 밤이라 잘 보이지는 않았지만 장요의 깃발인 것 같기도 했다. 차주는 결정하지 못하고 머뭇거렸다.

'성문을 닫아걸고 그들을 맞이하지 않으면 조승상의 의심을 살 것 같고, 성문을 열고 나가자니 혹시 위계에 걸려들지도 모를 일이니 어찌하면 좋은가.'

차주가 잠시 망설이다가 소리쳤다.

"이보시오, 장요 장군. 밤이 너무 어두워 승상의 군사인지 아닌지 내가 알 수가 없구려. 미안하지만 해자 바로 앞에서 야영을 하시다가 내일 날이 밝으면 내가 맞이하겠소."

그러자 다시 성 아래에서 다급한 목소리가 들렸다.

"이보게, 차자사. 만약 유비가 알면 큰 낭패일세. 빨리 문을 여시게!"

차주가 이러지도 저러지도 못하고 있는데 옆에 있던 진등이 말했다.

"장군, 장요 장군이 맞습니다. 저는 여포 휘하에서 장요 장군과 오랫동안 함께 있었습니다. 역시 조승상답군요. 장군께서 혹시라도 불안해하실까봐 바로 군대를 보내신 듯합니다. 장군, 걱정하실 필요 없습니다. 어두워도 군장이나 휘장으로 보아 조승상의 군대가 틀림없습니다."

진등의 말에 안심한 차주는 갑옷만 입은 채로 수하에 열 명 정도의 장졸만 거느리고 성밖으로 나가 적교를 내리고 군대를 맞이했다. 어둠 속에서 장요로 보이는 자가 맨 앞에 서 있었다. 차주는 반갑게 그를 맞이할 채비를 했다. 장요가 수하 20여 명을 거느리고 먼저 적교를 건너오는 순간, 차주의 장졸이 치켜든 횃불에 긴 수염을 가진 관우의 모습이 얼핏 비쳤다. 이와 동시에 군사들이 차주의 장졸들을 기습했고 관우는 이내 차주에게 달려들어 곧바로 청룡도를 휘둘러 차주의 목을 베고 말았다. 너무 순식간에 벌어진 일이라 차주는 반항 한번 제대로 못하고 죽임을 당했다.

관우는 군대를 몰고 성안으로 들어가 진등과 함께 차주의 심복들을 무장해제하여 감옥에 가두었다. 그리고 바로 유비에게 전령을 보냈다. 아침이 밝자 관우는 다음과 같은 포고령을 발표했다.

서주 자사 차주는 조조의 밀명을 받아 서주 태수인 유비공을 시해하려고 했다. 조조가 누구인가? 고인이 된 도겸 태수의 일로 수많은 서주 백성을 학살한 자가 아닌가. 이에 우리는 의병을 일으켜 무도한 역적 차주를 참수했다. 그리고 차주를 따르던 무리들도 이미 참수하거나 감옥에 가두었다. 이제 백성들은 아무 걱정 없이 생업에 종사하고 태수께서 돌아오실 때까지 동요하지 않기를 바란다.

서주는 신속하게 평온을 되찾았다. 점심 무렵이 조금 지나자 이 소식을 들은 유비가 돌아왔다. 관우는 차주의 목을 유비에게 바치며 그간의 사정들을 보고했다. 그러자 유비는 얼굴이 흙빛이 되더니 관우의 손을 잡으며 말했다.

"아우님, 큰일을 하였네. 그러나 이제 우리가 차주를 죽였으니 조조가 가만있지는 않을 것일세. 분명히 군사를 몰아올 것이야. 무슨 대책이 있어야 하는데……."

차주가 죽었다는 소식을 들은 조조는 유비를 그대로 두고볼 수가 없었다. 유비는 조조 자신의 군대 2만여 명을 빼어갔고 차주를 죽였다. 게다가 진규·진등 부자까지 자기 손아귀에 넣은 유비는 그 동안 조조 자신이 고생하여 평정했던 서주를 원점으로 되돌려놓고 말았다. 이를 응징하지 않는다면 조조 자신의 처사가 사람들의 웃음거리가 될 뿐만 아니라 앞으로 예상되는 원소와의 대결에서도 치명타를 입을 수 있었다. 그리고 만약 양주(서량)에서 공격을 해온다면 동서로 협공을 당하게 되기 때문에 여러모로 신경 쓰이는 일이었다.

조조는 유대와 왕충王忠에게 각각 전군과 후군을 맡기고 군사 1만을 주어 한나라 승상 깃발을 앞세워 서주로 나가 유비를 공략하게 했다. 군대가 출발을 앞두고 있을 때, 정욱이 조조에게 말했다.

"유대와 왕충이 교활한 유비를 이길 수 있을까요?"

"자네 말이 맞아. 나도 그 둘이 유비의 적수가 못 되는 것은 아네. 하지만 어쩌겠나. 하북에 원소가 웅거하고 있는데 내가 군대를 이끌고 갈 수는 없지 않겠나?"

조조는 출발에 앞서 유대와 왕충을 불러 다짐했다.

"너희들은 서주성을 바로 공략하지 말고 풍현豊縣이나 산양山陽 땅에 일단 둔병屯兵하고 있다가 내 지시를 기다려라."

유대와 왕충은 조조의 지시대로 풍현 쪽으로 진군하여 서주에서 100여 리 밖에 진지를 구축했다. 곧 서주성으로 쳐들어가라는 조조의 영이 떨어졌다.

유비도 조조군이 풍현 쪽으로 물밀듯이 들어온다는 보고를 받고 서주 전체에 군동원령을 내려 예비병력들을 서주에 집결시켰다. 열흘간 동원한 병력은 거의 1만 5천 명이 되었다. 문제는 조조가 이 전쟁에 직접 참여하고 있느냐 하는 것이었다. 유비는 진등을 불러 의견을 물었다.

"지금 조조군이 침공해오는데 조조의 깃발이 있다고 합니다. 그렇다면 조조가 직접 군대를 몰고오는 것이 아니겠소?"

"글쎄요. 그것은 알 수 없는 일입니다. 조조의 위계는 보통 사람들이 당해내기 어렵지요. 그러나 그에게 서주는 하북 땅만큼 중요한 곳은 아닙니다. 그가 이미 서주에서 여포를 제거했는데 두 번씩이나 대규모 원정을 할 까닭이 있겠습니까? 그리고 군세로 보아 그가 직접 나왔을 가능성은 희박합니다."

유비는 우선 안심이 되었다. 조조가 없는 조조군을, 더구나 그들보다 더 많은 병력을 동원해 수성전으로 격퇴하는 것은 어려운 일이 아니었기 때문이다. 그러나 유비는 의심이 가는 부분이 있어 진등에게 다시 물었다.

"그런데 이상한 일이네. 조조가 어떻게 해서 이 정도 병력으로 나를 잡을 수 있다고 생각했을까?"

진등도 고개를 끄덕였다.

"허도에 무슨 일이 벌어지고 있는 것이 틀림없습니다. 하지만 우리와 상관없는 일인 듯하니 지금은 서주성을 지키는 데만 주력하시지요."

유비는 옳다고 생각하고 전군에게 만반의 대비를 하라고 명했다. 유비가 전쟁준비를 거의 끝냈을 무렵, 유대와 왕충이 이끄는 군대가 서주 쪽으로 밀려왔다. 유비는 곧 관우를 시켜 선봉군을 격퇴하라고 명령했다.

관우가 기병 3천을 거느리고 서주성 밖으로 나갔다. 이에 맞선 유대의 군대는 2천 기병도 되지 않았다. 관우가 전격적으로 유대의 기병들을 포위하고 기습해 들어가자 유대의 진영이 쉽게 무너졌다. 당황한 왕충이 말 머리를 돌려 도망치려고 하자, 관우가 부하들에게 왕충을 사로잡으라고 소리쳤다. 잠시 후 관우는 왕충을 생포하여 서주성으로 돌아왔다. 유대의 선봉군은 이내 궤멸되고 말았다. 관우가 유비에게 말했다.

"제가 보기에 형님께서 조조와 화해하실 뜻이 있는 것 같아 왕충을 사로잡았습니다."

유비는 관우의 손을 잡으며 말했다.

"역시 아우님일세. 장비는 성격이 급하고 앞뒤를 가리지 않아 혹시라도 왕충을 죽이지나 않을까 염려되어 보내지 않았네. 이자들을 죽여봤자 이득이 없을 테니 조조와 화해할 때까지 놔두는 것이 좋겠네."

이 말을 듣고 있던 장비가 불쑥 끼어들었다.

"형님, 무슨 말씀을 그렇게 하오? 나도 유대를 생포하여 끌고 오겠소!"

유비가 말했다.

"이보게 아우. 유대는 전에 연주 자사 시절 호로관에서 동탁을 칠 때 일단의 군사를 거느렸던 제후의 한 사람이네. 지금은 왕충이 사로

잡혀 그가 전군을 통솔하고 있으니 가볍게 생각하면 안 되네. 잘못하여 그자의 생명을 뺏는다면 큰일을 치르게 돼."

장비가 껄껄 웃으면서 말했다.

"형님, 제가 그자를 죽여서 끌고 오거든 제 목을 치시구려!"

유비는 장비에게 기병 3천을 내주었다. 장비는 이들을 거느리고 유대가 이끄는 조조군을 향해 쏜살같이 달려나갔다. 유대는 왕충이 사로잡히자 남은 병력들을 수습하여 50리 뒤로 후퇴해 야산을 뒤에 끼고 병영을 세웠다. 병영 둘레에는 참호가 파여 있고, 그 앞으로는 목책木柵과 쇠로 만들어진 흔아박掀牙拍이 설치되어 장비로서는 더 이상의 진군은 곤란했다.

장비는 할 수 없이 유대의 군영에서 500보도 채 안 떨어진 곳에 병영을 설치하고 전령을 보내 보병들의 지원을 부탁하는 한편, 참호를 파고 전투대기 명령을 내렸다. 이렇게 하루가 가고 이틀이 지났다. 유비는 2천 명의 지원병을 다시 파견했다. 장비의 군영이 갖추어졌는데도 유대군은 전혀 움직이지 않았다.

장비는 할 수 없이 매일 유대의 진영 앞에 나타나 욕설을 퍼붓고 소리쳤으나, 이미 장비를 알고 있는 유대는 모습을 드러내지 않고 자기 진지만 사수하고 있었다. 다시 며칠이 지났다. 답답해진 장비는 꾀를 냈다. 장비의 진영은 야산 아래에 자리잡고 있었기 때문에 적의 척후병들에게 군의 움직임이 모두 노출된 상태였다.

장비는 그날 밤 10시쯤에 유대의 진영을 급습하겠다는 영을 내리고 보란 듯이 군막 밖에서 음식을 장만해 늘어놓고는 하루종일 술 마시는 시늉을 했다. 장비는 겉으로 취한 척하며 군령을 어긴 사병 하나를 잡아내 여러 군사들이 보는 앞에서 곤장을 쳤다. 그리고 그 사병을 결박짓고 큰 소리로 외쳤다.

"오늘 밤 우리 군이 출병할 때 이놈의 목을 베어 깃발 앞에서 제사를 지내야겠다."

그런 다음 장비는 다시 술을 마셨다. 결박당한 병사는 눈물을 흘리며 죄를 빌었지만 장비는 막무가내로 두들겨팼다. 잠시 후 장비는 심복들을 불러 사병에게 채워진 결박을 느슨하게 하라고 은밀히 지시하고 그가 도망치더라도 그대로 두라고 일렀다. 그리고 코를 골며 자는 시늉을 했다. 날이 어두워지자, 병사는 장비가 자고 있는 틈을 타서 결박을 풀고 도주했다.

간신히 목숨을 구한 병사는 진영을 빠져나가 곧바로 유대의 진지로 도망쳤다. 그는 유대의 진지에 도착하자마자 장비가 오늘 밤 10시쯤에 유대의 진영을 공격할 것이라고 알렸다. 유대는 도망쳐온 병사의 몰골이 매우 처참한 것을 보고 그의 말이 진실이라고 믿었다. 그는 장비의 공격에 대비해 5천여 정예병들을 진지 밖 수풀에 매복시켰다. 남은 1천여 기병은 숲속에 매복시키고 나머지 1천여 병사들은 예비병력으로 병영 안에서 사태를 관망하도록 했다. 장비는 병사가 도망치자 곧바로 병마를 수습하고 출진 명령을 내렸다.

"유대의 군사가 진영을 떠나면 무슨 수를 써서라도 유대의 진영으로 침투해 들어가라. 그리고 밤 10시가 가까워지면 유대의 진영에 불을 질러라. 그리고 2천의 기병은 유대가 병영을 구축하고 있는 야산 좌우에서 포위하고 있다가 유대의 병영에서 불길이 치솟으면 좌우에서 동시에 협공하여 적들을 사살하라."

장비의 명령이 떨어지자 장비의 군사들은 세 갈래로 나뉘어 2천의 군사는 좌우로, 중간의 500여 명은 유대의 진지로 투입되었다. 장비는 정예 군사를 이끌고 나가 유대의 퇴로를 차단했다. 밤 10시가 가까워올 무렵 드디어 유대의 진영에서 불길이 치솟았다. 자기 진영에 불길이 치솟는 것을 보고 매복해 있던 유대의 군사들이 놀라 뛰쳐나가자, 장비의 군사들이 좌우에서 일제히 이들을 협공해 들어갔다.

장비군의 기습을 받은 유대군은 혼란에 빠졌다. 게다가 장비의 군사가 얼마나 되는지도 모르는 채 겁을 먹고 각자 뿔뿔이 흩어지고 도망치는 바람에 순식간에 궤멸되고 말았다. 유대는 수하의 심복 부하들을 데리고 급히 도망치다가 장비의 매복군에 걸려 생포되었다. 장비는 먼저 전령을 서주로 보내 승전보를 알렸다. 날이 밝자, 장비는 아침을 먹은 후 군대를 몰아 서주성으로 돌아왔다. 유비는 성밖까지 나가서 장비를 맞이했다. 장비는 유비를 보면서 자랑스럽게 떠벌렸다.

"형님, 어떻습니까? 아직도 내가 조급하고 거칩니까? 장량과 같은 작전을 쓰지 않았다면 내가 어찌 유대를 사로잡았겠소."

유비가 이 말을 듣자 크게 웃으며 말했다.

"그래, 아우 정말 대단하네. 내가 한신과 장량을 곁에 두고서도 미처 몰랐네."

장비는 기분이 좋아서 입이 크게 벌어졌다.

서주성 안으로 들어온 유비는 유대의 결박을 풀어주고 이미 잡혀 있던 왕충에게도 술을 내어 대접했다. 유비는 유대에게 술을 따르며 말했다.

"이보시오, 유장군. 전에 내가 차주를 죽인 것은 내 잘못이 아니오. 차주가 먼저 나를 죽이려 하니 난들 별 도리가 있었겠소? 조승상은 마치 내가 반란을 일으킨다고 생각하고 두 장군님을 보내어 나의 죄를 물으려 한 것 같소. 그런데 그것은 조승상께서 나를 잘못 보신 것입니다. 나는 조승상의 큰 은혜를 입은 몸으로, 은혜에 보답하지 못할망정 감히 반역을 하겠소? 두 장군께서 허도로 돌아가시어 나의 부득이한 입장을 잘 말씀드려주시면 고맙겠소."

유대와 왕충은 입을 모아 말했다.

"별 말씀을 다하십니다. 저희도 사실 군령을 따르다 보니 이렇게 된 것이지 유공에게 무슨 원한이 있어 왔겠습니까? 오히려 저희들을 살려주시고 이처럼 환대해주시니 몸둘 바를 모르겠습니다. 승상을 만나면 잘 말씀드리겠습니다."

다음날 유비는 유대와 왕충에게 패잔병들을 모두 수습하게 하고, 그들이 거느리고 왔던 군마와 함께 허도로 돌려보냈다. 유비는 성밖까지 나와 그들을 전송했다. 유비는 그들이 멀어져가는 모습을 보면서 혼자 중얼거렸다.

"조조는 이러고 말 사람이 아니야. 그는 반드시 다시 올 것이다."

근심스런 표정으로 서 있는 유비를 바라보던 손건이 유비에게 말했다.

"태수님, 서주는 넓은 평야에 홀로 서 있기 때문에 지형적으로 적의 침공을 받기 쉽습니다. 이곳은 오래 머물 만한 곳이 못 됩니다. 천하의 장량이더라도 아마 방어하기가 어려울 것입니다. 지금이라도 군사들을 나누어 일부를 소패와 하비성에 주둔시키십시오. 그러면 서주·하비·소패가 삼각형을 이루어 서로 돕고 의지하는 형세를 유지할 수 있을 것입니다. 그러면 조조의 대군도 막아낼 수 있을 것입니다."

"자네 말이 맞아. 내가 서주와 인연을 맺고 보니 참으로 힘든 일이 끊이지 않고 일어나네. 자네 말대로 해보세."

유비는 손건의 진언에 따라 군대를 세 부대로 나눈 다음 손건 · 간옹 · 미축 · 미방에게 서주 땅을 지키게 하고, 자신은 장비와 함께 소패에 주둔했다. 그리고 관우에게는 하비성을 지키며 감부인과 미부인을 돌보게 했다.

천하를 전전하던 유비는 탁현에서 얻은 본처를 잃고 꽤 오랫동안 혼자 지내고 있었다. 유비가 예주로 부임하여 소패에 살 때 소패에서 아름답기로 이름난 감씨 처녀가 유비 집에 드나들며 집안일을 돌보았다. 유비는 당시 가족이 없었고 홀몸이었기 때문에 이들은 자연스럽게 가까워졌다. 둘은 결국 같이 지내게 되었으나 당시 유비는 새삼스럽게 결혼식을 올릴 처지가 아니었다. 그 즈음 미축이 유비를 특히 좋게 보아 자신의 동생 미씨를 유비의 아내로 삼게 하여 유비는 두 명의 부인을 얻게 되었던 것이다.

한편 유대와 왕충은 허도로 돌아가 조조에게 무릎을 꿇고 유비에게 붙잡혔던 것과 유비가 들려준 이야기까지 낱낱이 보고했다. 조조는 머리끝까지 화가 나서 유대와 왕충을 파면시킨 뒤, 친히 군사를 일으켜 유비를 치기로 작정했다. 그런데 조조가 군대를 새로 편성하고 있다는 이야기를 들은 공융이 조조를 찾아와 말했다.

"승상, 이 추운 겨울에 어찌하여 군대를 일으키려 하십니까? 유비 정도야 봄이 오기를 기다려 출병해도 얼마든지 결판낼 수 있습니다. 그것보다도 먼저 사람을 보내어 장수와 유표를 구슬리고 난 다음에 서주를 평정하는 것이 순리가 아니겠습니까?"

조조는 장수라는 말에 손뼉을 쳤다.

"아하, 내가 왜 그 생각을 못했지. 장수에게는 바로 가후가 있어.

내가 왜 그 동안 가후를 잊고 있었던가. 이번 기회에 무슨 수를 써서라도 가후를 내 사람으로 만들어야지. 원소를 이기려면 반드시 그렇게 해야만 해."

조조는 유엽을 장수에게 보내 그를 자기 편으로 끌어들이도록 명했다. 유엽은 장수를 만나기 전에 먼저 가후를 찾아갔다. 장수를 설득하기 위해서는 먼저 가후의 마음부터 돌려놓는 것이 유리하다고 판단했던 것이다. 가후를 만난 유엽은 조조가 가후를 얼마나 칭송하며 공덕을 높이 여기는지에 대해 실감나게 이야기하며 조승상의 휘하로 들어올 것을 적극 권유했다.

가후도 조조에 대해 나쁘게 생각하지 않는데다 대세의 흐름에 밝은 사람인지라 유엽의 방문이 한편 반갑기도 했다. 그러나 가후로서는 장수의 결정이 중요했으므로 당장 이렇다 할 대답은 하지 않고 장수와 의논해보겠다고 했다. 가후는 유엽을 자신의 집에 묵게 하고 장수에게 갔다. 장수를 설득할 작정이었다. 가후가 장수를 만나 조조가 유엽을 보낸 사실을 이야기하며 앞으로의 일을 숙의하려고 하는데 원소가 보낸 사자가 왔다는 전갈이 들어왔다. 사자가 전해준 원소의 편지를 읽어보니, 역시 장수를 설득시키려는 내용이었다. 장수는 마음을 정하지 못하고 가후에게 알아서 사자를 처리하라는 눈짓을 보냈다.

가후가 사자를 보며 물었다.

"그래, 원소공께서는 최근에 조조를 치기 위해 군사를 일으켰다고 하던데 일은 잘돼가고 있소?"

"그러기에 제가 이렇게 온 것이 아닙니까? 지금은 엄동설한이라 당장 군사를 일으키는 것은 미뤘습니다. 우선 일을 더욱 확실히 하기 위해 뜻을 같이할 분들을 모으고 있습니다. 역적 조조를 한 번에 쳐 부수기 위해서 말입니다."

"가서 원소에게 물어보시오. 자기 형제도 받아들이지 못하면서 어 찌 뜻을 같이할 천하의 선비들을 맞으려 하는지를 말이오!"

이렇게 말하더니 가후는 원소가 보낸 편지를 구겨서 사자의 얼굴 에 던지며 내쫓았다. 장수가 가후에게 물었다.

"가후공, 너무 심하지 않습니까? 지금은 조조보다 원소 세력이 훨 씬 강합니다. 오늘 편지를 구겨 던지며 사자를 내쫓았으니, 만일 원 소가 쳐들어오기라도 하면 어쩝니까?"

가후가 걱정할 것 없다는 듯 웃었다.

"염려하지 않으셔도 됩니다. 원소가 조조의 영역을 넘어서 어찌 예 까지 온다는 말씀이십니까? 장군께서는 저와 함께 조조를 따르도록 합시다."

장수는 가후의 말이 선뜻 내키지 않았다.

"공도 아시다시피 나는 전에 숙모의 일로 조조와 원수지간이 되다 시피 했소. 조조가 나를 받아주겠습니까?"

"그것은 걱정하실 일이 아닙니다. 조조는 사람을 귀하게 여기기 때 문에 사사로운 일로 대사를 그르칠 사람이 아닙니다."

장수가 다시 물었다.

"그래, 조조에게 투항하면 앞으로 어떻게 되리라 보십니까?"

"장군께서 조조에게 투항하시면 세 가지 이로운 점이 있습니다. 조조는 천자의 명을 받들어 천하를 다스리고 있으니 이것이 첫째 이 로운 점입니다. 원소는 현재 자신의 군사가 이미 막강하므로 우리처 럼 적은 군사를 거느린 사람들을 대수롭지 않게 생각하는 반면, 세력이 약한 조조는 우리를 얻는 것을 귀하게 여길 것이니 이것이 둘째 이로운 점입니다. 그리고 조조는 패권에 대한 큰 뜻이 있어 사사로운 원한을 대수롭지 않게 생각하는 사람이니 이것이 셋째로 이로운 점입니다. 그러니 장군께서는 주저하지 마시고 저를 따라 유엽에게로 가십시다."

장수는 가후의 말에 수긍하고 가후와 함께 유엽을 만나러 갔다. 유엽을 만난 장수는 가후에게 물었던 말을 다시 물었다. 유엽이 웃으며 대답했다.

"장군께서는 별 걱정을 다하십니다. 승상께서는 사사로운 일로 사람을 판단하시는 분이 아닙니다. 만일 승상께서 옛날의 원한을 그대로 가지고 계신다면 군이 장군께 저를 보내 좋게 지내자고 하실 까닭이 없지 않습니까? 오히려 승상께서는 제가 장군을 뵙거든 지난 일을 사과하라고 말씀하셨습니다."

장수는 기뻐하며 가후와 함께 군대를 이끌고 허창으로 가서 조조에게 투항했다. 장수가 가후와 함께 승상부에 들어가 계단 아래에 무릎을 꿇고 조조를 기다렸다. 둘의 모습을 본 조조는 황망히 나와서 장수를 일으켜세우며 말했다.

"장장군, 참으로 잘 오셨소. 지난날 내가 실수한 일은 부디 잊어주시오."

조조는 곧 장수에게 양무장군楊武將軍의 벼슬을 내리고 가후에게는 집금오執金吾의 벼슬을 내렸다. 집금오는 황궁경호 사령관인 동시에 승상부의 재정을 관리하는 요직으로, 당시 황제가 유명무실하여 가후는 승상의 집금오를 겸임했다. 가후를 얻은 조조는 이제 천하를 얻는 것은 시간문제라고 생각하며 기뻐했다.

조조의 이같은 처사를 지켜본 가후는 내심 '조조는 역시 이 시대에 누구도 따르지 못할 그릇이다. 대사를 가늠하며 자신을 저토록 철저하게 조절하는 위인이 또 있을까?' 라고 감탄하며 충심으로 그를 보좌하리라 다짐했다.

조조는 장수에게 유표를 설득하는 편지를 쓰도록 부탁했다. 이때 가후가 조조에게 말했다.

"유표는 특별히 명사들과 사귀는 것을 좋아합니다. 그러니 주변에 이름을 떨친 문사를 보내어 설득하면 쉽게 투항할 것입니다."

조조가 순유를 불러 물었다.

"누구를 유표에게 보내면 좋겠소?"

"그런 일에는 아마 공융이 가장 적임자일 것입니다. 공융은 이렇다 하게 이루어놓은 일은 없지만 나이도 많고 경험도 풍부해서 이같은 일을 잘 처리할 사람입니다."

공융은 공자의 20대 손이며 태산도위泰山都尉 공주孔宙의 아들이었는데 어려서부터 신동으로 알려졌다. 그가 열 살 되던 해에 하남윤 이응李膺을 찾아간 일이 있었는데 문지기가 거절하고 들여보내주지 않았다. 그러자 "우리 공씨와 이씨는 예로부터 잘 아는 처지이니 염려 마시고 들여보내 달라"고 하여 이응을 만났다. 이응이 묻기를 "너의 집안과 우리 집안이 어찌 친교가 있느냐?"고 하자 어린 공융은 "저의 조상님인 공자께서 이씨 가문의 노자老子(본명은 李耳)를 찾아가셔서 예를 물으셨다고 합니다. 이것이 친교가 아니고 무엇이겠습니까?"라고 대답했다. 그때 대중대부 진위陳煒가 옆에서 듣고 이응에게 "어릴 때 총명하다고 어른이 되어 꼭 큰 그릇이 되는 것은 아닐세"라고 했다. 이 말을 들은 어린 공융이 "그렇게 말씀하시는 것을 보니 어

어린 공융의 맹랑한 모습. 공자가 노자를 찾아가 도를 물어보는 장면은 한나라 화상석에서 매우 즐겨
다뤄지던 주제다. 『회남자』 등에는 항탁이라는 어린아이가 등장하여 공자를 가르쳤다고 나와 있다. 그러므로
어린 공융이 연로한 '이대감'을 놀라게 한 것은 단순히 이야기의 액면에 드러난 것처럼 '과거에 친교가
있었다'는 의미보다 과거 공자가 '한 방 먹었던' 것을 즐겁게 복수하는 차원에서 생각할 수 있다.

르신께서도 어릴 때는 매우 총명하셨겠습니다"고 응대하여 박장대소를 했다는 얘기가 있다. 공융은 그후 중랑장을 거쳐 북해 태수를 지내고 있었다.

조조는 순유를 공융에게 보내 유표에게 다녀오라는 명을 내렸다. 그러나 공융은 10여 세 연상인 유표에게 가서 설득하는 것도 내키지 않는 일이었지만 자신이 조조 밑에 있는 사람으로 비치는 것도 속으로 못마땅했다. 그래서 공융은 자기 대신 다른 한 사람을 천거했다.

"제 후배 가운데 예형禰衡이란 사람이 있소. 예형은 이제 스물넷에 불과하지만 나보다 재주가 열 배나 뛰어난 사람이오. 예형은 황제의 곁에 두어 부려도 될 사람이니, 제가 천자께 그를 천거하리다."

공융이 예형을 추천한 또 다른 이유는 천자를 위하는 마음에서였다. 공융은 천자가 조조에게 무시당하는 것을 보면서 조정에서 약한 천자를 옹위하고 구심점 역할을 할 사람이 없어서 안타까워하고 있었다. 그래서 천자에게 불리한 일이 생길 경우 그것에 맞서 단호하게 꾸짖고 따질 수 있는 인사를 끌어오면 좋겠다고 생각하고 있었다. 공융은 즉시 천자에게 표문을 올렸다.

신 공융 아룁니다. 저는 옛날에 홍수가 나면 임금님이 큰물을 다스릴 인재를 널리 구해 모셨다고 들었습니다. 폐하께서는 밝으신 성덕으로 등극하셨으나 여러 변란을 만나 어려움이 도리어 커졌으며 왕업을 보전하시고자 뭇 인사들을 모으셨으나 바라는 사람은 없고 황실에 해로운 이들만 들끓었습니다. 그러던 가운데 제가 처사 평원 예형을 보니 나이는 24세인데, 성질이 곧고 밝으며 재주가 뛰어난 사람으로 학문이 대단함을 넘어 심오한 경지에 이미 이르러 있습니다. 예형은 눈으로 한 번

본 것은 바로 기억하며, 귀로 잠깐 들어도 잊어버리지 않습니다. 전한시대에 암산暗算이 뛰어나 소금과 철을 관리했던 대상인 상홍양桑弘羊이나 황제가 세 상자분의 책을 잃었을 때 그 내용들을 모두 기억하고 있을 만큼 암기력이 뛰어난 정승 장안세張安世도 예형에 미치지 못할 것입니다.

예형은 충실하고 정직하며 그가 가진 뜻은 서리같이 매서워 어진 일을 만나면 기꺼이 행하고 악한 자들을 원수같이 미워하는 의로운 사람입니다. 예형은 전국시대 위나라 신하로 직언을 잘하기로 이름 높았던 임좌任座와 위나라의 영공이 거백옥을 등용하지 않고 미자하를 임용하자 죽음으로써 간했던 사어史魚보다도 더 높은 지조를 가진 사람입니다. 그러니 예형은 폐하 앞에 놓인 많은 문제를 해결하고 맺힌 것을 푸는 일도 여유 있게 처리할 것입니다.

폐하, 황궁에 아무리 많은 재화와 보물이 쌓여 있다고 해도 예형과 같은 선비를 얻기는 어렵습니다. 그러니 어찌 제가 여러 말을 늘어놓겠습니까? 폐하께서 예형을 직접 만나보시기를 앙망하오며 바라건대 예형을 거두시어 황실에 도움이 되기를 바랍니다.

공융이 올린 표문을 읽어본 황제는 언제나처럼 조조에게 표문을 넘겼다. 표문을 대충 훑어본 조조는 예형이 고지식해서 걱정스럽기도 했지만 천재라는 말에 호기심이 생긴데다 기분이 나쁘지는 않아 예형을 승상부로 불러들이라고 명했다. 뛰어난 문장가였던 조조는 예형의 이름을 익히 듣고 있었다. 무슨 수를 쓰든지 예형을 설득해 자기 사람으로 만들어야겠다고 생각했다. 조조는 순욱·순유·곽가를 불러서 이 일을 상의하며 말했다.

"공융이 예형을 천거했소. 예형은 신세대 천재로 알려진 사람이오.

앞으로 예형을 모사로 쓰려고 하는데 공들의 생각은 어떻소? 설령 그렇지 않더라도 원소가 천하의 문장가인 진림陳琳을 데리고 있으니 이에 대항하기 위해서는 필요하다는 생각이 드는데…….”

곽가가 무겁게 입을 열었다.

“무릇 천재로 알려진 사람들 가운데 별 볼일 없는 사람도 많습니다. 예형은 문학가이지 이 시대가 필요로 하는 전략가나 전술가라고 할 수는 없습니다.”

“글쎄, 그것은 우리가 아직 모르지 않는가?”

“지금까지 예형은 탁월한 문장으로만 알려진 사람입니다. 게다가 예형은 재주는 있으나 매우 방자하다는 소문이 자자합니다. 이 점을 고려해 결정하시기 바랍니다.”

순욱도 곽가를 거들었다.

“저는 이번 일을 이해할 수 없습니다. 원래 승상께서는 공융을 유표에게 보내시려 하지 않았습니까? 그런데 공융은 자기가 가지 않고 다른 사람을 천거했습니다. 그런 행위 자체가 잘못된 일입니다. 그리고 지금 조정의 문제는 유표에게 보낼 사람을 뽑는 일인데, 유표와 가까운 것으로 알려진 공융이 엉뚱하게도 천자에게 표를 올려 천자를 보좌할 사람을 천거하니 참으로 황당한 일이 아닙니까?”

조조가 말을 들어보니 타당하기도 했다. 그래도 예형과 같은 천재를 자기 휘하에 두고 싶은 욕심에 다시 말했다.

“이보시게. 세상은 자꾸 바뀌는 법이네. 젊은 사람들을 영입해야만 바뀌는 세상을 앞질러 대처할 것 아닌가?”

순유가 말했다.

“의심이 가는 사람은 쓰지 말고 쓴 사람은 의심하지 말라는 말이 있습니다. 제가 보기에 예형은 상당히 의심이 가는 사람입니다. 표문을 올린 공융도 이해할 수 없지만 이 표문의 내용으로 보아 예형이라는 작자도 공융보다 서너 배는 더 승상의 골칫거리가 될 것 같습니다. 그러잖아도 공융이 승상을 자주 어려움에 처하게 했는데, 이제는 한술 더 떠 황제를 충동질하기 위해 예형을 데리고 오자는 수작이 아닙니까? 예형은 이제 겨우 스물네 살입니다. 이렇게 입만 바르고 경험이 없는 어린 자를 공융이 천거한 이유는 아마도 승상을 곤경에 빠뜨리기 위한 것이 아닐까 생각합니다. 제놈은 죽기 싫으니까 어린 예형을 이용하는 것이 아닐까요?"

순욱과 순유가 자신과 똑같은 의견을 내자 곽가는 더욱 강하게 반대를 했다.

"승상, 두 대신의 말씀이 지극히 옳습니다. 물론 확인을 해봐야 아실 일이지만 예형이란 자가 아무리 똑똑하다 하더라도 승상 편이 되어줄 작자는 아니라고 생각합니다."

조조는 난감했다. 예형이 너무 견제를 당하는가 싶기도 했으나, 주요 심복들이 하나같이 그를 꺼리는데다 예형의 나이도 적어서 망설여졌다.

천자의 명을 받은 예형은 다음날 승상부에 들었다. 조조는 이름이 난 재원이 자신을 찾아왔으나 여느 때처럼 반갑게 맞으러 나가지 않았다. 예형은 자신의 사람이 되기는 어려울 것이라 이미 마음을 정해 놓은 탓이었다. 조조는 먼저 처리해야 할 일들을 대충 마무리하고서야 예형을 만나러 집무실에서 나왔다. 한동안 승상부 대기실에서 조조를 기다리던 예형은 불쾌해지기 시작했다.

'조조가 기군망상한다더니 천자의 명을 받아 온 나를 기별도 없이

오래 기다리게 하는 예의도 모르는 놈이 아닌가.'

마침내 조조가 승상부 대기실로 나왔다. 조조 뒤로 순욱·순유·곽가 등 조조의 참모와 장수들이 따라나왔다. 예형이 조조를 보고 예를 올렸으나, 조조는 간단히 목례만 하는 둥 마는 둥 하며 뒤따라온 참모와 장수들에게 아직 남은 몇 가지 지시들을 내렸다.

천자의 명을 받아 온 예형은 한나절을 승상부 대기실에서 기다리고서도 인재를 귀하게 여긴다는 소문과 달리 조조에게 크게 박대를 당하자 자존심이 상할 대로 상했다. 보통 사람이라면 속마음이야 어떻든 감히 승상 앞에서 내색하지 못했을 텐데 예형은 조조가 들으라는 듯 하늘을 올려다보며 큰 소리로 탄식했다.

"하늘과 땅 사이는 저렇듯 넓은데 그 사이에 사람 하나 없구나!"

예형의 소리를 듣고 순욱이 미간을 좁히며 말했다.

"어린 놈이 참으로 하늘 높은 줄 모르고 오만 불손하게 구는구나. 네놈 앞에 있는 이 모두가 천하의 인물이요, 천재들이다. 천재를 몰라보는 네놈이 필부인 게다."

순욱의 대답에 예형은 더욱 화가 났다.

"그대는 어인 일로 처음 보는 사람에게 상말을 하시오. 나이가 적은 사람에게 함부로 대하라고 한비자韓非子가 가르쳤소, 손자孫子가 가르쳤소? 그래 지금 말씀하신 천재와 영웅이 누구인지 한번 말씀해 보십시오."

한비자는 법가의 사상가였고 손자는 유명한 병법가였다. 예형의 말에는 순욱이 예를 모르고 오직 싸움만 하는 야만인이라는 야유가 담겨 있었다. 이 말에 순욱이 발끈했다.

"네놈 혼자 똑똑하단 말이지? 내가 보기에 너는 세상이 어떻게 돌아가는지도 모르는 우물 안의 개구리에 불과하다."

예형이 쏘아붙였다.

"순욱공은 그것을 말이라고 하시오? 당신은 나더러 우물 안의 개구리라 하는데, 당신은 무얼 아시오? 그래, 병서 좀 읽었다고 세상이 다 보이시오? 당신이 사서를 제대로 읽었소, 주역을 제대로 읽었소? 당신이 천문을 아오, 지리를 아오? 당신이 가진 지식이란 그저 세상이 평안해지면 쓰레기통에나 들어갈 지식들이오. 부끄러운 줄이나 아시오."

이 광경을 말없이 지켜보고만 있던 조조는, 예형은 절대 다듬어 쓸 수 있는 인재는 아니라는 생각이 들기 시작했다. 안하무인인 듯한 예형을 더 떠볼 요량으로 조조가 한마디했다.

"자네 눈엔 이곳에 있는 천하의 영웅들과 천재가 보이질 않는단 말이지. 내가 일러줄 테니 잘 보거라. 조정의 참모들로 순욱을 비롯하여 순유·곽가·정욱 등이 있다. 이들은 하나같이 지략이 뛰어나고 앞을 내다볼 줄 아는 인물이니, 옛날 소하蕭何도 이들에 미치지 못할 것이다. 장요·허저·이전·악진과 같은 장수의 용맹은 한무제 때의 명장인 잠팽岑彭과 광무제 때의 명장 마무馬武를 능가한다. 저기 왼쪽에 서 있는 여건과 만총은 종사요, 우금과 서황은 원술과 여포의 간담을 서늘하게 한 선봉장들이고 하후돈의 재주는 천하에 빼어나다. 또한 조인은 세상이 다 아는 장수가 아니냐? 그래도 사람이 없단 말이냐?"

예형이 조조의 말에 대답은 안 하고 부드럽게 응대했다.

"승상, 잘 알았으니, 이제 폐하를 뵙고 폐하의 조명을 받아야겠소. 제가 비록 포의布衣로 있사오나 천자의 명을 받은 몸이니 조명을 받은 후에 다시 말씀을 올리지요."

조조는 예형의 말을 듣자 불쾌하기 짝이 없었다. 자신의 참모들을 우습게 보더니 이제는 아예 조조 자신마저 무시하고 드는 것이 아닌가. 그러나 조조는 최대한 자신의 감정을 억누르고 침착하고 부드럽게 다시 말을 이었다.

"이보게, 폐하를 뵙는 일은 그리 급한 일이 아니네. 자네는 조정의 인재들을 모두 무시하더니 내 물음에 대답은 아니하고 왜 엉뚱한 말을 하는가?"

예형은 조정이 조조의 농간에 놀아난다더니 그 말이 틀리지 않다고 생각하면서 대답했다.

"승상, 저는 승상의 말씀을 이해하지 못하겠습니다. 제가 폐하의 명을 받아 폐하를 뵙고자 하는 일이 어찌 엉뚱하다는 말씀이시오? 그러면 승상의 물음에 대답해드리지요. 승상이 소개하신 그 잘난 참모와 장수들을 제가 한번 살펴드리겠습니다. 먼저 순욱 선생은 아는 것은 없으나 말을 잘하니 초상집에 문상이나 보내면 되겠습니다. 순유는 벼슬을 좋아하니 낙양성 밖의 묘지기에 적합한 듯하고 정욱은 허우대가 좋으니 허도성의 관문이나 여닫는 수문장을 시키면 되겠습니다. 곽가는 그래도 글깨나 읽을 줄 아니 유행가 가사나 지으면 제격이요, 장요는 전쟁터로 보내 북이나 징을 치게 하면 잘할 것입니다. 허저는 소를 팔아서 가족을 먹여살린 적이 있다 하니 소나 먹이고 말이나 키우게 하면 좋겠습니다. 이전은 전쟁터에서 전령으로 쓰면 되겠고, 여건은 대장장이를 시켜 칼을 만들게 하고 만총은 술을 좋아하니 병사들이 마실 술이나 만들고 그 남는 찌꺼기나 먹이십시오. 우금은 공사장 인부가 제격이고 서황은 승상께서 쫓겨다니실 때

개나 돼지를 잡는 백정으로 쓰시면 되겠습니다. 또 있습니까?"

조조는 예형의 말이 너무 빨라서 멈추게 하지 못한 것이 후회스러웠다. 조조 주위에 있던 장수와 참모들은 하나같이 얼굴이 붉으락푸르락해져 몸둘 바를 모르고 있었다. 순욱의 얼굴이 일그러지는 것을 본 예형은 다소 마음이 풀렸다. 그런데 조조가 불같이 화를 내며 소리쳤다.

"그럼 네놈은 어떤 놈이란 말이냐!"

예형은 조조와 순욱을 번갈아보며 태연히 대답했다.

"저 말씀입니까? 저는 천문과 지리에 모두 통달했습니다. 그리고 유·불·선仙과 제자백가諸子百家를 모르는 것이 없습니다. 다만 저의 지식은 천자의 성덕을 더 높이는 데만 쓸 것입니다. 위로는 임금을 받들어 요임금과 순임금이 되게 할 수 있고, 아래로는 공자와 안자顔子처럼 덕을 펼 수 있는 지식이 있습니다. 어찌 문상객이나 개백정 같은 사람들과 같겠습니까?"

예형이 말을 마치자 장내가 소란해졌다. 그때 조조 옆에 서 있던 장요가 참지 못하고 예형을 승상부 밖으로 끌고 나가 예형의 목을 치려 하자 조조가 막으며 말했다.

"저놈은 글깨나 읽었는지 모르나 세상 돌아가는 것을 모르는 어리석은 놈이다. 북이나 치게 하여 제 분수를 알게 하라."

예형은 어떤 반항도 없이 순순히 나갔다. 장요가 예형을 죽이지 않고 놔둔 것이 분한 듯 순욱에게 물었다.

"승상은 왜 당장 이 자리에서 예형을 죽이지 않는 것입니까?"

"천재라는 자들은 대체로 저러기가 쉽지요. 승상을 모독한 예형을 당장 죽여 마땅하나 만약 여기에서 예형을 죽인다면 천하의 대재大才

로 알려진 자를 승상이 죽였다고 소문이 날 것이오. 그러면 관후대도寬厚大度하다고 알려져 있는 승상의 체면은 무엇이 되겠소? 우리는 제 놈이 제풀에 죽게 만들어야 합니다."

그제야 장요를 비롯한 조조의 심복들이 조조가 예형을 살려두고 고수鼓手로 쓴 이유를 알게 됐다. 며칠 후, 예형에게 관리 두 사람이 와서 승상부에서 큰 잔치가 있으니 나와서 북을 치라고 했다. 나이가 마흔 중반쯤 돼보이는 관리가 예형에게 귀띔해주었다.

"자네 아는가? 오늘 저녁 연회에서 북을 치려면 반드시 새옷을 입어야 하네."

예형은 알았다고 대답했으나 정작 연회에는 새옷은커녕 때가 묻은 평상복에다 머리도 빗지 않은 채 나갔다. 조조가 연회장에 들어서니 악사들과 고수鼓手들이 북을 치고 있었다. 예형도 그들 틈에 끼어 있었는데 아무런 표정이 없었다. 여러 악사들이 연주를 번갈아가면서 하고 마침내 예형의 차례가 되었다. 다른 악사들이나 고수들은 깨끗한 두건을 쓰고 노란색의 화사한 연주복을 입었는데, 예형은 지저분한 모습 그대로 나와 어양삼과漁陽三過의 곡조를 쳤다.

예형의 북소리가 울리기 시작하자 장내는 조용해졌다. 손으로 연주하는데도 두리둥 두리둥 하는 북소리는 그 소리가 깊어 처량하고 구슬픈 금석金石(종과 경. 쇠로 만든 악기)을 연주하는 듯했다. 사람들은 모두 예형의 모습에서 눈을 떼지 못했다. 가끔씩 북 모서리를 두드리자 듣는 사람의 가슴을 치는 듯한 소리가 났다. 술기운이 오르니 더욱 소리가 구슬프게 들렸고 자기도 모르게 서러움이 복받쳐오르는 사람도 있었다. 이윽고 연주가 끝났다. 그제야 사람들은 예형의 흐트러진 머리와 땀이 배어 꾀죄죄한 옷이 보이기 시작했다. 가까이 있던

당대의 명사 예형이 북을 치고 있다. 북을 치는 역동적인 자세는 당시 화상석에 근거하였다. 거문고[琴] 연주와 같은 전통적인 교양 대신 북치는 솜씨를 과시한 명사들의 이야기가 『세설신어』에 실려 있다. 명성을 얻기 위해 격식을 파괴하던 당시 풍조와도 무관하지 않아 보인다.

무장들이 한마디씩 했다. 장요가 먼저 시비를 걸었다.

"연주는 그렇다 치고, 왜 새옷으로 갈아입지 않고 북을 치느냐? 이 자리가 어떤 자리인지 몰라서 그러느냐? 승상께서도 나와 계시는데 네놈이 과연 정신이 있느냐?"

이 소리를 듣자 예형이 갑자기 자리에서 벌떡 일어나더니 옷을 하나씩 벗어 알몸으로 그들 앞에 섰다. 시녀들은 질겁을 하여 얼굴을 가렸고 무장들은 어이가 없어 서로 건너다보았다. 사람들이 웅성거리자 예형은 낯빛 하나 붉히지 않고 천천히 옷을 주워입었다. 앞에서 보던 순욱이 너무 어이가 없어 꾸짖었다.

"이곳은 묘당廟堂이다. 그게 무슨 짓이냐? 무례하기 짝이 없는 놈이 아니냐!"

예형은 웃음을 머금은 채 태연히 말했다.

"순욱공, 무례하다니요? 무례하다는 것은 임금과 윗사람을 속이는 것을 말하는 게요. 저는 부모가 제게 주신 그대로의 깨끗한 모습을 내보였을 뿐이오."

조조는 아무 말 없이 이 광경을 지켜보고 있었다. 창피를 당한 순욱이 다시 큰 소리로 꾸짖었다.

"그래 네놈은 깨끗하고 누구는 더럽단 말이냐?"

예형이 순욱을 힐끗 쳐다보더니 말했다.

"당신 같은 피라미는 말할 상대도 아니 되오. 나는 승상께 할말이 있소."

예형은 조조가 앉아 있는 곳을 바라보며 말하기 시작했다.

"조승상은 어진 사람과 어리석은 놈을 구별하지 못하니 눈이 더러운 것이오, 책을 읽지 않았으니 입이 더럽습니다. 그뿐입니까? 사욕에 빠져 충신의 말을 듣지 않으니 귀가 더럽고, 몸이 더러우니 고금의 역사를 보고서도 두려워하지 않습니다. 천자를 모시면서 제후들과 두루 화친하면 되는데도 그것을 하지 않으니 배가 더럽고, 속으로 항상 천자의 자리를 노리니 이것은 승상의 심보가 더럽기 때문입니다. 저 같은 천하의 명사에게 북을 치게 한 것은 양화陽貨가 공자를 우습게 본 격이고, 맹자의 방문을 막은 노魯나라 평공平公의 애첩 장창臧倉이 맹자를 헐뜯는 셈입니다. 승상이 정말 천하의 패업을 도모하려 한다면 이따위로 사람을 가볍게 대하면 아니 되오."

이 말을 듣자 다시 장내가 시끄러워졌다. 연회에 참석하고 있던 공융이 재빨리 몸을 일으켜 조조에게로 다가갔다. 조조의 무장들이 바로 예형을 죽일 듯했기 때문이다.

"승상, 제가 사람을 잘못 보고 큰 실수를 저질렀습니다. 예형은 너무 어린데다가 사람 같지 않은 놈이니, 그저 미친놈 하나 들어왔다고 생각하십시오."

그러나 뜻밖에도 조조는 차분하게 공융에게 말했다.

"예형이 말한 양화를 다시 생각해보고 있소. 양화는 『논어』 양화편에 나오는 노나라 사람으로, 계환자季桓子를 가두고 정치를 마음대로 한 사람이오. 양화가 공자를 만나려 했으나 공자는 그를 멀리했지요. 그러자 양화는 공자에게 새끼 돼지를 선물로 보냈는데, 공자는 양화가 없는 틈을 타서 양화의 집에 가 선물을 돌려보내고 돌아오는 길에 양화를 만났지요. 양화가 '나라를 위해 일할 재능이 있는 자가 그 재능을 품안에다 감춰두고서 자기 나라를 어지럽게 하는 것은 인자하지 못한 것이다. 세월은 가는 법인데 왜 나랏일을 도와주려 하지 않는가'라고 하자 공자가 '예, 저는 분명 나중에는 벼슬을 할 것입니다' 하고 대꾸했습니다. 공자가 벼슬하기가 싫었던 것이 아니라 양화 밑에서 일하기가 싫었던 것이지요. 하지만 나는 이자가 원하든 말든 한 가지 공무를 맡기려 하오."

조조는 자리에서 일어나 손을 들어 예형을 가리키며 말했다.

"그래 대단하다. 내가 이렇게 대단한 인물을 몰라보았구나. 이제 내가 너를 형주에 갈 사자로 명할 것이니 네가 유표를 달래어 투항시 키면 오늘의 만용을 용서함은 물론 공경公卿의 벼슬을 내릴 것이다. 잘 처리해 조정을 도와주기를 바란다."

옆에 있던 순욱이 놀라서 다가와 조조에게 귓속말을 했다.

"승상, 말이 안 됩니다. 예형을 유표에게 보내는 사자로 명하다니 요? 그런 중대한 일을 예형에게 맡기셔야 되겠습니까? 아무리 장수 와 가후가 투항했다 하더라도 형주는 무시할 곳이 아닙니다."

조조가 순욱을 돌아보며 조용히 말했다.

"그대의 말이 맞네, 그러나 생각해보게. 공융놈이 적격인데 그놈이 가기를 거부하고 추천한 것이 예형일세. 유표는 생각이 복잡한 자이 므로 우리가 설득할 수 있는 작자가 아닐세. 그리고 자네 말처럼 우 리가 예형을 죽일 수는 없지 않나? 오히려 저리 엉뚱한 녀석을 보 내면 일이 성사될지도 모르고 혹 그렇지 않더라도 나는 더 이상 예형 으로 골치 썩기 싫네."

조조는 다시 측근에게 예형을 유표에게 보내라고 명했다. 그런데 예형은 조조의 명을 거절했다. 조조는 말 세 필을 준비시켜 예형을 형주까지 강제로 끌고 가도록 했다. 겉으로 형식을 갖추기 위함이어 서인지 조조는 문무백관들에게 명해 모두 동문 밖까지 따라나가 예 형을 전송하게 했다. 순욱은 아니꼬와서 견딜 수가 없었는지 문무백관을 돌아보며 속삭였다.

"재승박덕才勝薄德이라도 저런 놈은 처음 봅니다. 저놈이 지나가든 말든 모른 척합시다."

모두들 순욱의 말에 동조했다. 그래서 예형이 동문에 도착하자 말에서 내려 그들에게 다가와도 그들은 못본 척 이야기만 했다. 이것을 본 예형은 갑자기 목을 놓아 통곡하기 시작했다.

"아니 사자로 가는 자가 느닷없이 울긴 왜 우나?"

순욱이 별일을 다 본다는 듯 물었다.

"송장 옆을 지나니 곡을 하는 것이 당연하지 않소?"

순욱의 화가 폭발했다.

"이놈아, 우리가 송장이라면 네놈은 머리도 없는 귀신이다."

순욱의 말을 듣자 예형이 갑자기 입을 다물더니 한동안 자기의 몸 아래위를 훑어보고 말했다.

"허허허, 그래, 나는 곧 머리 없는 귀신이 될 것이다. 그래도 나는 머리 달린 대역무도한 네놈들과는 다르다. 나는 한나라의 신하로 네놈들처럼 천자를 기만하지는 않는다. 그래, 머리 있는 네놈들은 그 머리로 천자를 우롱하라고 배웠느냐?"

예형의 말을 듣고 모두들 칼을 뽑아들고 예형을 죽이려 하자, 순욱이 만류했다.

"그만두시오. 그까짓 쥐새끼 같은 놈을 죽인들 무엇하겠소!"

예형이 쏘아붙였다.

"그래 나는 쥐새끼 같지만 그래도 사람이다. 그런데 내가 보니 네놈들은 하나같이 머리도 없는 구더기 같은 놈들이로구나."

순욱은 좌중에게 더 이상 실랑이할 가치도 없다며 돌아가자고 제의했고 모두들 사나운 심정으로 흩어졌다.

그날 연회에 참석하고 돌아온 공융은 예형이 너무 일찍 자신의 전부를 드러내어 조조의 노련함에 걸려들었다는 안타까움에 잠을 이룰 수가 없었다. 조조가 예형을 직접 죽이지는 않았으나 유표에게 죽임을 당할 것이 불을 보듯 뻔했기 때문이다.

형주 땅에 도착한 예형은 유표를 만났다. 유표는 문장의 대가로 알려진 예형이 조조의 사자로 온다는 소리에 의아하기도 했지만 사자로 온 자가 흐트러진 머리에 더러운 옷차림인 것을 보고 놀랐다. 그러나 유표는 사람 사귀기를 좋아하는 터라 예형과 서로 인사하고 자리에 앉았다.

"「앵부부鸚鵡賦」로 유명하신 대문필가를 이렇게 뵙게 되어 영광입니다. 그런데 어찌 조조의 사신으로 오시게 되었습니까?"

유표는 그렇게 말하고는 곧 후회했다. 듣기에 따라서는 마치 예형을 추궁하는 듯한 말이었기 때문이다. 예형은 유표의 말을 듣고 잠시 난감한 표정을 짓더니 말했다.

"글쎄, 조승상이 제게 말하기를 장군의 목을 베어다주면 공경의 작위를 준다고 합디다만⋯⋯."

유표는 자신이 먼저 말 실수를 한 것이 찜찜했으나 예형의 쏘아붙이는 듯한 직접적인 언사에 놀라지 않을 수 없었다.

"그래, 공은 제 목을 가져가실 요량이오?"

유표가 일부러 겁을 집어먹은 듯한 태도로 묻자, 예형은 껄껄 웃으면서 말을 이었다.

"글쎄요. 제가 보기에는 조승상 휘하에는 제가 아니더라도 올 사람이 많을 듯합니다. 그나저나 천자께서는 장군에 대한 원망이 높으신 듯합니다. 지금 천자를 구하실 분은 형주의 유표 장군뿐인데, 유장군께서는 형주에 눌러앉아 썩은 선비들과 희롱이나 하고 계시니 어찌 이 나라가 조조의 손아귀에 놀아나지 않겠습니까?"

유표는 그제야 조조가 자신에게 예형을 보낸 이유를 확실히 알 것 같았다. 예형은 조조는 물론이고 유표 자신도 감당하기에 힘든 상대였던 것이다. 유표는 예형을 보면서 말머리를 돌렸다.

"그래 알겠소. 여기까지 오신 김에 형주의 아름다운 경치나 보고 가시지요. 원래 이 고장은 아름답기로 소문난 곳이오. 한번 강하江夏 쪽으로 가보십시오. 그곳에서 황조黃祖가 잘 영접해줄 것이오."

예형은 별다른 거부 없이 수락했다. 예형이 떠나고 나자, 유표는 옆에 있던 부장 채모를 보며 말했다.

"예형은 도대체 알 수 없는 사람이야. 내게 무슨 할말이 있는 듯하면서도 그 따위로 말을 해대니 내가 어찌 계속 대꾸하겠나?"

"그놈은 스스로 자신이 대단하다고 생각하고 장군을 함부로 조롱한 것임에 틀림없습니다. 장군은 어째서 저렇게 무례한 놈을 그냥 살려 보내십니까? 이것은 형주의 수치입니다."

유표가 대답했다.

"예형이 하는 말투를 보면 조조에게 죽지 않은 것만도 다행일세. 조조놈은 역적이나 다름없는 주제에 자기를 항상 후덕하게 보이려 하는 놈이니 아마도 살려주었을 걸세. 그런데 내가 저자를 죽이면 내 이름만 욕되게 하는 셈이지. 내가 보기에 예형은 죽기를 작정한 것 같네. 내가 죽이지 않더라도 예형을 따라온 무사들이 예형을 쥐도 새도 모르게 죽일 걸세. 어쨌든 조조는 일부러 예형을 내게 보내 내가 그를 죽여 천하의 명사를 죽였다는 오명을 뒤집어씌우려 했겠지. 그래서 내가 황조에게 보낸 것일세. 내가 그리 호락호락한 사람은 아니라는 것을 조조도 알게 될 거야. 황조는 단순하고도 우직하니 예형이 살아서 오면 예형을 다시 받아들이고 설령 황조가 죽인다 한들 무엇이 문제겠나?"

예형을 보내고 난 뒤, 얼마 되지 않아서 원소에게서 사자가 왔다. 유표는 여러 모사들을 불러서 말했다.

"천하의 윤곽이 좀 잡히는 모양이오. 이 조용했던 형주까지 전운이 감도는 듯하니 말이오. 지금 형주에 조조와 원소의 사자가 모두 와 있소. 도대체 누구 편을 들어야겠소?"

중랑장 한숭韓嵩이 말했다.

"지금 천하는 두 영웅이 서로 다투고 있으니 장군께서 조금만 기다리셨다가 이 참에 어부지리를 얻어보십시오. 즉, 원소와 조조가 싸우게 되면 주 전쟁터는 황하 유역이 될 것입니다. 그 틈에 허도를 치시면 우리는 쉽게 황제를 모시고 올 수 있습니다. 그때 천하를 도모해보십시오."

이 말을 듣자 유표가 한숨을 쉬며 말했다.

"글쎄, 내게 원소나 조조와 겨룰 만한 힘이 있는가?"

한숭이 다시 말을 이었다.

"만약 그러시다면 장군께서는 편리한 대로 따르시면 됩니다. 조조는 전쟁의 귀재인데다가 그에게는 많은 선비와 모사꾼들이 모여들고 있습니다. 지금 천하의 형세로 보아 조만간에 원소와 조조 사이의 대혈전이 있을 듯합니다. 지금의 형국으로는 누가 이길지 장담하기 어렵습니다만 전란을 피해 형주와 양양 땅에 모여 있는 인사들의 중평은, 간발의 차이로 조조가 이길 것이라고 예상하고 있습니다. 만약 그렇게 된다면 조조는 먼저 원소를 취하고 그 다음에 형주를 거쳐 강동으로 쳐들어갈 텐데, 그때는 장군께서 막기 힘드실 것입니다. 제 생각으로는 차라리 장군께서 지금 조조에게 투항하시는 것이 형주에 대한 권리보전에 더욱 도움이 될 듯합니다. 조조가 원소를 평정하고 나면 무엇이 아쉬워 장군께 화친의 사신을 보내겠습니까?"

한숭의 말을 듣고 유표는 계속 고민하면서 결정을 내리지 못하고 도리어 한숭에게 명했다.

"내가 도저히 결정하기가 어렵구먼. 자네 말도 옳은 듯한데 아직 결심이 서지 않네. 자네가 허도에 가서 조조를 만나보게. 그래서 허도의 동정을 살핀 다음에 결정하기로 하세."

한숭이 대답했다.

"외람되오나 한 말씀드리겠습니다. 주군(임금)과 신하 사이에는 각기 걸어야 할 길이 따로 있습니다. 지금 저는 장군을 섬기고 있으니 장군의 명령을 따르겠지만 제가 지금 형주를 떠나 허도로 가면 사정이 달라질 수 있습니다."

유표가 놀라서 물었다.

"아니 그게 무슨 말인가?"

한숭이 말했다.

"저는 장군의 신하이기 이전에 한 황실의 신하입니다. 만약 제가 허도에 갔다가 천자께서 벼슬을 주신다면 저는 천자의 신하로 조승상의 명을 받아야 할 처지가 돼버립니다. 그렇게 되면 제가 천자의 사자로 오기 전에야 어찌 다시 형주 땅을 밟을 수 있겠습니까?"

"참 사람, 생각도 복잡하네. 그건 그때 가서 생각하고 일단 자네는 허도로 가보게."

한숭이 형주를 떠나 허도로 가서 조조를 만났다. 조조는 한숭을 크게 환대해 맞이하고는 곧바로 시중으로 삼아 영릉零陵 태수에 명했다. 며칠이 지난 후 조조는 한숭을 불러 형주의 유표를 설득시킬 것을 권했다. 한숭도 쾌히 응낙했다.

한편 한숭이 떠난 후 노심초사하던 유표는 한숭이 돌아오기는커녕 오히려 벼슬을 받아서 허도에 머무르고 있다는 소리를 듣고 크게 화가 났다. 그러던 차에 한숭이 돌아오고 있다는 소식을 듣고 다시 기대에 차서 한숭을 만났는데 한숭의 행동이 예전 같지 않았다. 유표를 만난 한숭이 정중하게 절을 올린 후 유표를 보며 말했다.

"천자의 사신으로 장군을 뵙게 되어 영광입니다. 천자께서 장군의 근황을 물으셨습니다. 그리고 조승상께서도 친히 장군에게 안부를 전하라고 하셨습니다. 조승상께서는 위로는 천자를 모시고 아래로는 억조창생을 보살피시느라 여념이 없으십니다. 그리고 의병을 일으키시어 천하를 평안하게 하시기 위해 최선을 다하고 계십니다. 조승상의 큰 덕은 이제 사해에 뻗어 있고 그 선함은 적여구산積如丘山과 같습니다."

유표가 듣고 있자니 기가 막혀, 말을 끊고 물었다.

"그래 알았네. 허도의 사정은 어떤가? 조조는 뭐라든가?"

"조승상께서는 장군과 가까이 지내시기를 바라고 계십니다. 천하의 영웅이신 조승상의 환심도 사고 중앙의 정치 경험을 일찌감치 쌓기 위해서 아드님 두 분을 허도로 보내시는 것이 어떨까 하는 생각이 듭니다만."

유표가 이 말을 듣자 화를 참지 못해 버럭 소리쳤다.

"이놈아, 네놈이 허도에 가더니 아주 조조의 개가 됐구나. 무엇이 어째! 내 아들들을 인질로 보내라고? 그것을 말이라고 하느냐? 여봐라, 이놈의 목을 쳐라!"

한숭은 지지 않고 크게 외쳤다.

"장군, 무슨 말씀을 그렇게 하십니까? 저는 천자의 사자로 온 사람입니다. 제가 떠나기 전에 미리 장군께 말씀을 드린 바가 있습니다. 저는 조승상의 개가 되거나 천자의 개가 되거나 관심이 없습니다. 저는 다만 과거에는 장군의 신하였고, 이제는 천자의 신하로 조승상을 받들고 있을 뿐입니다. 공연히 천자의 사자를 죽여서 천하의 우환거리를 만들려 하십니까?"

옆에서 듣고 있던 괴량이 유표를 간곡하게 말렸다.

"장군, 그러기에 한숭이 허도로 떠나기 전에 미리 그런 말씀을 드리지 않았습니까? 참으십시오. 어쨌든 지금 한숭은 천자의 사자입니다. 천자의 사신을 죽이고 그 뒷감당을 어찌하려 하십니까?"

유표는 기가 막히다는 듯이 가슴을 치더니 한숭을 돌려보내라고 했다. 유표는 한숭을 허도로 돌려보내고 허탈한 심경으로 내실에 앉아서 차를 마시고 있는데 전령이 달려와 황조가 이미 예형을 목 베어 죽였다고 보고했다. 유표가 전령에게 물었다.

"그래, 경치 구경하러 간 사람을 황조가 왜 죽였다더냐?"

전령이 대답했다.

"처음에는 황조가 예형을 데리고 다니면서 경치 구경도 시키고 뱃놀이도 해서 예형도 즐겁게 시간을 보냈답니다. 그런데 하루는 황조와 예형이 함께 취하도록 술을 마시다가 황조가 예형에게 허도에는 어떤 인물들이 있느냐고 물었습니다. 그러자 예형이 쓸 만한 인물로는 공융이 있고 애송이로는 양수楊修(양표의 아들)가 있다고 대답했습니다. 그러자 황조가 자기는 어떠냐고 물었더니 예형이 '당신은 인물 축에 들지도 않는다'고 농담 삼아 얘기했는데 황조가 크게 화를 내면서 예형의 목을 베었다고 합니다."

유표는 예형이 죽었다는 말을 듣고 재원이 너무 허망하게 사라진 것을 탄식하며 그를 후히 장사지내주라고 영을 내렸다.

한편 예형의 죽음에 대한 소문을 들은 조조는 이미 예상했던 일이라는 듯 놀라는 기색도 없었다.

"세 치 혀가 칼이 되어 제 목을 베었구먼!"

순욱이 한마디했다.

"자승자박, 자업자득입니다."

순욱의 말을 듣고 잠시 침묵하던 조조는 갑자기 뭔가 떠오른 듯 말했다.

"그나저나 형주 일은 좀처럼 매듭지어지지 않네. 도대체 유표란 놈은 뭘 어쩌자는 것인지. 파리 잡아먹은 두꺼비처럼 꿈쩍도 않고 버티고 있으니, 이 참에 형주를 치는 것이 어떻겠나?"

순욱이 조조를 보며 말했다.

"유표가 예형을 죽인 것은 잘된 일이긴 하나 뜻밖의 일이기도 합니다. 그렇다고 유표를 지금 치러 가는 것은 무리입니다. 황하를 건너면 바로 원소가 아군과 대치하는 상황입니다. 그리고 유비도 아직 평정하지 못했습니다. 그런데 유표 때문에 군사를 일으키는 것은 폐병으로 죽어가면서 손끝에 찔린 가시에 신경을 쓰는 것과 같습니다. 먼저 유비와 원소를 토벌하신 다음에 유표를 치는 것이 바람직합니다."

조조는 이 말에 동의했다.

손책의 죽음

서기 199년 가을.

손책은 지속적으로 세력을 확대해갔다. 그는 여강廬江 태수 유훈劉勳에게 예장豫章에서 상료上繚가 평려택彭蠡澤(파양호鄱陽湖)을 근거지로 삼고 있으므로 이를 공격하라고 충동질했다. 유훈이 상료를 토벌하러 간 사이에 손책은 빠르게 기병을 이끌고 가서 여강을 점령해버렸다. 손책은 여강을 손에 넣고 이를 강동의 안정을 꾀하는 교두보로 삼았다. 졸지에 근거지를 빼앗긴 유훈은 수백 명의 휘하와 함께 조조에게 투항했다. 여강을 손에 넣은 손책은 여세를 몰아 파양호까지 진격해 예장도 함락했다. 이제 손책은 강동 지역을 기반으로 북쪽으로는 장강, 서쪽으로는 파양호, 남쪽으로는 절강浙江에 이르는 광대한 지역을 차지하게 되었다. 그러나 이 일은 손책이 교활하고 수단과 방법을 가리지 않는 사람으로 알려지는 계기가 됐다.

손책은 예장을 함락한 뒤에 장굉張紘을 허도로 보내 천자에게 표를 올렸다. 조조는 손책이 보낸 표를 보면서 속으로 뇌까렸다.

'강동의 호랑이 새끼가 너무 커버렸구먼!'

조조는 손책이 비록 중원에 가까운 땅은 아니지만 영역을 확대하고 있다는 것이 유쾌하지 않기 때문에 미리 화근을 없애야겠다고 생각했다. 그러나 북방에 있는 원소의 동정부터 살펴야 하는 상황이라 그럴 여유가 없었다. 오히려 손책을 달래어 중원 통일에 방해가 되지 않도록 하는 것이 급선무였다.

그리고 무엇보다도 강동 땅은 워낙 멀리 떨어져 있어서 직접적인 위협이 되지는 않았다. 조조는 다만 원소와의 대결 때 손책이 허도를 공격하는 일만 없으면 된다고 생각했다. 조조는 손책의 공을 치하하고 위로하면서 동생 조인曹仁의 딸을 손책의 작은동생인 손광孫匡에게 시집보냈다. 또 아들 조장曹彰을 위해 손씨 집안의 딸을 데려와 며느리로 삼았다. 그리고 양주 자사에게 명해 손책의 동생 손권孫權을 무재武才로 추천하기도 했다.

조조의 이 같은 배려에도 불구하고 손책은 별로 유쾌하지 않았다. 궁극적으로 손책은 자신이 천하의 명사가 되기 위해서는 그에 합당한 벼슬이 필요한데 조조가 도무지 이 문제를 배려하지 않고 있다고 생각했던 것이다. 조조는 조조대로 어린 손책에게 너무 높은 벼슬을 주어 유명인사로 만들 하등의 이유가 없었기 때문에 손책의 요구를 못 들은 척했다. 손책은 조조에게 대사마大司馬 벼슬을 내려달라고 요구했으나, 조조는 여러 가지 이유를 들어 이를 거절했다. 조조는 순욱에게 손책의 요구가 어이없다는 듯 하소연했다.

"이 손책이란 아이가 아주 정신이 나갔군. 대사마란 자리가 무엇인지 알고나 달라는 것인가? 대사마는 전국 최고의 군사장관으로 한때는 조정의 정치를 모두 장악하기도 한 실세 중의 실세 자리가 아닌가? 지위는 승상 아래지만 실권은 승상보다도 더 큰 것이 바로 이 대사마라는 자리일세. 제놈 나이가 이제 겨우 스물네 살이 아닌가?"

순욱이 말했다.

"어쩌다 어린 녀석들에게 힘이 생기면 그들은 세상 무서운 줄 모르는 법입니다. 예형의 경우도 마찬가지였습니다. 대사마는 정일품 벼슬입니다. 아예 승상자리를 물려달라는 소리와 무엇이 다릅니까? 그렇지만 항상 참으시고 얼러서 다독거리셔야 할 것입니다."

"그놈의 아비가 그렇게 설치고 다니다가 요절하더니 그 아버지에 그 아들일세. 도대체 그놈이 대사마 벼슬을 달라는 이유가 무엇인가?"

"그야 뻔한 일입니다. 사실 손책의 집안이 내세울 것이 뭐가 있습니까? 지금 강동 땅에는 반半오랑캐놈들이 살기 때문에 무슨 벼슬이라도 있으면 아마 권위가 서겠지요. 사실 말이 그렇지, 강동 땅에 제대로 된 정치체제가 서겠습니까? 손책이 그 많은 땅을 장악했다고 해도 대개는 소택지沼澤地나 생산이 별로 없는 버려진 땅들에 불과합니다. 그리고 그런 지역에 있는 작자들도 대개는 고만고만한 군사조직의 우두머리들입니다. 현재의 강동 땅은 작은 군사조직을 거느린 우두머리들의 연합체에 불과합니다. 그러니 이들이 손책의 말을 듣겠습니까? 지난번 손견의 경우도 마찬가지였습니다. 그가 데리고 온 군대는 2천 명이 채 안 되었습니다. 손견이 옥새에 그만큼 집착한 것이나 손책이 대사마에 집착하는 것이나 같은 맥락이 아니겠습니까?"

조조는 곽가를 불러서 다시 손책에 대한 의견을 듣고자 했다.

"승상, 그다지 신경 쓰실 일이 아닙니다. 손책은 물론 대단한 인물이지만, 제가 보기에는 이무기에 불과합니다. 손책은 그 아비의 후광으로 너무 빨리 성장했습니다. 원래 그 아비가 일찍 죽거나 제구실을 못하는 경우에 그 자식들이 윗사람을 업신여기거나 세상을 지나치게 단순하게 보는 경우가 많습니다. 특히 강동 땅은 세련된 중원정치와는 거리가 먼 곳입니다. 손책이 대비도 없이 함부로 구는 이유도 바로 이 때문입니다. 제가 보기에 손책은 만용을 부리는 필부에 지나지 않습니다. 제가 과거에 조정의 사자로 손견에게 갔던 유완劉琬공께 들어보니 손권을 제외하고는 모두 요절할 팔자라고 했습니다. 걱정하실 필요 없습니다. 더구나 오군吳郡은 중원에서 매우 멀리 떨어져 있습니다. 허도에서 오군까지는 빨라도 거의 한 달이 걸리는 거리입니다. 제놈들이 군대를 동원해서 오려고 해도 쉽지가 않습니다. 정규전을 치르기 위해서 2만 이상의 병력을 동원한다고 해도 그 많은 배를 어떻게 다 구하겠습니까? 또 식량은 어떻게 조달하겠습니까? 제놈들이 허도를 위협한다고 해도 걱정하실 일이 아닙니다."

조조는 손책의 요구를 못 들은 척하며 이리저리 피해갔다. 이에 앙심을 품은 손책은 강동의 군대를 몰아 기어코 허도를 치겠다고 벼르고 있었다. 성질이 괄괄하고 과격한 손책은 속에 있는 말들을 가는 곳마다 떠벌리고 다녔다. 오군 태수였던 허공許貢이 이 말을 듣고 매우 우려했다. 허공은 평소에 청렴한 사람으로 부하들이나 아랫사람들에게 성의를 다해 대했기 때문에 사람들에게 높은 신망을 얻고 있었다. 그가 보기에 손책은 허풍이 심하고 천하를 도모할 자질이 없는데다 공연히 불장난할 사람으로 비쳤다. 그는 조조에게 보내는 편지를 써서 심복에게 전하라 일렀다.

승상 보십시오. 손책은 날쌔고 용맹함이 항우에 견줄 만한 인물입니다. 그러나 그는 방자하기 이를 데 없으며 아직 미숙하여 무슨 일을 저지를지 모르는 위인입니다. 제가 보기에 그는 공연히 천하를 어지럽힐 인물입니다. 바라건대 조정에서는 손책에게 만족할 만한 벼슬을 내리시어 허도로 불러들이는 것이 좋을 듯합니다. 이런 사람을 이대로 오군과 같은 변방에 놔둔다면 후에 반드시 우환이 될 것입니다.

오군은 거대한 태호太湖에 접해 있는 곳으로 육로로 가는 것보다 배를 타고 장강으로 가는 것이 훨씬 시간을 절약할 수 있었다. 허공의 편지를 몸에 지닌 밀사는 강변으로 나가서 배편을 기다렸다. 그러나 밀사는 강변을 지키는 군사들에게 붙잡혀 손책에게 끌려가고 말았다. 밀사의 행동을 수상하게 여긴 손책이 몸을 샅샅이 수색하게 하자 결국 허공의 편지가 나오고 말았다. 그 편지를 본 손책은 노발대발하더니 즉시 그 밀사의 목을 베어 죽였다. 그러고 난 뒤 허공에게 사람을 보내어 상의할 일이 있다며 그를 불러들였다.

허공은 달갑지 않았지만 가지 않을 수도 없어서 10여 명의 심복만 데리고 손책에게 갔다. 손책의 장군부將軍府 앞에 이르자 부하들은 함께 들어갈 수가 없었다. 그들은 할 수 없이 안내소에 머무르고 허공만 안으로 들어갔다. 허공이 부문府門을 열고 안으로 들어가자마자 10여 명의 도부수들이 나와서 허공의 온몸을 난자했다. 허공의 심복들은 이상한 낌새를 느꼈으나 안으로 들어가볼 수도 없어서 그 자리에서 머뭇거렸다. 순간 도부수들이 달려나와 그들을 덮쳤다. 심복들은 이에 대항하다가 그 자리에서 대여섯 명이 죽고 나머지만 겨우 손책의 공관을 탈출했다. 이들은 말을 타고 달려가 허공의 가족들에게 이 사실을 알리고 피신할 것을 종용하여 허공의 가족들은 사방으로 뿔뿔이 흩어져 도망쳤다.

장군부에서 살아남은 네 사람 가운데 한 명은 허공의 가족들을 호위하고 남은 세 사람은 오군에 남아서 허공과 동료들의 원수를 갚을 기회만 엿보고 있었다. 오군은 도시 전체가 마치 물위에 떠 있다고 할 정도로 수로가 복잡하게 늘어져 있어 이들이 피신하기는 어렵지 않았다. 그들은 춘추전국시대의 오나라 왕 부차夫差가 자기의 아버지 합려闔閭를 위해 묘역으로 조성한 호구虎丘의 산으로 올라가 숨어 지내기도 하고, 배를 타고 인적이 드문 단도丹徒 서쪽의 야산을 배회하기도 했다. 그러면서 이들은 손책의 저택을 감시하는 일을 게을리하지 않았다.

그해 11월. 겨울이지만 다른 때보다 유난히 포근한 날이었다. 그날 아침, 허공의 심복들은 손책이 10여 명의 측근만 거느린 채 배를 타고 단도 쪽으로 이동하고 있는 것을 탐지했다. 갑옷도 입지 않고 사냥복 차림으로 배를 타고 흥겹게 노래를 부르는 것으로 보아 사냥을 가는 것이 분명했다. 허공의 자객 세 사람은 배를 따라 육로로 은밀히 말을 타고 따라갔다.

이윽고 단도에 도착한 손책 일행은 막사를 세우고 사냥준비를 하기 시작했다. 그 동안 손책은 호위병도 없이 혼자서 이리저리 사냥을 하고 돌아다녔다. 자객들은 말을 버리고 숨어서 이를 유심히 지켜보다가 그 뒤를 몰래 따라갔다.

손책은 앞쪽에서 커다란 사슴이 놀라 튀는 것을 목격하고 말을 몰아 뒤를 쫓았다. 손책이 사슴을 찾아 숲속을 이리저리 헤매고 있는데 갑자기 나무 뒤 여기저기에서 칼과 활을 든 사람들이 나타났다. 누구 손책은 매복중인 허공의 자객에게 습격을 당한다.
그는 패왕(霸王) 항우를 본떠 '소패왕' 이란 별명으로 불렸다.
그러나 '패권' 이니 '패도' 니 하는 말에서 알 수 있듯
'패(霸)' 라는 용어는, 강한 실력을 갖추었다는 긍정적 의미와
동시에 덕보다 힘을 앞세운다는 부정적인 뜻도 지니고
있었다. 손책도, 항우도 패왕의 부정적 특성 때문에 스스로가
만든 적에 의해 발목을 잡히고 만다.

나고 물어볼 틈도 없이 화살 하나가 날아와 손책의 가슴에 꽂혔다. 손책이 칼을 빼어들고 이들을 막으려 하는데 다시 자객들의 칼이 옆구리를 찔렀다. 이어 순식간에 손책의 온몸이 휘번뜩이는 칼날에 찔렸다. 손책은 있는 힘을 다해 몸을 빼 달아나며 고함을 질렀다. 이때 자객 중의 한 사람이 가까이 다가와 말했다.

"네놈의 목을 가지러 왔다. 우리는 허공의 가객이다. 네놈을 죽여 주인과 친구들의 원수를 갚으려고 이때를 기다렸다!"

손책은 활을 거꾸로 들고 칼을 막으며 사력을 다해 말을 몰아 도주했다. 이미 온몸에서는 뜨거운 피가 흐르고 있었고 가슴과 허벅지, 옆구리에는 자상刺傷으로 인한 통증이 밀려오기 시작했다. 손책의 고함소리를 듣고, 정보를 비롯한 측근의 심복들이 달려가서 보니 자객들이 피투성이가 된 손책을 따라오면서 창으로 그의 몸을 찌르고 있었다. 정보는 앞뒤 돌아볼 겨를도 없이 바로 그 자객들에게 뛰어들어 이들을 순식간에 죽여버리고 손책을 구했다. 그러나 손책은 이미 의식을 잃을 정도로 피를 많이 흘렸고 온몸이 난자당해 늘어져 있었다.

손책의 부하들은 피범벅이 된 손책의 몸을 닦아내고 약을 바르고 상처를 싸맨 다음, 배에 태워 오군으로 돌아왔다. 손책의 아내인 교부인喬夫人은 아침에 멀쩡하게 나갔던 남편이 반송장으로 돌아오자 까무러치게 놀랐다. 교부인은 오군에서 명의로 소문난 화타華佗를 불러들였다. 화타가 상처를 살펴본 후 교부인에게 말했다.

"중상입니다. 아직도 살아계신 것이 기적입니다. 제가 보기에 화살 촉에 독약이 묻어 있어 독이 골수까지 들어간 듯합니다. 앞으로 최소한 석 달 이상을 지나봐야 안심할 수 있겠습니다. 환자가 화를 내시면 상처가 재발해 치료하기 어려우니 이 점을 반드시 유념하십시오.

지금 이 자상은 스스로 아물도록 해야 하는데 많이 움직이시거나 화를 내시게 되면 아물지 않을 것입니다. 그리고 환자의 고통이 극심하기 때문에 제가 마분麻貴이라는 식물가루를 탕재에 섞어서 드실 수 있도록 하겠습니다. 이것은 대마의 암술 꽃으로 극심한 고통을 가진 사람에게는 고통을 잊게 해주는 효과가 있는 약재이지만, 너무 오래 복용하면 기침이 나기도 하고 가끔씩 헛것이 보이기도 합니다. 그러나 지금 환자의 상태가 워낙 위중하여 불가피한 처방입니다."

주변의 극진한 간호에 힘입어 손책은 겨우 목숨은 건진 듯했다. 손책은 탕재를 먹으면 마치 병이 다 나은 듯해 매우 기분이 좋았다. 그래서 지루하게 하루종일 누워지내는 것보다는 그 동안 밀린 일을 처리하고 싶어했다. 그러나 약효가 떨어지면 이내 통증이 온몸에 엄습해왔다. 그런 손책에게는 하루하루가 고역이었다. 교부인은 손책의 곁을 떠나지 않고 지극정성으로 돌보았다.

서기 200년 1월.

경진년庚辰年 새해가 밝았다. 손책이 다친 지도 한 달이 지났다. 그간 손책은 계속 자리에 누워 요양하고 있었다. 탕재 덕분에 잠깐씩 고통은 잊을 수 있었으나 몸에서 자꾸 힘이 빠져나가는 듯하며 스스로도 야위어가는 것을 느꼈다. 정무에 대해서는 누구도 입밖에 내지 않아 손책의 답답함은 더했지만, 우선 몸이 나아야 하니 별 도리가 없었다.

다시 한 달이 지났다. 손책이 누운 방 창가로 봄이 찾아들었다. 강동은 다른 지역에 비해 봄이 빨리 찾아오기 때문에 벌판에는 풀빛이 짙어지고 봄꽃들이 노랗고 빨갛게 물들고 있었다. 그러는 가운데 허도에 갔던 장굉과 그 일행이 병문안차 들렀다. 의원은 이들에게 환자를 충동질할 만한 이야기는 절대 삼가라고 일렀다. 손책은 자리에 누워 그간의 소식을 물었다.

"그래, 허도의 사정은 어떻소? 조조가 내게 대사마 자리를 내준다고 합디까?"

장굉이 잠시 머뭇거렸다. 그러자 손책이 다시 다그쳐 물었다.

"조조가 또 이 핑계 저 핑계를 대면서 거절한 모양이로군요. 이 조조란 놈을 어떻게 해야 할지 모르겠소."

"주공께서는 너무 심려 마십시오. 제가 이번에 허도에 머물면서 돌아가는 꼴을 보니 조조도 정신이 없어 보였습니다. 한편으로는 유비를 정벌한다고 하고 다른 한편으로는 원소를 막아야 한다며 신경을 곤두세우고 있었습니다. 거기에다 유표를 달래어 자기 편으로 끌어들이는 일도 아직 해결되지 않은 채 남아 있는 것 같았습니다."

"그래, 조조가 나의 일에는 관심도 없었단 말이오?"

"관심이 없다기보다는 신경 쓸 경황이 없어 보였습니다. 그러나 조급하게 생각지는 마십시오. 만약 조조가 원소와 전쟁을 하게 되면 후방을 돌아보지 않을 수 없을 것입니다. 후방은 아무래도 유표가 되겠지만 거리가 멀다고 해서 조조가 강동을 무시할 처지는 아니지요. 만약에 강동이 움직인다면 조조에게는 상당히 신경 쓰이는 일이 될 것입니다. 일단 상황을 보면서 기다려보시는 것이 좋을 듯합니다."

장굉이 돌아가자 손책은 답답했다. 손책은 자리에 누워 허도의 일을 곰곰이 생각했다. 그러나 조조의 처사가 몹시 못마땅했다. 특히 허공의 일은 생각만 해도 견딜 수가 없었다.

"천하를 누비고 다녀야 할 내가 이렇게 누워서 세월만 허송하고 있다니 참으로 답답한 일이다. 그런데 그 허공은 나와 무슨 원수가 졌다고 조조와 내통을 하려 했을까? 그건 아무래도 능구렁이 같은 조조가 간계를 부려서일 게다. 아! 내 조조놈을 그냥 두어서는 안 되는데. 제놈이 나한테 대사마 자리를 못 준다고 내가 앉아서 당하고만 있으면 안 될 일이다. 강동의 호족豪族들을 다스리려면 제후 이상의 뚜렷한 작위가 필요하지 않은가 말이다. 아아, 내가 몸이 빨리 나아야 이 일을 추진할 텐데……."

손책은 혼자 자리에 누워 이런저런 생각으로 하루하루를 보냈다. 다시 한 달이 지났다. 그 사이에 조조와 원소가 결국 전쟁을 일으켰다는 보고가 날아들었다. 강동은 여름도 빨리 왔다. 4월 초가 되자 벌써 더운 기운이 몰려왔다. 손책은 창문을 열어놓고 자리에 누워 있을 때가 많아졌다. 그리고 장군부에서도 자주 와서 업무를 보고하게 했다. 햇볕이 많아지면서 손책의 몸도 한결 좋아진 것 같았다. 그래서 손책은 이제 조금만 있으면 자리를 털고 일어날 수도 있겠다고 생각했다.

여름의 녹음이 더 짙어진 4월 말, 하녀나 노복들의 옷이 거의 한여름 옷으로 바뀌었다. 교부인의 만류에도 불구하고 손책은 자신의 사저에서 장수와 모사들을 불러 조조를 성토한 뒤 정 안 되면 출병도 불사하겠다고 말했다. 참석자들은 손책이 아직도 병중이라 말하기가 꺼려지기는 했지만 무작정 시간만 보내고 있을 수도 없는 일이어서 자신들의 의견을 내놓았다. 먼저 장소가 말했다.

"제가 생각하건대 허도로 출병하는 것은 시기상조입니다. 의원이 말하기를 주공께서는 최소한 석 달 동안은 쉬면서 정양해야 한다고 했습니다. 주공의 귀하신 몸이 상하시면 어찌 되겠습니까?"

손책이 말했다.

"아무리 그렇다고 해도 지금 이 기회를 어찌 놓친단 말이오? 조조가 원소와 싸우고 있다면서요. 이러한 때에 어부지리를 취하지 않는다면 뒷날 후회할 것이오."

여러 사람들이 자기의 의견을 말하는데 대부분 장소의 의견과 대동소이했다. 일단 손책은 회의를 파하고 다시 병상으로 돌아갔다. 그런데 이틀 후 원소의 사자인 진진陳霞이 도착했다는 보고가 들어왔다. 손책은 병상에서 나와 진진을 맞았다. 진진이 손책에게 말했다.

"지금 저희 주공께서 강동과 결속을 맺고 함께 기군망상하는 역적 조조를 토벌하자고 하십니다. 장군의 생각은 어떠하십니까?"

손책은 잘됐다 생각하며 진진을 영빈관迎賓館에 묵게 했다. 다음날 점심 때, 넓고 시원한 누각에서 큰 잔치를 열어 진진을 대접하고 문무백관을 불러모아 이 문제를 협의했다.

오군은 수로가 발달해 오군성을 감싸고 도는 해자가 하나의 수로이기도 했다. 전시에는 규제를 했지만 평시에는 자유롭게 해자를 이용할 수 있어 많은 배들이 한가롭게 오군성 주위를 감싸고 돌았다. 오군성 안에는 군데군데 아름다운 정원이 조성되어 있고 그곳에서 사람들이 더위를 식혔다. 태호 쪽에서 바람이 불어와 더위를 식혀주는 시원한 오후였다.

모처럼 손책이 장수와 참모들을 모은 터라 모두 즐겁게 술을 마시고 잡담을 나누었다. 손책도 통증에서 벗어나 유쾌한 하루를 보내고 있었다. 마치 한가로운 오후의 잔치처럼 보였다. 그들이 나누는 이야기는 대체로 원소에게 긍정적인 방향으로 흘러갔다. 그러나 일단은 신중하게 관망할 필요가 있다는 의견이 지배적이었다.

술자리가 거나하게 익어갈 무렵, 여러 장수와 참모들이 서로 뭐라고 이야기하면서 하나둘 누각 밑으로 내려갔다. 그리고 잠시 후에 다시 올라와서 술을 마시고 또 다른 사람들이 내려갔다 올라오곤 했다. 술자리가 거의 끝나갈 즈음, 손책은 조금 이상한 생각이 들어 시종들에게 속삭이듯 물었다.

"저들이 어디로 갔다가 오는가?"

좌우 시종들이 아뢰었다.

"우씨于氏라고 하는 신선이 마침 누각 옆의 동로東路를 지나간다기에 여러 장수들이 절을 하려고 내려갔다가 오는 것입니다."

손책이 일어나서 시종이 가리키는 곳을 보니 누각에서 200여 보 떨어진 동로에서 과연 장수들이 웬 노인에게 인사를 하거나 일부는 인사를 마치고 돌아오는 듯했다. 그 노인은 몸에 새털로 만든 듯한 학창의鶴氅衣를 걸치고 있었으며 지팡이를 짚고 있었다. 그런데 가만히 보니 인사를 올리는 사람은 장수들뿐만이 아니었다. 그가 지나가자 백성들이 나와 절을 했고 그 노인 뒤로 수십 명의 수하들이 따르고 있는 것이 보였다. 이 광경을 본 손책은 차츰 불쾌한 생각이 들었다.

"그러잖아도 강동 땅에서 내 권위가 서지 않고 호족들도 제대로 단합이 안 되는 마당에 저런 자가 나타나 또 일을 힘들게 한단 말인가?"

손책은 홀로 탄식했다.

"어허, 강동 땅이 문제로다. 내가 얼마나 권위가 없었으면 저런 요망妖妄한 것들이 백성 위에 군림하는고? 내 이번 일을 바로잡아 일벌백계해야겠다."

손책은 누각 아래를 지키고 있던 위병 장교를 불렀다.

"병사들을 데리고 가서, 빨리 저 요망스러운 놈을 붙잡아오너라."

그러자 좌우 시종들이 이구동성으로 말렸다. 그 가운데 한 사람이

용기 있게 나서서 말했다.

"주공, 아니 되옵니다. 그는 우길于吉이라는 사람인데 동방의 영산靈山인 봉래산蓬萊山(금강산金剛山)에서 가끔 강동 땅을 왕래합니다. 우길은 낭야 땅에서 태어나 순제順帝 때 상인들을 따라 바다 건너 멀리 봉래산에서 10여 년간 약초를 캐며 살았다고 합니다. 그 산에는 불로초가 많이 나고 약초 중에는 죽어가는 사람을 살려내는 것도 있습니다. 그는 부적과 물로 많은 백성들의 병을 고쳤습니다. 사람들은 그를 신선이라 부르고 있으니 함부로 그를 대하시면 무슨 낭패가 있을지 모릅니다. 조심하시는 것이 좋을 듯합니다."

손책은 더욱 노하여 꾸짖었다.

"난세가 되면 세상이 혼란한 틈을 타서 반드시 혹세무민하는 자가 나오게 마련이다. 그리고 사람을 고쳤다고 떠드는 자들은 하나같이 그 증거를 대지 못한다. 물론 일부 고치는 경우도 있겠지만 병을 고쳤다고 따라다니는 무리들은 대부분 사기꾼들에게 매수된 놈이다. 사람은 마음으로 자기 병의 일부를 고칠 수도 있다. 저놈은 그것을 이용하는 것이다. 병은 약으로 낫게 하는 것이지 어찌 종이 쪼가리로 낫게 한다는 것인가?"

손책이 다시 근엄하게 명령했다.

"저 늙은 놈을 잡아오너라! 너희들 눈에는 신선으로 보일지 모르지만 내 눈에는 사기꾼으로밖에 보이지 않는다. 내 명을 어기는 놈은 당장 참형에 처하겠다!"

손책의 명령이 떨어지자 위병들이 당장 달려가 우길을 데리고 왔다. 손책이 우길의 아래위를 훑어보며 물었다.

"네놈은 도대체 무얼 하는 놈이냐?"

"저는 낭야 사람 우길이라고 합니다. 저는 오랫동안 산속에서 약용 식물을 채집하고 연구했습니다. 저는 그 지식을 가지고 가난하고 힘든 중생을 구하러 나온 것뿐입니다."

손책이 우길을 꾸짖었다.

"대부분의 사기꾼들이 잘 쓰는 말이 중생제도衆生濟度니 하는 것이다. 이놈아, 네놈이 진정으로 중생을 도우려 한다면 조용히 시골 구석구석을 누비며 병을 고치면 되는 것이지 왜 도시의 저잣거리에 나타나 도사 행세를 하느냐? 결국 네놈은 백성들의 약한 점을 이용하여 그들의 재물을 약탈하고 세상을 어지럽히는 것이다. 나는 네놈이 부적과 물로 병을 치료한다고 들었다. 이놈아, 병은 약으로 낫게 하는 것이지 어찌 종이를 태워서 낫게 한단 말이더냐?"

우길이 대답했다.

"저는 아직 백성들에게 어떤 물건도 취한 바가 없는데 어찌 백성들의 재물을 약탈했다고 하시오?"

"내가 너를 살려보내려 했으나 네놈의 말을 듣자니 용서할 수가 없다. 이놈아, 백성의 재물을 취하지 않았다면 네놈이 데리고 다니는 수십 명 졸개놈들의 의식주는 어떻게 해결했다는 말이냐? 오냐 알았다. 네놈이 진정으로 백성의 재물을 탐하지 않았다면 내가 너를 살려보내주마."

손책은 위병들에게 우길을 따르는 심복들을 당장 잡아들이라고 명했다. 위병들은 이내 밖으로 달려나갔다. 그리고 손책은 우길을 일단 옥에 가두라 명하고 동방의 사정에 밝은 상인들을 수소문하여 찾아오라고 했다. 그런데 그날 손책은 화를 낸 탓인지 병이 악화됐다. 애초에 연회를 여는 것도 무리였는데 화를 내고 분한 마음을 품었던 탓에 상처가 덧나기 시작한 것이다. 손책은 다시 자리에 누웠다.

　다음날 아침이 되자 시자가 와서 말하기를 우길의 무리들을 찾으러 나갔는데 모두 도망을 가서 잡을 수가 없었다고 했다. 그러면서 시자는 배를 타고 동방을 오간다는 상인 한 사람을 데리고 왔다. 손책은 아픈 몸을 일으켜 앉아 그를 데려오라고 했다. 그리고 그에게 옥중에 있는 우길과 대면하여 우길이 과연 동방에 살았는지에 대해 소상히 알아보라고 지시했다. 장소가 손책에게 간했다.

　"굳이 우길과 마찰을 일으킬 필요가 있겠습니까? 저도 우길의 무리들이 하는 말을 다 믿지는 않습니다만 강동에서 오랫동안 별다른 문제없이 지내왔던 것 아닙니까?"

　손책이 말했다.

　"물론 저도 종교적 문제까지 관여할 정도로 정신이 없는 사람은 아닙니다. 그러나 이 일은 단순히 신비적인 도인의 문제가 아니라 사회 문제입니다. 저런 세력들이 강동에 있다는 것은 강동의 정치력이 그만큼 약하다는 것을 말해주는 것입니다. 저는 진시황을 좋아하지는 않지만 진시황과 같은 통치는 필요하다고 생각합니다. 진시황은 귀신조차도 자신을 무서워해야 한다고 했어요. 산·나무·강도 자기의 신하로 생각했던 것입니다. 예를 들어볼까요? 진시황이 하루는 태산泰山을 순행하는데 갑자기 소낙비가 내렸습니다. 때마침 바로 옆에 비를 피할 큰 나무가 있어 나무 아래에서 비를 그었는데 그후 그는 이 나무를 오대부五大夫에 봉했습니다. 또한 남중국을 순행할 때 장강을 건너다가 상산湘山에서 바람을 만나자 죄인 3천 명을 동원하여 상산의 나무를 모두 베어버렸습니다. 상산을 벌한 것이지요. 이것은 그가 무생물인 나무나 산을 척결했다기보다는 무생물에게조차 그렇게 함으로써 사람들이 그를 천지만물까지도 다스릴 수 있는 자로 인식하도록 했다는 의미가 있습니다. 그러니 우길이 혹 비상한 능력을 어느 정도 가졌다 하여 백성들이 하나둘 거기에 빠져들게 내버려두면 그것이 언제 정치 세력으로 발전할지 모르는 일입니다. 황건적을 보세요. 그들이 어디 처음부터 천하를 넘보았습니까? 겉으로 보기에는 창검이나 권력과 아무런 관련이 없어 보여도 결국 그것의 종착지는 권력에 귀결되는 것입니다. 지금 저놈을 내버려두면 필시 강동 땅을 통치하는 데 장애물이 됩니다."

장소가 고개를 끄덕이며 돌아가자 이제는 어머니 오태부인吳太夫人이 아들의 문병을 겸해서 찾아왔다.

"얘 아가야, 네 몸은 좀 어떠냐? 심한 자상은 원래 잘 낫지 않는 병이다. 이 병은 꼼짝하지 않고 누워 있어야 하는데 너는 왜 자꾸 이리저리 다니느냐? 그리고 마음의 안정을 취해야 한다. 내가 들으니 네가 우신선于神仙을 옥에 가두었다는구나. 우신선은 많은 사람의 질병을 고쳐 오군에서는 존경과 추앙을 받는 분이다. 굳이 우신선을 가두어 무슨 이득이 있느냐? 그런 데에 신경을 쓰지 말고 네 몸이나 돌보아라."

손책은 어머니의 방문을 받고 놀랐다. 손책은 '어머님의 말씀에 따르겠다'고 오태부인을 안심시켜 돌려보냈다. 어머니를 보낸 손책은 우길이라는 작자가 끼치고 다닌 영향력이 여간 심각하지 않다는 데에 생각이 미쳤다.

"도대체 이 우길이라는 자가 온 고을은 물론이고 심지어 우리 가족들 사이에도 신망이 있는 자로 추앙받고 있으니 그냥 내버려두어서는 안 되겠다."

한나절 내내 우길의 일로 신경을 곤두세워서인지 손책은 몹시 피로를 느꼈다. 그러나 손책은 급한 마음을 재워둘 수가 없어 우길의 문제를 당장 처리해야겠다고 마음먹었다. 손책은 먼저 우길의 도움을 받아서 몸이 나았다고 하는 자들을 10명 이상 찾아오라고 했다. 그리고 이들을 자신의 주치의主治醫에게 조사시켰다. 또 시자에게 명해 우길과 대면하러 간 동방 상인도 불러왔다. 우길을 만났던 상인이 말했다.

　"우길이라는 자는 동방에 대해서 잘 모르는 자입니다. 그는 봉래산 입구도 안 가본 사람임에 틀림없습니다. 대체로 그런 사람들은 이말 저말을 번갈아하는 편인데 이 사람은 아마 산동이나 하비 쪽에 있었던 사람 같습니다. 주로 태산에서 기거한 것으로 보입니다."

　"그래, 알았다. 수고했다."

　손책은 다시 주치의를 불러서 우길을 통해서 병을 고친 자들의 상황이 어떤지를 물었다.

　"병사들의 말로는 죽은 자를 살리고 앉은뱅이를 낫게 했다는 소문은 있는데 아무리 수소문을 해봐도 당사자들을 찾을 수는 없었다고 합니다. 다만 제가 보기에 우길은 약초에 대한 광범위한 지식이 있는 것은 분명한 것 같습니다. 환자 10여 명을 조사해보았는데 중환자는 없었습니다. 왜냐하면 산에서 나는 약초 정도로 중병을 고치기에는 무립니다. 등창 환자에게 다시마와 파뿌리를 섞어 써서 낫게 하거나 잇몸이 상한 환자나 치질환자에게 참깨를 써서 병을 낫게 했습니다. 또한 산후에 몸이 허한 산모에게 미역이나 메추리알을 날로 먹게 하여 효험을 보게 하고 감나뭇잎 차로 피를 토하는 환자를 낫게 한 적은 있습니다."

"그렇다면 다 죽어가는 환자를 살리는 것이 아니라 그저 적당한 치료만 받으면 나을 자들을 낫게 한 데 불과하구먼."

"그러나 주변에서 쉽게 구할 수 있는 약재에다 자신이 터득한 특이한 효험을 가진 약초를 섞어 전체적인 약의 효능을 높인 것 같습니다. 그것을 일반 백성들이 일일이 알기는 어렵지요. 그러나 어쨌든 가난한 사람들이 우길에게 도움을 받은 것은 사실인 듯합니다. 특효가 있는 약재는 워낙 비싸서 민간에서는 구하기가 불가능하기 때문입니다."

손책은 주치의를 돌려보내고 우길과 같이 다니는 추종자들을 잡으러 간 자들을 찾았다. 그런데 담당 장교가 와서 우길의 심복들이 모두 모습을 감추었다고 전했다. 손책은 보란 듯이 화를 냈다.

"바로 그거다. 이놈들이 뒤가 켕기는 것이 있으니 나타나지 않는 것이다. 백성들을 치료해주는 것이야 탓할 게 없다. 그러나 굳이 이놈들이 오군같이 큰 성에 나타나서 요상한 짓거리를 하는 것은 아마 다른 이유가 있을 것이다. 우길, 이 요망한 놈이 약초에 대한 한줌 지식으로 세상을 희롱하고 백성들을 현혹하며 다니고 있으니 내가 용서할 수 없다."

손책이 우길을 죽인다는 소문이 나자 오태부인이 찾아와 우길을 그냥 풀어주라고 재삼 권유했다. 옆에서 듣고 있던 아내 교부인도 안타깝게 그렇게 하라고 애원했다. 손책은 어머니와 아내를 설득했다.

"어머님, 세상에는 허황한 말로 백성을 기만하는 자들이 있게 마련입니다. 나라의 정치가 바로서면 이따위 사기꾼들은 없어집니다. 제가 조사해보니 우길은 동방에 간 적도 없고 죽어가는 자를 살린 예도 없었습니다. 중병도 아닌 것을 낫게 하고는 그것을 온 사방으로 소문을 내고 다닌 작자입니다. 백성들이야 대가를 치르지 않고 병이 낫게 되니 자연 우길에게 감복할 수밖에요. 어머님 걱정 마세요. 제가 몸이 다 나으면 광제당廣濟堂을 만들어 백성들이 쉽게 질병을 치료할 수 있는 길을 열겠습니다."

손책이 오태부인을 설득해 돌려보내고 나자 이번에는 손책의 참모들 가운데 10여 명이 다시 찾아와서 신선을 죽여 주공이 해를 입을지 모른다며 우길을 살려둘 것을 권했다.

손책은 자신의 생각을 가로막는 자들이 자꾸 나서자 화가 폭발했다. 손책은 우길을 살려주자고 한 이들에게 고함을 지르며 꾸짖었다.

"그것을 내게 말이라고 하고 있소? 선비가 무엇 때문에 책을 읽겠소? 이같이 혹세무민하는 자들을 바로잡아서 백성의 재산을 보호하고 나라를 평안하게 하려고 읽는 것이 아니오. 공들은 모두 글을 읽은 선비들인데 어찌하여 사리에 어긋나게 일을 처리하려 하시오? 황건적이 어째서 백만이나 되는 패거리들을 동원할 수 있었는지 아시오! 그놈들은 항상 머리에 누런 수건을 동여매고 다니면서 출병할 때마다 부적을 불살라 먹고 죽지 않는다고 큰소리쳤소. 처음에 우매한 조정의 군사들이 그것에 현혹되어 우왕좌왕하는 바람에 그놈들의 간을 키워서 그리 된 것이오. 그러나 다행히 돌아가신 아버님 같은 분이 계셨기에 멋모르고 날뛰는 놈들을 일거에 섬멸할 수 있었던 것이오. 여러분조차 이 모양이니 내가 우길을 죽이려 하는 것이오. 가뜩이나 강동이 체계적인 국가체제를 갖추지 못해 걱정스러운데 이게 무슨 꼴이오? 조조는 내 나이에 600여 개의 사당을 모조리 없애고 관민에게 제사를 금했소. 이것이 처음에는 가혹했을지 몰라도 결국은 백성들의 재산을 보호하는 가장 합리적인 조치였소. 더 이상 이 문제를 거론하지 마시오. 내가 우길을 죽이려는 것은 바로 사교를 금해 백성들로 하여금 미신에서 깨어나게 하려는 것이오."

손책의 말을 듣고 있던 이들 가운데 여범呂範이 나서서 말했다.

"제가 듣기로 우길은 기도를 올려 능히 바람과 비를 부를 수 있다고 합니다. 지금 우길에게 비를 오도록 빌라고 하여 그대로 되면 죄를 용서하는 것이 어떻겠습니까?"

손책이 크게 화를 내며 소리쳤다.

"너는 지금까지 내 말을 무엇으로 들었느냐! 강동 땅은 사방이 호수이고 소택지인데다 바다와 가까워 일년 내내 습윤濕潤한 곳이다. 특히 여름에는 견디기 힘들 정도로 습기가 많아서 타지 사람들은 여기서 살지도 못한다. 특히 중국인中國人(중원 땅의 사람들을 말함. 이 시대에는 아직 강동이 중국의 영토라는 인식이 없었음)들은 예절과 의복을 중시하기 때문에 이 땅에서 살 수가 없다. 그래서 아직까지도 오지로 남아 있는 것이다. 그뿐인가? 비는 또 얼마나 자주 오는가? 여름에는 장마가 오고 태풍이 부는 것은 당연하고 1~2월(음력)에도 자주 비가 내린다. 이곳은 홍수는 몰라도 가뭄이 문제된 적은 없다. 그까짓 얄팍한 지식으로 백성들을 우롱한다는 것이 말이 되느냐?"

손책은 몸의 고통으로 얼굴이 일그러지고 가쁜 숨을 몰아쉬면서도 말을 계속했다.

"그 동안 이 우길이란 놈의 주변을 조사해보았다. 그러나 이놈이 죽은 자를 살린 경우도 없었고 앉은뱅이를 걷게 한 일도 없었다. 더구나 동방의 봉래산은 근처에도 가지 않은 놈이다. 강동 땅을 보면 장강 북쪽으로는 넓은 평야지대가 있고 남쪽으로는 지세가 낮은 구릉지가 모여 있어 작은 산들이 몰려 있다. 이 지역은 계절적으로 많은 비가 내리고 바람도 많이 부는 곳이다. 오랫동안 전쟁터에서 살았던 나는 수많은 전쟁을 치르면서 언제쯤 바람이 불고 눈이 오고 비가 올지를 다 안다. 나도 우길처럼 신선 행세를 하려면 얼마든지 할 수 있는 사람이다. 나는 더 이상 이 문제로 아까운 시간을 낭비할 수가 없다."

손책은 당장 우길을 끌어내게 했다. 그러고 난 뒤 문무백관이 보는 앞에서 우길의 목을 치라고 했다. 우길의 머리는 단칼에 땅에 떨어졌다. 손책은 우길의 머리와 시신을 거두어 저잣거리에 전시하게 하고 우길의 잘린 머리 옆에다 그 죄를 적어두었다. 위병들이 우길의 시신을 지키고 있었으므로 사람들이 그에게 다가가지는 못했지만 여기저기서 곡소리가 터져나왔다. 위병들도 백성들과 비슷한 입장이었으므로 별다른 제재를 하지 않았다. 그 동안 우길에게 치료를 받았던 사람들이 모두 나와서 우길의 마지막 길을 조상했다.

우길을 처형한 뒤에 손책은 온몸의 통증으로 견딜 수가 없었다. 우길의 일로 쉬지 못하고 계속 흥분한 상태로 보내서인지 자상이 다시 터지기 시작했다. 칼에 다친 자상은 작은 경우에는 쉽게 아물지만 손책의 경우 워낙 여러 군데를 길고 깊게 찔린지라 상처가 쉽게 아물지 않았다. 지혈 약초를 온몸에 범벅으로 바르고 붕대로 동여매어둔 상태인데 몸을 많이 움직이니 상처가 덧나고 만 것이다. 손책의 주치의는 더 많은 마분을 탕약에 넣어 달이면서 이제는 절대 요양이 필요하며 더 이상 몸을 움직이거나 일상 업무를 처리하는 것은 매우 위험하다고 경고했다.

그날 밤 한여름 비가 밤새도록 내리고 바람이 몰아쳤다. 손책의 마음도 편하지는 않았다. 우길을 죽이고 나니 후회스런 마음도 생겼다. 따지고 보면 우길이 죽을 만한 죄를 저질렀다고 보기는 어려웠다. 소문을 낸 사람들은 우길이 아니라 결국은 오군의 백성들인 것이다. 손책은 이런저런 생각을 하며 강한 약 기운에 취해서 반 혼수상태에 빠졌다가 다시 깨기를 반복했다.

아침이 왔다. 비와 바람은 멎었는데 저잣거리에 걸어놓은 우길의 시신이 사라졌다는 보고가 들어왔다. 손책은 시자들에게 말했다.

"내버려두어라. 우길을 따르던 놈들의 소행일 것이다. 우길이 죽었으면 된 일이다. 더 이상 이 문제를 거론하지 말아라."

날씨는 한여름인데다 호수 여기저기에서 솟아오르는 습기로 공기가 축축하게 젖어 있는 날이 많아서인지 손책의 덧난 자상이 더욱 악화되었다. 게다가 계속 자리에 누워 있다 보니 등창이 생겨 바로 누워 있기도 힘든 지경이 되었다. 날이 갈수록 손책의 고통은 깊어졌다. 어머니 오태부인이 찾아왔으나 병상에 누워 있던 손책은 깨어나지 못하고 한참 만에야 겨우 정신이 들었다. 오태부인은 손책의 손을 잡고 울면서 말했다.

"아가야, 내가 일찍 과부가 되어 네게 의지하여 오늘에 이르렀다. 내가 영감이 죽고 그 동안 큰 시련없이 살아온 것도 영특한 네 덕분이었다. 그런데 올해는 왜 이리도 불행이 끊이지 않느냐? 병은 차도가 없고 갈수록 얼굴은 야위어가는구나. 이 어미가 네게 어떻게 해줄 수가 없구나. 차라리 내가 죽고 네가 살았으면 좋으련만. 아가야, 내가 뭐라더냐? 공연히 우신선을 죽여서 네 병이 더 악화된 것이 아니냐?"

손책은 오태부인을 보고 그게 아니라는 듯 웃으며 말했다.

"어머니, 송구스럽습니다. 빨리 병석에서 일어나야 하는데 그것이 쉽지 않습니다. 그리고 어머니 제 병은 우길 때문에 생긴 것이 아닙니다. 제가 단도의 서산에서 사냥하다가 너무 심하게 자상을 입어서 그런 것입니다. 그때 의원이 뭐라고 했습니까? 제가 살아 있는 것이 신기하다고 하지 않았습니까? 어머니, 저는 어려서부터 돌아가신 아버님을 모시고 사람 죽이기를 삼밭의 삼을 베듯 했습니다. 물론 잘한 일은 아닙니다. 때문에 제가 부주의하여 자객에게 화를 당하기는 했으나 이런 일은 언제든 일어날 수 있는 것입니다. 어머니, 두고 보십시오. 사람들은 제가 강동 땅에 큰 화근을 제거했다고들 할 것입니다."

오태부인이 다시 말했다.

"그래 알았다. 아가야, 이제는 좋은 일만 생각하여 병이 빨리 낫도록 하자꾸나. 네 밑의 어린 동생들을 생각해봐라. 네가 이렇게 누워 있어야 되겠느냐. 앞으로는 더욱 좋은 일을 하여 이 난국을 헤쳐가야 한다."

우길이 죽고 난 뒤 손책의 병세가 악화되자 사람들은 그것이 우길의 죽음과 관계가 있다고 믿는 것 같았다. 손책은 그런 말을 들을 때마다 이렇게 말하며 더 이상 대꾸도 하지 않았다.

"내버려두어라. 사람들은 자기가 편한 대로 생각하고, 믿고 싶어하는 대로 믿게 마련이다."

오태부인도 예외는 아니어서 교부인과 상의해 은밀히 굿을 올리라고 했다.

손책이 병고와 싸우는 동안 어느덧 여름이 다 가고 시원한 바람이 불기 시작했다. 밤이 깊어 손책은 비몽사몽간에 있었다. 자정이 지났을까. 손책이 누워 있는 병실에 싸늘한 바람이 불더니 등불이 꺼질 듯 가물거리다 다시 살아나곤 했다. 그때 등잔 밑에 검은 그림자가 비쳐 손책이 살펴보니 우길이 병상 옆에 다가와 서 있었다. 손책은 화가 나서 크게 소리쳤다.

"네놈은 이미 죽은 놈인데 어찌 다시 이승에 나타나느냐? 네놈이 그래도 소용없는 일이다. 나는 천하를 도모하면서 온갖 요망한 무리들을 죽여 천하를 바로잡으려고 한 것뿐이다. 네놈은 이미 귀계鬼界에 있어야 할 놈이거늘 아직도 갈 길을 몰라 이리 방황하느냐?"

손책이 말을 마치자 다시 우길은 사라지고 원술의 얼굴이 나타났다. 손책의 표정이 갑자기 바뀌었다. 얼굴에 피가 묻어 처참한 모습을 한 원술은 원망어린 눈으로 손책을 바라보고 있었다. 손책은 울면서 말했다.

"아부亞父, 제가 잘못했습니다. 저를 사랑해주신 은혜를 모르는 바는 아니나, 저도 저의 갈 길이 있었던 것이 아니겠습니까? 항상 아부를 생각하면서 송구스러운 마음을 금할 길이 없었습니다. 저를 용서해주십시오."

손책이 이렇게 소리치자 잠시 밖에 있던 교부인이 바로 들어왔다. 그런데 손책이 혼자서 화를 내다 울다 하는 모습을 보고 교부인은 크게 충격을 받았다. 이런 소문을 전해들은 오태부인은 크게 근심에 싸여 자리에 눕고 말았다. 교부인은 손책의 주치의에게 왜 이런 일이 생기는지 물었다. 주치의가 대답했다.

"지금 환자의 자상이 너무 심하기 때문에 탕재에 들어가는 마분의 양을 늘렸기 때문입니다. 이 마분은 고통을 잊게 하기도 하지만 환각 작용을 일으키는 약입니다."

"꼭 그 약을 써야만 하오?"

"이 약을 넣지 않으면 환자는 자상의 고통을 견딜 수 없을 것입니다. 마분을 한 석 달 정도만 쓰고 몸이 회복돼야 했는데 환자가 계속 요양하지 않으시고 병을 더욱 키워서 이같은 일이 벌어졌습니다. 벌

환각에 사로잡힌 손책. 손책 발치에 핀 마분의
모습은 「삼재도회」에 따랐다. 틀에 얽매이지
않은 다양한 귀신의 모습은 한나라 목관에
보이는 그림에 근거한 것이다. 한나라 때의
예술은 이전 진(秦)나라 때와는 달리 자유로운
상상력에 따라 창작된 것이 특징이다.

손책

마분

써 마분을 쓴 지도 6개월이 돼가고 있습니다. 다른 사람 같으면 이 같은 증상이 벌써 나타났을 것인데 워낙 강건하신 분이라 이제야 나타나는 것입니다."

"지금이라도 중단하면 안 되겠소?"

"글쎄, 이제는 다시 환자가 사경을 헤매고 계십니다. 지금은 환각이 아니라 그보다 더한 증세가 있더라도 일단은 살려야 하지 않겠습니까? 사실 지금까지 사신 것도 기적 같은 일입니다."

교부인은 이 말을 듣자 기가 막혔다. 이제는 살리는 것이 목적이고 설령 살더라도 폐인이 될지도 모른다는 얘기였다. 손책이 마치 실성한 사람처럼 헛것을 보는 횟수가 많아졌다. 손책은 주로 원술과 우길의 환영을 보는 듯했다. 그리고 어떤 때는 죽은 아버지 손견과 함께 지내고 왔다고도 했다. 손책은 밤새 잠을 자지 못하고 환각에 시달리다가 아침이면 잠이 드는 생활을 반복했다.

이제 오태부인도 모든 일을 전폐하고 며느리와 함께 아예 아들 옆에서 간호하면서 지냈다. 손책은 몸의 상처는 물론이고 등창이 겹쳐서 온몸이 종기로 덮였다. 게다가 반년간 음식을 제대로 먹지 못해 몸은 형편없이 야위었다. 반년 만에 손책의 몰골은 알아보지 못할 만큼 참혹한 모습으로 바뀌고 말았다.

어느 날 손책의 주치의는 혹시 모르니 가족들은 만약의 사태를 대비하라고 일렀다. 혼수상태에 빠져 있던 손책은 겨우 깨어나 자리에 누웠다. 오태부인은 우선 손권을 오라고 하여 시중을 들게 했다. 여러 사람을 다 부르면 오히려 손책이 더 빨리 세상을 떠날지도 모른다는 생각에서였다.

손책은 겨우 자리에 앉아 있다가 구리거울에 비친 자신의 모습을 보게 되었다. 씩씩하고 천하를 호령하던 미장부美丈夫의 모습은 간 곳 없고 야윈 얼굴에 광대뼈가 튀어나오고 약물에 찌든 한 사내가 앉아 있는 게 아닌가. 손책은 크게 탄식했다.

"아아, 나는 어디로 갔는가? 지금 내 얼굴에는 벌써 저승꽃이 피고 있구나. 내 몰골이 어떻게 이 지경이 되었단 말이냐?"

손책은 서럽게 탄식하더니 다시 정신을 잃고 쓰러졌다. 한참 만에 겨우 정신이 든 손책은 길게 한숨을 몰아쉬며 옆에 있는 교부인에게 중얼거렸다.

"방금 돌아가신 아버님을 뵈었소. 얼마나 보고 싶었던 아버님이 오? 아버님이 자꾸 나더러 영욕을 버리고 오라고 하시는구려. 이제 나도 준비를 해야겠소."

교부인이 울음을 터뜨리고 손권도 울면서 "말씀을 거두십시오"라고 말하자 손책이 교부인을 보며 입을 뗐다.

"아니오. 이제 나도 세상일을 조금은 알 것 같소. 지금 간다 한들 그리 아쉬울 것도 없소. 당신에게 미안하오. 이렇게 되고 보니 아버님이 우리를 두고 가실 때의 심정이 어떠했는지를 어렴풋이나마 알 것 같구려. 여보, 시자에게 명해 백관들을 모두 부르라 하시오."

교부인은 손책의 분부를 받아 울면서 시자들에게 명해 장소와 여러 문무백관을 병실로 불렀다. 손책은 아우 손권과 문무백관을 병상 가까이 앉히고 당부했다.

"지금 천하가 어지러운 때에 내가 떠나게 되어 미안하오. 강동은 과거 오나라와 월나라의 많은 인구와 삼강三江을 끼고 있어서 천연의 요새라 중국中國(조조의 조정을 말함)에서 우리를 공격하기는 매우 어려울 것이오. 그러니 천하를 도모할 수 있는 큰 뜻을 펼 만하오. 장소

등이 내 아우를 보살펴주면 다행이겠소."

장소는 눈물을 흘리며 손책의 말에 고개를 끄덕였다. 손책은 시자에게 명하여 손권에게 대장군 인을 넘겨주며 말했다.

"권아, 내 말을 들어라. 강동의 많은 인재와 더불어 조조와 원소에 대항해 천하를 다투는 일은 네가 나보다 못하지만, 어진 사람을 능력에 따라 발탁하고 각자의 힘이 제대로 발휘되도록 하여 강동을 지키는 데는 네가 나보다는 훨씬 나을 것이다. 너는 신중한 성품이니 잘 알아서 하겠지만 여기 계신 여러 문무백관들이 모두 합심하여 어렵게 기반을 다진 게 강동이니 이분들의 뜻이 바로 나의 뜻이라고 생각하고 받들도록 해라!"

손권은 목놓아 울면서 대장군의 인을 받았다. 손책은 이번에는 오태부인을 돌아보며 말했다.

"어머니, 이 몸의 천수天壽가 다됐습니다. 늙으신 어머님을 모실 수 없게 된 이 불효자를 용서해주십시오. 이제 대장인을 아우에게 넘겼습니다. 어머니께서는 부디 아침저녁으로 아우를 훈계하시어 부형父兄을 보좌한 옛 사람들을 잘 받들도록 일깨워주십시오."

오태부인이 울면서 말했다.

"아가야, 무슨 말을 그리 하느냐? 네 동생은 이제 열아홉이다. 아직 나이가 저렇게 어린데 어찌 대임을 맡을 수 있겠느냐? 제발 떠난다는 말일랑은 말아라. 내가 영감을 일찍 보내고 또 너를 보낸다니 말도 안 된다."

손책이 힘없이 웃으며 말했다.

"어머니, 아우의 재능은 저보다 열 배나 나으니 능히 그것을 감당할 수 있을 것입니다. 앞으로 강동 내부의 어려운 일은 장소에게 물어서 결정하게 하고, 강동 밖에서 일어나는 문제는 주유에게 물어 처리하도록 하십시오. 주유가 이곳에 없어 직접 부탁하지 못하는 것이 안타깝습니다."

손책은 다시 여러 아우들을 불러서 말했다.

"내가 죽거든 너희들은 모두 힘을 합해 작은형을 도와라. 너희들 가운데 딴마음을 품는 자가 있으면 합심해서 죽여버리고 선산에 묘를 쓰지 못하게 함은 물론 조상의 묘 앞에 장사도 지내지 못하게 해라."

아직도 어린 손책의 여러 아우들은 그냥 울고만 있을 뿐이었다. 손책은 아내 교부인을 불러서 말했다.

"내가 이렇게 일찍 당신을 떠나게 되어 한없이 미안하오. 내가 떠나더라도 부디 어머님을 잘 공양하시오. 곧 주유의 아내인 처제가 올 것이니, 처제를 통해 주유에게 '평소에 나를 도와준 것처럼 마음을 다해 내 아우 권이를 보살펴달라'는 말을 전해주구려. 여보 미안하오. 나는 이제 떠나더라도 당신을 잊지 않겠소."

손책은 이 말을 마지막으로 눈을 감고 조용히 운명했다. 이때 손책의 나이 26세였다. 이제 손책의 시대는 가고 손권의 시대가 움트고 있었다. 장소는 손권의 삼촌 손정에게 제후의 법도에 맞게 장례를 치르게 하고 손권을 장군부의 정당正堂에 앉혀 문무백관의 하례를 받게 했다.

손권은 태어날 때부터 턱이 네모지고 입이 크며 눈은 파란색이었다. 그리고 자라면서 수염이 검붉은색으로 났다. 오래전에 한나라에서 유완이라는 사신이 온 적이 있다. 이 사람은 주역에 통달하여 사람의 운명을 귀신같이 맞히는 재주가 있다고 하여 손견은 그를 억지로 청해 자기 아이들의 운명을 물었다. 유완이 대답하기를 거부하자 손견이 계속 졸랐다. 유완은 마지못해 대답했다.

"이런 말씀을 드리게 되어 정말 죄송합니다. 제가 손씨의 여러 형제들을 둘러보니 각기 재주가 뛰어나고 영특하게 생겼으나 아깝게도 모두가 제 명대로 살지는 못할 것 같습니다. 그러나 오직 둘째 아들 손권만이 용모가 뛰어나고 골격이 비범하여 귀하게 될 상이며 또 장수하겠습니다. 그 귀한 정도가 예사롭지 않습니다."

손권은 손책의 유명을 이어받아 강동을 장악하게 됐다. 손권은 겸손하게 모든 업무를 처리했다. 손책이 추진했던 일들은 계속 꼼꼼하게 진행시켰고 손책이 만든 기구나 조직도 함부로 바꾸지 않았다. 손책이 죽고 열흘쯤 지나서 주유가 파구巴丘에서 군사를 거느리고 오군으로 돌아온다는 보고를 받았다.

주유는 오군에 도착하자마자 손책의 빈소를 찾아 절을 하며 통곡을 그치지 않았다. 손권은 주유가 왔다는 소식을 듣고 바로 달려갔다. 주유가 자리에서 일어나 손권에게 예를 올렸다. 손권도 주유에게 공손하게 말했다.

"공은 돌아가신 저의 형님과 의형제 사이이니 제게도 형님이 되십니다. 부디 돌아가신 우리 형님의 유언을 저버리지 마시고 저를 도와주십시오"

주유는 손권에게 마치 손책을 대하듯 머리를 조아리며 아뢰었다.

"행여 저의 간과 뇌가 불구덩이에 던져지는 고통이 따르더라도 주공의 은혜에 보답하겠습니다."

손권은 주유에게 끊임없이 감사의 말을 하며 주유와 함께 장군부로 돌아왔다. 손권은 주유에게 다시 한번 많은 가르침을 부탁하며 말했다.

"형님이 졸지에 돌아가시게 되어 어린 제가 어쩔 수 없이 아버님과 형님의 유업을 잇게 되었습니다. 그러나 저는 경험도 없고 나이도 어려 어떻게 해야 이 강동을 잘 지킬 수 있는지 대책이 서지 않습니다. 제가 해야 할 일들을 일러주십시오."

주유가 대답했다.

"무엇보다도 인재를 모으는 것이 중요합니다. 예로부터 '훌륭한 인재를 얻으면 크게 흥하고 인재를 잃으면 망한다' 고 했습니다. 천하의 일은 결국 인재 싸움이 아니겠습니까? 지금 당장 할 일은 멀리 앞을 내다볼 수 있는 선비들을 구해 보필을 받으시는 것입니다. 말이 나온 김에 제가 한 사람을 천거해 장군을 돕도록 하겠습니다."

손권이 기뻐하면서 누구냐고 물었다.

"예, 노숙魯肅이라는 분입니다. 나이는 스물여덟 살이고 자는 자경子敬으로 임회臨淮 동천東川 사람입니다. 노숙은 배포가 크며 육도삼략六韜三略에 통달한 사람으로, 속이 깊고 지모가 뛰어납니다. 그는 어려서 아버지를 여의고 편모를 모시고 있는데 효성이 아주 지극합니다. 노숙은 많은 재산을 갖고 있기도 하지만 자신의 재산을 어려운 사람들을 위해 아낌없이 내주는 일도 마다하지 않는 사람입니다. 제가 거소居巢의 장으로 있을 때 수백 명을 데리고 임회 땅을 지나게 된 적이 있는데 마침 양곡이 떨어졌습니다. 제가 난감해하고 있는데 누가 와서 노숙이라는 사람에게 부탁해보라고 하기에 제가 직접 그를 찾아가 양곡을 지원해줄 것을 부탁했습니다. 그랬더니 노숙은 아무 말 없이 곳간 하나를 털어 제 부하들이 두 달간 먹을 쌀을 희사했습니다. 그는 그렇게 통이 큰 사람이기도 합니다. 그후로 저는, 노숙이 비록 저보다는 연배가 2년이나 위지만 친구처럼 절친하게 지내고 있습니다. 노숙은 무예를 즐기며 곡아 땅에서 지내다가 할머니가 돌아가셔서 동성東城으로 돌아가 장례를 치르고 지금까지 그곳에서 지내고 있습니다. 그의 친구인 유엽이 자기와 함께 소호巢湖의 정보鄭寶에게 가서 의탁하자고 권했으나 노숙은 아직 가지 않았다고 합니다. 그러니 공께서는 하루 빨리 그를 부르십시오."

손권은 기뻐하며 주유에게 노숙을 바로 초빙해오라고 부탁했다. 손권의 명을 받은 주유는 노숙을 찾아갔다. 노숙은 주유를 반갑게 맞이했다. 둘은 차를 마시며 그간의 안부를 묻고 주변의 일들에 대한 이야기를 나누었다. 그러다 주유가 자신이 그곳을 찾은 진짜 이유를 이야기했다.

"강동의 손책 장군이 돌아가시고 그분의 동생인 손권 장군이 뒤를 이어 강동을 이끌어가게 된 일은 노공께서도 잘 알고 계시겠지요. 그런데 손권 장군께서 노공을 필요로 하십니다. 그래서 제가 노공을 모시러 왔습니다."

"허어, 이 일을 어쩝니까? 최근에 유자양劉子揚과 함께 소호에 가기로 약속하여 그곳으로 갈까 하고 있습니다."

주유가 노숙을 설득했다.

"광무제 때 용장이었던 마원馬援이 황제에게 말하기를, '지금 세상에는 임금도 신하를 선택해야 하지만 신하도 임금을 선택해야 합니다' 라고 했다지 않습니까? 강동의 새 주인이신 손권 장군께서는 나이는 젊으시나 어진 사람을 가까이하고 선비를 예로 대하는 분입니다. 다른 사람 밑에 있는 것보다 보람을 찾을 것이니 형님의 계획을 바꾸어 저와 함께 손권 장군에게로 갑시다."

노숙은 주유의 반강제적인 권유에 떠밀려 주유와 함께 강동으로 가서 손권을 만났다. 손권은 노숙을 만나 몇 마디 말을 나누자 곧 존경의 마음이 일었다. 손권은 며칠 동안 계속 노숙을 청하여 대접하며 이런저런 이야기를 나누었는데 주로 듣는 쪽은 손권이었다. 손권은 노숙과의 대화에 푹 빠져 지루한 줄을 몰랐다. 하루는 다른 신하들이 모두 물러간 후에 노숙을 따로 불러 밤이 깊도록 강동에 대한 이야기를 나누었다.

"공께서도 보시는 바와 같이 지금 한나라는 기울어 위태롭고 천하는 어지럽습니다. 저는 졸지에 형님을 잃고 부친과 형님의 유업을 이어받았으나 배운 것이 적고 자신이 없습니다. 그러나 저는 제나라의 환공이나 진나라의 문공처럼 패업을 이루려는 의지는 있습니다. 제가 장차 어찌하면 좋겠습니까?"

노숙이 웃으면서 말했다.

"장군께서는 능히 천하를 도모하실 수 있는 분입니다. 제 나름대로 강동을 보전하는 길을 분석해 보았는데 그것을 말씀드리겠습니다. 간단히 말씀드린다면 원소와 조조의 대립을 이용하는 것입니다. 즉, 천하가 원소 · 조조 · 강동으로 나뉘도록 만들어 조조가 함부로 강동을 넘보지 못하게 하는 것입니다."

"그것이 가능하겠습니까?"

"옛날에 한고조는 의제義帝를 섬기려 한 반면, 항우는 의제를 해쳤습니다. 지금의 조조는 항우와 같은 사람입니다. 장군께서 환공이나 문공이 되실 이유가 무엇이 있겠습니까? 제 생각에 이제 한나라는 다시 부흥시킬 수 없을 것입니다. 그리고 조조도 쉽게 제거할 인물이 아닙니다. 한 황실을 부흥시킬 수도 없고 조조도 제거할 수 없다면 남은 것은 한 가지뿐입니다. 솥의 세 발처럼 장군께서는 강동에 버티고 계시면서 조조와 원소의 싸움을 적절히 이용하시라는 것이지요."

"어떻게 이용하라는 말씀이신지요?"

"조조는 지금 북방쪽으로 할 일이 많을 것이니 이때가 기회입니다. 돌아가신 손책 장군이 이미 팽려택과 여강까지 진출하셨습니다. 그러니 조금만 더 앞으로 나아가 황조를 멸하고 이어 유표를 토벌한 다음 장강을 경계로 지키고 있다가, 조조가 황제를 칭하면 장군께서도 황제를 칭하고 연호를 정하여 천하를 도모하시면 됩니다. 이것은 바로 한고조가 대업을 이룬 것과 같은 방식입니다."

손권은 노숙의 말을 듣자 큰 고민이 갑자기 사라지고 천하가 시야에 밝아오는 듯했다. 타고난 심성 면에서 볼 때 손권은 손책만큼 권력욕이나 영웅의식이 없었다. 그는 형 손책이 워낙 영웅적 기상에다 지도력이 막강했기에 자신이 권좌에 오르리라고는 한 번도 생각해보지 않았다. 그래서 손책이 죽었을 때 가장 걱정한 사람은 바로 손권이었다. 그 스스로 생각해봐도 아무런 준비가 없는 상태에서 권좌에 올랐던 것인데 주유는 바로 이 점을 간파하고 노숙을 손권에게 천거했던 것이다. 노숙은 겸손하고 차분한 사람이었기 때문에 특별히 사람을 윽박지르는 성향이 없었다. 손책의 기에 눌려지냈던 손권은 부드럽지만 강한 노숙이 썩 마음에 들고 편안했다.

노숙이 손권보다는 10년이나 나이가 많았으므로 손권은 노숙이 마치 돌아가신 아버지이자 삼촌이며 형님의 역할을 동시에 해낼 수 있는 사람처럼 여겨졌다. 손책의 죽음으로 부담스러운 날을 보내던 손권은 노숙을 보자 큰 시름을 덜게 되었다. 그런 만큼 노숙에 대한 손권의 배려도 남달랐다. 그러던 어느 날 노숙이 손권에게 한 사람을 천거했다.

"제가 아는 사람 중에 제갈근諸葛瑾이라는 사람이 있습니다. 그는 지금 스물여섯 살로 태산군승泰山郡丞을 지낸 제갈규諸葛珪의 아들이며 자는 자유子瑜입니다. 제갈근은 낭야琅琊의 남양南陽 사람입니다. 그는 아주 박학하고 재능이 많으며 덕행이 높을 뿐만 아니라 모친에 대한 효성 또한 지극합니다. 그는 어려서 아버지를 여의고 백부인 제갈현諸葛玄 슬하에서 자랐으나 그 백부가 전란을 피해 형주목 유표에게 의탁했기 때문에 그도 형주에 살게 되었습니다. 그러다가 백부가 죽은 뒤 10년간 양양성 서쪽 융중에 은거하며 학문을 닦았습니다. 형주에서 제갈근은 이미 잘 알려진 명사입니다. 무엇보다도 그는 신중하고 의리가 깊은 사람으로 장군께 큰 도움이 될 사람입니다. 특히 앞으로 우리가 도모해야 할 형주 쪽에 대해서 세세히 아는 사람입니다. 그의 집안 형제들 또한 영재들입니다. 제갈근의 아우되는 제갈량諸葛亮도 장군과 거의 동년배로 형주에서는 많이 알려져 있는 인재입니다. 제갈근을 데려오면 나중에 덤으로 그 아우의 도움을 받을 수 있을지도 모르겠습니다."

손권은 크게 기뻐하며 제갈근을 초청해 상객上客으로 모셨다. 손권이 제갈근에게 앞으로의 계책을 묻자 그는 자신의 의견을 신중하게 이야기했다.

"저는 노숙공의 의견에 전적으로 동의합니다. 그러나 조조와의 관계가 강동의 안전에 더욱 중요하다고 생각합니다. 제가 보기에 원소가 원술처럼 쉽게 망할 것 같지는 않습니다. 그러니 우리가 얼마든지 어부지리를 취할 수가 있을 것입니다. 공연히 조조의 심기를 불편하게 하여 조조의 공격을 받기보다는 원소와의 관계를 끊고 조조의 환심을 산 후에 우리 스스로 강한 군대를 만들어 방비할 필요가 있습니다. 그 동안 장수 · 여포 · 원술 등은 모두 조조에 대항하다가 사멸해 가지 않았습니까? 이 점을 중시해야 합니다."

손권은 제갈근의 권유에 따라, 원소에게 사람을 보내어 손책이 죽은 관계로 허도를 공격하기는 어려울 것이라고 정중히 협공 제의를 거절했다. 한편 조조는 손책이 죽었다는 소문을 듣고 군사를 일으켜 강동을 공략하는 문제를 논의했다. 그 소식이 강동에 전해지자 손책의 모사 장굉이 편지를 작성해 허도로 사람을 보냈다.

승상께 올립니다. 아무리 갈 길이 급하다 하나 어찌 남이 상을 당했을 때 침공하려 하십니까? 아무리 천자의 칙령이 있다 한들 남이 슬픔에 잠겨 있을 때 공격하는 것을 어찌 의거라고 할 수 있겠습니까? 만에 하나라도 강동을 공격했다가 승상의 군대가 승리하지 못한다면 강동과 원수만 될 뿐입니다. 이 점을 살펴주시기 바랍니다.

조조는 이 보고를 받고 나름대로 수긍이 가서 천자께 아뢰어 손권을 장군 겸 회계 태수에 봉하도록 했다.

조조를 암살하라

서기 200년 정월 초하루.

헌제는 새해를 맞아 문무백관들로부터 신년 하례를 받고 있었다. 그런데 동승이 보이지 않았다. 밀서를 보낸 지도 벌써 몇 달이 지났는데 사람이 보이지 않으니 궁금해서 견딜 수가 없었다. 헌제는 측근을 통해 알아보라고 했다. 헌제의 명을 받은 이는 이내 다녀와서 아뢰었다.

"요사이 동국구께서는 몸이 많이 편찮으셔서 댁에서 요양중이라고 하십니다."

이 말을 들은 헌제는 걱정이 되어 조정의 태의太醫를 보내 보살피도록 영을 내렸다. 태의의 이름은 길평吉平으로 낙양 사람이었는데 당시 명의로 이름이 높았다. 그 동안 동승은 유비와 마등이 떠난 후 왕자복과 함께 조조를 죽일 계책을 상의해왔으나 별로 뾰족한 수가 떠오르지 않았다. 차일피일 미루다 시간은 가고 날이 갈수록 조조의 자리는 더 확고해지는 것 같아 갑갑한 심기를 가눌 수 없더니 결국 몸져눕고 말았다.

길평이 동승을 보니 특별한 병은 없는 듯한데, 얼굴이 수심에 젖어 있고 창백했다. 그리고 별일이 없으면 거의 자리에 누워 지내는 듯한데 그렇다고 잠을 제대로 자지도 못하는 것 같았다. 길평이 보기에 동승의 동공瞳孔은 확대되어 있고, 심장과 폐의 기능이 지나치게 활성화되어 있는 반면 장 기능은 몹시 약화되어 있었다. 길평은 동승을 하루 이틀 지켜보더니 그에게 말했다.

"국구께서는 심리적으로 지나친 부담을 가지고 계십니다. 이 경우 소화가 잘 되지 않고 근육도 위축되어 기억력과 사고력은 좋아지지만 잠을 제대로 못 자고 신체의 모든 기능들이 저하됩니다. 당장 큰 병은 아닌 것 같으나 계속 그대로 두면 만병의 근원이 됩니다."

"태의의 말씀대로 내 병은 마음에서 비롯된 것이오. 그러니 쉽게 나을 것 같지는 않소."

길평은 일단 심화心火를 누그러뜨릴 약을 처방하고 그 동안 허약해진 몸을 다스리기 위해 보약을 달여서 먹게 했다. 그리고 황제의 영이 워낙 간곡하여 동승 곁을 가급적 떠나지 않고 지켰다. 길평은 동승이 항시 한숨을 쉬며 탄식하는 것을 보고 그에게 왜 그러는지 몇 번 물어도 보았지만, 동승은 다만 자신의 병은 약으로 고칠 수 있는 게 아니라고 대답할 뿐이었다. 그래서 길평도 감히 그 연유를 물을 수가 없었다.

어느 날, 길평이 약처방을 지시하고 동승의 침소에 들어와 잠시 앉아 있었다. 동승은 약기운 탓인지 오랜만에 깊은 잠에 빠져든 듯했다. 그런데 얼마 후에 동승이 식은땀을 흘리며 잠꼬대를 하기 시작했다.

"그래 유비와 마등이 다시 온단 말이지!"

길평은 깜짝 놀랐다. 잠시 후 다시 동승의 잠꼬대가 계속되었다.

"아니야, 아니야. 조조를 먼저 찾아 죽여야지."

길평은 동승을 깨우려다 그만뒀다. 어쩌면 동승이 지금 앓고 있는 화병의 근원을 찾을 수 있을 것 같아 그대로 동승을 지켜보았다.

"그런데 조조는 어디 갔나? 이봐 피하게 피해…… 으악, 으…… 네놈을 죽이지도 못하고 내가 먼저 가다니……."

동승이 갑자기 눈을 번쩍 떴다. 동승의 몸에서 땀이 비오듯 했다.

"국구께서는 조조를 죽일 생각을 하고 계시군요?"

동승이 속을 들킨 것 같아 아무 말도 못하자 길평이 동승을 안심시키듯 말했다.

"국구께서는 놀라지 마십시오. 저는 비록 한 사람의 의원에 불과하지만 조승상이 천자께 방자하게 구는 것은 저도 참을 수 없습니다. 제가 국구의 병환을 살피다가 대체로 짐작한 바가 있었습니다만 그 진심을 몰랐을 뿐입니다. 저도 한나라의 신하입니다. 이제 국구의 진심을 제가 알았으니 숨기지 말고 저와도 상의해주십시오. 저는 항상 조조의 곁에 있는 사람입니다. 만일 저를 써주신다면 비록 구족이 멸함을 당하더라도 후회하지 않겠습니다."

동승이 길평의 말을 듣고 한동안 멍하니 길평을 바라보았다. 믿을 수 없다는 눈치였다. 동승의 표정을 살피던 길평은 갑자기 살점이 떨어져나가도록 자기의 손가락을 깨물고 피를 내어 동승에게 보이면서 자신의 진심이라고 말했다. 그제야 동승은 감격하여 길평의 손을 잡으며 통곡했다. 한참을 울고 난 동승은 자신의 옷소매에서 천자의 조서를 내보이며 말했다.

"조조를 죽여 이 조정을 바로잡는 것이 내가 할 일이오. 이는 천자를 위해 반드시 하지 않으면 안 되는 일이오. 그런데 같이 일을 모의했던 유비와 마등이 일을 실행에 옮기기도 전에 떠나버려 화병이 생긴 것이오. 군사를 동원해야 할 자들이 곁에 없으니 무슨 수로 천자의 조서를 받들 수 있겠소? 참으로 답답하기만 하오."

동승의 한숨어린 걱정을 듣고 길평이 말했다.

"너무 걱정하지 마십시오. 예로부터 제왕의 죽음은 음식이나 약처방과 관련되어 있는 경우가 많았습니다. 만승萬乘의 제후를 어찌 군대로 죽이려 하십니까? 간단하게 역적 조조를 죽이는 방법이 제게 있습니다. 그러고 보니 조조의 목숨은 태의인 제 손에 달려 있는 것 같습니다."

동승이 이 말을 듣자, 길평에게 좀더 상세히 말해달라고 했다.

"조조는 평소 두통을 앓고 있습니다. 그런데 최근에는 통증이 골수에까지 미쳐 만성이 되었습니다. 조조의 두통은 신경을 쓰면 더욱 악화되는데 요즘 들어서는 유비 장군과 원소의 일로 두통이 심한지 자주 사람을 보내어 저를 찾습니다. 적당한 기회를 보아 조조가 저를 부를 때 탕약에 독을 넣으면 조조를 없애는 일은 간단히 끝낼 수 있습니다. 굳이 군사를 동원하여 칼을 들 필요가 있겠습니까?"

이때 노복奴僕 한 명이 내실로 들어왔다. 동승이 길평의 말을 제지했다.

"그래 경동이 왔느냐? 무슨 일인가?"

"마님께서 내의內衣를 갖다드리라고 하셔서 가지고 왔습니다."

"그래, 그럼 그 탁자에 두고 가거라."

노복 진경동秦慶童이 돌아가자 동승이 길평에게 허리를 굽혀 절하며 말했다.

"만약 그 일이 성공만 한다면 태의께서는 한나라 사직을 구하게 될 것입니다. 이제 한나라 조정이 부흥할 수 있는 마지막 기회를 하늘이 주신 것 같습니다. 사도 왕윤과 양표가 한 황실을 구하려고 최선을 다하다가 왕사도는 결국 도적의 칼에 죽었습니다. 이제 태의께서 마지막으로 한 조정을 구하는 일을 하시게 되었습니다. 진실로 이 나라를 도우시려는 하늘의 뜻인 게 틀림이 없습니다."

길평은 동승과 그날 하루종일 밀담을 나누고 밤이 되어서야 집으로 돌아갔다. 길평이 돌아가자 동승의 병도 차도가 보이기 시작했다. 이틀 정도가 지나니 온몸이 가뿐해져 자리도 치우고 정상 생활로 돌아왔다. 동승은 마음이 상쾌하여 밝은 달도 볼 겸 뒤뜰을 거닐었다. 시간은 이미 자정이 지난 듯했다. 갑자기 그 동안 보지 못했던 어린 애첩 운영雲英이 생각났다.

이제 나이가 16세인 운영은 장안 근방의 가난한 농부의 딸로 유곽遊廓에 팔려온 것을 동승이 손님을 접대하다가 발견하여 거금을 주고 사들였다. 운영이 들어온 후로 동승은 거의 매일 그녀와 함께 지냈다. 이 일로 동승의 부인은 심통을 부리기도 했다. 그러나 동승도 나이가 50에 가까워서인지 몸이 자주 좋지 않아 의원들의 권유대로 운영과 단방斷房하게 되었다. 그 동안 하루가 멀다하고 붙어지내던 둘 사이의 관계가 다소 뜸한 사이에 헌제의 명을 받았던 것이다.

동승은 그 동안 뜸했던 운영의 거처로 가보기로 했다. 동승이 후당으로 가서 운영의 처소에 들어서려는데 내실에 작은 촛불이 켜져 있고 운영과 누군가가 정담을 나누는 듯한 소리가 들려왔다. 동승은 갑자기 걷잡을 수 없는 질투심에 내실문을 박차고 들어갔다. 침실의 비단장막을 걷으니 그곳에는 젊은 머슴 진경동과 운영이 알몸으로 누워 뒹굴고 있었다. 동승은 화를 참을 수 없어 집사를 부르고 시자들을 대령시켜 운영과 진경동을 당장 쳐죽이라 명했다. 그러자 동승의 부인이 나서서 동승을 만류했다.

"이 아이들의 나이 이제 겨우 열여섯, 열여덟입니다. 이대로 죽이기에는 너무 어린 나이이지 않습니까? 참으세요. 영감에 대해 좋지 않은 소문이 날 수도 있습니다."

동승은 잠시 머뭇거리다가 이들에게 각각 곤장 40대를 때리도록 명하고 밤이 깊었으니 구체적인 일은 날이 밝은 뒤에 처리하기로 했다. 그리고 비어 있는 창고에 그들을 따로따로 가두도록 했다. 그날 밤 창고에 갇혀 있던 진경동은 걱정스럽고 불안한 마음에 방을 이리저리 왔다갔다 하며 빠져나갈 궁리를 했다.

'먹지 못할 떡이면 남에게나 주지, 늙은 영감이 욕심은 많아 가지고. 어떻게 해서든 날이 밝기 전에 이곳을 빠져나가 내가 동승을 곤경에 빠뜨리리라.'

이렇게 생각한 진경동은 안간힘을 써서 자물쇠를 열고 담장을 넘어 곧바로 승상부로 달려갔다. 어둠 속에 등불을 밝히고 있는 승상부는 위병들만이 지키고 있었다. 진경동은 조심스럽게 위병에게 다가가 "대역모의가 있다"고 이야기했다. 위병은 이내 위병 장교에게 데려갔고 위병 장교는 다시 상부에 보고했다. 곧 진경동은 안전한 내실로 안내되어 조조가 나올 때까지 편안하게 있으라는 말을 들었다. 얼마 후 말로만 듣던 조조가 진경동 앞에 나타났다. 진경동은 바로 마루에 엎드려 절을 했다. 조조는 밝은 모습으로 진경동의 손을 잡으며 물었다.

"네가 동국구 집에서 머슴을 사는 진경동이냐? 그래, 동국구가 무슨 역적 모의라도 했느냐? 나도 짐작하는 바가 없는 것은 아니다만 그 동안 증거가 없어서 주시만 하고 있었다."

조조의 밝은 표정을 보자 진경동이 안심하고 말했다.

"한 두어 달쯤 전부터 왕자복 · 오자란 · 충집 · 오석 · 마등 다섯 사람이 저희 주인집을 드나들며 밀담을 나누는데 제가 그들의 말을 들어보니 틀림없이 승상을 해치려는 음모였습니다. 저희 주인께서는 그 사람들에게 흰 비단으로 된 천 조각을 내보였는데 무슨 내용인지 제가 알 수는 없었습니다. 그런데 그 조각을 보더니 손을 잡기도 하고 같이 울기도 했습니다. 그리고 이틀 전에는 태의 길평이라는 사람도 손가락까지 깨물며 맹세하는 것을 제가 직접 보고 들었습니다."

조조는 진경동의 손을 잡으며 말했다.

"그대는 내 생명의 은인이오. 내 어찌 이 은혜를 잊으리오?"

조조는 진경동을 승상부 내실에 숨겨두었다.

한편 동승은 아침이 되자, 진경동이 도망쳤다는 이야기를 듣고 진경동의 고향 쪽으로 노비를 보내어 찾게 하고 운영을 다시 유곽에 팔라고 명했다. 이틀 후 진경동을 찾으러 나갔던 노비들이 돌아와 그를 찾지 못했다고 보고했다. 동승은 진경동이 다른 지방으로 멀리 도망쳤을 것이라 생각하고 더 이상 찾지 않았다.

조조는 진경동을 승상부의 안가安家로 옮기고 사건의 전말을 보다 충실히 조사하게 하여 전체적인 사건의 개요를 알게 되었다. 특히 유비와 마등이 개입되어 있다는 사실에 크게 분개했다.

한편 길평은 황궁의 내의원內醫院으로 돌아와 조조를 죽일 만한 물품들을 점검했다. 내의원에는 사약賜藥으로 내리던 많은 종류의 품목들이 있었는데 길평은 그중에서도 수은水銀과 비소砒素, 금金을 비롯해 생청生淸·생금生金·부자附子·게蟹의 알 등을 두고 저울질을 해보았다. 무엇보다도 빨리 조조의 숨을 끊어지게 하려면 비소를 사용하는 것이 좋을 듯했다. 길평은 사약으로 사용하던 황비철석(철과 비소의 황화물)을 가루로 낸 다음 세 개의 작은 포로 나누어 자신의 도포 자락에 작은 주머니를 만들어 넣어두었다. 이 세 포를 탕약 한 사발에 넣으면 누구라도 즉사하게 되어 있었다.

진경동이 승상부에 온 지 사흘째 되던 날 조조는 전체적인 사건 내막을 모두 알게 됐다. 조조는 두통이 심하다며 태의 길평을 불렀다. 조조의 명을 받은 길평은, '드디어 조조가 죽는구나' 생각하면서 서둘러 탕약재를 준비하고 도포 자락에 보관하던 비소를 마지막 탕약 재료에다 넣어두었다. 길평은 서둘러 승상부 조조의 침실로 들어갔다. 이마에 흰 수건을 올려놓고 병상에 누워 있던 조조는 길평을 보더니 일어나 말했다.

"자넨가. 내 두통이 심하니 빨리 약을 좀 달여주게."

길평은 조조와 그의 시자들이 보는 앞에서 약을 조제하여 약탕기에 끓였다. 약이 반쯤 달여졌을 때 길평은 비소가 들어 있는 마지막 탕재를 집어넣었다. 그러고는 약사발을 들고 직접 조조에게 바쳤다. 조조는 머리를 감싸고 있다가 길평이 다가가자 부스스 일어나면서 머리의 수건을 내렸다. 길평은 조조가 두통이 심할 때는 땀도 많이 흘리는데 오늘따라 땀을 흘린 흔적이 없었고, 얼굴색도 병색이 아닌 것을 보고 조금 긴장했다.

조조는 약사발을 받아들었으나 바로 약을 마실 생각은 하지도 않고, 계속 시간만 끌면서 시자에게 이런저런 말을 시켰다. 초조함을 감추고 숨을 죽이며 지켜보던 길평이 태연함을 가장하고 약을 마시기를 권했다.

"승상, 식기 전에 드시고 쉬시는 것이 좋습니다."

그 말을 들은 조조는 자기 앞의 약사발을 길평에게 내리며 이렇게 분부했다.

"태의 길평은 듣거라. 너는 비록 의원이지만 글깨나 읽은 것으로 알고 있다. 그러니 너도 예의를 알 것이 아니냐? 옛말에 임금이 병이 나서 약을 먹을 때에는 신하가 먼저 먹어보고 올리는 것이고, 아비가 병이 나 약을 먹을 경우엔 자식이 먼저 먹어본다는 말이 있다. 그리고 이것은 어느 궁궐에나 있는 법도이다. 너는 오랫동안 내 두통을 돌보아온 나의 심복이 아니냐? 이번에는 네가 먼저 먹어보아라."

이 소리를 듣자 길평은 순간적으로 모든 것이 탄로났음을 깨달았다. 길평은 약사발을 들고 앞으로 달려나가 한손으로 조조의 귀를 잡고 비틀며 다른 한손에 들고 있는 약사발의 탕약을 조조의 입에 들이부으려 했다. 무공이 있는 조조가 재빨리 손을 들어 약사발을 채뜨리면서 길평의 손을 잡아 비틀었다. 그 순간 좌우에 시립하고 있던 시자들이 바로 길평의 몸을 덮쳤다. 그 바람에 약사발이 바닥에 떨어져 박살이 났다. 동시에 시자들이 길평을 붙잡고 손을 뒤로 묶은 뒤 바닥에 엎드리게 하고 창문을 열어젖혔다. 잠시 후 시녀들이 궁중에서 노리개 삼아 기르던 강아지를 데려와 바닥에 흥건한 탕약을 핥게 하니 그 자리에서 네 다리를 버르적거리며 죽었다.

조조는 옷을 갈아입고 의관을 정제한 후 다시 승상부 취조실로 들어왔다. 그곳에는 길평이 결박된 채 끌려와 무릎을 꿇고 있었다. 길평은 시키는 대로 했으나 두려워하는 기색이 없었다. 조조가 길평을 향해 소리쳤다.

"길평 이놈아, 네놈이 그럴 줄은 몰랐다. 내가 머리가 아프다고 한 것은 네놈의 소문이 수상하기에 확인해보려 한 것이다. 설마 했더니 네놈이 날 죽이려고 모의한 것이 사실이었구나. 내가 네놈의 재주와 능력을 그토록 아껴주었거늘 도대체 내가 네게 무엇을 잘못했기에 이리 모질게 구느냐?"

조조가 더욱 분한 듯 이를 갈며 말했다.

"내가 보기에 너는 일개 의원에 불과하니, 네놈 혼자서 날 죽이려 하진 않았을 것이다. 군주가 죽는 데는 어느 한 사람의 힘으로 되는 것이 아니다. 반드시 뒤에서 사주한 놈이 있을 것이다. 나는 항상 너의 의술을 아끼고 사랑했다. 지금이라도 늦지 않았다. 네가 그놈들의 이름을 일러준다면 없던 일로 하겠다."

길평은 조조를 올려다보고 비웃으며 말했다.

"당신은 기군망상한 역적이오. 어찌 나만이 승상에게 원한이 있다고 하겠소. 나는 아직도 한나라의 신하요. 한나라 신하로 당신을 죽이려 하는 사람은 허도에만 수백 명이 넘을 것이오. 나는 당신을 죽이려고 한 사람이니 어서 날 죽이기나 하시오. 이것은 승상과 개인적인 감정 때문이 아니오."

"이놈아, 한나라 신하 운운하는데 네놈이 낙양까지 쫓겨간 천자를 구한 일이 있느냐? 그리고 허도에서 호의호식하는 네놈들이 다 누구 덕으로 호강하고 있느냐? 폐허가 된 조정을 이만큼이라도 일으켜세운 게 누구냐?"

조조는 측근을 돌아보며 말했다.

"이놈을 지금부터 문초하라. 그리고 공모자들이 나올 때까지 엄히 다스려라. 죽여도 상관하지 않겠다."

조조가 나간 후 문초가 시작됐다. 감찰관이 속속 도착하여 취조실로 들어갔다. 길평의 몸 위로 몽둥이가 수도 없이 거세게 쏟아졌다. 거기에 물고문, 불고문까지 이어졌다. 살이 찢어져 피가 바닥에 흥건히 고이고 살이 타는 냄새가 진동을 하는데도 길평의 다문 입은 벌어지지 않았다. 이 보고를 들은 조조는 길평이 죽으면 배후를 가려 대질심문을 할 수가 없으니 일단 길평을 옥에 가두고 치료해주라고 했다.

정월이라 바람이 을씨년스럽게 불고 날씨가 추워 스산했다. 조조는 옥에다 불을 피워서 길평이 자진하지 못하도록 큰 칼을 씌우고 감시하라고 지시했다.

다음날 정오, 조조는 승상부 대연회장에서 잔치를 열어 여러 대신들을 청했다. 조조의 명이라 대부분의 문무백관들이 참석했으나 동승만은 몸이 아프다는 핑계로 연회에 나오지 않았다. 조조는 문무백관들을 돌아보며 말했다.

"날씨도 추운데 연회에 오시라고 하여 죄송합니다. 모두들 엄동설한을 어떻게 견디고 계시오? 이제 한 달이 지나면 황하의 물도 녹을 것이오. 그러니 오늘 국정의 대소사를 허심탄회하게 이야기해봅시다."

넓은 대연회장은 난방을 하는데도 다소 냉기가 서려 있었다. 그러나 사람들이 모이고 여기저기서 술잔이 돌아가자 차갑던 기운이 사라졌다. 밖에는 아직도 차가운 겨울바람이 마른 나뭇가지를 헤집으며 다니고 있었다. 모두들 술기운이 어지간히 올랐을 때 조조가 자리에서 일어나 말했다.

"술자리에 어찌 오락이 없을 수 있겠소. 여봐라, 내빈의 여흥을 돋우게 하라."

감찰관과 관리들이 신속하게 움직이더니 얼마 되지 않아 포승줄로 꽁꽁 묶인 길평이 연회장의 단 아래로 끌려나왔다. 갑자기 대연회장의 분위기가 물을 끼얹은 듯 조용해졌다. 끌려와 꿇어앉은 길평의 얼굴은 멍들고 부어서 원래 모습을 알아보기 어려울 지경이었다. 몸에 걸친 옷은 이미 피범벅이 된 채로 말라붙었고 팔과 다리는 타박상과 골절로 퉁퉁 부어 있었다. 그 모습이 하도 처참해 눈뜨고 못 볼 지경이었다.

길평이 끌려나오자 조조가 다시 입을 열었다.

"여러분은 이자가 누구인지 아시겠습니까? 그 동안 나는 이 자의 재주를 귀하게 여겨 온갖 대우를 해주었는데 이놈은 대역무도한 자들과 결탁해 나라를 배반하고 나를 독살하려 하였소. 오늘 이자의 이야기를 한번 들어봅시다."

끌려나온 길평을 의자에 앉히고 무거운 널빤지를 그의 무릎 위에 올려놓은 다음 그 위에 청동화로를 올려놓았다. 기력이 다한 길평의 입에서 비명이 터져나왔다.

"자, 이야기해보아라. 네놈과 역적질을 모의한 놈이 누구냐? 바른대로 말하면 너를 살려주마. 저 옛날 진시황도 분서갱유를 하며 의학 서적과 농업서적은 태우지 못하게 했다. 하물며 의원을 내가 죽이겠느냐? 내 너의 재주를 아끼니 더 이상은 자신의 몸을 학대하지 말라."

길평은 죽어가는 목소리로 말했다.

"역적은 내가 아니라 네놈이다. 여러 말 말고 날 어서 죽이기나 하여라!"

이미 산송장이 된 길평에 대한 고문의 강도가 더욱 심해지는데도 그는 끝내 대답하지 않더니 결국 기절하고 말았다. 길평에게 가해진 압슬壓膝을 풀고 물을 끼얹어 다시 깨웠지만 그는 대답을 하지 않았다. 이 같은 일을 두세 번 되풀이하다가 조조는 "안되겠다. 본론으로 들어가자"고 하더니 시자들에게 명해 더 이상 길평을 문초하지 말고 끌어내라고 했다. 그리고 조조는 왕자복 · 오자란 · 오석 · 충집만 남고 모두 퇴청하라고 말했다. 동시에 조조는 연회에 결석한 동승의 집으로 감찰관을 보내 역적모의를 한 증거를 찾아오게 했다.

조조는 문무백관들이 서서히 자리를 떠나자, 왕자복 등 네 사람을 꿇어앉히고 직접 문초를 시작했다. 갑사들이 칼을 옆에 차고 좌우로 줄지어 서 있는 가운데 조조가 단 위에 의자를 놓고 앉았다.

"너희들만 남아 있게 한 이유는 네놈들이 더 잘 알 것이다. 너희 네놈이 그 동안 무슨 짓거리를 하고 있었는지 다 알고 있다. 바른 대로 대답하라."

왕자복이 대답했다.

"승상, 너무하십니다. 승상께서 어떤 의도로 저희를 이토록 핍박하시는지는 몰라도 특별히 상의한 일은 없습니다."

조조가 다시 물었다.

"네놈들이 보고 울었던 그 흰 비단에 무엇이 씌어 있더냐?"

"어처구니없는 말씀입니다. 비단 이야기는 승상께 처음 듣습니다. 그리고 저희들이 어디서 함께 있었단 말씀이십니까? 저는 이 사람들과 면식은 있으나 잘 알지는 못합니다. 그게 무슨 말씀입니까?"

조조가 측근에게 명해 진경동을 불러냈다.

"그래, 이놈들이 어디서 무엇을 하더냐?"

"이분들은 저의 주인님의 서재에 자주 모여 흰 비단을 꺼내놓고 때로는 눈물을 흘리며 무엇인가 의논하는 것을 보았습니다. 그리고 무엇인가를 쓰기도 했습니다."

왕자복이 고개를 들어 진경동을 돌아보고 꾸짖었다.

"네놈이 공연히 생사람을 잡는구나. 이놈은 국구님의 젊은 시첩과 사사로이 정을 통한 놈입니다. 제놈이 주인의 추궁을 피하려고 괜한 죄를 뒤집어씌우고 있습니다. 승상께서는 곧이듣지 마십시오. 어찌 노복 한 놈의 말만 듣고 저희를 벌하려 하십니까?"

조조가 왕자복을 보고 말했다.

"길평이 나를 독살하려 했다. 그것이 너희들과 무관하단 말이냐? 너희들이 지금 자백을 하면 용서하겠다. 그러나 만일 자백하지 않으면 네놈들의 삼족을 멸할 것이다."

왕자복·오자란·충집·오석 등은 끝까지 그런 사실이 없다고 우겼다. 조조는 이들을 돌아보며 가소롭다는 듯이 웃으며 말했다.

"그래 끝까지 우겨보겠다는 말이지. 옥에 가서 기다려라. 내 이 일의 진상을 네놈들 앞에 낱낱이 보여주겠다."

조조는 취조관과 감찰관을 데리고 바로 동승의 집으로 향했다. 그리고 진경동과 길평을 가마에 태워 뒤따라오라고 했다. 해가 서산으로 기울기 시작하고 있었다. 동승의 집은 문이 열린 채 이미 승상부의 감찰관과 갑사들로 가득하였고 동승은 서재에 갇혀 있었다. 동승을 본 조조가 먼저 입을 열었다.

"오늘 연회에 왜 나오지 않았소?"

"요즈음 몸이 좀 불편해서 나가지 못했습니다. 그보다 승상, 이게 무슨 일이오? 왜 군인들이 들이닥쳐서 이런 난리를 치는 게요?"

조조가 동승의 방을 둘러보더니 말했다.

"동국구의 병은 우국충정으로 생긴 병인 줄 제가 잘 압니다. 그나저나 국구님께서는 길평 사건을 알고 계시오?"

"길평은 태의가 아닙니까? 그에게 무슨 일이 있었는지는 알지 못합니다."

조조가 비웃으며 말했다.

"그래요, 국구께서 모르신다? 여봐라! 길평을 이리 데려오너라."

갑자기 동승의 얼굴이 창백해지고 일그러지기 시작했다. 갑사들에게 끌려오는 길평의 모습을 본 동승은 어쩔 줄 모르고 당황하더니 눈에는 자기도 모르게 이슬이 맺혔다.

"저놈 외에 왕자복·오자란·충집·오석 등 네 놈을 이미 하옥시켰소. 아직 세 사람은 붙잡지 못했을 뿐이오. 그런데 그 중 두 놈은 지금 여기에 없지요. 허도에서 한 명만 더 잡으면 되오."

조조는 다시 길평을 다그쳤다.

"태의 길평은 들어라. 이제 너를 살려줄 마지막 기회다. 누가 너더러 나를 독살하라고 시키더냐? 속히 말하라!"

길평은 더 이상 말도 제대로 못하고 몸을 가누지도 못했다. 길평은 겨우 입을 열어 말했다.

"하늘이 시켰다. 그러니 더 이상 내게 묻지 말라."

조조는 머리끝까지 화가 났으나 겨우 참고 다시 길평을 문초했다.

"네 손가락은 원래 아홉 개가 아니었다. 그리 된 이유가 무엇이냐?"

반송장이 된 길평이었지만 조조의 물음에 지지 않고 대답했다.

"역적을 죽이기 위해 하늘에 맹세하며 나 스스로 하나를 잘랐다."

조조는 갑자기 한 무사의 허리에서 칼을 빼어들더니 길평의 손가락을 모두 자르라고 명했다. 힘없는 길평은 반항도 못하고 무사의 칼에 손가락이 모두 잘리고 말았다.

"내 앞에서 또 한번 맹세를 해보시지."

조조도 흥분을 감추지 못하는 표정이었다. 길평은 두 손이 피범벅이 되어 있었으나 자세를 조금도 흐트러뜨리지 않은 채 조조에게 다시 대답했다.

"조조 네놈도 이제 보니 극악하기가 이를 데 없구나. 맹세는 손으로도 하지만 그보다 먼저 입으로 한다. 내게 아직 입이 있으니 얼마든지 맹세해주마."

"나를 극악하다고 했느냐? 네가 그리 생각한다면 그렇게 해주마. 얘들아, 이놈의 혀를 당장 잘라버려라!"

그러자 길평이 다시 말했다.

"그만하고 이 포승줄이나 좀 풀어라. 고문을 버틸 힘이 없어 자백도 못하겠다."

"포승줄을 풀어줘라!"

조조의 영이 떨어지자 갑사들이 길평의 포승줄을 풀었다. 길평은 잠시 하늘을 우러러보면서 무언가를 중얼거리는 듯하더니 대궐을 향해 절을 하고는 가까이 있던 쇠 화로 벽에 있는 힘을 다해 머리를 부딪혔다. 머리가 깨지고 피가 온 얼굴을 타고 흘렀다. 길평은 즉사하고 말았다. 길평의 죽음으로 조조는 내심 큰 충격을 받았으나 그럴수록 이 일의 끝을 보아야겠다는 생각이 뚜렷해졌다. 조조는 진경동을 끌고 오라고 명했다. 진경동이 이끌려 들어오자 조조가 동승을 보면서 말했다.

"국구께서는 저 아이를 모르시오?"

동승은 진경동을 보자 크게 노하여 소리쳤다.

"이놈은 주인의 여자와 간통하고 도망친 종놈이오. 이놈이 여기 있다니, 당장 죽여야겠소!"

조조가 기가 차다는 듯이 말했다.

"국구는 왜 그리 흥분하시오. 저 아이가 날 찾아와 당신들이 날 죽이려 한다고 했소. 내 생명의 은인이자 대역 사건의 증인인 자를 죽이려 하다니요?"

동승의 얼굴이 붉어졌다.

"승상께서는 저의 말은 들으시지 않고 도망친 종놈의 말을 믿으려 하시오?"

조조도 더 이상 참지 못하고 호통을 쳤다.

"이 늙은 것이 사람을 놀리는구나. 왕자복 등도 모두 죄를 고백해 증거가 명백한데 네놈이 왜 계속 거짓말을 하려 드느냐? 여봐라, 이 늙은 놈의 옷을 벗겨 샅샅이 뒤지고 이 방도 샅샅이 뒤져라."

조조의 한마디에 열 명의 감찰관이 동승의 몸을 뒤지기 시작하자 동승의 옷소매 속에서 황제가 내린 조서가 나왔다. 또한 서책들 사이에서 거사를 결의한 연판장이 나왔다. 동승은 얼굴이 파래지면서 그 자리에서 실신하고 말았다. 조조는 왕자복을 비롯한 네 명과 동승의 전 가족은 물론, 종까지 모조리 잡아 옥에 가두게 했다.

그날 밤 조조는 허탈한 마음이 들면서도 한편으로는 헌제에 대한 분노를 삭일 수가 없었다. 조조는 칼을 차고 갑사들을 거느린 채 궁궐 안으로 들어갔다. 황제가 동귀비의 침소에 있다는 보고를 받은 조조가 동귀비의 침소로 들어가자 황제는 깜짝 놀라 옷을 갈아입지도 못하고 나왔다. 황제와 같이 있던 동승의 딸, 동귀비도 새파랗게 질린 얼굴로 침실에 앉아 있었다. 조조가 헌제를 보며 말했다.

"폐하, 폐하께서는 동승이 역적질을 한 것을 알고 계시오?"

헌제가 벌벌 떨며 말했다.

"도…도 동탁은 이미 죽은 지 오래되었소."

조조가 기가 차다는 듯이 소리쳤다.

"동탁이라니, 폐하는 사람을 놀리시오? 동탁이 아니라 동승이오."

"짐이 그 일을 어찌 알겠소?"

"그래요? 폐하께서 손가락을 깨물어 혈서를 써서 조서를 내리고도 모르신다는 말입니까? 폐하께서는 참으로 은혜를 모르시는구려."

조조는 침대에서 떨고 있는 동귀비를 바라보며 말했다.

"여봐라, 저년을 끌어내라!"

헌제는 깜짝 놀라 눈물을 흘리면서 조조에게 애원했다.

"조승상, 제발 살려주시오. 모두 짐의 잘못이오. 동귀비는 지금 아기를 가진 지 5개월이 되었소. 예로부터 아이를 밴 여자를 죽이는 법은 없소. 아기를 낳은 후에 처벌해도 늦지 않소."

"허어, 그런 분이 날 죽이라는 밀명은 어찌 내렸소? 천자나 귀비의 목숨만 목숨이고 내 목숨은 목숨이 아니오? 하늘이 날 돕지 않았으면 난 이미 죽은 몸이오. 내가 이 여자를 살려두어 후환거리를 만들라는 말입니까?"

이때 복황후伏皇后가 동귀비의 침실로 들어왔다. 복황후는 조조에게 울면서 매달렸다.

"승상, 한 번만 용서해주시오. 내가 아이를 가질 수 없으니 제발 동귀비가 아기를 낳도록 해주시오. 그때 가서 죽여도 되지 않습니까?"

이 말을 듣자 조조가 발끈하며, 동승 등이 손가락을 깨물어 맹세한 흰 천을 복황후 앞에 내동댕이쳤다.

"그것을 말이라고 하오? 내가 뭣 때문에 역적의 씨앗을 남겨 제 어미의 원수를 갚게 하겠소? 긴말이 필요 없소. 여봐라, 이 자리에서 저년을 죽여라."

동귀비가 채념한 듯이 말했다.

"날 죽이더라도 내 살은 드러나지 않게 시신이나 온전하게 보전토록 해주시오."

"그래, 이 여자를 성밖으로 끌고 가서 원하는 대로 해주어라."

끌려가는 동귀비를 바라보며 헌제가 울면서 말했다.

"어찌 나는 내 여자 하나 지킬 힘도 없는 것이오? 죽어서 구천에 가더라도 짐을 너무 원망하지는 마오!"

헌제와 복황후는 마룻바닥에 엎드려 통곡했다. 이 광경을 보자 조조는 화가 치밀어 소리쳤다.

"아녀자도 아니고 이게 무슨 짓이오? 그 따위로 유치하게 굴면서 왜 날 죽이려 했소?"

동귀비는 내의차림으로 성밖으로 끌려나가 버드나무에 목이 매여 죽고 말았다.

다음날 아침, 조조는 감궁관監宮官을 불러 명했다.

"앞으로는 황실의 외척과 종친은 물론, 그 누구도 내 허락 없이 입궐하는 자는 목을 베겠다. 만약 지금 내 말을 조금이라도 어기는 자가 있으면 그자도 역시 목을 베겠다."

조조는 그래도 마음이 놓이지 않았는지 특히 날래고 충성심이 강

친위 쿠데타 가담자의 가족들까지 체포·살해하는 조조의 군대.
조조를 불러와 서량에서 온 동탁의 부하들을 몰아낸 천자는, 이제 다시 마등의 서량 기병과 외척 세력을
불러들여 조조를 제거하는 쿠데타를 도모했다. 그러나 친위 쿠데타는 피의 응징을 당하며
처절한 실패로 끝났다. 이때 죽은 사람은 7000여 명에 달했다.

한 병사들 3천 명을 뽑아서 어림군으로 삼고 조홍을 어림군 대장으로 임명하여 궁중을 철저히 지키며 살피게 했다.

점심을 먹고 난 조조는 참모들을 소집하여 이번 반역사건의 결정적 단서인 의대조衣帶詔(옥대 속의 조서)를 보여주면서 말했다.

"헌제를 폐하고, 더욱 덕이 높은 사람을 새로 선택해 제위에 오르게 하는 것이 어떻겠소?"

침통한 가운데 정욱이 말했다.

"승상, 그것은 현재로는 불가하다고 봅니다. 승상께서 지금 중원을 차지하시고 천하를 호령하는 것은 천자를 모시고 계시기 때문입니다. 즉, 천자를 승상의 수중에 두고 계시니 한나라를 받들고 있다는 명분이 서는 것입니다. 화북의 원소, 서주의 유비, 형주의 유표, 익주의 유장, 강동의 손책 등 제후들을 아직 완전히 평정하지 못한 상태에서 황제를 폐위시키면 그놈들에게 군사를 일으킬 명분을 주게 됩니다. 이 문제는 시급하지 않습니다. 오히려 더욱 감시를 강화하시고 천하를 도모하시는 것이 급선무입니다."

조조는 잠시 무언가를 생각하더니 정욱의 말에 동의했다. 조조는 헌제의 폐위 문제를 일단 보류하기로 하고 주모자인 동승과 왕자복·오자란·충집·오석 등의 전 가족을 남녀노소 가릴 것 없이 성문 밖으로 끌어내어 여자들은 교수형에, 남자들은 참형에 처하라고 명령했다. 이때 죽은 사람이 700여 명에 달했다.

유비는 원소에게
관우는 조조에게

동승의 사건이 마무리되자 조조는 다시 정욱을 불러 말했다.

"운이 좋아 동승의 무리는 죽였지만 유비놈과 마등이 아직 살아 있으니 일을 완전히 끝낸 것이 아니네. 그놈들도 모두 없애야겠다."

정욱이 말했다.

"승상 말씀이 옳습니다. 그러나 지금 아군은 서쪽으로는 마등, 북쪽으로는 원소, 남쪽으로는 유표, 동쪽으로는 유비, 이렇게 사면에서 포위당하고 있습니다. 그런데 이들이 서로 고리처럼 연결되어 있으므로 아군의 진로를 결정하기가 쉽지 않습니다. 첫째, 유표는 미지수입니다. 유표는 천하를 도모하기보다는 철저히 지키기만 하는 수성형 인물이지만 이자를 완벽하게 파악하기가 어려운 실정입니다. 둘째, 서량의 마등은 강한 기병을 거느리고 있어서 군사적으로 제압하기는 힘듭니다. 따라서 일단 승상의 친서를 마등에게 보내 그간의 공을 위로하고 의심이 생기지 않게 한 후에 허도로 끌어들여 처치하면 될 것입니다. 셋째, 서주에 있는 유비도 군대를 하비·소패·서주로 나누어 배치하고 있으므로 침투하여 섬멸하기가 힘든 형편입니다. 넷째, 가장 강력한 적인 원소는 황하 중류에서 호시탐탐 허도를 노리고 있습니다. 만일 우리가 동쪽으로 서주의 유비를 치러 나간다면, 유비는 반드시 원소에게 구원병을 요청할 것입니다. 그때 원소가 허도가 비어 있는 틈을 타서 기습하게 되면 문제는 심각해집니다."

"자네 말대로라면 이대로 세월만 보낼 수밖에 없지 않겠나? 지금 그럴 수는 없어."

"그러면 승상께서는 어느 방면을 먼저 치려 하십니까?"

조조가 말했다.

"내가 보기에는 마등이나 유표는 쉽게 병마를 움직이지는 않을 듯하니 일단 그들을 최대한 회유해야 할 것이네. 지금으로서는 가장 허약한 세력이 바로 유비일세. 유비놈은 지금 잡아야 해. 아직은 정월이 아닌가? 원소와 유표는 이것저것 따지기를 좋아하는데다 유가의 오행설五行說을 워낙 믿으니 정월부터 군사를 일으킬 사람들이 아니지. 그렇다면 정월인 지금이 절호의 기회가 아닌가? 그런데 마등도 현재로서는 군사적 움직임이 전혀 없다는 보고를 받았네."

조조의 말대로 오행설에 의하면 봄에는 절대로 군사를 일으키지 말아야 한다. 음양오행설을 따라가보면 봄에는 나무[木]에서 덕이 성하고 여름에는 화덕火德이 성한다. 그래서 사람들의 행동도 이에 따라 조화롭게 이루어져야 한다는 것이다. 즉, 군주들도 계절에 따라 해야 할 일과 하지 말아야 할 일이 있는데, 특히 봄이 한창일 때는 백성들에게 은혜를 베풀고 군대를 일으켜서는 안 된다는 것이다. 그러나 실리적인 조조는 그와 같은 학설에 얽매이지 않고 득실을 취할 수 있는 길을 택하고자 했다. 조조의 말을 들은 정욱이 어찌할 바를 모르고 망설이고 있는데 곽가가 들어왔다. 조조가 반기며 물었다.

"잘 들어왔네. 내가 지금 유비를 치고 싶은데 옆에 원소가 버티고 있으니 어찌하면 좋겠나?"

곽가가 말했다.

"지금이 가장 좋은 기회입니다. 원소는 정월부터 군사를 일으킬 위인이 절대 아닙니다. 원소는 성격이 워낙 느긋한데다 생각이 복잡하고 의심도 많은 사람입니다. 더구나 그들은 신년하례 이후 아직 정상 업무를 시작하지도 않았을 것입니다. 설령 업무를 보고 있다고 해도 그곳에는 모사들 간의 세대 차이가 깊어서 의견이 일치하지 않을 것입니다. 승상, 잘 생각하셨습니다. 지금이 승상께서 군사를 몰아 유비를 치기에 가장 좋은 시기입니다."

조조는 상대의 허를 찌르기 위해 동승의 모반사건이 수습되는 대로 열흘 만에 모든 정비를 끝내고 3만 대군을 일으켜 다섯 갈래로 나누어 신속히 서주를 향해 진군했다.

한편, 유비는 새해에 들면서 동승이 체포된 사실을 알게 되었다. 유비는 자기가 이에 연루된 것을 조조가 이미 알고 있을 것이므로 조조군이 서주를 공격할 것이라고 짐작했다. 유비는 한편으로는 세작을 보내어 허도의 동향을 탐지하게 하고 다른 한편으로는 조조군의 침공에 대비하는 방책을 세우기 위해 고심했다. 그러나 쉽게 그 방법이 얻어지지 않았다. 서주는 넓은 평야 한가운데에 있어서 방어하기도 어렵고 특히 지금 조조를 상대로 싸운다는 것은 역부족이었기 때문이다.

1월 10일, 조조가 군 동원령을 내려 허도 인근의 부대들을 집결시키고 있다는 보고가 유비에게 들어왔다. 유비는 참모들과 대책을 숙의하다가 이 보고를 받았다. 시시각각 다가오는 조조군의 압박에 모두들 노심초사했다. 그러나 진등이 대수롭지 않다는 듯이 유비에게 말했다.

"제가 보기에 별로 걱정할 일이 아닌 듯합니다. 지금 천하는 원소와 조조가 양분하고 있지만, 실은 조조가 원소를 이기기에는 아직 역부족입니다. 조조가 가장 두려워하는 사람은 원소입니다. 원소는 지금 마치 범이 나무에 걸터앉아 사냥감을 기다리듯 기주·청주·유주·병주 등 여러 주를 차지한 채 천하를 관망하고 있습니다. 원소는 현재 20만 병력을 동원할 수 있으며 4대째 정승을 지낸 집안이라 문관과 무장 그리고 장교들도 수없이 거느리고 있습니다. 그에게 사신을 보내 대책을 협의하십시오. 그러면 원소는 구원병을 보내주거나 아니면 우리와 연합하여 조조를 토벌하려 할 것입니다."

이 말을 듣자 유비는 한숨을 쉬면서 말했다.

"그 동안 나는 원소와 아무런 왕래도 없었네. 최근에는 내가 자기 아우인 원술을 공격해 결국 원술이 죽게 되었는데, 나를 도와줄 까닭이 있겠소?"

진등이 다시 말했다.

"원소와 원술 사이는 좋은 편이 아니었으니 걱정 마십시오."

유비는 진등의 말에 동의하고 직접 원소에게 편지를 써서 그 친서를 손건에게 주면서 말했다.

"올 것이 왔네. 지금 이 위기를 넘기려면 원소에게 구원병을 청하는 길밖에 없네. 자네가 좀 다녀오게."

손건은 기주에 이르자 먼저 전풍田豊을 만나 그간의 일을 전하고 곧바로 원소에게 안내되었다. 손건이 안내된 곳은 원소의 저택이었다. 손건은 원소에게 유비의 친서를 올리며 원소의 표정을 살폈다. 유심히 보니 원소의 몰골은 초췌했으며 의관도 제대로 갖추지 않은 모습이었다. 옆에 있던 전풍이 원소에게 조심스럽게 물었다.

"요즘 들어 장군의 안색이 좋지 않으신데 무슨 근심이라도 있으십니까?"

"내가 요즘 죽지 못해서 산다네."

"아니, 그게 무슨 말씀이십니까?"

"요즘 우리 막내가 앓고 있는데 상태가 심각해. 내게 다섯 아들이 있는데, 나는 그 아이한테 제일 정이 간다네. 그런데 그 애가 지금 사경을 헤매고 있으니 무슨 살맛이 나겠나?"

전풍이 원소의 표정을 잠시 살피다가 말했다.

"지금 조조가 유비를 치려고 서주로 향하고 있다고 합니다. 그러니 기회가 온 것 아니겠습니까? 조조가 동쪽으로 유비를 치러 가면 보나마나 허도가 텅텅 비어 있을 것입니다. 이 기회를 틈타 비어 있는 허도를 쳐야 합니다. 이것은 위로는 천자를 보필하는 길이요, 아래로는 만백성을 구하는 길이 됩니다. 이런 기회는 다시 오기 어렵습니다. 장군께서는 빨리 결단을 내리십시오."

원소가 짜증을 내며 말했다.

"이 사람아, 그런 말 말게. 새해가 바뀐 지 얼마나 되었나? 아무리 그렇더라도 정월에 군사를 일으키는 인간 망종이 어디 있겠나? 그러면 백성들이 농사준비는 언제 하나? 그리고 또 내 아들이 저러고 있으니 도대체 마음이 내키질 않네."

전풍이 재차 원소를 설득했으나 원소는 마음을 움직이지 않았다. 전풍은 할 수 없이 원소에게서 물러나와 하늘을 보며 탄식했다.

"이런 기회는 다시 오지 않을 텐데. 아깝다. 천하 대세의 일을 사사로운 집안일 때문에 놓치다니……."

그러더니 전풍은 손건을 돌아보며 말했다.

"이 소식을 빨리 유황숙께 전하시오. 제가 도움이 되지 못해 안타깝구려!"

손건이 돌아와 원소가 정월에는 군사를 일으킬 수 없다고 하더라고 보고하자, 유비는 난감해져 모든 참모들을 모아놓고 대책을 협의했다. 그러나 별 뾰족한 대책이 서지 않아 모두들 답답한 심정으로 앉아 있었다. 그때 진등이 뭔가를 생각해낸 듯 입을 열었다.

"제가 잘 아는 분 중에 원소의 가문과 조부 때부터 잘 알고 지내는 분이 있습니다. 그분께 부탁하여 원소에게 보내는 편지 한 장만 얻는다면 반드시 원소가 와서 도와줄 것입니다."

"그분이 누구란 말이오?"

"네, 정현鄭玄 선생이라고……."

유비는 갑자기 얼굴이 환해지면서 진등을 향해 소리쳤다.

"바로 나의 스승님이셨던 자간(노식의 자) 선생과 동문이셨던 정현 선생 말이오?"

"맞습니다. 태수님도 잘 아시겠지만 그분은 일찍이 마융馬融 선생에게 가르침을 받았습니다. 마융 선생은 좀 특이한 분이었는데 항상 엷은 장막을 드리우고 그 앞에 학생들을 앉혀놓고 강의를 하셨습니다. 그리고 강의 중간중간에 가기歌妓들의 노래를 듣기도 했으며, 당신이 앉은 좌우에는 시녀들을 둘러서게 한 분입니다. 이런 분위기에서도 정현 선생은 3년간이나 한 번도 한눈을 팔지 않으신 분이라고 합니다. 정현 선생이 학업을 마치던 날 마융 선생은 정현 선생을 불러, 내 학문을 제대로 가져간 이는 오직 너밖에 없다고 하시더랍니다."

이 말을 듣자 유비가 웃으면서 말했다.

"어디 그뿐인가? 우리 스승님 댁에는 하녀들도 시를 지었다네. 어느 날 스승님이 하녀 한 명에게 벌을 주어 뜰 아래에 꿇어앉혀 두었는데 지나가던 다른 하녀 한 명이 무언가 땅바닥에 쓰는 것을 가만히 보니 '호위호니중胡爲乎泥中(어쩌다 진흙 속에 빠졌니?)' 이라는 『시경詩經』의 한 구절을 쓰더라는 거야. 스승님이 기가 차서 가만히 보니 꿇어앉은 하녀가 또 무엇을 써서 대답하는데, '박언왕소봉피지노薄言往愬逢彼之怒(하소연하러 왔다가 주인님의 화만 돋우고 말았어)' 라고 썼더라지 않나? 그래서 스승님이 웃으시면서 두 하녀를 칭찬하고 돌려보낸 일도 있었다네."

미축이 옆에서 거들었다.

"요즘 글을 아는 사람이 20~30명 중에 한 명도 안 되는데 어쩌면 그 댁의 하녀들은 저보다 더 유식하군요."

관우가 유비에게 말했다.

"형님께서는 과거 서주 목사로 계실 때에도 여러 번 그분을 청해 말씀을 듣지 않으셨습니까? 또 얼마나 지성을 다해 그분을 섬겼습니까? 이제 그분에게 도움을 청하십시오."

유비는 좋은 방법이라 생각하고 진등과 함께 정현의 집을 찾아갔다. 정현은 몹시 반가운 모습으로 유비를 맞았다. 정현은 자신과 절친했던 동문의 제자가 천하에 아름다운 이름을 날리는 것이 흐뭇해 연신 유비의 손을 잡고 어깨를 토닥였다. 유비가 그간의 사정을 설명하자, 정현은 쾌히 승낙하고 그 자리에서 원소에게 보내는 편지를 써서 유비에게 주었다. 서주로 돌아온 유비는 다시 손건을 시켜 최대한 빠른 시간 안에 원소에게 가서 정현의 편지를 전하게 했다.

손건이 떠난 며칠 뒤 손건으로부터 무슨 소식이 오기도 전에 조조군이 서주를 향해 밀려오기 시작한다는 보고들이 계속 날아들었다. 유비가 초조하게 손건의 소식을 기다리고 있는데 유비를 지켜보던 장비가 무슨 좋은 수가 있다는 듯 유비에게 말했다.

"형님, 이렇게 기다리고만 있을 것이 아니라 우리 나름대로 조조군을 쳐내도록 해야지요. 제 생각을 한번 들어보십시오. 조조의 군사들은 추운 날씨에 먼 곳에서 왔기 때문에 지쳐 있을 것입니다. 그런 군사들은 초전에 박살을 내는 것이 유리한 것 아닙니까? 조조군이 서주성 입구에 다다랐을 때 우리가 틈을 주지 않고 바로 공격하면 조조군을 섬멸할 수 있을 것입니다. 아무리 천하의 조조라도 제놈이 별수가 없을 거예요."

유비가 장비를 보고 웃으며 말했다.

"아우는 여태까지 용맹스런 장수로만 알았는데 이젠 병법도 제법 쓰는구려. 지난번에도 지략으로 유대를 붙잡지 않았나?"

유비는 장비의 말에 따라 척후병을 보내 조조군의 동향을 감시하고 군사를 나누어 매복시킨 다음 기회를 보아 급습하기로 했다. 장비는 5개 대대 병력을 거느리고 소패성 입구와 구릉지에 매복하기 시작했다. 멀리서 조조군의 선발대 군기가 때마침 불어오는 북서풍에 아우성치듯 펄럭이기 시작했다.

한편, 조조는 군사를 몰아 팽성을 거쳐 강물이 얕은 소패 쪽을 향하고 있었다. 조조는 회수의 지류를 건너 소패를 거쳐 서주성을 함락하고 하비까지 공격할 계획이었다. 조조는 원소군을 의식하고 있었으므로 속전속결이 불가피했다. 조조군은 아직도 얼어 있는 강을 건너 소패 나루를 지나 소패성 쪽으로 진군하는데 갑자기 회오리바람이 불더니 앞세우고 가던 장군기가 반동강 나 땅 위에 나뒹굴었다. 원래 전쟁을 하는 사람들은 그날의 분위기를 중요시했으므로 조조는 일단 군대의 행군을 멈추게 하고 순욱을 불러 장군기가 부러졌는데 별일이 없겠냐고 물었다. 순욱이 대답했다.

"별일이야 있겠습니까? 불길한 일이 발생한다고 해도 아군 진지에 대한 기습 정도일 것입니다. 아군은 허도에서부터 이곳까지 추운 날씨에 먼길을 걸어왔습니다. 병법을 잘 모르는 유비라도 그쯤이야 계산하지 않겠습니까?"

조조가 말했다.

"그렇지. 내가 생각 없이 유비를 무시하려 들었는데 하늘이 도와 내게 적을 막아낼 빌미를 주었구면."

조조는 소패 나루를 지나 넓은 벌판에서 군 전열을 재정비하라고 명했다. 멀리 소패성이 보이는 가운데 조조군은 전군·중군·후군별로 점호가 실시되고 병종兵種별로 전투대형을 갖추기 시작했다. 간단하게 열병을 마친 조조는 군사를 여섯 부대로 나누고 세 부대는 서주성을 향해 진군하게 하고 나머지 세 개 부대는 소패성을 북·서·남 방향으로 포위하게 했다. 그리고 서쪽 방면을 지키는 부대를 다시 세 대대로 나누어 두 개 대대 병력은 좌우로 매복을 지시하고 한 개 대대는 50여 개의 군막을 대충 설치하여 머물게 했다. 또한 북쪽 방면의 북로군北路軍과 남쪽 방면의 남로군南路軍은 소패성 가까이 은밀하게 진군하라 명했다.

유비는 전령으로부터 조조군이 소패성을 포진하고 있다는 보고를 받고 전령을 보내 매복중인 장비에게 적정을 관찰한 뒤에 기회를 잘 포착하여 기습하도록 지시했다. 유비는 진등에게 소패성을 사수하게 하고 남은 군사들을 이끌고 가 장비군이 매복중인 맞은편에 군대를 다시 매복시켰다. 이때는 1월이었으므로 땅에는 곳곳에 눈이 덮여 있었고, 매복할 만한 관목들도 잘 보이지 않았다. 겨우 구릉지에서 매복을 시도하는데 진군해오던 조조군이 잘 보이지 않았다.

끝없이 펼쳐진 회북평야淮北平野에는 겨울 밀이 불어오는 바람에 파도처럼 넘실거리고 평야 저 끝에는 아직도 차가운 태양이 땅 너머로 사그라들고 있었다. 사방이 어두워지기 시작했다. 차가운 늦겨울 바람이 귀밑을 사정없이 후려쳤다.

장비가 조조군의 동정이 눈에 띄지 않아 의아해하고 있는데 그리 멀지 않은 곳에서 조조의 군막에 불이 켜지는 것이 보였다. 장비는 장교들에게 조조군의 진지 쪽으로 신속하게 이동하라고 명했다. 조조군의 진영에 50여 개의 군막이 있는 것을 본 장비는 조조군의 본진이 야영을 할 것이라 판단하고 어두워지는 들녘으로 날랜 궁수와 보병으로 구성된 특공대를 빠르게 접근시켰다. 그리고 후진에 머물러 있던 기병들에게는 특공대가 조조군의 군막을 기습할 때 바로 출발하여 적진을 공격하라고 지시했다.

조조군의 진영에 이르러 보니 조조군의 병사들은 저녁을 준비하느라 어수선하게 왔다갔다하고 있었다. 먼저 궁수들이 군막을 향해 활과 노를 쏘기 시작하자 여기저기서 비명소리가 들려왔다. 이어 특공대가 신속하게 조조군의 군막을 향해 진격해들어가고 이때를 맞춰 북과 꽹과리 소리가 진동을 했다. 장비가 기병을 거느리고 조조군의 군막으로 들어가는데 군막 앞에 있어야 할 목책이 없었다. 그리고 군막을 불지르면서 기습공격을 하면서 보니 의외로 병사들이 많지 않았다. 장비의 5개 대대 병력이 모두 물밀듯이 조조군의 군막으로 휩쓸려 들어가는데도 조조군은 전투할 생각은 하지 않고 모두 달아나기 시작했다.

어둠 속에서 눈에 보이던 적군은 모두 달아나고 오직 조조군의 야영지만 환하게 빛났다. 이때 갑자기 좌우에서 불길이 치솟으며 사방에서 함성이 몰려왔다. 이어 화살이 소나기처럼 쏟아졌다. 장비군은 우왕좌왕하면서 수많은 병사들이 다치고 쓰러졌다. 이미 포위된 상태에서 북쪽에서는 허저가 공격해오고 남쪽에서는 우금이, 서쪽에서는 장요가 공격하기 시작했다.

장비는 말을 몰고 이리저리 움직였지만 화살이 비오듯 하고 병사들이 서로 엉켜서 어찌해볼 요량이 서지 않았다. 병사들은 군령이 따로 없자 조조군의 군막으로 몸을 피하기 시작했다. 이내 조조군의 수십 명 장교들이 효유曉諭하는 소리가 들려왔다.

"서주병은 들어라. 빨리 투항하라! 너희들은 원래 폐하와 조승상의 군대였다. 지금이라도 무기를 버리고 군막에 엎드려 있으면 공격하지 않고 다시 천자의 군대로 편입하겠다."

장비는 군사들이 하나같이 군막으로 들어가는 모습을 보고 말 머리를 돌려 탈출할 방향을 찾기 시작했다. 어둠 속에서 동남쪽으로 조조군의 병력이 적은 것을 확인하고 퇴로를 뚫으려 했다. 장비는 숨가쁘게 말을 몰아 다가오는 조조군과 수많은 교전을 벌인 끝에 겨우 포위망을 벗어났다.

추운 줄도 모르고 한참 동안 말을 달리다 숨을 돌리기 위해 잠시

무모한 공격의 대가는 유비 세력의 궤멸이었다.
장비는 수많은 교전을 벌인 끝에 겨우 포위망을 벗어났다.
우리는 우락부락한 검은 얼굴에 상스럽고 야단스런
행동거지로 묘사된 장비의 모습에 익숙하지만,
실제 정사 속의 장비는 지략뿐 아니라 교양도 풍부하고
용모 또한 준수한 호남이였다고 한다.

멈춰서서 뒤돌아보니 자신을 따르는 자가 겨우 20여 명의 기병들뿐이었다. 장비는 소패성으로 돌아갈 수도, 이미 포위된 서주로 돌아갈 수도 없었다. 게다가 하비로 가는 길목마저 이미 조조군이 모두 차단했으므로 갈 곳이 없었다. 일단 얼어 있는 강을 건너 팽성彭城 쪽에 있는 망탕산茫碭山으로 가서 은신하기로 했다.

한편 유비는 장비가 기습에 들어갔다는 보고를 받고 그 후방을 지원하러 갔다가 북쪽에서는 이전의 군대, 동쪽에서는 서황의 군대, 남쪽에서는 악진의 군대, 서쪽에서는 하후돈 · 하후연의 군대에 포위되고 말았다. 포위망을 계속 좁혀오며 지속적으로 투항하라는 소리가 들려오자 유비군의 많은 병사들이 계속해서 조조군의 진영으로 넘어갔다. 이 병사들은 대부분 허도를 떠나온 이들이었기에, 유비는 군령으로도 이들의 투항을 막을 수가 없었다. 제대로 전투다운 전투도 치르지 못한 채 유비군은 붕괴되기 시작했다.

어둠 속에서 유비는 부장들을 불렀으나 부장들의 모습도 보이지 않았다. 불화살은 사방에서 비오듯 쏟아지고 마른 겨울 들판 여기저기서 불이 붙기 시작했다. 불을 피해 유비의 병사들은 이리저리 몰려다녔다. 더 이상의 전쟁은 불가능한 상황으로 치닫고 있었다.

유비는 수하 몇 명을 데리고 일단 포위망을 벗어나야 한다고 생각했다. 조조군이 이미 서주를 점거한 것으로 판단되어 갈 수 있는 길도 없는 상황이었다. 이 사태를 수습하려면 창읍昌邑과 견성甄城을 지나 황하를 건너 원소가 있는 곳으로 가는 수밖에 방법이 없었다. 유비는 '이제 조조에게 잡히면 살아남지 못한다'고 생각하면서 심복들을 데리고 말 머리를 돌려 포위망이 약해진 쪽으로 돌진해 들어갔다.

유비가 포위망을 뚫고 도망치자 하후연이 기병을 몰아 뒤를 추격했다. 유비가 뒤를 돌아보니 겨우 30여 명의 기병들만이 따르고 있었다. 창읍으로 가려면 소패를 지나야 하는데 이미 소패성은 불길이 치솟고 있었다. 유비가 구릉 위에 올라서 보니 동북쪽 방향에 군사들의 움직임이 보이지 않았다. 심복들에게 명하여 말을 몰아 동북쪽으로 방향을 틀게 하고 원소의 영역인 청주를 향해 말을 달렸다. 청주로 가려면 하비로 내려가서 낭야로 올라가든가 태산을 넘어서 가야 하는데 하비로 가는 길은 이미 조조군이 차단하고 있었으므로 할 수 없이 태산을 넘어가야 했다.

태산은 그리 높지 않았고 이 지역 지리를 잘 아는 심복들도 많았다. 태산 아래에 이르자 유비는 안도의 숨을 돌렸다. 너무 정신 없이 달려오느라 미처 확인하지 못했는데 이제 보니 자기를 따라온 수하가 10여 명에 불과했다. 장비와 관우, 그리고 남은 가족들의 안위가 걱정되기 시작했다. 그러나 한시라도 빨리 원소에게 가서 구원을 요청해야 한다는 생각으로 말을 몰았다.

어두운 밤길에 거친 바람을 뚫고 한참을 달려가다 보니 먼동이 트기 시작했다. 제남濟南을 거쳐 청주성에 이르렀을 땐 이미 정오가 지나 있었다. 밤낮으로 300리 이상을 달린 셈이었다. 말을 타고 간다면 먼길이 아닐 수도 있지만 산길을 돌아온 까닭에 유비는 몹시 지쳐 있었다.

청주성에 도착해 한숨을 돌린 유비는 사람을 보내 조조군의 침공을 알리고 자기가 피신해온 것도 설명하라고 했다. 얼마 되지 않아 청주 자사 원담袁譚이 직접 나와서 유비를 반갑게 맞이했다. 원담은 원소의 큰아들이었다. 원담은 평소에 유비를 존경하던 터라 유비가 왔다는 보고를 받자 친히 나와 성문을 활짝 열게 하고 최대한의 예를 갖추어 유비를 맞이했다. 원담은 유비를 보며 말했다.

"유황숙, 말씀으로만 많이 들었는데 오늘에야 뵙게 되었습니다. 악독한 조조놈이 정월에 경거망동하여 군사를 일으키다니 도대체 제정신인지 모르겠습니다. 환관의 자손이다 보니 도무지 예절을 모릅니다. 졸지에 일을 당해 황숙께서는 얼마나 노고가 크시고 또 놀라셨겠습니까? 이제 염려 마시고 좀 쉬십시오. 제가 아버님께 전령을 보내어 이 사실을 보고하겠습니다."

유비는 이에 고맙다고 답하고 원담을 따라 청주성 자사 관저로 들어갔다. 원담은 유비에게 영빈관에서 하루를 쉬게 하고 사람을 보내어 아버지 원소에게 이 사실을 보고하도록 했다.

다음날 아침 원담은 유비에게 청주의 군사와 말까지 내주면서 시자에게 유비를 잘 모시고 업도로 가라고 명했다. 청주를 떠나 이틀쯤 지나니 업도의 경계가 보이기 시작했다. 유비가 업도에 이르니 원소는 친히 여러 참모와 장수를 거느리고 도성 밖까지 나와 그를 맞이했다. 유비는 말에서 내려 원소에게 크게 허리 숙여 예를 갖추고 원소를 보며 말했다.

"외롭고 궁한 유비, 오래전부터 원공의 휘하에 투항하려 했으나 이제야 오게 됐습니다. 그 동안 저는 장군과 아무런 왕래도 없었고, 최근에 제가 조조의 꼬임에 빠져 아우님이신 원술 장군을 공격하는 만행을 자행했습니다. 도대체 이 죄를 어떻게 받아야 할지 몰라서 직접 찾아뵙지도 못하고 두어 차례 구원 요청만 한 것을 너그러운 아량으로 용서해주시기 바랍니다. 이번 정월에 전혀 예상하지 못한 조조군의 공격을 받고 서주성이 적의 수중에 넘어가 저의 형제들과 처자식이 붙잡히고 말았습니다. 장군께서는 사람들을 후덕히 받아주시는 분이라는 것을 알고 왔습니다. 부끄럽지만 저를 받아주시면 맹세코 그 은혜에 보답하겠습니다."

이 말을 듣자 원소는 유비의 손을 잡으며 말했다.

"유황숙, 제가 정말 송구스럽습니다. 조조는 우리 공동의 적이 아니겠습니까? 조조놈이 기군망상하는 것은 이미 천하가 다 아는 일입니다. 지난번에도 유황숙의 구원 요청을 받았는데 제가 그때 악상惡喪(어린 자식이 죽음)을 당하고 말았습니다. 도저히 군대를 일으킬 형편이 아니었습니다. 그런데 이번에는 정현 선생님의 편지도 받은데다가 설마 했던 조조놈이 정말 군대를 일으키고 말았습니다. 저도 이제는 결심할 때가 온 것 같습니다."

원소는 유비와 함께 업도로 들어가서 그에게 쉴 수 있는 관저를 제공하고 후하게 대접하며 함께 지냈다. 그러나 유비의 마음은 편할 리가 없었다.

한편 소패를 차지한 조조는 즉시 군사를 거느리고 서주를 공격하러 떠났다. 서주를 지키고 있던 진등은 유비가 소패에서 대패하고 원소의 진영으로 간 것을 알자 조조의 대군을 당해낼 수도 없었고 조조에 대한 원한도 없는지라 서주성을 조조에게 바쳤다. 조조는 대부분의 병력을 서주성 밖에서 야영하게 하고 본진의 병력만 데리고 서주성에 입성한 다음 포고문을 내려 백성들을 안심시켰다. 하루도 되지 않아 서주는 본래의 모습대로 안정을 찾았다. 조조는 일단 서주성의 치안을 진등에게 맡기고 여러 심복들을 불러 남아 있는 하비를 취할 대책을 협의했다. 곽가가 말했다.

"지금 장비는 어디로 갔는지 몰라도 유비가 원소에게로 투항한 것은 분명합니다. 원소가 만약 군사를 일으킨다면 아군이 고립될 수도 있습니다. 물론 원소가 군대를 동원한다고 해도 앞으로 한 달은 족히 걸릴 것입니다. 어쨌든 우리는 속히 하비를 정벌하고 허도로 돌아가야만 합니다. 하비는 현재 관우가 지키고 있다고 합니다. 관우는 유비의 처자식을 보호하고 있으니 아마 죽기를 각오하고 성을 사수하려 들 것입니다. 일단 하비로 들어가 대병으로 겁을 준 뒤에 관우와 친분이 있는 장요를 시켜 관우를 투항시키는 게 상책입니다. 이 일은 최대한 빨리 진행시켜야만 합니다. 하비에서 허도까지 아군이 회군하려면 최소한 열흘은 더 걸릴 것입니다. 그런데 관우와 끝까지 전투를 벌인다면 열흘은 걸릴 수도 있으므로 하비를 정벌하고 허도로 돌아간다면 20여 일이 족히 걸립니다. 그러니 하비를 속히 정벌해야 합니다. 그렇지 않으면 하비를 거점으로 유비와 원소가 다시 세력을 키울 수도 있습니다."

조조가 말했다.

"역시 곽가로군. 그런데 방금 말이 나왔으니 하는 말인데, 나는 관우라는 자가 탐이 나. 사람 됨됨이나 무예가 그만한 인물을 만나기가 쉽지 않단 말이야. 이번에 관우를 우리편으로 만들었으면 하네."

옆에서 순욱이 말했다.

"관우는 고지식하고 자존심이 강한데다가 의리를 중시하는 자입니다. 그러니 쉽게 투항하지는 않을 것입니다. 만약 관우를 설득시키려고 사람을 보냈다가 혹시 피해를 입지 않을까 걱정됩니다."

서주성을 함락한 지 사흘째 되는 날 조조는 군대를 몰아 하비성으로 향했다. 그날 오후 하비성에 도착한 조조는 성 전체를 겹겹이 포위했다. 그때 하비성은 민심이 매우 사나워져 있는 상태였다. 바로 지난해 겨울 대접전을 치르면서 많은 사람이 얼어죽고 가축들도 몰살했기 때문에 백성들은 전쟁에 진저리를 내고 있었다. 관우는 이 점을 잘 알고 있었다. 그래서 한편으로는 양곡을 풀어서 민심을 잡고 다른 한편으로는 과거 여포가 했듯이 수성에 주력했다.

관우는 서황·장요·허저·이전 등의 군대가 하비성을 포위하자 성문을 굳게 걸어 잠그고 응전하지 않았으며 그 누구라도 성밖으로 나가는 자는 지위고하를 막론하고 참수하라고 지시했다. 그러나 조조군도 시간을 끌고 있을 수만은 없는지라 하비성을 향한 맹공격에 들어갔다. 공성전과 수성전이 치열하게 진행되자 양군의 피해가 속출했다. 그러나 동요하는 쪽은 관우군이었다.

성이 포위된 지 사흘이 지나자 조조의 본군이 또 몰려오기 시작했다. 이미 하비성은 2만 5천여 명의 조조군에게 포위되어 있었다. 여기에 허도에서 왔던 서주병들이 대거 조조군으로 재편입되어 하비성의 관우군들을 효유하기 시작하자 군심이 들뜨기 시작했다. 특히 관우군 5천여 명 가운데는 허도를 떠나온 군사들이 1천여 명이나 되었기 때문에 군심의 동요는 심각한 수준이었다.

관우는 문루에서 조조군이 포위하고 있는 광경을 근심스럽게 바라보고 있었다. 조조의 본군이 들어오자 성의 공격이 일단 중단되었고, 조조군의 장교들과 휼병恤兵들에 의해 투항하라는 권고가 잇따랐다. 해가 기울자 회유 공세가 더욱 심해졌다. 2, 3일 동안 한잠도 자지 못한 관우는 극도로 피로한 상태에서 조조군의 나발소리, 피리소리, 꽹과리소리가 들려오자 정신이 혼미해질 지경이었다. 결국 성의 서쪽 문이 열리고 병사들이 탈출하는 사태가 벌어지고 말았다. 급하게 장교 하나가 와서 보고했다.

"장군, 큰일났습니다. 서문 쪽으로 우리 병사 500명 이상이 빠져나가 조조군에 투항했다고 합니다."

"도대체 그것이 무슨 소리인가?"

"지금 아군 가운데에는 원래 조조군이었던 병사가 많지 않습니까? 그런데 지금은 그들의 신원을 제대로 파악할 수가 없는 형편입니다. 어디에 배치되어 있는지를 찾다가 오히려 그전에 더 큰 낭패를 당할 수도 있습니다. 장군, 어찌하면 좋겠습니까?"

"그런데 적들이 서문으로 들어오지는 않았는가?"

"예, 이상하게도 적들이 입성하지는 않았다고 합니다."

"일단 서주인으로 신원이 확실한 사람들을 각 100명씩 선발하여 400명으로 각 성문을 차단하도록 시키게. 서주 사람들은 조조에게 원한이 많으니 아마 더 큰 문제가 생기지 않을 수도 있네."

장교가 문루에서 내려다보니 조조의 진영에서는 전투할 생각은 않고 잔치를 벌이느라 야단이었다. 그 중에 몇몇 병사들은 구슬픈 피리 소리에 맞춰 전장戰場을 따라다니며 배운 노래를 부르기도 했다.

에헤헤 헤이 헤
내 고향은 하동河東 안읍安邑이고요
옆집에는 버들강아지 같은 처녀가 살았는데요
달도 별도 잠들어버린 그날 밤 흠흠흠
어느덧 초생달이 반달이 되고
반달은 커져서 보름달이 될 때
나는 겁이 나서 줄행랑을 놓았는데요
이제 내가 장군이 되어 돌아가더라도
장모님이 나를 용서하지 않을 거오.

노랫소리가 구슬프게 울려퍼지자 성 위에서 이를 바라보던 병사들은 소리 없이 눈물을 흘렸다. 치雉(성 위에서 적의 화살을 피하기 위해 구멍을 뚫고 위로 벽돌 두세 개를 올린 시설)에서 노를 장치하고 있던 병사들이 조조군의 노래에 답가를 부르듯 맨 목청으로 노래를 했다.

우리 장모님이 말씀하시길
좋은 쇠는 못이 되지 않고
좋은 사람은 군인이 되지 않는다고 하셨는데
어쩌자고 나는 군인이 되어
마눌님보다 더 무서운 전쟁터를 헤매나
에헤이 헤이 헤
너무 오래되어 내 고향 계향桂陽을
내 못 찾아가겠네.

나발과 피리소리에 묻어오는 노랫가락에 여기저기서 눈물을 훔치는 병사들이 많아졌다. 조조군의 진영에서는 피리소리, 북소리에 술을 마시며 떠드는 소리가 밤새 끊이지 않았다. 여러 날 동안 잠을 자지 못했던 관우는 양쪽 군사들의 처연한 노래를 자장가 삼아 문루에서 깜빡 잠이 들었다. 잠시 후 관우는 장교 하나가 깨우는 소리에 눈을 떴다.

"장군, 서주인이고 뭐고 할 것 없이 성을 떠난 자가 2천 명이 넘어섰습니다. 그런데 조조군의 장수 한 분이 성안으로 들어와 장군을 뵙고자 합니다."

"그래 누구라고 하더냐?"

"장요 장군이십니다."

"그래? 모시고 오너라."

잠시 후 관우가 문루에 설치된 내실로 들어가니 장요가 기다리고 있었다. 장요가 관우를 보고 웃으며 말했다.

"관장군 제가 왔습니다."

자존심이 강한 관우는 장요의 눈을 바로 보지 않고 퉁명스럽게 대답했다.

"그래, 장장군이 적진에는 뭐하러 왔나?"

장요가 대답했다.

"관장군, 이제 싸움을 거둡시다."

"아니, 이 사람 상종을 못할 사람이로군. 성을 지키는 장수를 찾아와서 한다는 소리가 항복이라니!"

"슬기로운 새는 나무를 가려서 앉는다〔良禽擇木〕고 했습니다. 지금 관장군이 성을 방어할 수 있다고 보십니까?"

"그렇다면 장장군은 날 투항시키러 온 것인가? 내 비록 궁지에 몰렸으나 죽는 것쯤이야 고향에 돌아가는 것으로 여기네. 조승상에게 당장 내려가서 싸울 준비나 갖추라고 하시게. 어허, 언제부터 장장군이 적의 사정을 봐주면서 전쟁을 하였던고? 그만 물러가시게."

"관장군, 그런 말씀 마시오. 저는 다만 지난 겨울에 관장군에게 진 신세를 갚으려 하는 것뿐입니다. 지금 여기에 있다가는 아무 보람도 없이 죽임만 당할 뿐입니다. 장군께서는 조승상의 군대가 이미 3천 명 이상 하비성 안으로 들어와 있는 사실을 아시나 합니까? 그리고 유황숙이나 장비의 생사도 알 수가 없어요. 일단 상황이 돌아가는 것을 보고 장래를 결정해도 늦지 않을 것입니다. 장군께서 끝까지 사수하려 들면 아마도 1천 명 이상이 죽임을 당할 것이고 유황숙의 가족들도 살아남지 못할 것이오. 난세를 살아간다는 것이 쉬울 리가 있소? 장래를 생각해볼 때 일단은 살아남는 것도 중요한 일이 아니겠소? 제 말을 들으시오.”

관우가 장요의 말을 듣고 물었다.

“그래, 조승상이 유황숙의 가족을 살려준다고 하던가?”

“어허, 관장군은 조승상을 어떻게 보시고 그런 말씀을 하시오? 조승상이 적장의 가족을 죽이는 것을 본 일이 있습니까? 여장군의 경우를 보시오. 여장군의 마님과 따님께서도 허도에서 편히 살고 계십니다. 저도 몇 번 찾아뵙기도 했습니다.”

관우가 잠시 침묵했다. 이때를 놓치지 않고 장요가 다시 말했다.

“관장군이 여기서 죽는다면 세 가지 죄를 범하는 것입니다.”

“그게 무슨 말인가?”

“관장군은 유황숙과 처음 형제의 의를 맺을 때 생사를 함께 하기로 했다고 들었소. 지금 유황숙이 어디에 있는지도 모르는 판에 장군이 무모하게 싸우다 죽으면 당시의 맹세를 저버리게 되오. 이것이 첫번째 죄요. 그리고 유황숙은 자신의 가족들을 부탁했는데, 장군이 여기서 죽으면 황숙의 가족은 의지할 곳이 어디 있겠소? 그러면 장군은 유황숙의 중임을 저버리게 되는 것이니, 이것이 두 번째 죄요. 또 원래 세 사람이 한 황실을 부흥시키려 했는데 괜스레 불나비처럼 불 속으로 뛰어들어 죽는다는 것은 필부의 만용입니다. 이것이 무슨 충의지사가 할 일이오? 이것이 바로 세 번째 죄가 아니겠습니까?”

관우는 착잡한 심정으로 한동안 말없이 앉아 있었다. 장요는 관우가 망설이고 있음을 눈치채고 다시 설득했다.

"관장군, 지금 우리 군대가 하비를 겹겹이 포위하고 있고, 이미 3천 명 이상의 군대가 하비성에 침투해 있다지 않았습니까? 관장군이 만약 조승상께 투항한다면 전쟁은 더 이상의 피해 없이 종결될 것이요, 투항하지 않고 싸우면 장군의 죽음은 물론이고 유황숙의 가족까지도 몰살당할 것이니 일단은 승상에게 항복하도록 합시다. 제 개인적인 생각이기는 하나 일단 조승상에게 항복했다가 유황숙이 어디 있는지 알아본 후에 그때 가서 찾아가면 될 것이 아니겠습니까? 만약 그렇게 한다면 유황숙의 가족도 보호하고 도원에서 맺은 결의도 지킬 수 있을 뿐 아니라 몸도 아껴서 이후에 의롭게 쓸 수도 있지요. 잘 생각해보십시오."

이윽고 관우가 고개를 들어 말했다.

"장장군, 내 부탁을 들어주게. 그러면 내 당장 투항하겠네."

"그래, 무엇이오?"

"장장군이 세 가지 편한 점을 말했지만 그것이 조승상의 생각은 아닐세. 자네는 날 위해 조승상에게 세 가지 약속을 받아오게. 그 세 가지 부탁을 안 들어주면 나는 차라리 자결하겠네. 내가 지금 이 자리에서 죽더라도 후회는 없네."

"관우 장군, 말씀해보십시오. 제가 지금 당장 가서 승상께 말씀드리리다. 조승상은 마음이 너그럽고 관대한 분이니 관장군이 원하는 바를 반드시 들어줄 것이오."

관우가 깊은 숨을 몰아쉬더니 말을 이었다.

"첫째, 나는 황숙과 함께 한 황실을 일으키기로 맹세한 몸이니, 지금 내가 항복하는 것은 조승상에게 항복하는 것이 아니라 한나라 황제께 하는 것임을 분명히 해주시게. 둘째, 유황숙 가족들의 안전을 보장해주시게. 그리고 마지막으로는 황숙께서 살아계시는 곳을 알면 내가 다시 그곳으로 갈 수 있게 해주시게."

장요는 급히 말을 타고 조조에게 돌아가, 관우가 말한 세 가지 약속을 이야기했다. 조조는 항복하는 것은 황제에게 하는 것이지 조승상에게 하는 것이 아니라는 말을 듣자 껄껄껄 웃으며 말했다.

"허허, 관우는 고지식하군. 명분이 뭐 그리 중요한가? 내가 한나라의 승상이니 한나라가 곧 나와 다를 바 없다. 못 들어줄 것도 없지. 그리고 다음은 무엇이냐?"

장요가 두 번째 약속을 이야기하자, 조조가 역시 웃으며 말했다.

"관우는 참으로 순정파로군. 형수들을 끔찍이도 생각하는구먼. 내가 언제 적장의 가족들을 해한 적이 있는가? 관우가 요구하는 이상으로 보호해주지. 내외의 출입을 엄히 하는 것은 물론이요, 황숙의 봉록도 함께 내려줄 테니 걱정 말라 하게. 그래 그 다음은 무엇인가?"

장요가 말했다.

"마지막 부탁은 제 입으로 말씀드리기가 송구한 것입니다. 관우는 유비가 살아 있는 것을 알게 되면 그가 있는 곳으로 가게 해달라고 했습니다."

조조의 얼굴이 갑자기 일그러졌다.

"듣자 듣자 하니 투항하는 놈이 별 소리를 다하는구나. 차라리 그 관우놈을 참수하고 말아라. 역모를 꾸민 놈이 나타나면 마땅히 내가 죽여야 하거늘 오히려 그를 따라나서도록 보장해달라니. 그러면 내가 관우를 얻은들 무슨 소용이 있느냐? 그것은 안 될 소리다."

이때 옆에서 듣던 순욱이 조조에게 말했다.

"승상, 장요의 말을 좀더 깊이 생각해볼 필요가 있습니다. 유비는 필시 원소에게로 갔을 것입니다. 만약 원소가 유비와 더불어 변란을 일으킨다면 우리는 관우라는 인질을 잡고 있는 셈이니 유비의 행동을 통제할 수가 있습니다. 유비가 원소군에 있다면 최소한 여단급旅團級 부대는 맡을 것입니다. 그리고 만약 관우의 요구를 거절하면 관우는 목숨을 걸고 싸우려 할 것이고 그러면 하비성에는 상당한 피해가 발생합니다. 서주인들이 승상에 대한 원한이 있는 것을 잘 아시지 않습니까? 이번 기회에 관후대도寬厚大道하신 승상의 인자한 성품을 알리는 계기로 삼으십시오. 관우 한 놈을 살려둔들 무슨 문제가 있겠습니까? 나중에 원소가 군을 일으키면 원소의 용장인 안량이나 문추를 잡을 때 편장군偏將軍(정벌전쟁을 담당하는 5품 벼슬) 정도로 임명하여 관우를 활용하십시오. 굳이 우리의 맹장들을 안량과 문추와 싸우게 하여 다치게 할 필요가 없습니다. 다만 관우에게 실제 병력을 통솔할 수 있는 권한을 주지 않고 부장으로 참전하게 하면 됩니다. 그리고 관우를 써먹고 난 후의 일이지만, 나중에 유비가 살아 있다면 관우를 유비에게 돌려보내는 것이 오히려 낫습니다. 명분과 의리를 목숨처럼 여기니 아군 진영에 오래 둔들 무엇하겠습니까? 아군의 분위기만 흐려놓을 것이 분명합니다."

조조가 이 말을 듣자 연신 고개를 끄덕였다.

"그대의 말이 옳다. 관우에게 가서 그 세 가지 약속을 모두 지키겠다고 전하라."

장요는 다시 성으로 들어가 조조의 말을 전했다. 얼마 되지 않아 관우군은 투항한다는 포고문을 올렸다. 이어 성문이 활짝 열렸다. 심복들과 함께 본군을 이끌고 입성한 조조가 관아에 당도해 자리를 잡고 앉았다.

잠시 후 조조 앞으로 관우가 다가와 절을 하자 조조도 기분 좋은 안색으로 관우를 맞았다. 관우가 먼저 입을 열었다.

"승상, 패군지장敗軍之將을 죽이지 않은 은혜에 깊이 감사드립니다. 그리고 패장답지 않게 불필요한 약속들로 승상의 심려를 끼쳐드리게 되었습니다."

"장군, 별 말씀을……. 내 실은 평소에 관장군의 출중한 무예와 충의를 듣고 흠모하고 있었소이다. 우리가 동탁을 토벌하러 갔을 때 장군을 추천한 사람이 바로 나 아니오? 이제 나와 한식구가 되었으니 얼마나 다행한 일이오. 나는 앞으로 중원 평정을 하려 하는데 그대와 같은 장수가 필요하오. 나를 도와 천하대업을 이루어갑시다."

그러더니 옆에 있는 장요에게 관우를 위해 큰 잔치를 베풀라고 명했다. 조조는 하비성을 점령한 뒤 사흘 동안 서주성 전체를 경축일로 선포하고 연일 잔치를 베풀며 서주 백성들을 위무했다. 또한 전투중에 전사한 가족들을 찾아내어 토지를 나누어주고 3년간 세금을 면제해주었다. 조조는 내심 이번 서주 정벌에서 큰 전투 없이 허도로 돌아가게 되어 한없이 기뻤다.

서기 200년 2월 초순.

서주 평정을 마친 조조는 군대를 다시 몰아 허도로 회군하기 시작했다. 관우는 조조의 본진 후미에서 유비의 두 부인이 타고 있는 수레를 호송하여 허도로 따라갔다. 그 뒤로 이제 막 돌이 지난 관우의 딸이 탄 수레가 따랐다. 조조는 허도에 당도하자 관우를 헌제에게 소개시켰다. 헌제는 조조의 권유로 관우에게 편장군의 벼슬을 내렸다. 관우는 처음으로 천자가 주는 높고 귀한 관작을 받았으니 생애 더 없는 영광이고 기쁨이었겠으나 사실 마음은 편치 않았다. 유비와 장비의 생사도 모르고 있는 판국에 그와 같은 벼슬이 무슨 소용이 있겠는가. 그날 조조는 문무백관들을 조정에 초청해 관우를 맞이하는 잔치도 베풀고 여러 진귀한 보석류와 비단, 화려한 생활용품 등을 관우에게 내렸다. 그러나 관우는 이것들을 그대로 모아 유비의 두 부인에게 전했다.

다음날 조조는 관우에게 승상부에서 가까운 곳에 큰 저택을 정해주었다. 조조는 이곳에서 유비의 두 부인도 함께 기거하도록 했다. 관우는 이곳을 두 채로 나누어 유비의 두 부인을 동쪽의 내원인 동원東院에서 생활하게 하고 자신은 서쪽의 외원인 서원西院에서 기거했다.

허도로 돌아온 며칠 후 조조는 서주를 정벌한 것을 자축하는 대연회를 열었다. 관우도 고급 장군들의 연회에 초대되어 갔다. 관우가 연회장에 들어서자 연회장을 주관하던 상서우승상尙書右丞相(총무 일을 보는 관리)이 관우를 보고 말했다.

"연회장의 맨 앞줄에는 대장군大將軍·거기장군車騎將軍이 앉으십니다. 그런데 현재는 대장군이 안 계시니 승상께서 앉으셔서 이를 대행하고 계십니다. 승상 옆은 거기장군과 좌장군左將軍이 앉으실 자리입니다. 그리고 승상이 계신 왼쪽 제1열에 전장군前將軍·후장군後將軍이 앉으시고 오른쪽 제1열에는 우장군右將軍이 앉으십니다. 그러니 관장군께서는 연회장에 들어가셔서 오른쪽 제2열의 상석에 앉으셔야 합니다. 오늘의 연회에는 제5품 이상의 고급 장군들과 참모들만 초대되었기 때문에 20여 분 정도만 참석할 것입니다. 마음 편히 연회를 즐기다 가십시오."

관우가 상서우승상의 설명을 듣고 말했다.

"나는 그 동안 지방에서만 군생활을 한 탓에 중앙의 군편제에 대해 정확하게 알지 못하오. 내게 자세히 좀 설명해주시오."

"대장군은 제1품으로 장군들 가운데 최고의 칭호로 군대를 통솔하고 정벌전쟁을 관장하며 독립적인 부서를 설치하여 군사軍師 · 장사長史 · 사마司馬 · 종사중랑從事中郎 · 주부主簿 · 참군參軍 · 조연曹掾 등의 속관屬官을 둘 수 있습니다. 그리고 거기장군은 제2품 벼슬로 상설된 것인데 중앙의 상비군常備軍을 통솔하고 정벌전쟁을 관장하는 직책입니다. 거기장군도 독립적인 부서를 설치하여 장사 · 사마 · 종사중랑 등의 속관을 둘 수 있습니다. 요즈음은 경우에 따라 거기장군도 군사軍師를 두는 경우가 있습니다. 좌장군도 상설직책으로 제3품이며 전 · 후 · 좌 · 우 네 장군 중에서는 가장 높은 직책으로 관위는 구경九卿 다음이고 독립적인 부서를 설치할 수 있습니다. 전장군은 수도의 방위와 변경의 경비를 담당하는 상설직책으로 제3품이며 전 · 후 · 우 장군과 직위가 동일합니다. 관위는 구경 다음이고 독립적인 부서를 설치할 수 있습니다. 우장군과 후장군은 역시 상설직책으로 제3품이며 관위는 구경 다음이고 독립적인 부서를 설치할 수도 있고 속관을 둘 수 있습니다. 다음으로 변란이 발생하거나 필요에 따라서 임시로 설치되는 직책인 잡호장군雜號將軍이 있는데 편장군은 바로 이 잡호장군의 일종입니다. 편장군은 제5품으로 중앙군과는 별 상관이 없고 대규모 정벌시에 각 군郡에서 징발한 장정壯丁들을 군사로 교육시키고 편제하여 총 지휘하는 직책입니다. 이 직책으로 말씀드리면, 품계는 고급 장군들 가운데 제일 낮지만 요즘 전쟁이 워낙 많이 일어나다 보니 그 실권이 점점 강화되고 있습니다. 제 경험으로 보아 투항한 장수를 고급 장군의 반열인 편장군에 임명한 예는 관장군님을 제외하고는 없는 줄 압니다.

그만큼 관장군님은 승상의 편애를 받고 계시는 것이지요."

관우가 상서우승상의 상세한 설명에 감사를 표하고 연회장 안으로 들어가 자신의 자리에 앉아 있으니 순욱·순유·곽가·정욱·이전·허저·우금·장요·하후돈·악진·서황 등이 들어와 각각 인사를 나누었다. 잠시 후 조조가 나타나자 모두 일어나 예를 올렸다. 연회장의 만찬석에는 관우가 본 적이 없는 화려한 산해진미가 가득 차려져 있었다. 연회장의 떠들썩한 분위기가 무르익을 즈음 조조가 관우에게 다가가 손을 잡고 자기 옆자리에 앉혔다. 그러고는 상서우승상을 불렀다

"여봐라, 연회에 풍악이 없어서 되겠느냐?"

"지금 대령했습니다."

무대 앞으로 교방의 가기들이 자리를 잡고 앉자, 그 뒤로 여섯 명의 무희들이 나란히 줄을 서더니 음악소리에 맞춰 춤을 추기 시작했다. 관우가 보기에 마치 선녀들이 하늘에서 내려와 있는 듯했다. 무희들이 무대 좌우로 돌아가자 청·홍·백·황의 치마가 불어오는 봄바람에 나풀거리고 언뜻언뜻 보이는 하얀 속치마가 참석한 사내들의 탄성을 자아냈다. 이 모습을 정신 없이 바라보던 관우의 붉은 얼굴은 약간의 취기로 더욱더 붉어졌다. 조조가 곁눈으로 넋이 나간 관우를 보더니 말했다.

"허어, 무희들의 춤은 무제武帝(전한의 무제)의 눈과 마음을 훔친 위자부衛子夫처럼 우아하고, 미색은 진시황의 아버지 자초子楚의 눈을 멀게 한 조희趙姬로구나."

조조의 말에 관우가 갑자기 정신이 돌아오는 듯 조조를 보며 겸연쩍게 웃었다. 조조가 관우에게 물었다.

"참, 관장군이 상처喪妻했다는 이야기를 들었소. 부인이 출산하다가 돌아가셨다고 들었는데, 그래 이제 돌이 지난 따님과 집안일은 누가 돌보고 계시오?"

"예, 시비侍婢들이 돌보고 있습니다."

"영웅호색英雄好色이라 하는데, 관장군은 그렇지 않은 것 같구려. 허나 이제 서울에도 왔는데 남들처럼 하면서 살아야 하지 않겠소?"

조조는 잠시 무대를 돌아보더니 관우를 보고 다시 말했다.

"저 춤추는 아이들 가운데 가장 마음에 드는 하나를 골라보시오. 오늘 밤이라도 당장 보내겠소. 다 마음에 드시면 지금 다 보내겠소."

관우는 손을 저으면서 말했다.

"아닙니다. 저는 아직 그럴 처지가 못 됩니다."

"관장군, 무슨 말을 그렇게 하오. 관장군의 나이가 이제 40줄에 접어들었소. 아무리 난세라 해도 우리 허도는 한나라의 수도요. 변란이라고는 없는 곳이오. 영웅이라면 그 정도의 즐거움은 누릴 수 있어야 하는 것 아니겠소? 우리들 사내란 전쟁터에서 언제 죽을지 모르는 사람들이오. 그리고 부귀영화도 한바탕 봄꿈에 불과한 것이오. 너무 고지식하게 살 필요가 없어요. 관장군은 이제 인생의 기쁨을 누리면서 살아도 될 나이예요. 지금 허도에 10여 명 정도의 처첩을 안 거느린 자가 어디에 있소? 물이 너무 맑으면 고기가 없다〔水至淸則無魚〕는 말도 있소."

조조는 말을 마치자 상서우승상을 불러 말했다.

"저 아이들 중 네 명을 뽑아 관장군의 댁으로 보내시게."

관우가 거절할 사이도 없이 조조는 말을 마치고 바로 다른 장수들에게 가고 말았다. 풍악과 군무群舞와 창唱이 계속되던 연회가 끝나고 관우가 집으로 돌아와보니 몇 시간 전에 본 무희들이 내실에서 잡담을 하며 웃고 있었다.

　관우가 들어오자 무희들이 나와서 인사를 했다. 관우는 이제까지 전장에서 지내온 터라 서주에서 만난 부인 한씨韓氏가 죽은 이후 여자를 멀리하고 살았다. 그런데 갑자기 여자들에게 둘러싸이니 당황스러워 어찌할 바를 몰랐다. 무희들은 돌아가면서 자신의 이름과 고향, 나이를 소개했다. 마지막으로 나이가 좀 들어 보이는 한 여자가 말했다.

　"저의 이름은 왕소령王昭玲이라 합니다. 나이는 스물네 살입니다. 고향은 하동河東(현재의 산시성) 해현解縣입니다. 열한 살 때 전란으로 부모님이 돌아가시고 열다섯 살 때까지 해현에서 할머니와 살다가 할머니가 돌아가신 후 궁중의 가기로 오게 되었습니다. 관장군님의 높은 이름은 이미 잘 알고 있습니다."

　이 말을 들은 관우는 술기운이 확 깨면서 들고 있던 찻잔을 마루에 떨어뜨릴 뻔했다. 관우는 그녀를 보며 물었다.

　"왕소령이라 했느냐? 집이 해현이라고 했지. 너는 혹시 풍현馮賢이라는 사람을 들어보았느냐?"

　왕소령은 잠시 생각해보더니 관우에게 말했다.

　"할머니에게 비슷한 이름을 들은 기억이 날 듯도 합니다. 그 사람을 풍수장馮壽長이라 하기도 했던 것 같은데……."

　관우가 말했다.

　"아마 그 사람의 이름이 풍현이고 그 사람의 자가 수장壽長일 것이다. 그래 그 사람은 어찌 되었다 하더냐?"

　왕소령이 말했다.

"할머니 말씀으로는 풍수장은 우리 해현의 의협으로 이름이 높다고 들었습니다. 풍수장이 스무 살 때 원성이 자자한 해현 현령 진용호陳容浩를 죽이고 마을을 떠난 후 사람들은 그에 대한 소식을 모른다고 합니다."

관우가 다시 물었다.

"그래, 그 사람이 왜 현령을 죽였다고 하더냐?"

"진용호라는 자는 백성들을 무척 괴롭혔습니다. 백성들의 피를 짜내는 사람이었지요. 그리고 마을 처녀들을 못살게 굴고 마음대로 희롱하는 이상한 버릇이 있었죠. 진용호의 엽색 행각은 그 마을 사람이라면 모르는 사람이 없을 정도로 소문이 난 것이었어요. 어느 날 진용호가 처남과 병졸들을 데리고 풍수장이 사는 마을에 와서 의민猗玟이라는 아가씨를 자기 첩으로 삼으려고 그 아버지를 겁박하고 있었습니다. 이것을 보다못한 풍수장이 진용호와 그 처남을 때려죽이자 병졸들은 무서워 도망가고 마을 사람들이 그를 피신시켰는데 풍수장은 마을을 그냥 떠났다고 합니다."

"그래, 그 사람은 어떤 사람이라더냐?"

"글쎄요. 그냥 글공부를 하는 사람이기는 한데 무예도 출중했다 합니다. 사방 200리에 그를 모르는 사람이 없었대요. 그리고 남자답게 인물이 잘생겨 온 마을 처녀들을 가슴 설레게 했다고 들었습니다."

"그런데 그 가족들은 어찌 되었다더냐?"

"그 사람 가족이라곤 동생이 하나 있었는데 그 사건이 있은 후 안읍安邑을 거쳐 어디론가 가버렸대요. 풍문에는 양주凉州 땅으로 갔다고도 하고……."

밤늦도록 둘만 이야기를 하다 보니 나머지 세 명의 무희들은 그냥 무관심하게 듣고 있었다. 그 중 한 명은 꾸벅꾸벅 졸기까지 했다. 관우는 이들에게 내실로 가서 편히 자라고 일렀다.

다음날 아침, 관우는 조조에게 편지를 써서 과분한 은혜를 다 받을 수는 없다고 말하면서 왕소령을 제외한 나머지 세 명을 다시 교방으로 돌려보냈다. 이 소식을 들은 조조는 관우에 대해 절도를 아는 사람이라고 하고 관우가 어떤 사람을 선택했는지 궁금해했다. 시종이 나이가 많은 해현 여자를 얻었다고 대답하자 "혹시 관장군의 고향 사람이 아닌가" 하면서 껄껄 웃었다. 조조는 관우가 새장가도 들었으니 신부가 될 왕소령과 관우에게 비단 전포를 보내라고 지시했다.

그로부터 며칠 후 관우는 새로 아내가 된 왕소령과 같이 술을 한잔 나누면서 웃음 띤 얼굴로 말했다.

"부인, 풍수장이 그후로 어떻게 된 줄 아시오?"

"글쎄요, 제가 어찌 알겠어요. 저도 참으로 힘들게 살아오느라 한 5년 전부터 고향 소식이라고는 들은 적이 없습니다."

관우가 말했다.

"풍수장은 사람을 둘씩이나 죽였으니 관헌의 추격이 얼마나 심했는지 붉은 얼굴이 표시 나지 않게 황토를 바르고 다녔다고 하더군. 풍수장은 마을을 떠나 동관潼關까지 도망을 쳤는데 그만 그곳에서 붙잡히고 말았지. 그래서 관문 수비군이 성姓을 묻자 갑자기 숨이 막혀서 관關이라고 대답했어. 그 수비 병사들은 그 자가 얼굴도 붉지 않고 해서 그냥 놓아주었다지 아마."

왕소령이 물었다.

"서방님은 어찌 그리 잘 아시오? 풍수장이 성을 풍씨에서 관씨로 바꾸었다? 그러면 그후 풍수장은 어떻게 되었소?"

"풍수장은 이름을 바꾸어 동쪽 멀리 오지인 탁군으로 갔다고 하더군. 그리고 탁군의 유비가 군대를 모을 때 유비의 호위를 담당하기도 하고 그를 도와 황건적을 토벌하기도 했소."

이 말을 듣자, 왕소령의 얼굴이 상기되며 물었다.

"그 풍수장이 성은 관이요, 이름은 우요, 자는 운장이요, 지금 한나라의 편장군이 아니오?"

관우는 말없이 부인을 쳐다보며 빙그레 웃기만 했다.

조조는 관우가 불혹의 나이에 신혼의 단꿈에 빠져 있다는 소문을 듣고는 매우 흡족해했다. 더구나 같은 고향의 처녀를 만나 백년해로하고 어린 딸을 키우게 되어서 이제 관우의 마음을 잡는 것은 시간 문제라고 여겼다.

어느 날 황하 쪽으로 원소군의 움직임이 있다는 보고가 들어왔다. 출전을 앞둔 관우가 승상부로 나가기 위해 비단 전포戰袍를 갖춰 입으려 하는데 조조가 내린 전포 옆에 낡고 해진 전포가 걸려 있는 것이 보였다. 순간 그 동안 한 번도 잊어본 적이 없는 유비 생각이 더욱 강하게 몰려왔다.

'어디서 무얼 하고 계실까? 장비는 또 어떻게 되었을까?'

관우는 두 형제를 생각하며 낡은 전포를 꺼내 입었다. 그것을 본 조조가 관우에게 물었다.

"아니, 일전에 내가 관장군에게 비단 전포를 내렸을 텐데 어째서 그렇게 낡은 전포를 입고 나온 것이오?"

"새 전포는 아껴두었다가 큰 명을 받을 때 입도록 하겠습니다."

조조는 별 말 없이 웃으며 지나쳤다. 그러나 속마음은 별로 유쾌하지 않았다.

'관우는 오직 유비만을 생각하고 있는 것인가?'

그러면서도 한편으로는 유비·관우·장비의 두터운 우애가 부럽기도 했다.

원소군의 움직임에 대한 토의를 끝낸 그날 저녁 승상부에서는 소규모 연회가 벌어졌다. 조조는 관우에게 술을 권하면서 관우의 수염이 매우 아름답다고 칭찬했다. 관우는 술이 취하면 자기의 수염을 쓰다듬는 버릇이 있었다. 조조는 관우에게 물었다.

"관장군은 수염이 몇 올이나 되오?"

"아마 수백 올은 되겠지요. 그러나 매년 가을이면 여러 올이 빠집니다. 그래서 저는 겨울에는 수염을 망사 주머니로 싸두어 빠지는 것을 막습니다."

"허어, 그래요?"

다음날 조조는 관우의 집으로 값비싼 비단 망사로 수염 주머니를 만들어 보냈다. 그날 오후 관우가 황제를 만나게 되었다. 헌제는 관우의 앞가슴에 달려 있는 비단 망사 주머니를 보더니 웬 주머니냐고 물었다. 관우가 대답했다.

"폐하, 황공하옵니다만, 소신의 긴 수염을 보고 조승상께서 보호하라고 내리신 비단 망사 주머니입니다."

"그래요? 그러면 한번 망사를 풀어보시오."

관우가 망사를 풀어보니 관우의 긴 수염이 나타났다. 헌제는 관우

관우는 속으로 생각한다. '저 적토마를 달려 형님께로 갈 수 있다면!' 화상석에 보이는 당시 마구간의 모습에서 여물통을 기둥에 높이 달아 말이 고개를 숙이지 않고도 꼴을 먹을 수 있도록 배려한 점이 눈에 띈다. 아래 날랜 말의 모습은 한나라 때 제작된 유명한 '동분마(銅奔馬)'로, 달릴 때 핏빛의 붉은 땀을 흘린다는 '한혈마(汗血馬)'의 모습을 본뜬 것으로 알려져 있다.

를 보며 말했다.

"관장군은 참으로 아름다운 수염을 가지고 있군요. 앞으로 내 그대를 '미염공美髥公'이라 부르겠소!"

이후로 사람들은 관우를 미염공이라 불렀다. 관우는 천자를 배알하던 날 인사차 승상부에 들렀다. 관우의 예방을 받은 조조는 관우와 환담을 나누며 즐거운 시간을 보냈다. 그러고는 귀가하는 관우를 전송하다가 관우의 말을 보더니 말했다.

"관장군의 말은 왜 이리 말랐소?"

"저같이 천한 몸이 무게만 많이 나가니 말이 견디기 힘든 모양입니다."

조조는 측근에게 명해 승상부에서 특별히 기르고 있는 말 한 필을 끌고 오게 했다. 측근 두 명이 끌고 나온 말은 검붉은색에 탄력 있고 털에 윤기가 자르르 흐르는 명마였다. 조조가 관우를 보며 빙긋이 웃더니 그 말을 가리키며 물었다.

"관장군, 이 말을 알겠소? 언젠가 본 적이 없소?"

"혹시 지난해에 죽은 여포가 타고 다니던 말이 아닙니까?"

"맞았소. 바로 적토마요."

조조가 얼굴에 웃음을 가득 머금고 말했다. 조조는 안장과 함께 적토마를 관운장에게 주었다. 적토마를 받은 관운장은 기쁜 표정을 감추지 못하고 조조에게 절하며 감사의 뜻을 표했다. 조조가 관우의 인사를 받더니 웃으며 말했다.

"역시 관장군도 할 수 없는 모양이오. 관장군은 내가 네 명의 미녀를 보내니 지금 부인만을 남기고 돌려보냈고 비단 전포를 새로 지어 보냈는데도 입지 않으시더니 오늘 말을 받자 이렇게 좋아하며 절을 두 번이나 하니, 관장군은 역시 군인으로 늙을 팔자인 모양이오."

조조의 말을 들으며 관우는 혼자 생각했다.

'저 적토마를 달려 유비 형님께로 갈 수만 있다면 얼마나 좋을까!'

관도대전 개막

　관우가 조조의 편장군이 되어 있을 무렵, 원소 진영에 몸을 의탁하고 있던 유비는 늘 마음이 무거운 사람처럼 수심에 젖어 있었다. 원소는 그런 유비가 마음에 걸려 하루는 유비를 불러 물었다.
　"공은 왜 늘 마음이 편해 보이질 않습니까?"
　"내 형제들과 가솔들의 생사를 모르는 판국이니 어찌 마음이 편하겠습니까?"
　"유황숙, 너무 심려하지 마시오. 사실 나도 오래전부터 군사를 일으켜 허도를 치려고 생각하고 있었소. 유황숙이 오신 때가 정월이라 그때는 군대를 일으킬 수 없었지만, 이제 봄이 완연하니 군사를 일으킬 수도 있을 것 같소."
　원소는 이렇게 말하며 전풍을 불러 허도를 치는 문제를 논의했다.
　전풍이 말했다.

"제 생각으로는 좋은 때라고 할 수 없습니다. 지난 정월에는 조조가 직접 서주 정벌에 나가 허도가 비어 있어 좋은 기회였으나 지금은 조조가 허도에 버티고 있으니 어려워진 듯합니다. 이미 서주 땅은 조조의 손에 넘어가 조조군의 사기도 높고 전투 경험이나 전술적인 예기가 절정일 것입니다. 제 생각으로는 차라리 때를 기다리는 것이 좋을 듯합니다. 강동의 손책, 형주의 유표, 익주의 유장과 더욱 관계를 돈독히 하신 후 조조를 정벌하시는 것이 좋을 것입니다.

"전풍의 판단이 맞는 것 같다."

유비가 전풍의 말에 수긍하는 원소를 향해 말했다.

"저는 반대입니다. 이제 조조는 군대를 돌려 허도로 돌아와 있습니다. 조조의 주력부대가 지금 가장 지쳐 있는 상황입니다. 그리고 서주를 침공할 때 동원된 비용을 감안한다면 당장은 전쟁을 치를 능력이 없습니다. 오히려 기다리다가 조조의 역량만 키워주는 결과를 초래합니다. 시간이 가면 갈수록 장군께서는 불리해집니다. 조조는 지금 천자를 모시고 있으니 장군이 그 명분싸움에서 이기기는 어렵습니다. 조조는 조정의 군대요, 장군은 반란의 수괴가 됩니다. 이것이 시기를 늦추어서는 안 되는 이유입니다. 더구나 현재 조조는 임신한 동귀비까지 죽이는 대역무도한 일을 자행했습니다. 그리고 천자를 마치 하인 부리듯 하고 있습니다. 일이라는 것은 다 때가 있는 법인데 동귀비와 수백 명의 사람들이 죽임을 당한 지금 군사를 일으켜야 천하의 여론을 얻을 수 있습니다. 내년, 후년에 그 일을 추궁할 것입니까?"

원소가 유비의 말을 듣고 고개를 끄덕이며 말했다.

"유황숙의 말을 듣고 보니 그도 옳은 것 같소. 그러나 좀더 충분히 검토한 후에 군 동원령을 내리도록 합시다."

서기 200년 2월 초순.

원소는 개전開戰에 관한 회의를 연다고 알리고 모든 문무백관을 소집했다. 문무백관들을 바라보며 원소가 말했다.

"이제 올 것이 온 것 같소. 내가 조조와 천하를 양분하는 동안 동탁·이각·곽사는 물론이고 공손찬도 죽었고, 여포도 죽었소. 이제 조조와 결전을 치러야 할 것 같소. 이 문제에 대한 장수들의 생각은 어떠하오?"

잠시 수런거리는 분위기가 흐르더니 전풍이 큰 소리로 입을 뗐다.

"신이 먼저 한 말씀 올립니다. 지금 전쟁을 하는 것은 안 됩니다. 2~3년 뒤로 미루십시오. 그 동안 주군께서는 중원의 북동부 일대를 평정하시기 위해 매년 군사를 일으키시어 백성들이 많이 지쳐 있습니다. 그리고 창고엔 양곡도 없으니, 지금은 대군을 일으킬 시기가 아닙니다. 대신 제가 조조를 치는 다른 방법을 말씀드리겠습니다. 먼저 천자께 사람을 보내어 공손찬을 토벌한 것을 알리고 주군이 계신 업도로 천자를 모시겠다고 상주하십시오. 그러면 필시 조조는 이를 못하게 할 것입니다. 그러면 다시 조조가 감히 천자의 왕로를 임의로 막는다는 표문을 올리십시오. 그런 다음에 조조 토벌의 명분을 세우시고 군사를 일으켜 조조와의 경계 지역인 여양黎陽에 주둔시키십시오. 그런 연후에 여양을 중심으로 군선을 증강시키고 무기를 수리하는 동시에 정예 군사들을 점진적으로 여양에서 수무까지 주둔하게 하십시오. 그러면 조조는 3년 이내에 패퇴하고 말 것입니다. 왜냐하면 지금 조조가 동원할 수 있는 총 병력은 10만에 불과한데 그나마도 유비가 1만의 병력을 빼왔고, 최소한 3만 병력은 형주나 강동으로부터 침략을 막기 위해 남양에 주둔시켜야 합니다. 또한 양주(서량) 마 등의 침입을 막기 위해서는 아무리 적어도 3만의 병력은 필요합니다. 따라서 조조가 아군에 대항할 수 있는 병력은 겨우 2만~3만에 불과 합니다. 그런데 아군은 20여만 명에 이르고 있습니다. 조조는 분명히 견딜 수 없어 화친을 하자고 할 것입니다. 그때 주군께서는 마지못해 응하면서 천자를 모셔오는 조건을 달면 천하는 주군의 것이 됩니다."

이 말을 듣자 모사 심배審配가 말했다.

"모사 전풍의 말에 일리가 있습니다. 그러나 그럴 경우에는 최소한 3년~5년이 걸릴 것입니다. 그 동안 강동의 손권이나 형주의 유표가 세력을 키운다면 상황이 더욱 어려워질 수도 있습니다. 주군께서는 지금 20만 대병을 호령하시는 반면 전풍이 말한 대로 조조가 동원할 수 있는 병력이 겨우 2만에 불과하다면 괜히 날짜만 보낼 일이 뭐 있 습니까? 지금이라도 대군을 일으키신다면 아마 1년도 못 되어 천하 는 주군의 것이 될 것입니다."

그러자 모사 저수沮授가 심배의 말을 부정하면서 말했다.

"저는 전풍의 말에 동의합니다. 주군께서는 공손찬을 토벌한 지 얼 마 되지 않았습니다. 그리고 조조에게 큰 허물이 없는 상태에서 그를 치려 한다면, 아군의 전쟁 준비도 어렵지만 무엇보다도 명분이 없습 니다. 그리고 전쟁의 승패란 반드시 병력의 많고 적음에 달려 있는 것이 아닙니다. 조조는 지금으로 봐서는 최고의 군사전략가 가운데 한 사람으로, 휘하에 순욱과 곽가를 두고 있습니다. 조조가 거느린 군사는 군기가 엄정한 정예 군사들이므로 공손찬처럼 앉아서 당하지 는 않을 것입니다. 그러니 주군께서는 전풍의 말을 따르시는 것이 옳 을 것이라 생각됩니다."

침묵을 지키고 있던 모사 곽도郭圖가 저수를 보면서 말했다.

"명분이 없다는 것은 틀린 말씀이오. 조조가 천자를 기망하고 있는 것은 천하 제후들이라면 다 아는 사실인데 왜 명분이 없단 말입니까? 지금이야말로 주군께서 대업을 이루실 때입니다. 왜냐하면 지난번 허전의 사냥터에서 있었던 일로 모든 제후들이 조조에게 등을 돌리고 있습니다. 만약 주군께서 군사를 일으켜 조조를 토벌한다면 마등이나 유표도 군대를 일으켜 허도를 공격할 것입니다. 조조는 그야말로 사면초가입니다. 부디 상서 정현의 말에 따라 유비와 함께 대의를 받들어 조조를 토벌하십시오. 이런 기회는 다시 오지 않을 것입니다. 그것이 위로는 하늘의 뜻에 합하는 길이요, 아래로는 백성들의 뜻에 따르는 길입니다."

여러 신하의 열띤 논쟁을 듣고 있던 원소는 결정을 내리지 못하고 시간을 끌었다.

"전풍과 저수는 신중론을 지지하고 있고, 심배와 곽도는 속전속결을 주장하고 있는데 그들의 말이 모두 자로 잰 듯 정확하고 일리가 있으니 어떤 방향으로 나가야 할지 판단이 서지 않는구려."

다시 사람들이 웅성거리기 시작했다. 문무관료들은 여기저기서 신중론과 속전론을 가지고 설왕설래하기 시작했다. 그러는 가운데 허유許攸와 순심荀諶이 들어왔다. 원소는 반가이 이들을 맞으며 말했다.

"허유와 순심은 탁월한 식견을 가진 사람들이니 이들의 주장도 한번 들어봅시다."

그러자 허유가 말했다.

"결단을 내리시지 못할 까닭이 없습니다. 주군께서는 이미 천하에 대적할 상대가 없을 만큼 많은 군대를 거느리고 계십니다. 그리고 조조는 한나라의 역적놈임이 분명합니다. 이번에 조조가 동귀비를 죽이는 만행을 저질렀고, 동국구를 포함하여 거의 700명의 사람을 죽였다고 합니다. 그러면 이제 허도에는 천자를 옹위하는 세력은 거의 소멸되었다고 보아야 합니다. 한나라는 사실 조조의 것이 되고 말았습니다. 이 상태에서 조조가 주군께 천자의 명이라고 하면서 누구를 인질로 보내라, 양주를 정벌하는 데 군량미를 보내라, 강동을 치는 데 군마를 보내라는 등의 요구를 해온다면 그것을 우리가 어찌 감당하겠습니까? 지금 천하의 여론은 조조에게 불리합니다. 그리고 조조의 군대가 서주 정벌을 끝내고 지금 허도로 돌아가고 있으니 앞으로 사흘 뒤면 허도에 도착할 것이고 2, 3일 내에 원정군을 해산할 것입니다. 그리고 2월 20일쯤이나 3월 초가 되면 조조군은 전쟁준비에서 벗어나 있을 것입니다. 그러니 속전속결, 지금이라도 당장 한나라의 역적을 토벌하는 것이 옳습니다."

옆에 있던 순심도 이에 큰 소리로 동조했다. 원소는 더 이상 논의할 필요가 없다고 판단했다. 오직 전풍과 저수만이 신중론을 견지하는 쪽으로 기울어지게 된 것이다. 다음날 기주·청주·유주·병주에 총동원령이 내려졌다. 각 주는 두 달 이내로 할당받은 보급품과 군량미, 말, 개인 장비를 조달하고 전투에 투입될 병사들을 차출하여 업도와 여양에 집결시키라는 명령을 받았다.

이미 전쟁준비로 여념이 없는 원소에게 전풍이 다시 찾아와 개전을 만류했다. 그러자 원소는 전풍을 보면서 말했다.

"조야에서 이미 결정된 일이 아닌가? 출정준비를 하고 있는 마당에 무슨 고집을 그리 부리는가? 계속 그렇게 전의를 상실하게 하는 말을 할 텐가?"

전풍은 원소의 질책을 듣고 일단 물러갔으나 계속 저수를 비롯한 개전 반대론자들과 어울리면서 개전 반대 여론을 조성했다. 어느 날 모사 봉기逢紀가 와서 원소에게 보고했다.

"주군, 지금 전풍이 계속 개전 반대 여론을 일으키며 다니고 있다고 합니다. 전쟁이 결정된 마당에 군심을 동요시키는 전풍의 행위는 마땅히 군법으로 처리해야 합니다."

"당장 전풍을 잡아들여라!"

원소는 잡혀온 전풍을 향해 소리쳤다.

"전쟁을 이기려면 군지휘관이 유능해야 하고 이를 지원하는 조직이 효율적으로 움직여야 한다. 그러나 이 모든 것보다도 중요한 것은 적국에 대한 분노이다. 분노 없이 전쟁을 하는 것은 무덤 속으로 군대를 몰고 가는 것과도 같다. 지금 조조는 동귀비까지 죽이고 기군망상하는 행태가 낱낱이 알려져 천하의 여론이 나쁜 상태인데 너는 무슨 의도로 끝까지 반대를 하고 다니며 여론을 모으고 있단 말이냐? 시작도 안 한 전쟁에 왜 초를 치고 다니느냔 말이다. 내 너를 죽여 마땅할 것이나 지금까지의 충정을 생각해서 죽음은 면하게 해주겠다. 여봐라, 전풍을 당장 하옥하라!"

전풍이 잡혀가자, 가장 놀란 사람은 전풍과 함께 개전의 반대 여론을 조성하던 저수였다. 저수는 가족들을 불러모아 재산을 나누어주며 말했다.

"내가 이번 전쟁에 나가서 다행히 승리하면 별일이 없겠지만 우리가 지게 되면 나는 다시 돌아오지 않을 것이니 가족들은 알아서 집안일을 잡음 없이 처리하도록 하라."

저수의 가족들은 마치 저수가 전사라도 한 듯 눈물을 흘리며 슬퍼

했다. 원소는 개전을 앞두고 문무백관들을 불러 개전에 임하는 연설을 했다.

"제장은 들으라. 이제 우리는 조조 토벌전을 시작한다. 그 동안 전쟁을 반대한 이들도 많았는데 그 충정을 이해는 하나 일단 전쟁이 선언된 이상 더 이상의 반대는 아군의 전력 약화만을 초래할 뿐이라는 점을 명심하라. 전쟁은 국가정책의 일부이다. 그러나 예측불허의 상황이 따르는 경우가 많으므로 군지휘관들의 용기가 절대적으로 필요하다. 손자는 전쟁은 국가의 대사라 했으며 한 국가의 전쟁 능력을 평가하는 기준에 대해서 다음과 같이 말했다. 첫째, 손자는 백성들과 사병 및 군지휘관과 군주가 한마음이 되고 생사를 함께 하려는 의지가 있어야 한다고 했다. 지금 아군은 한마음을 가지고 있다. 이 분위기를 유지한다면 우리는 이길 수 있다. 둘째, 손자는 전쟁을 치르려면 날씨와 개전의 시기[時]가 맞아야 한다고 했다. 지금은 중춘仲春으로 접어드는 때이니 군대를 북에서 남으로 이동하는 데는 매우 좋은 기회라 생각한다. 특히 조조는 전투부대를 해체하고 병력을 돌려보내고 있을 것이니 우리 군은 조조군을 결정적으로 궤멸시킬 것이다. 셋째, 손자는 지리·환경적 조건[地]이 좋아야 전쟁에서 승리한다고 했다. 우리는 지금 기주를 중심으로 화북 전역을 지배하고 있으므로 사방이 전면적으로 개방된 허도와는 사정이 다르다. 허도는 남쪽의 유표와 유장, 동쪽의 손책, 서쪽의 마등 군대로부터 압박을 받고 있다. 그러므로 아군이 북쪽을 기습한다면 조조는 방비수단이 없을 것이다. 넷째, 손자는 전쟁의 승패는 지휘관[將]에 달려 있다고 했다. 우리는 심배·봉기·곽도·순심·허유를 비롯한 천하 최고의 전략가와 안량·문추 같은 천하 제일의 용장이 있어 조조군을 능히 격파

할 수 있다. 다섯째, 손자는 군 기강이 강한 군대가 승리할 수 있다고
했다. 이점에서도 우리는 강병이다. 아무쪼록 모든 참모들과 장군들
그리고 병사들은 구국의 일념으로 조조군을 토벌하여 천하의 안정을
도모하도록 하라."

원소가 연설을 끝내고 퇴장하자, 심배가 나와서 전쟁이 진행될 지
역의 지도를 걸어놓고 전군지휘관들에게 해설했다.

"이번 전쟁은 아군의 가장 강력한 적수인 조조군과의 불가피한 일
전입니다. 아마 주요 전쟁터는 관도官渡 지역으로 보입니다만 전쟁이
란 항상 그렇듯이 상대의 움직임에 따라서 결정되는 것이기 때문에
현재로는 뭐라고 장담하기 어렵습니다. 지금 지도를 보시면 기주의
수도인 우리 업도와 조조군의 수도인 허도 사이에 황하가 흐르고 있
습니다. 전선은 아마도 위로는 백마에서부터 아래로는 연진을 거쳐
여양·양무·획가·산조·수무·원무 등으로 확대될 가능성이 클 것
으로 보입니다. 가장 좋은 것은 전선의 확대를 최소화하여 속전으로
관도를 점령하는 일입니다. 이것은 장수 여러분의 몫이기도 합니다."

다음은 봉기가 나와서 다시 부연 설명을 시작했다.

"지금 우리가 전쟁을 하려는 곳은 낙양의 동쪽 지역으로 과거 전국
시대의 위나라와 한나라의 경계 지역입니다. 황하를 중심으로 남(조
조)과 북(원소)을 나누고 있는 이 지역은 천하의 경제 기반을 이루는
화북평원華北平原 지역으로 명실공히 중원에 해당합니다. 결국 이 전
쟁은 중원통일전쟁으로 실질적인 천하통일전쟁이라고 할 수 있습니
다. 잘 아시겠지만 강동 땅은 아직 우리 한족의 영역이 아니고 형주
는 세력이 미미하므로 이번 전쟁의 승패가 천하통일의 갈림길이 될
것입니다."

다시 심배가 나와서 말을 이었다.

"이번 전쟁은 주공께서도 말씀하신 바와 같이 아군의 압도적 우위 속에서 진행될 것입니다. 그러나 전쟁이란 늘 변수가 따르는 법이므로 아군의 약점도 살피지 않으면 안 됩니다. 역으로 저는 조조군의 강점을 짚어서 아군의 경계로 삼을까 합니다. 조조군은 다음과 같은 점에서 아군보다 우세할 수가 있습니다. 첫째, 조조군은 정치력 면에서 아군보다 우위에 있습니다. 즉, 조조는 천자를 안고 있으므로 대의명분에서 우리보다 앞서 있다는 점입니다. 둘째, 조조군은 천연요새를 확보하고 있다는 점입니다. 잘 아시다시피 아군이 공격목표로 삼는 지역인 양무·관도·허도는 사방은 평야지만 황하의 지류들이 많아서 천혜의 요새지입니다. 셋째, 우리는 황하를 건너서 공격해야 하는 부담이 있습니다. 만약 조조의 위계에 빠지게 되면 퇴로가 막힐 위험성이 있기 때문에 상황에 따라 다르겠지만 이번 전쟁을 속전으로 마무리하는 것을 원칙으로 해야 합니다."

심배가 말을 마치자, 문추가 물었다.

"관도가 특별히 중요한 이유가 있습니까?"

"이번 전쟁에서 가장 주요한 전쟁터는 관도입니다. 즉, 관도가 주요 거점 확보지역이자 전략적 목표지역입니다. 무엇보다도 관도가 중요한 이유는 조조의 근거지인 허도의 북쪽 입구라는 점입니다. 아군이 관도를 점령하는 것은 조조를 쳐부수는 교두보를 확보하는 것입니다. 아군이 관도를 점령하면 조조는 더 이상 견디지 못하고 화친을 요청할 것입니다."

심배의 분석이 끝나자 순심이 양군의 전력 상황을 비교했다.

"현재 우리 병력은 10만 명 정도로 천하 제후들 가운데 가장 많은 병력입니다. 그리고 실제 최대 동원 가능 병력은 20만 정도가 되므로 현재의 전력은 5할 정도를 동원했다고 할 수 있습니다. 전시체제하에서 동원병력은 전체 장정의 반이 되어야 하나 곧 농사철이 시작되므로 5할보다 적게 동원하라는 주공의 명이 계셨습니다. 현재 아군의 병력 정도도 조조가 동원할 수 있는 병력보다 5배 정도의 규모가 될 것입니다. 조조가 현재 최대로 동원할 수 있는 총 병력은 10만 정도로 추정됩니다. 그런데 이 병력들은 그대로 아군과의 교전에 동원할 수 없다는 데 조조의 고민이 있을 것입니다. 여러분이 잘 아시는 바와 같이 허도는 사방이 개방되어 있으므로 군대를 분산하여 허도를 보호하지 않으면 안 됩니다. 조조가 무서워하는 양주의 마등을 막는 데 2만~3만이 동원될 것이고 형주나 동오로부터의 침공을 막는 데 역시 2만~3만의 병력이 필요할 것입니다. 그리고 지난번 궤멸은 되었지만 유비가 1만의 병력을 소모했습니다. 따라서 최대의 병력을 동원해도 3만~4만 정도입니다. 지난번 조조가 서주 정벌시에 동원한 군대를 보아도 짐작할 수 있습니다. 그런데 조조는 아군이 이만큼 빨리 군을 정비하리라고는 상상도 못할 것입니다. 유비가 아군 진영으로 들어와 주군을 설득하는 바람에 아군의 정비가 이만큼 빨라진 것입니다. 따라서 조조는 서주 정벌군을 해체하고 원대복귀를 시킨 상태이기 때문에 급하게 군을 동원해보았자 1만~2만이 되지 못할 것으로 보입니다. 따라서 아군은 압도적인 우위 속에서 전쟁을 치를 것으로 판단됩니다."

끝으로 심배가 나와서 각군의 지휘관들이 지켜야 할 사항이나 군호 및 군대 편성과 진용 등에 관하여 몇 가지 말을 나눈 다음 지휘관 회의가 모두 끝났다. 대병을 거느린 원소와 전략으로 무장된 조조 간의 대전이 눈앞에 다가온 것이다.

서기 200년 2월 하순.

황하의 물이 녹으면서 사방에 봄빛이 잦아들고 들녘은 푸른 빛을 뿜어내기 시작했다. 조조를 토벌하기 위한 원소의 군대가 황하 연변 여양에 집결하기 시작했다. 원소의 군대는 총병력 10만으로 그 가운데 기병은 1만이었다. 10만의 대병이 동원되는 데만 거의 20여 일이 걸렸다. 원소는 속전론자인 심배와 봉기에게 전군을 통솔하게 하고 순심·허유에게는 군 작전을 전담시켰다. 그리고 안량과 문추는 야전군 사령관으로 임명했다.

원소는 출병에 앞서 곽도의 진언에 따라 뛰어난 문재를 자랑하는 진림에게 토조조격문討曹操檄文을 쓰게 하여 모든 제후들이 원소에 협조하기를 기대했다.

예로부터 현명한 군주는 나라의 위기를 미리 살펴서 변란을 막고, 충신은 어지러운 때를 염려하여 나라의 위엄과 기강을 세운다고 한다. 한나라의 어려움을 알고 대처해나가는 것은 아무나 할 수 있는 일이 아니다. 그러므로 비범한 인물이 나타나야 비로소 난세를 청산하고 천하를 밝은 길로 인도할 수 있는 것이다. 과거사를 돌이켜보면, 진나라는 강했으나 군주의 권력이 약해 환관들이 조정을 썩게 하였다. 그리하여 진은 마침내 오랑캐에게 망하고 그 부끄러운 이름이 영원히 청사에 남게 되었다.

그리고 한나라는 여태후 말년에 이르러 여씨 일가가 권력을 차지하여 모든 국사를 함부로 농락하여 천하가 혼란에 빠졌다. 이때 주발周勃과 유장劉章이 군사를 일으켜 여씨 일족을 토멸하고 태종太宗을 세워 왕도가 부흥한 것이다.

조조도 조고나 여씨 일족과 다르지 않다. 조조의 조부인 중상시 조등은 환관 서황과 작당하여 요괴스러운 짓을 자행했을 뿐만 아니라 세상을 어지럽히고 백성들을 괴롭혔다. 조조의 아비 조숭은 원래 하후씨夏侯氏였으나 출세를 위해 조등의 수양아들로 들어온 자이다. 조숭은 뇌물을 주고 벼슬을 샀으며, 권세 있는 자를 찾아다니며 아첨하여 높은 자리에 올랐다. 조조는 이런 더러운 혈통을 물려받아 본래 덕망이 없는데다가 교활하고 간사해서 난을 일으키고 화를 부르기를 좋아하는 간교한 자이다. 조조는 방자하게도 천자의 권력을 희롱하여 천하의 충신들을 초개처럼 죽이고, 임금을 협박하여 허도로 도읍을 옮겼다. 조조는 스스로 승상이 된 뒤에 다시 군사권을 쥐고 천자를 천자로 모시지 않고 자기를 따르지 않는 사람들을 모두 역적으로 몰아치니 악독하고 가증스럽기 그지없다. 조조는 천자를 보호한다는 핑계로 부하들을 궁에 배치했으니 이는 실상 폐하를 연금하고 있는 것이다.

아, 슬프다. 이 일을 보고서 가만히 있다면 그 누가 충신이라 할 것인가? 막부 원소는 한 황실의 위령威靈을 받들어 군사를 일으키니 보병은 10만이요, 기병은 1만이다. 오늘로 유주·병주·청주·기주에서 조조를 토벌하기 위해 진군할 것이다. 이 글이 형주에 도착하는 즉시 형주태수는 곧 군사를 점검하여 건충장군 장수와 함께 허도를 공격하라. 그리고 각 주군에서도 의병을 모아 함께 사직을 바로잡는다면 이보다 더 의미 있는 일이 어디 있겠는가? 조조를 잡는 자는 5천 호를 거느릴 제후에 봉하고, 상금 5천만 금을 내릴 것이다. 아울러 조조의 진영에서 누구라도 항복하는 자는 그 죄를 묻지 않을 것이다. 널리 은혜와 신의를 베풀어 상을 내걸고 천하에 포고하여 난을 바로잡으려 하니 모든 사람들은 이에 발벗고 나서라.

원소는 진림이 써온 격문을 훑어보더니 매우 만족해했다. 원소는 이 격문을 각 주군은 물론 전국 각처의 관문이나 나루터 등에 붙이게 했다. 이제 출병만이 남았다.

후한말, 한 사람의 이름으로 편성된 정규군正規軍으로는 최대의 병력이 여양에 집결했다. 원소는 각 군지휘관들에게 명해 공병대와 전투 부대들을 먼저 출발시켜 조조군이 대비하기 전에 황하 도하작전渡河作戰을 개시하라고 명했다. 그리하여 기병과 전투 부대 및 공병대가 먼저 여양을 떠나 황하에 집결했고 뒤이어 병참·군의軍醫·휼병 등이 이를 따랐다. 그러나 황하 도하작전은 기병들의 이동 문제로 예상했던 것보다 많은 시간이 걸렸다.

한편 조조는 원소군의 동향에 대해서는 별다른 보고를 받지 못한 채 서주 정벌을 마치고 난 뒤 휴식을 취하고 있던 중에 진림의 격문을 받게 되었다. 조조는 격문을 읽고 나자 퍼뜩 정신이 들었다. 조조는 자리를 박차고 벌떡 일어나 옆에 있던 조홍에게 물었다.

"격문 하나 잘 지었다. 도대체 이 격문을 쓴 놈은 누구냐?"

"진림이란 놈이 지었다고 합니다."

조조가 껄껄껄 웃으며 말했다.

"예로부터 말이 많아 붓을 들어 떠들기를 좋아하는 놈에게는 몽둥이가 약이라고 했다. 내 이놈들에게 창검으로 본때를 보여줄 것이다. 비록 진림이란 놈의 글 솜씨는 뛰어나지만 원소가 용병을 제대로 할 줄 아는 위인이더냐? 걱정할 것 없다."

조조는 곧 모든 참모와 장수들을 소집하여 원소군을 막을 대책을

원소군의 불안한 출병. 이제 바야흐로 '관도대전'의
막이 올랐다. 원소의 집안은 사세오공(四世五公), 즉
한달 봉급으로 쌀 350섬(약 7천 리터)을 받던
삼공(三公)의 지위를 4대에 걸쳐 다섯 차례나 지냈다는
명문가였으니. 이때만 해도 원소의 승리를 의심하는
사람은 아무도 없었다.

협의했다. 공융이 이 소문을 듣고 조조에게 찾아와 말했다.

"승상, 원소의 군세는 대단합니다. 보병 10만에 기병이 1만이라는데 이만한 대병을 맞서 싸우는 것은 불가능한 일이니 일단 화친하도록 하십시오."

옆에 있던 순욱이 공융에게 말했다.

"원소는 보잘것없는 인물이오. 화친할 일이 뭐가 있겠소?"

공융이 순욱의 말을 반박했다.

"그렇지가 않아요. 원소는 기주·청주·유주·병주에 이르는 넓은 땅을 차지하고 있고 경제력이 풍부한데다 군사력 또한 막강합니다. 그의 부하 허유·곽도·심배·봉기 등은 모두 당대의 현사賢士들입니다. 그뿐입니까? 전풍과 저수는 강직하기로 이름이 높은 충신들입니다. 안량·문추는 당대의 용장들로 야전군을 이끄는 데 그들을 따를 자가 없습니다. 그 외에도 고람·장합·순우경 등도 세상에 알려진 명장들입니다. 사정이 이러한데 어찌 원소를 보잘것없는 인물이라 하십니까? 순욱공은 원소의 막하에 있었기 때문에 더 잘 알지 않습니까?"

이 말을 듣자, 순욱이 어이없다는 듯 가볍게 웃으며 말했다.

"맞아요. 제가 원소의 막하에 있었지요. 그러니 더 잘 압니다. 원소에게 군사가 많다고 해도 군기軍紀가 없기 때문에 한번 무너지면 순식간에 허물어지는 군대입니다. 그리고 원소 휘하에 당대의 현사들이 다 있다고 하는데 그것은 천만의 말씀입니다. 전쟁은 학식이나 논리로 하는 것이 아니요, 경험으로 하는 것입니다. 원소는 겨우 허약한 공손찬 정도를 물리친 것뿐이오. 원소는 아마 그 많은 현사라는 작자들 때문에 분명히 망할 것이오. 왜냐하면 말이란 하기에 따라서 콩이 팥이 되기도 하고 팥이 쌀이 되기도 하기 때문이오. 그리고 그 현사들이란 사람들의 면면을 볼까요? 전풍은 자기만 옳다고 주장하는 외고집쟁이이고, 허유는 무식한데다 재물 욕심만 많아서 분명 일을 저지를 사람이오. 그리고 심배는 저만 충신입네 하는 외곬으로 꾀가 없는 자인데 이자가 전군을 지휘하고 있어요. 그리고 봉기가 어디 인물입니까? 세상물정을 모르면서 공부를 좀 했다고 자기 주장만 늘어놓고 합리화하는 녀석들은 오히려 나라에 위험한 놈들이오. 아마 전풍과 심배를 붙여놓으면 그놈들은 어느 나라를 가든지 망하게 할 자들이오. 그리고 안량과 문추는 건달에 지나지 않아요. 단번에 사로잡을 수 있소."

순욱의 말을 듣고 있던 조조는 속으로 걱정스러워지기 시작했다. 옆에 있던 곽가의 얼굴에도 수심이 가득했다. 조조는 일단 참모들을 모두 보내고 곽가를 불러서 물었다.

"왜 그리 수심이 가득한가?"

"이제야 올 것이 온 것입니다. 중원의 주인이 누가 되느냐 하는 대결전이 다가오고 있는데 우리는 전혀 대비하지 못하고 있었습니다. 원소가 이처럼 신속하게 군사를 일으킨 것은 분명 유비가 원소를 부추겼기 때문일 것입니다."

"지금 우리가 원소군을 막을 병력이 얼마나 되는가?"

"지금은 1만 5천 명 정도밖에 되지 못합니다."

"왜 그런가? 1만 5천으로 어찌 10만 대군을 막겠는가?"

"지금 아군이 동원할 수 있는 총병력은 최대로 잡아도 10만에 불과한데 그나마도 유비가 1만의 병력을 가져가버렸고, 유대와 왕충이 또 2만의 병력을 몰아갔습니다. 그리고 마등을 지키기 위한 수비군이 장안과 낙양에 각각 1만 명씩 주둔하고 있으며 형주나 동오東吳의 침공을 대비한 3만의 수비 병력을 빼고 나면 결국 남는 병력은 겨우 2만 명에 불과합니다. 장안과 낙양의 군대와 형주 쪽의 침공을 대비한 군대를 동원하면 6만여 명은 될 수도 있습니다만……."

"그건 안 되네. 나는 실제로는 원소보다는 마등이 더 부담스럽네. 만약 동원한다면 형주 쪽을 지키는 부대를 예비 병력으로 동원할 수는 있네. 형주 태수 유표는 수성을 택하지 나를 공격할 만한 인물은 못 되지 않나?"

"그러면 우리는 최대한 4만 5천 명 정도를 동원할 수 있습니다. 그래도 원소군의 절반에도 미치지 못합니다."

조조는 깊은 시름에 잠겼다. 그러나 일단 전군 동원령을 내리고 특히 형주와 강동의 침입에 대비하여 남양에 둔병하고 있는 군대에 경계령을 내려 언제든지 허도를 방어할 수 있도록 예비 병력화했다. 드디어 원소군이 황하를 건너기 시작했다는 보고가 들어왔다. 조조는 참모들을 불러 말했다.

"결전의 시간이 왔다. 그러나 원소의 대군이 있다 한들 원소는 병법을 알지 못하는 자이다. 모든 결정은 총사령관이 해야 하는데 원소는 그럴 능력이 없는 놈이다. 따라서 우리가 병력 면에서는 약세라 할지라도 덩치만 큰 놈은 얼마든지 이길 수 있는 머리를 가지고 있다. 무엇보다도 먼저 순욱과 가후는 내가 허도를 비울 동안 수도를 방어하는 데 총력을 기울이기 바란다. 그리고 순유와 정욱은 나를 따라와 순욱과 가후가 하던 일을 대신하라. 그리고 장패藏霸는 청주로 진격하여 동부전선을 대비하라. 서주를 정벌한 지가 얼마 되지 않았으므로 원소의 아들인 원담이 서주를 정벌하는 양동 작전을 쓸 수 있기 때문이다. 그리고 아군이 혹시라도 패전할 경우 청주를 근거지로 삼아 하북으로 다시 공격해 들어갈 수도 있기 때문이다. 보나마나 청주 땅은 군대가 빠져나가 허술할 것이다. 다음으로 우금은 예비 병력을 최대한 수습하여 황하 강변에 군대를 주둔시키고 명령을 기다려라. 적의 외각에서 적의 움직임을 예의 주시하라. 나는 경우에 따라서는 여양을 공격하여 적의 후방을 교란하든가 아니면 관도를 수비하여 교전에 대비하겠다."

명령을 받은 장수들은 이내 군대를 이끌고 출병했다. 사태가 매우 급박한지라 조조는 우선 동원할 수 있는 1만 5천 명의 군대를 이끌고 허도의 관문인 관도로 이동하기 시작했다.

한편 여양에 도착한 원소가 안량에게 선봉을 맡기자, 개전 반대론자인 저수가 원소를 찾아와서 간했다.

"주군, 안량은 용장이지만 속이 좁고 성질이 괴팍스러워 단독으로 중임을 맡기는 것은 위험할 수도 있습니다."

그 말을 듣고 원소는 저수를 보며 꾸짖었다.

"자네는 왜 자꾸 나서서 일에 제동을 거는가? 자네가 왈가왈부할 일이 아니네."

저수는 원소의 태도가 완강해 다른 말을 못하고 물러갔다.

서기 200년 4월, 초여름.

원소는 안량에게 백마白馬 공격을 명령했다. 주군의 영을 받은 맹장 안량은 군대를 몰아서 단숨에 백마성을 포위했다. 이때 백마를 지키던 유연劉延은 전령을 보내 이 사태를 허도에 보고했다. 관도에 주둔중이던 조조는 전령의 보고를 받고 순유와 상의했다.

"승상, 지금 우리는 적은 군대로 대병을 이겨야 하는 상황입니다.

전쟁은 항상 상대적으로 대병력만 만들어 이기면 됩니다."

"그것이 무슨 말인가?"

"전쟁은 특별한 천재가 없는 한, 병력이 많은 군대가 적은 군대를 이기는 법입니다. 그러면 현재 병력이 적은 아군이 항상 진다는 말이 되는데 그렇다면 처음부터 우리가 전쟁에 나서지도 않았겠지요. 그러나 꼭 그렇지만은 않습니다. 가령 적군은 50명이요, 아군은 10명이라 가정할 때 적을 10으로 나눈다면 5명씩 쪼개집니다. 이 5명에 비하면 우리는 항상 5명이 많은 대군이 됩니다. 현재 우리 아군은 수적인 면에서 절대적으로 열세입니다. 따라서 적을 정면으로 공격하기는 어렵습니다. 그러므로 기동력을 최대화하여 적의 세력을 분산시켜야 합니다. 이것이 적은 군대가 대군을 이기는 유일한 방법이 아니겠습니까?"

조조가 말했다.

"나 역시 그런 생각을 하고 있었네. 적은 숫자로 많은 대군을 상대할 때 금과옥조金科玉條와 같이 지켜야 할 원칙이, 첫째 빠른 기동력이요, 둘째 많은 적병을 낱낱이 분산시켜 격파하는 것일세. 자, 그러니 적을 분산할 수 있는 구체적인 방법을 말해보게."

"지금 여양黎陽에 원소가 있다고 합니다. 승상께서 날랜 군사들을 뽑아서 황하를 건너 여양 땅을 칠 것처럼 보이게 하십시오. 그러면 원소군은 혼비백산하여 원소의 본진이 있는 여양을 지키려고 백마성을 포위하고 있는 병력을 분산시켜 여양으로 보내려고 할 것입니다. 원소군이 황하를 건너 여양으로 군대를 움직인 연후에 바로 백마를 공격하면 됩니다. 백마는 고립되어 있을 것이므로 안량을 죽이는 것은 어려운 일이 아닐 것입니다."

조조는 순유의 계책에 따라 1만 5천의 군사를 삼로군三路軍으로 나누었다. 1로군은 순유가 맡아 관도를 지키게 하고 2로군은 원소군의 척후병을 따돌리고 샛길을 이용해 백마로 진격하여 매복하게 했다. 그리고 3로군은 서황과 정욱이 지휘하게 하고, 다시 두 개 연대로 나누어 1연대는 수영에 능한 자들을 뽑아서 배를 이용한 도강작전을 전개하되 여의치 못하면 바로 귀대하여 백마를 공격하게 했다. 2연대는 많은 병력이 도강작전을 하는 것처럼 보이게 하기 위해 여양 맞은편에 죽 늘어서 원소군이 병력을 빨리 분산시키도록 유도하라고 지시했다. 조조는 순유에게 말했다.

"나는 2로군을 이끌고 안량을 잡아오겠네. 장요와 관우를 데려갈 테니. 자네는 1로군으로 관도를 잘 방어해주게. 난 자네만 믿네. 그리고 3로군 군지휘는 서황이 맡고 작전은 정욱에게 일임하게."

조조의 명령이 떨어지자 서황의 3로군이 가장 먼저 출발했다. 정오를 조금 지난 시각이었다. 이는 원소군으로 하여금 조조 병력의 이동을 일부러 알게 하기 위해서였다. 3로군은 다음날 아침까지 산조를 지나 황하 연변에 위치한 연진延津으로 간 다음, 백마가 보이는 부근에서 황하를 건너는 시늉만 하면 되었다. 조조가 이끄는 2로군은 일단 낮잠을 충분히 자고 해가 서산으로 넘어갈 때를 기다려 백마를 향해 출발했다.

한편, 안량은 조조군이 여양을 향해 도강한다는 전령의 보고를 받고 깜짝 놀랐다. 여양에는 군의 본진이 있는데 적이 아무리 적다고는 하나 후방이 기습을 당하면 전쟁을 제대로 수행하기 어렵고 군수물자의 공급에 큰 차질이 올 것이라고 판단했다. 안량은 일단 1만 명의 군사 중에 5천 명 정도를 황하 쪽으로 이동시켜 황하를 먼저 건너서 조조군을 맞아 싸우되 빠른 시간 내에 강둑을 점령하여 격퇴하라고 지시했다. 백마와 연진 중간 지점에 도착한 조조의 3로군은 선박을 점거하고 도강작전을 펴느라 부산하게 움직였다.

조조가 백마에서 10여 리 떨어진 지점에 도착해보니 먼동이 트고 있었다. 조조는 척후병들을 강화하여 아군의 위치가 안량에게 파악되지 않도록 요소요소마다 매복하고 있다가 만약에 적의 척후병이 나타나면 바로 시살하라고 지시했다. 그런 다음 병사들에게 일찌감치 군막을 치고 아침을 먹은 뒤 잠을 자두라고 명했다. 이때 척후병들이 와서 안량의 군사들이 움직이고 있다고 보고했다. 점심 때쯤 되자 안량 군대의 거의 절반이 빠져나가고 있다는 보고가 들어왔다. 조조는 병사들을 모두 깨우라 이르고 장요에게 관우를 선봉장으로 하여 3로군이 백마에 도착함과 동시에 총공격을 감행하라고 지시했다.

해가 서산으로 넘어가기 시작하자 전령으로부터 3로군이 이동을 시작하여 백마 가까이 이르렀다는 보고가 들어왔다. 조조는 장요에게 백마를 향하여 총진군하라고 명했다. 관우는 장요의 부장으로 임명되어 적토마를 타고 청룡도를 쥔 채 백마성을 포위하고 있는 안량의 군대를 지켜보고 있었다. 백마성에서는 안량군에게 포위된 유연이 힘겨운 사투를 벌이고 있었다.

한편 안량은 서쪽과 남쪽에서 조조의 대군이 들어오고 있다는 보고를 받자 매우 당황했다. 이미 군사의 절반이 떠나고 없는 상태에서 백마성 안의 유연이 성문을 열고 공격해온다면 세 방면에서 동시에 공격을 받게 되어 견딜 수 없는 상황에 직면한 것이다. 장요는 선봉에 서서 외쳤다.

"전군 진군한다. 운장은 송헌·위속과 함께 기병을 앞세워 안량의 본진으로 들어가 적을 섬멸하시오."

관우는 기병을 몰아 안량의 본진으로 돌진하기 전에 자신이 거느린 여러 병종의 군사들에게 조목조목 군령을 하달했다.

"궁병과 노병은 들어라. 너희들은 구릉에 자리를 잡고 100명씩 한 조로 움직이면서 적을 시살하라."

궁병이 출발했다.

"창병은 들어라. 창병은 20명씩 한 조로 움직여 신속하게 적 보병을 궤멸하라."

창병이 진격했다.

"전차병은 들어라. 전차戰車는 앞서고 보병은 그 뒤를 30명씩 엄호하라."

100여 기의 전차대가 전차보병과 함께 진격했다.

"보병은 들어라. 보병은 궁병과 노병이 1차 공격을 한 후에 적을 기습하라."

보병이 궁병과 노병 뒤를 우르르 따라갔다. 이어지는 관우의 지휘는 일사불란했다.

"저격병은 들어라. 저격병들은 외곽에서 적의 퇴로를 차단하고 적의 장수들이 살아 돌아가지 못하도록 나타나면 철저히 사살하라. 휼병은 들어라. 휼병은 꽹과리와 나발소리를 크게 울려 적의 전의를 상실하게 만들어라. 감군은 들어라. 감군은 말을 타고 10인 1조로 하여 전열을 이탈하거나 군법을 어긴 자를 바로 참하라. 군의는 들어라. 군의장교는 본진에 남아 5인씩 1조를 만들어 부상병과 장수들의 안전을 도모하라."

군령을 마친 관우는 1천여 기병을 이끌고 신속하게 안량의 군진으

로 물밀 듯이 들어가
기 시작했다. 관우가
본진에 이를 즈음
명령을 받고 구릉에
자리를 차지한 궁병
과 노병들이 안량의
군사들을 향해 비오
듯이 화살을 쏘아댔
다. 그러자 언제 다가
왔는지 서황이 이끄는 3
로군의 1천여 기병대도
안량의 군막을 습격하러 튀
어나왔다. 유연도 성문을 열
고 나와 안량군을 공격하기 시작했다.

　안량군은 세 방면에서 동시에 들어오는 적을
막을 수 없어 우왕좌왕했다. 관우는 먼저 안량의 본군
을 기습하고 안량을 찾으라고 명령했다. 안량은 관우 · 위
속 · 송헌을 맞아 홀로 싸우다 결국 전사하고 말았다. 위속은 관우
의 지시에 따라 안량의 수급을 창끝에 매달아 안량이 죽었다는 것
을 기병에게 알렸다. 이어 보병전이 전개될 것이기 때문에 기병은

문추를 습격하는 관우의 부대. 중국에서는 일찍부터 다양한 화살촉 재료가 발전하였다.
진시황의 근위병은 크롬 도금한 화살촉을 이용했다고 한다.
한나라 당시에는 기존의 청동 화살촉을 새로운 철제 화살촉이 점점 대체해가고 있었다.

최대한 말을 보호하여 본진으로 물러가 있도록 했다. 그런데 위속이 안량의 수급을 창검에 끼우고 오는 도중에 안량의 부장들이 던진 창에 맞아 전사하고 말았다. 위속이 들고 있던 창을 송헌이 대신 들고 격전장을 막 벗어나는데 이번에는 또다시 송헌이 활을 맞고 고꾸라졌다. 졸지에 두 장수를 잃어버린 관우가 적진을 향해 달려가려고 했으나 그때는 이미 3면의 공격을 받은 안량군이 거의 전멸했을 때였다.

조조는 전투가 거의 끝나자 말을 몰아 백마성 쪽으로 다가갔다. 여름 벌판은 안량군의 죽은 시체들로 뒤덮였고 여기저기에 불길이 치솟아 군막은 성한 것이 없었다. 먼저 기병대를 이끌었던 관우가 조조를 맞이했다. 관우는 안량의 수급을 조조에게 보이고 위속과 송헌이 전사했음을 알렸다. 조조는 관우의 공을 크게 치하했다. 이어 장요가 와서 조조에게 안량군이 완전히 궤멸되었음을 보고했다. 조조는 병참장교에게 명령하여 군마와 무기 및 전투장비 등의 노획물들을 어서 관도로 수송하라고 명령했다. 백마를 지키던 유연은 조조에게 절을 하고 기뻐했다. 조조는 군지휘관들을 모아서 말했다.

"이번 전투는 승리했지만 송헌과 위속을 잃은 것은 마음 아픈 일이다. 지금은 우리가 작은 승리에 도취하고 있을 때가 아니다. 부대별로 전사자들의 명단을 파악하고 그들의 시신을 잘 묻어주어라. 전쟁이 여기서 끝난 것이라면 시신을 허도로 데려갈 것이나 지금은 그럴 형편이 못 된다. 나중에 허도로 돌아가면 그들의 가솔들에게 세금을 감면하고 상금을 내려 생활이 안정되도록 노력하겠다. 그리고 군의 장교들은 부상병들의 치료에 각별히 신경써라. 부상병들의 이동에 전차를 이용하도록 하고 지휘관 회의가 끝나는 즉시 저녁식사를 하도록 하라."

조조는 잠시 말을 멈추었다가 다시 주위 장수들을 돌아보면서 말을 이었다.

"모든 장수들이 자랑스럽다. 특히 장요와 관장군, 고생이 많았소. 원소의 야전 사령관인 안량을 죽이고 적의 예봉을 꺾어놓았으니 원소놈이 혼이 났을 것이다. 전쟁은 병력 수로 하는 것이 아니라 머리로 한다는 것을 깨달았을 것이다."

조조는 말을 하다가 껄껄 웃더니 다시 주위를 바라보며 말했다.

"오늘 밤 중으로 관도로 회군한다. 여름이라 밤에 움직이기가 오히려 더 쉬울 것이다. 내일 점심 때에는 관도에 도착할 것이다. 일단 수고한 병사들을 쉬게 하고 다음 작전에 대비하라."

조조의 명이 떨어지자 조조군은 신속하게 움직였다. 그날 밤늦게 조조군은 밤을 이용해 관도로 돌아갔다. 한편 원소는 안량이 죽고 선발부대가 전멸했다는 소식을 듣자 경악했다. 원소는 한편 저수의 말이 생각났다.

"내가 저수의 말을 듣고 군사를 붙여보내는 것인데 너무 쉽게 생각했구나. 선봉장이 죽었으니 어떻게 한다?"

원소는 즉시 심배를 불러 이 문제를 논의했다. 심배가 말했다.

"주군께서는 너무 상심하지 마십시오. 이번 전투의 결과를 보면 가슴 아픈 것이 사실입니다. 그러나 아군 대장인 안량 장군만 전사한 것이 아니라 조조군에서도 송헌과 위속이 죽었습니다. 그리고 우리 쪽에서 5천여 병력 손실이 있었던 것도 사실이지만 현재 조조군의 병력도 고작 2만에 미치지 못하고 있습니다. 전쟁은 이제 시작입니다."

이때 갑자기 전령의 보고가 들어왔다.

"지금 백마에 주둔하던 적병과 성민들이 대거 이동하고 있습니다."

이 말을 들은 원소가 심배에게 이게 무슨 소리냐고 묻자 심배가 대답했다.

"아하, 이제 조조군의 상태를 알겠습니다. 조조가 백마를 버리고 그곳의 백성들과 병마를 모두 연진 쪽으로 이동한다는 것은 전선의 이동을 의미합니다. 즉, 황하를 중심으로 여양·백마로 형성됐던 조조의 제1차 방어선이 무너졌다는 것이지요. 이것은 전투에서는 우리가 비록 졌지만 전쟁에서는 승리했다는 것을 뜻합니다. 즉, 조조가 2차 방어선을 구축하기 위해 백마에서 후퇴하여 연진·관도를 택했다는 얘기입니다."

원소가 다시 물었다.

"그게 무슨 뜻인가? 조조가 후퇴할 이유가 뭔가?"

"조조의 병력이 워낙 적다는 것이 입증된 것입니다. 백마를 버린 것은 병력 면에서 조조가 아군을 따라잡기가 힘들기 때문에 내린 궁여지책입니다. 즉, 흩어진 소수의 병력들을 모두 관도로 집결시켜 결전을 치르겠다는 뜻입니다. 조조가 백마를 버리고 갔으니 일단 백마성을 우리의 교두보로 삼아서 여양과 연락을 취하는 거점으로 확보할 수 있게 되었습니다. 그러니 앞으로의 전투가 불리할 이유가 없습니다. 다만 야전군 사령관들을 혼자 보내실 것이 아니라 반드시 참모를 함께 보내야 합니다. 조조가 백마를 버린 것은 그의 실수일 수도 있습니다. 조조 자신의 실수를 뒤집을 어떤 계책이 나올지도 모르니 참모들을 동반시켜야지요. 조조군의 후퇴가 설령 조조의 실수였다 할지라도, 다른 방법 또한 마땅히 없었을 것입니다."

원소는 심배의 생각에 동의하며 새로운 희망을 품었다. 다음날 심배는 원소의 명을 위임받아서 전군이 황하를 도강하도록 명령을 하달했다. 여양에서부터 출발하는 원소군의 행렬은 10리에 뻗어 있었고 황하 연안의 모든 배들은 징발되어 군사들의 도하작전에 동원되었다.

백마성 주위로 원소군들이 속속 도착했다. 군대들이 부대별로 집결하자 화북평원 일대가 오색군기로 장관을 이뤘다. 형형색색의 군기와 창검들이 벌판을 수놓고 전차와 기병들이 전열을 정비하자 날리는 먼지가 마치 구름처럼 번졌다. 그 가운데 황톳빛의 군막들이 즐비하게 늘어서자 하루 사이에 새로운 도성이 만들어진 것 같은 착각을 일으켰다.

각종 공성攻城 장비들도 속속 도착했다. 수십 대의 소차 · 아골차 · 운제 · 충차 · 분온차 들이 황하를 건너 백마성으로 집결했다. 소차巢車는 이동용 전망대로 도르레를 이용하여 새의 집처럼 생긴 작은 망루를 높이 올려 적의 동정을 탐지하는 데 사용한다. 아골차는 성벽을 부수는 기구였으며, 운제는 사다리를 실은 수레로 성벽을 올라갈 때 사용했다. 또 충차衝車는 수레에다 날카롭고 뾰족한 무기를 달아서 성문을 깨뜨리는 데 사용했고 분온차轒轀車는 4륜 수레에 철제지붕을 씌워 적들의 화살을 막으면서 그 내부에서는 땅바닥을 팔 수 있게 만들어진 땅굴 파는 기구였다. 원소군은 공성 장비를 새로 만들거나 수선하고 옮기는 데에만도 닷새를 흘려보냈다.

심배는 지휘관으로서 원소를 대신하여 군을 사열하고 전군 지휘관 회의를 주재하며 작전 계획을 하달했다. 심배는 각군 지휘관이 참석하자 입을 열었다.

"제장은 들으시오. 아군은 대장 안량이 전사하고 5천여 병력의 손실이 있었습니다. 그러나 오히려 결과는 승리에 가깝습니다. 적은 승리하고도 오히려 연진 쪽으로 후퇴했습니다. 전체적으로 적은 연진·관도의 방어선을 사수하려고 하고 있습니다. 아군은 일단 연진 남쪽으로 대장 문추와 유비를 보내어 적을 섬멸하여 관도 쪽으로 내몰고 관도를 포위하여 적을 압박할 것입니다. 유비와 문추는 기병과 보병을 중심으로 군을 편성하시오."

그리고 심배는 공병대 장군에게 말했다.

"공성 부대는 일단 진군하지 말고 백마와 연진 중간 지점에서 명령을 기다리시오. 관도성을 포위할 때 동원되리라고 생각하고 있으면 될 것이오."

이어 병참사령관을 보고 말했다.

"현재, 병참 사정은 양호한 편이오. 그러나 전쟁이 시작되면 병참 물자의 이동이 가장 어려운 문제가 될 것이오. 이것이 대규모의 원정군이 당하는 가장 큰 문제점이기도 하오. 병참사령관은 각 예하 부대에 명하여 한치의 오차도 없이 군량이나 장비의 공급에 차질이 없도록 하시오. 명심하시오. 전투에서 지는 것은 용서받을 수 있으나 병참 지원이 늦어서 패배하는 것은 절대 용납하지 않을 것이오."

심배는 전체 지휘관을 다시 돌아보며 말했다.

"아군은 현재 워낙 대병이기 때문에 통솔도 어렵고 전쟁물자의 공급이 여의치 못할 가능성도 있으니 장군들은 이 점 각별히 주의하기 바라오. 경우에 따라서는 적을 격파하고 전쟁물자를 노획물로 공급받는 것도 나쁘지 않아요. 우리는 황하를 건너 군수품을 공급해야하는 입장이니 각군 지휘관은 이 점을 잘 알고 그때그때 대처하기바라오."

원소는 문추가 유비와 함께 출진하게 된다는 말을 듣고 크게 기뻐했다. 원소는 인사차 들른 문추를 보고 말했다.

"그래, 고맙다. 내가 안량의 죽음으로 잠을 이룰 수가 없었는데 너라면 안량의 원수를 갚을 수 있겠구나. 너에게 군사 1만을 내줄 테니 연진 쪽으로 이동하여 조조놈을 무찔러 죽여라."

문추는 전우가 죽은 슬픔을 눈물로 대신하고 원소의 군막을 나섰다. 문추가 군막을 나서는 것을 보고 저수가 원소에게 아뢰었다.

"문추에게 연진을 공격하게 하는 것이 마음에 걸립니다."

원소가 말했다.

"그러니 유비를 딸려보내는 것이 아닌가?"

"제 생각으로는 먼저 연진에 3만 이상의 대군을 주둔시키고 군대를 2군으로 나누어 관도를 포위하는 것이 좋을 듯합니다."

"심배의 말에 따르면 연진에 대병을 주둔시킬 경우 만약에 적이 백마와 연진 사이를 차단하면 상황이 악화된다는 것이네. 그야말로 배수진을 치는 꼴이 아닌가? 그러니 백마를 거점으로 하여 공격하자는 얘기지. 심배가 하는 일이니 우선 믿어보세. 내 생각도 그렇다네. 일단은 1만여 명의 군대라도 빨리 이동시켜서 적의 숨통을 조이는 것이 중요할 것 같네. 병법에도 신속한 것이 중요하다고 하지 않았는가."

저수는 원소가 자신의 계책을 전혀 신뢰하지 않고 심배의 말만 따르는 것이 못마땅했다. 그러잖아도 이 중요한 작전의 지휘권을 심배에게 빼앗긴 것이 불쾌한데 원소가 전적으로 심배와 봉기만을 신뢰하니 참전할 의욕이 생기지 않았다. 그후로 저수는 몸이 불편하다는 핑계로 원소의 군막에 나타나지 않았다.

문추는 심배의 명으로 유비와 함께 1만 명의 군대를 끌고 연진 쪽으로 이동하기 시작했다. 문추는 안량과 거의 형제처럼 지낸 사람으로 거구에다 얼굴은 해태처럼 괴상하게 생긴 하북의 명장이었다. 문추는 안량의 죽음에 큰 충격을 받고 안량의 복수를 다짐하고 있었다. 문추는 7천의 군대를 거느리고 선봉대에 섰고 유비는 3천여 명의 군사로 그 뒤를 따랐다. 조조는 연진에 주둔하고 있었는데 문추가 백마를 출발했다는 보고를 받고 장수늘을 모아놓고 말했다.

"어리석은 문추놈이 감히 연진을 기습하러 온다고 한다. 지금 아군은 원소군의 5분의 1도 되지 않은 병력이지만 나는 이번 전쟁에서 병력의 수가 그리 중요하지 않다는 것을 보이고 싶다. 원래 대군이란 겉으로는 대단해 보이지만 기동성이 떨어진다는 약점이 있다. 덩치가 큰 놈을 씨름판에서 이기려면 방법은 한 가지, 몸을 빨리 움직여 급소를 공격하는 것이다. 전쟁에서는 싸울 수 있는 경우와 싸울 수 없는 경우를 아는 자, 많은 병력과 적은 병력의 사용법을 아는 자가 승리한다. 상하의 욕망이 같으면 승리하고, 완전한 준비를 갖추고 경계가 태만한 적과 싸우면 승리한다. 따라서 적을 알고 나를 알면 백전백승할 수 있다. 지금 원소군은 만반의 준비를 하고 있는 듯 보이지만 실상은 그렇지 않다는 것을 연진 전투에서 보여줄 것이다. 전쟁술이란 기본적으로 기만술欺瞞術이다. 『손자병법』에 따르면, 가까운 곳을 노리면서 먼 곳을 공격하고 먼 곳을 지향하면서 가까운 곳을 공격하라고 했다. 우리는 지난 백마전투에서 이 점을 백분 활용하여 대승을 거두고 적장을 죽였다. 그리고 또한 적이 전혀 예상하지 않을 때 공격해야 한다고 했다. 이번에는 바로 이 전략으로 적을 섬멸하겠다. 문제는 어떤 경우라도 아군의 전략이 노출되면 큰 손실이 발생하니 장수와 참모들은 이 점을 유념하라."

옆에 있던 서황이 물었다.

"승상, 좀더 구체적으로 계책을 말씀해주십시오."

조조가 말을 이었다.

"나는 연진에서 원소군이 치고 들어오면 우리가 물러나는 전략으로 일단 유인하고자 한다. 유인은 군량미나 마초馬草 등을 이용할 것이다. 이번 작전에 실패하면 우리는 막대한 비용을 치르게 되니 다소 모험적인 요소도 있긴 하다. 때문에 놈들이 계략에 걸려들 수 있도록 최선을 다해야 한다. 나는 실제로 관도로 이동할 것이니 관도로 철수한다고 생각하고 군수품을 실어라. 그러나 많은 시간이 걸리면 안 된다. 전군을 동원하여 신속하게 실어나르기만 하면 된다."

장요가 다시 물었다.

"이번 전투에서 가장 주의하여 시행할 점이 무엇입니까?"

조조가 말했다.

"신속성이다. 소수의 군대는 오직 빨라야만 대군을 무찌를 수 있다. 장요와 관우는 잘 들어라. 전군에 최상급의 군마와 군수품을 배치하여 마치 우리가 관도로 이동하는 것처럼 하고 후군에 최정예기병을 배치한다. 아마 군수품은 지금 연진에 있는 거의 대부분을 동원하는 것이 좋을 것이다. 적들은 워낙 대병이기 때문에 장수들 사이에도 군공을 서로 차지하려는 경쟁이 있을 것이다. 이 경우 노획물보다 중요한 것은 없다. 우리는 이 점을 이용한다."

조조는 잠시 숨을 몰아쉬고 다시 말을 이었다.

"전령과 척후병들의 보고를 종합하여 적당한 때를 보아 우리가 군수품을 가지고 관도로 이동하는 척하면 된다. 적은 우리의 군수품만 보기 때문에 정예기병이 후군에 있는지 모를 것이다. 대개의 경우 전군에 정예병을 세우고 후군에 병참을 두는데 우리는 이번에 거꾸로 배치할 것이다. 전군의 병사들은 보병을 중심으로 발 빠른 자들을 배치하여 적이 오면 적당히 응전하다가 후군 쪽으로 도망만 오면 된다. 전군에서 도망온 보병들이 후군 정예기병 쪽에 도착하는 것을 신호로 하여 후군의 정예기병들은 전열을 벗어나 좌우로 나뉘어 군수품을 차지하려는 군대를 협공하여 섬멸하면 된다."

그리고 관우와 장요를 보면서 말했다.

"관장군은 기병의 선발대를 이끌고 적의 대오를 분산시키는 것이 중요하오. 심하게 몰아붙이면 적의 대오는 쉽게 무너질 것이오. 그리고 장장군은 관장군이 적의 대열에 들어서면 이내 협공하여 적군의 대오를 두 동강 내지 네 동강을 내시오. 그러면 명령계통이 쉽게 무너지니 적군은 이내 오합지졸이 될 것이오. 그때 섬멸하시오. 나는 나머지 병력을 이끌고 후군 바로 뒤에서 만약의 경우를 대비하겠소. 이상, 장수들은 맡은 바 임무를 완수하시오."

관우는 조조의 명령을 받고 군막을 나서면서, 조조는 참으로 무서운 사람이라고 생각했다. 관우는 그 동안 유비가 왜 그렇게 조조를 두려워했는지 이해가 되는 듯했다. 관우의 눈에 비친 조조는 1만 5천의 군대로 10만 대병을 상대하면서도 자신감에 넘쳐 있고 도무지 두려움이라고는 찾아볼 수 없었다. 또한 과감하면서도 예리한 작전 능력에 놀라움을 금치 못했다. 관우는 10년 이상을 병영에서 보냈지만 지금처럼 풍부한 전략·전술을 가까이서 본 적이 없었던 것 같았다.

연진성 앞 조조군의 연병장에는 연진 성내에 있던 모든 주요 군수품이 즐비하게 마차에 실리기 시작했다. 말먹이는 물론이고 군량미가 총동원되었다. 그리고 각종 수성 장비와 온갖 무기들 그리고 보급 물자들이 줄지어 선 수레에 실리니, 그 숫자가 300여 대에 이르렀다.

수레가 서로 간격을 벌려 서서히 움직이기 시작하자 햇살을 받은 창검과 군수품들이 빛을 뿜어내어 푸른 들판과 대비를 이뤘다. 하늘은 더욱 선명하게 보이고 뭉게구름이 한가롭게 떠가고 있었다. 멀리서 보아도 군수품의 이동이라는 것을 쉽게 알아볼 수 있었다. 조조는 최대한 천천히 움직일 것을 지시하며 후군 후미에서 예비 병력을 데리고 뒤따라갔다. 관우와 함께 말을 타고 가던 장요가 말했다.

"관장군, 승상의 관장군에 대한 신임이 이만저만이 아니오. 선발대에는 으레 관장군을 두시니 관장군의 능력을 그만큼 신뢰한다는 것이 아니겠습니까? 이번 전쟁이 끝나면 모르긴 몰라도 관장군의 작위를 더욱 높이실 것이 분명하오. 사실 선봉장이 된다는 것만큼 장수로서 영광스러운 일은 없어요. 그만큼 무예가 출중하다는 것을 인정받은 것이 아니겠습니까?"

관우가 웃으면서 말했다.

"장장군, 그것은 과찬의 말씀이네. 나도 이번 전쟁에서 많은 것을 배웠네. 용병도 그렇고 전술도 그렇고……."

장요가 다시 말했다.

"관장군, 승상은 참 대단한 사람이오. 원소는 모든 일을 참모들에게 일임하지만 승상은 전투에 참여해 중요한 지시를 직접 내리지 않소? 이것이 조승상과 원소 장군의 다른 점이오. 그리고 지난 얘기지만 만약 승상이 유황숙의 말을 듣지 않고 여포 장군을 살려두었다면 천하통일은 사실 시간문제였을 것이오."

관우는 갑자기 유비의 말이 나오자 얼굴빛이 이내 어두워지며, 침묵했다. 그러자 장요가 짓궂게 다시 말했다.

"관장군과 나는 참으로 인연이 많은 사람이오. 서로 생명의 은인이

기도 하고……. 그런데 관장군께서는 아직도 유황숙을 잊지 못하시오? 그런 생각일랑 마십시오. 내가 늘 말하지 않았소? 현명한 새는 나무를 택하여 앉는다고 말이오. 유황숙이 훌륭한 사람인 줄은 나도 알아요. 그러나 그분은 천하를 도모할 인물은 못 됩니다. 그분은 자기 몸 하나 가눌 땅 한 평도 없어요. 생각해보시구려. 지금까지 관장군께서 유황숙을 따라다니시며 얻은 것이 무엇이 있습니까? 잊어버리십시오. 승상의 신임이 대단하시니 이제 관장군이 대장군 자리를 맡게 될 것이 틀림없습니다. 내년쯤이면 아마 전장군이나 후장군이 될지도 모르지요. 그때 이 몸도 좀 잘봐주십시오. 옛정을 잊지 마시고 말입니다."

관우가 묵묵부답이자, 장요가 다시 관우를 보며 물었다.

"장군, 참 섭섭합니다. 도대체 관장군은 유황숙과 더 가깝습니까, 아니면 저와 더 가깝습니까? 한번 비교해보십시오."

관우가 잠시 침묵하더니 장요에게 한마디했다.

"나와 장장군은 참으로 사선을 함께 한 동지이자 친구이네. 그러나 나와 유황숙 사이는 친구이면서 형제요, 형제이면서 임금과 신하의 관계네. 어찌 함께 비교할 수 있겠나?"

장요가 딱하다는 듯이 관우를 보면서 말했다.

"장군도 참으로 답답하오. 유황숙이 이 난세에 어찌 군주가 될 수 있단 말이오. 난세에는 그저 살아남는 것도 미덕이오. 그리고 장군처럼 뛰어난 무예와 재능을 가진 사람이 뭐가 아쉬워 유황숙을 따른단 말입니까? 단순히 사람 좋기로만 말하면 세상에는 좋은 사람이 많습니다. 유황숙뿐이겠소? 돌아가신 여장군도 사람이야 얼마나 좋았습니까? 그리고 우리가 전쟁에서 죽는다고 모든 게 끝나는 게 아닙니다. 우리가 전공을 세우고 죽으면 결국 내 자식이 그 영화를 함께 누리는 것이 아닙니까?"

관우는 한동안 아무 말 없이 장요와 함께 말을 타고 가다가 부대로 돌아가겠다는 말을 남기고 장요 곁을 떠났다.

한편 군사를 몰고 연진으로 가던 문추에게 척후병이 다가와 보고했다.

"장군, 조조군이 아무래도 연진을 버리고 다른 곳으로 이동하는 것 같습니다. 수레가 수백 채가 넘는데 그것이 모두 군수품입니다. 각종 수성 장비들은 물론이고 활·화살·창·장도와 같은 무기들과 심지어는 징과 북 등이 수레에 가득 실려 있습니다."

문추는 이 말을 듣고, 혼자서 판단하기가 어려워 유비를 오라고 했다. 문추가 유비에게 척후병의 보고 내용을 알려주자 유비는 잠시 생각에 잠겼다.

"제가 보기에는 조조가 지난번처럼 백마를 버리고 연진으로 왔듯이 이번에는 연진을 버리고 관도로 이동하여 군 역량을 한곳에 집중하려는 것이 아닐까요?"

문추가 걱정스럽게 되물었다.

"조조의 위계가 아닐까요?"

"문장군이 의심하는 것처럼 조조는 워낙 위계에 능한 사람이긴 합니다. 그러나 척후병의 보고로 볼 때, 위계를 하기 위해 그만큼 많은 군량미와 모든 군수물자를 이동시키려 하겠습니까? 저는 10년 이상을 전쟁터에서 보냈지만 이 경우는 군대 자체의 이동으로 보는 것이 맞을 듯합니다."

"저도 그렇습니다. 아마 조조가 관도로 철수하려는 것이 분명합니다. 이제 어쩌면 좋겠습니까?"

유비가 대답했다.

"만약 조조가 관도로 철수하는 중이라면 선발대가 먼저 출발하고 전군, 후군, 물자수송의 순서로 진행될 것입니다. 이미 우리는 선발 대니 전군을 공격하기는 어려울 것이므로 군수물자나 노획하는 것이 중요하리라 봅니다."

문추가 다시 물었다.

"적의 전군이나 선발대는 이미 연진을 떠났겠지요?"

"당연하지요. 우리가 군수품보다도 적의 선봉이나 전군을 공격한 다는 것은 사실 무모할 수도 있습니다. 왜냐하면 군수품 수송부대를 뒤로하고 앞으로 헤쳐나가서 적의 선발부대나 전군을 공격해야 하는 데 이때 적의 매복이라도 걸리면 어찌 되겠습니까? 그러니 이번 전 투는 그저 군수품의 노획에 중점을 두어야 할 것입니다."

문추가 유비의 말을 듣고 고개를 끄덕였다.

"옳으신 말씀입니다. 제가 실수를 할 뻔했군요."

유비와 문추는 군대를 더욱 빨리 몰아서 조조군을 추격하기로 했 다. 멀리서 군수품 수레 행렬이 보이기 시작했다. 수레와 수레 사이에 간격이 있는 듯 큰 수레, 작은 수레 등이 줄지어가는데 마치 커다란 뱀이 기어가고 있는 듯했다. 문추는 군대 장교들을 불러 가급적 군수 품이 다치지 않게 하라고 지시한 후 전군에게 총공격을 명령했다. 문 추군은 일거에 조조군에게로 몰려갔다. 조조군은 문추의 대군이 몰려 오기 시작하자 혼비백산하여 사방으로 달아나기 시작했다. 이렇게 해 서 조조군의 수레를 모조리 얻게 된 문추가 부하들에게 물품을 정밀 하게 조사시켜보니 그야말로 꼭 필요한 군수품들로 가득했다. 300여

대의 수레 가운데 큰 수레는 말이 끌고 있으니 군마만도 200여 필이 넘게 수중에 들어오게 된 것이다. 문추는 환호를 올리며 병사들에게 전리품을 진영으로 끌어가라고 명령했다. 하지만 7천여 명의 병사로 주위를 경비하며 수레까지 끌어가기에는 숫자가 모자랐다.

주위를 경계하라고 주의를 주긴 했지만 기병·창병 할 것 없이 모조리 전리품을 챙기는 데 정신이 팔리자 유비는 뭔가 미심쩍은 생각이 들었다. 유비는 군사들의 대오를 정비하라고 장교들에게 명령했다. 그러나 군령이 선뜻 수용되지 않았다. 유비는 수하의 측근들에게 명령하여 전리품으로부터 떨어진 곳에서 대기하라고 했다. 그러나 유비의 명령을 듣고 주위를 경계하기 위해 대기한 병사는 고작 500~600명에 불과했다. 유비는 나머지 병사에게 야산으로 빠져나오도록 독려했다. 그러나 이미 때는 늦어, 수레들이 늘어선 양편으로 조조군 소속의 관우와 장요가 2천여 명의 기병을 휘몰아 벌떼처럼 공격하기 시작했다.

장요와 관우는 문추군의 옆구리를 집중 공격하여 문추군을 네 동강으로 분리시켰다. 그러자 네 개로 나뉜 부대는 하나씩 고립되기 시작했고 총괄적인 지휘를 받을 수 없는 상태에 빠졌다. 방심한 사이에 일어난 일이라 문추의 병사들은 창검도 없이 당하는 경우도 많았다. 전투가 불가능한 상황이 되고 말았다. 문추는 하는 수 없이 후퇴를 명하고 달아나려 했으나 이를 본 관우가 문추를 뒤쫓아갔다.

"적장은 어딜 도망가느냐! 당장 목을 내놓아라!"

문추는 달려오는 관우를 맞아 싸웠지만 졸지에 당한 일이라 관우의 청룡도를 막아낼 틈이 없었다. 대신 말을 달려 관우의 칼을 피하려 했으나 몇 걸음 옮기지 못하고 청룡도에 등을 맞고 말에서 떨어졌다. 관우가 이끄는 선발대는 문추의 수급을 창검에 매달고 문추가 사용하던 휘장과 문추의 이름이 새겨진 군기를 휘날리며 "적장이 죽었다"고 크게 소리치니 세차게 대항하던 몇 무리의 적병들마저 물러나기 시작했다.

문추군이 백마 쪽으로 패주하기 시작하자 장요는 병사들은 추격하지 말고 북쪽 황하 방면으로 도망치는 적병들을 섬멸하라고 지시했다. 조조군이 수적으로 열세이기 때문에 섬멸할 수 있는 적병을 한 명이라도 남기면 안 된다고 판단했기 때문이다. 격전이 끝나고, 조조가 도착해보니 들판은 문추군의 시체로 뒤덮였고, 300여 대의 수레바퀴 아래까지 문추군의 시체가 깔려 있었다. 조조는 죽은 병사들을 보면서 혼자 중얼거렸다.

"마지막까지 살려고 발버둥을 쳤군. 나를 원망하지 말게나. 자네들의 운수가 나빴고 자네들의 우두머리가 시원찮았던 탓일세."

조조는 승전의 기쁨을 접어둔 채 임시로 가설해놓은 군막에서 군지휘관 회의를 소집했다. 이 전쟁의 승패는 정확하게 전황을 판단하고 신속하게 대처하는 데 있다고 생각한 조조는 바로 다음 작전에 들어가기 위한 대책 마련이 시급했다.

"아무래도 신속하게 관도로 철수하는 것이 좋겠다. 연진을 포기하고 관도를 사수하는 편이 나을 것 같아. 연진을 끼고 있다가는 관도가 넘어갈 수도 있단 말이다. 어쨌든 전투에 이기고도 계속 후퇴하고

어지러이 싸우는 기병의 모습. 안량군은 우왕좌왕 세 방면에서 동시에 들어오는 적을 막을 수가 없었다. 길고 우아한 허리와 자유로운 형상으로 꾸민 장식적인 화면은 화상석에 자주 보이는 용·호랑이·천마(天馬) 등의 동물 그림을 응용한 것이다. 관우는 공격군의 선봉에 서서 전공을 세운다.

있으니 제장들에게 미안하다. 그러나 모든 전쟁이 그렇듯이 최후의 승리가 중요한 것이다. 그러니 지금의 승리에 고무되지 말게. 적의 10만 대병 가운데 겨우 2만 정도를 격파했을 뿐이야. 사실 원소군에 비해 우리의 준비가 너무 미미했음을 통감하네. 그간에 원소놈이 언제 저만큼 준비를 했는지 놀랍구먼. 이는 틀림없이……."

조조는 말을 하다가 관우가 자신의 말을 유심히 듣고 있는 것을 보고 말꼬리를 돌렸다.

"아마 누군가 원소를 심하게 부추긴 놈이 있을 것이다. 원소의 특징이 느긋한 행동인데 이번에는 예상 외로 신속하게 움직이고 있으니 말이야."

조조는 장요와 관우를 돌아보며 말했다.

"이번 백마·연진 전투에서 가장 큰 공을 세운 이는 장요 장군과 관우 장군일세. 장장군은 말할 것도 없고 관장군이 일거에 적의 예봉을 꺾은 것은 크게 칭찬할 일이오. 원소군은 특급 야전군 사령관 두 명을 잃었으니 아마 공격의 강도가 약해질 것이고 좀더 신중하게 아군을 공격할 것이오. 우리는 그만큼의 시간을 번 셈이오. 아무리 작전이 좋아도 그것을 수행해낼 만한 장수가 없으면 소용이 없는 일인데 이번에 관장군은 아군 피해를 최소화하면서 단시간에 적을 무너뜨렸으니 그 공이 탁월했소. 이제 장수들은 신속히 부대로 이동하여 관도 철수작전에 차질이 없도록 하시오."

조조군은 곧바로 관도를 향해 철수할 준비를 했다. 조조는 관도에 도착하자 황제께 표문을 올려 관우를 '한수정후漢壽亭侯'에 봉하고 대장인을 만들어 관우에게 보냈다. 한수정후란 열후列侯 가운데서 정후亭侯를 의미한다. 한수는 형주荊州의 무릉군武陵郡에 있는 현을 말하는 것이니, 이 현의 작은 정亭을 식읍食邑으로 삼는다는 뜻이다.

열후란 황제가 신하나 백성들에게 내리는 작위의 하나로 작위를 받은 사람은 정치적으로나 사회적으로 특수한 신분이 된다. 그 가운데 열후는 작위 가운데 가장 높은 것으로 소수의 고급 관리와 공신들에게만 수여하는 것이었다. 진한시대秦漢時代에 작위는 공사·상조·잠요·불경·대부大夫·관대부·공대부·좌서장·우서장·좌경·중경·우경·소상조·대상조·사거서장·대서장·관내후·열후의 20등급이 있었다. 이 가운데 열후가 가장 높은 작위이다.

열후에게는 봉국封國 또는 봉지封地의 호구수戶口數가 있어서 토지와 생산량에 따라 세금을 징수할 수가 있었다. 그런데 이 봉국 가운데 가장 작은 것은 향鄕과 정亭 정도였고 큰 것은 현縣에 이르는 것도 있기 때문에 열후는 그 크기에 따라 현후縣侯·향후鄕侯·정후亭侯로 나뉜다. 관우는 작위 가운데서는 가장 높은 열후에, 열후 가운데서는 가장 낮은 정후에 봉해진 것이다. 그러니 이것은 관우에게 대단한 의미를 갖는다. 정후에 봉해지면서 관우에 대한 예우가 완전히 달라졌다. 장수들 가운데서도 작위가 없는 경우가 대부분이었기 때문이다. 더구나 열후는 세습권이 있기 때문에 자손 대대로 이것을 물려줄 수 있었다.

한편 유비는 남은 병사들을 모아 관도까지 마중나와 있던 원소에게로 돌아왔다. 유비는 몸은 어쩔 수 없이 원소에게로 향하고 있었으나 마음만은 조조군을 떠나지 못했다. 유비는 문추의 군사를 덮친 조조군의 선봉에 관우가 있는 것을 보고 깜짝 놀랐던 것이다. 반가운 마음에서 아우의 이름을 외쳐 부르려 했으나, 잘못하다간 두 사람 다 자신이 의탁하고 있는 진영의 오해를 살 수도 있을 것 같아서 아는 척도 하지 않았다.

유비는 아우와 맞닥뜨리지 않기 위해 어영부영 조조군을 막는 시늉만 하다가 야산을 타고 달아났다. 뒤에 전령이 전해준 바를 추정해 볼 때 문추를 죽인 적장은 관우임에 틀림없었다. 유비는 관우가 조조 밑에서 살아 있다는 확신이 들자 당장 달려가 관우를 만나고 싶은 마음이 불같이 일었다. 그러나 현실적으로 그럴 입장이 아니었으므로 관우가 살아 있는 것에 감사하며 원소에게로 향할 수밖에 없었다.

원소는 유비가 전쟁 경험이 많고 지략도 있어 문추를 잘 보좌하라고 딸려보냈는데 문추도 죽고 대패했으니 실망스럽고 분한 마음을 누를 길이 없었다. 그러잖아도 원소와 유비의 대면이 서먹하던 차에 심배가 나서서 원소에게 고했다.

"주공, 문추를 죽인 놈은 유비의 아우인 관우라 합니다. 유비는 그 것을 알고도 모른 척하고 있으니 그 이유나 들어봅시다."

원소는 턱을 부르르 떨며 소리쳤다.

"오갈 데 없는 놈을 받아주었더니 감히 나를 속이고 능멸하려 들었단 말이냐! 당장 저놈의 목을 베어라."

노발대발하는 원소와는 반대로 유비는 자신을 죽이라는 명에도 놀라는 기색이 없이 원소를 향해 말했다.

"한 말씀만 드리겠습니다. 제가 주군께로 온 것은 조조가 저를 없애려 했기 때문입니다. 조조는 이미 제가 주군과 함께 한다는 것을 알고 제가 주군 편이 되어 공을 세울까 두려워 제 아우를 앞세워 두 장군을 죽이도록 했을 것입니다. 그러면 공께서는 틀림없이 저를 죽일 것이라 미리 생각했겠지요."

원소는 유비의 말을 듣고 보니 그 말이 옳은 것 같아 심배의 경솔

함을 꾸짖었다.

심배가 물러가고 원소가 유비를 상좌에 앉게 하자 유비가 말했다.

"공께서 저로 하여금 편지를 써서 관우에게 전할 수 있도록 선처해 주시면 관우와 함께 조조를 쳐 안량과 문추의 원수를 갚겠습니다."

관우를 얻는다는 생각에 원소는 금방 기분이 좋아졌다.

다
시
모
인
형
제

유비는 관우에게 편지를 썼으나 부치는 일이 쉽지 않았다. 조조군
은 벌써 관도성 내부로 모두 이동해갔기 때문에 허도에 있는 미부인
이나 감부인에게 편지를 전달하는 방법밖에는 없을 것 같았다. 당시
가 아무리 전쟁중이라 하나 관도의 장수들이 수시로 허도를 드나들
고 있었다. 유비는 손건을 불러 편지를 주면서 변복하고 허도로 들어
가 미부인에게 전하라고 했다. 손건은 즉시 상인으로 변복하여 말을
타고 허도로 떠났다.

한편 조조는 관도에서 순유와 더불어 앞으로의 일들을 계획하고
성을 방어하기 위한 사전 점검에 들어갔다. 그때 전령의 보고가 들어
왔다.

"승상, 남양에 있는 황건적 유벽劉辟과 공도龔都의 낌새가 수상쩍다
고 합니다. 그래서 허도에서 대책을 요청하고 있습니다."

조조는 순유에게 물었다.

"갈수록 태산이라더니 별 잡종들이 신경을 거슬리게 하는군. 자네는 이 일을 어찌 처리하면 좋겠나?"

순유가 말했다.

"지금은 원소와의 전쟁이 중요합니다. 남양 땅까지 신경 쓰실 일은 아닙니다. 관우를 보내십시오. 그는 백마·연진 전투에서 안량과 문추를 죽이는 데 결정적인 공헌을 했습니다. 그만하면 관우를 데려온 데 들인 공은 충분히 보상받은 셈입니다. 특히 관우는 황건적 토벌에 남다른 경험이 많은 사람입니다. 관우에게 예비 병력 2천~3천을 주어 보내면 그는 별 문제 없이 황건적을 잠재울 것입니다. 그러니 승상께서는 관도 전쟁에만 신경을 쓰십시오."

조조는 즉각 관우를 불렀다. 관우가 머리를 숙여 예를 표하자, 조조가 말했다.

"관장군은 즉시 허도로 돌아가서 순욱에게 2천여 명의 예비 병력을 지원받아 열흘 내로 토벌군을 편성하도록 하시오. 그리고 남양으로 내려가 유벽과 공도를 토벌하고 허도에서 다음 명령이 있을 때까지 기다리고 계시오."

서기 200년 7월.

관우는 단기로 허도로 돌아왔다. 전쟁중이라 허도는 다른 때보다 어수선한 분위기였다. 만약의 사태를 대비하기 위해 허도의 성벽을 보수하고 관리들은 군수품 조달에 신경을 쓰고 있었다. 관우는 집으로 가기 전에 언제나처럼 미부인과 감부인에게 인사차 들렀는데 미부인이 기다렸다는 듯 관우를 맞이하며 뜻밖의 말을 전했다.

"며칠 전에 손건 장군이 와서 유황숙의 편지를 전했습니다. 읽어보시지요."

관우가 놀라움을 금치 못하며 물었다.

"형님이 살아계십니까? 형님께서 지금 어디에 계신다 합니까?"

옆에서 듣던 감부인이 말했다.

"형님의 말씀으로는 황숙께서 원소의 진영에 계시다고 합니다."

"그래 맞아요. 손건 장군의 말이니 틀리지 않을 것입니다."

그러면서 미부인은 관우를 내실로 데리고 들어갔다.

"지금 손건이 허도에서 10리 떨어진 곳에 머무르고 있습니다. 손건이 내일쯤 다시 들른다고 했습니다. 관장군께서도 그를 만나실 수 있을 것입니다."

내실에서 관우는 유비의 편지를 읽었다.

아우님 보시게. 나는 아우님과 함께 일찍이 도원에서 결의를 맺어 생사를 같이하기로 맹세했었네. 그러나 조조의 공격을 받아 중도에 헤어지게 되어 소식이 끊어진 지가 반년이 넘고 말았네. 나는 조조에게 쫓기던 중 원소에게로 들어오게 됐네. 그 와중에 장비는 어디로 갔는지 생사를 알 수가 없고, 나도 연진에서의 패전으로 원소의 진영에 더 있기도 어려운 상황이 되었네. 조승상이 아우님을 그지없이 후대한다고 들었네. 사실 내가 이 마당에 구구하게 아우님을 다시 만난다는 것이 송구스럽기도 하네. 이제 아우님을 알아주는 영명한 군주를 만났으니 이제 독수리가 크게 비상할 일만 남은 것 같네. 그래서 아우님이 안량과 문추를 죽였다는 이야기를 듣고 아우님이 살아 있다는 소식에 얼마나 고마웠는지 모른다네. 나는 오직 아우님을 만나기를 학수고대하고 있으나 아우님으로 하여금 원소 진영으로 오라고 말하지는 못하겠네. 까닭은 어느

길이 아우님께 더 나은 선택이 될 것인지를 가늠하기 어렵기 때문일세. 그 동안 못난 이 사람을 따라다니느라 고생이 많았네. 그러나 어쨌든 옛 정을 생각해 소식 한번 주게나.

관우가 유비의 편지를 읽더니 눈물을 흘렸다. 그리고 미부인을 보면서 탄식했다.

"형수님, 제가 형님을 찾지 않은 것이 아니라 형님이 어디 계신지 모르고 있었던 것뿐입니다. 제가 지금 부귀공명을 누리고 있다 하나 그것을 어찌 형님과의 의리에 비하겠습니까? 저는 형님을 만날 수만 있다면 모든 것을 당장 버릴 수 있습니다. 형수님, 제가 형님께 지금 당장 편지를 올리겠으니 내일 손건에게 전해주시기 바랍니다."

그리고 난 뒤 다시 소리를 낮추어 미부인에게 말했다.

"형수님, 제가 지금 남양 땅으로 황건적을 토벌하기 위해 떠나게 되었습니다. 지금이 최적의 기회입니다. 저는 아마 내일쯤 승상부로 가서 토벌군을 편입하는 문제를 논의해야 할 것입니다. 그리고 아마 열흘 안으로는 출병할 것입니다. 제가 출병할 때 형수님들을 함께 모시고 갈 테니, 미리 준비하도록 하십시오."

그러자 감부인이 물었다.

"여기는 조조의 소굴인데, 그것이 가능할까요?"

"충분히 가능합니다. 잘 아시겠지만 지금 조조는 관도에서 전쟁을 지켜보고 있으므로 다른 곳에 신경을 쓸 겨를이 없습니다. 지난 겨울 동승의 모반사건으로 수많은 사람들이 죽었기 때문에 허도에 대해 더 이상 불필요한 의심을 하는 분위기는 아닙니다. 더욱이 우리 일거수 일투족을 감시할 사람도 없습니다. 간편한 복장으로 꼭 필요한 물건만을 챙기시고 아랫사람 가운데는 신뢰할 만한 사람만 데리고 나오십시오. 아직은 날씨가 무더우니, 더위를 피해 떠나는 것으로 가장하면 될 것입니다."

관우는 말을 마치고 그 자리에서 편지를 쓰기 시작했다.

형님 보십시오. 그 동안 소식을 알 수가 없어 답답했습니다. 그러던 차에 이 같은 편지를 받으니 참으로 기쁜 마음을 가눌 길이 없습니다. 물론 조승상이 저를 후대하는 것은 사실입니다. 그러나 제가 조승상에게 투항할 때, 형님이 살아계시면 돌아갈 것이라고 언약을 해두었습니다. 제가 하비를 지킬 때, 조조의 대병을 도저히 막아낼 수가 없어 죽으려 했으나 두 형수님과 가족들을 보살펴야 했으므로 어쩔 수 없이 조조에게 의탁하게 되었습니다. 그러다가 이번 전쟁에 참전하여 안량과 문추를 죽이게 되었습니다. 그런데 다행히 조승상이 제게 군사 2천으로 남양 땅을 정벌하라고 합니다. 이 정도의 군사라면 능히 황건적을 멸하는 것은 물론 황건적이 차지하고 있는 관아를 접수하여 임시 거점으로 삼을 수도 있을 것입니다. 남양 땅은 허도와 형주의 중간에 위치하고 있는 곳입니다. 북으로는 험준한 산맥을 끼고 있어 위급한 경우에 대비할 수도 있습니다. 정말 하늘이 주신 기회입니다. 저는 지금부터 열흘 뒤면 남양으로 출진하게 됩니다. 모레쯤에 제가 믿을 만한 사람을 시켜 형수님들과 저의 가족들을 먼저 보내놓고 저도 뒤따라가겠습니다. 형님께서는 이 편지를 받으시면 지체하지 마시고 측근들과 꼭 필요한 짐만 챙기시어 남양 땅으로 내려오시기 바랍니다. 장비는 남양에서 다시 찾아보시는 게 좋을 듯합니다. 제가 보니 장비는 죽지 않은 것이 분명합니다. 시간이 촉박합니다. 조승상은 지금 원소와의 전쟁에만 신경을 쓰고 있기 때문에 지금의 남양 땅이 운신하기에 가장 좋은 곳입니다. 곧 뵙겠습니다.

관우는 편지를 다 쓴 후 미부인에게 신신당부를 하고 집으로 돌아갔다. 그리고 아내 왕소령에게도 상황을 설명하고 떠날 준비를 하라 일렀다. 다음날 손건이 와서 편지를 가지고 백마를 향해 떠났다.

다음날 왕소령과 관우의 어린 딸, 그리고 유비의 두 부인들은 마치 소풍을 가는 듯 음식을 장만하여 심복들 몇 명을 데리고 길을 떠났다. 관우는 자신의 마차에 치장하고 허도를 벗어날 때까지 그들과 동행했다. 허도의 성을 벗어나는 데 한수정후의 작위는 매우 유용했다. 성문을 지키는 병력도 많지 않았지만 심복들을 시켜 한수정후가 가족을 데리고 잠시 나가는 것으로 알려져 성문교위 이하 장교들도 나와서 하례를 하였다.

가족들을 먼저 보내고 난 관우는 승상부의 가후를 찾아가서 상황을 알리고 군대를 편성할 수 있도록 해달라고 했다. 가후는 태위太尉를 찾아가서 이 사실을 알리고 순욱과 협의했다. 순욱은 이 사실을 이미 알고 있었으므로 승상부의 병조에 명하여 2천 명의 군대를 편성하여 새로운 부대로 만들었다. 순욱은 작은 규모의 부대지만 단일 부대이므로 새 군기를 제작하고 관우에게 대장인을 수령하라고 했다.

관우의 부대는 출진을 하루 앞두고 병조 앞의 연병장에서 조촐한 열병식을 거행했다. 관우가 보니 기병 200명에 보병이 1,500명이었다. 보병에는 창병이 500명이요, 궁병이 500명이었고 나머지 보병들은 장도로 무장하고 있었다. 그리고 몇 명의 휼병과 감군, 군의도 보였다. 그리고 특별히 병참부대가 없이 100여 명의 민간인 장정들이 동원된 것으로 보아 황건군 토벌이 빨리 끝날 것으로 예상한 모양이었다.

그날 밤, 관우는 반년 동안 살던 집을 돌아보았다. 관우는 혼자 이리저리 거닐면서 조조 휘하에 들어온 이후의 일들을 떠올렸다. 뜰을 거니는데 벌써 가을이 왔는지 귀뚜라미 소리가 들리고 불어오는 바람에도 열기가 없었다. 먼저 떠난 가족들의 안녕을 빌던 관우는 조조의 얼굴을 떠올렸다.

'조승상은 나를 어쩌면 진심으로 아껴주는 것 같았다. 나는 이제 도망치듯이 그를 떠나려 하는데 이것도 사람의 도리는 아닐 것이다. 내가 승상에게 찾아가서 이 사실을 이야기하면 아마 그는 절대로 허락하지 않을 것이다. 편지를 남기고 가는 것이 좋겠다.'

관우는 내실로 들어가 조조에게 편지를 썼다.

승상 보십시오. 그 동안 천한 몸을 보살펴주신 은혜에 깊이 감사를 드립니다. 먼저 제가 승상 곁을 떠날 수밖에 없는 일이 벌어졌음을 매우 가슴 아프게 생각합니다. 저는 우연한 경로로 저희 형님이 살아계시다는 이야기를 들었습니다. 제가 어려운 처지에 있는 형님과의 의리를 저버리고 홀로 출세하려 한다면 세상사람들이 저를 비웃을 것입니다. 저와 형님이 생사를 같이하기로 맹세했던 바는 황천후토皇天后土가 다 들어 알고 있는 사실입니다. 지금 승상께서 명하신 대로 남양 땅에 가서 황건적을 토벌하겠습니다. 그 다음에 군대는 돌려보내고 남양 땅에서 형님을 만날 예정입니다. 이 점 용서하시기 바랍니다. 외람되지만, 전에 하비성이 무너질 때 제가 세 가지를 청한 일이 있습니다. 그때 황송하게도 승상께서는 이를 응낙하셨습니다. 승상께서 보내주신 많은 보물들과 선물들은 처음 올 때 모습 그대로 봉해서 제게 하사하신 집에다 두었습니다. 그 동안 제게 베풀어주신 두터운 은혜를 잊지 않겠습니다. 그러나 사나이가 되어 어찌 옛 의리를 저버리고 하늘을 볼 수 있겠습니까? 배운 게 없어 다르게 표현하지는 못하고 이렇게 편지로 승상께 작별을 고하니 굽어살펴주시기 바랍니다. 지금 다 갚지 못한 은혜는 뒷날에 꼭 갚기로 하겠습니다.

다음날 아침, 관우는 노복들에게 명하여 집 안을 대청소하고, 그 동안 조조에게 받은 선물과 포상으로 받은 금은 등을 빠짐없이 하나하나 봉해서 금고에 넣어두었다. 그리고 처음으로 받은 제후의 작위인 한수정후 도장도 눈에 잘 띄도록 당상에 놓아두었다. 이제 병조 앞의 연병장으로 가서 군대를 이끌고 갈 일만 남았다. 관우는 출발하기 직전에 평소에 교분이 있던 가후에게 조승상에게 올리는 개인 서신이니 관도로 꼭 좀 보내달라며 편지를 맡겼다.

관우는 적토마에 올라 손에 칼을 들고 곧바로 남양 땅으로 진군했다. 관우는 말 위에서 멀어져가는 허도의 풍경을 바라보았다. 가후는 관우의 편지를 펴보지도 않고 그대로 봉해서 관도로 보냈다. 조조는 관우의 편지를 받고 순유에게 읽어보라고 했다. 순유가 읽어보더니 말했다.

"관우는 참으로 괘씸한 놈입니다. 지금이라도 당장 군대를 몰고 가서 사로잡아 죽여야 합니다."

조조는 순유가 들고 있던 편지를 받아들고 읽어 내려갔다. 그리고 편지를 가지고 온 시자에게 관우가 달리 남긴 것은 없었냐고 물었다.

"특별히 남기신 것은 없고 승상께서 하사하신 귀중품들과 노복들을 그대로 두고 가셨습니다. 그리고 한수정후 도장도 당상에 올려놓고 가셨습니다. 관공께서는 처음 오실 때의 모습 그대로 가시는 듯했습니다."

조조는 자신이 베풀 수 있는 최대한의 대우를 해주었는데도 일말의 미련도 없이 떠난 관우에 대한 섭섭함을 금할 길이 없었다. 조조는 관우를 그냥 보내야 할지 말아야 할지 망설였다. 이때 순유가 재차 다그쳤다.

"승상, 이런 놈을 그냥 보내면 후일 반드시 화근이 될 것입니다. 어서 쫓아가서 없애버려야 합니다. 이놈이 유비와 만나면 또 무슨 일을 저질러 승상을 욕보일지 알 수 없는 일입니다."

조조는 고개를 좌우로 천천히 흔들며 말했다.

"주인을 찾아가겠다는데 어쩌겠는가? 그리고 처음부터 내가 그와 약속을 했으니 신의를 버릴 수는 없지. 그냥 가도록 놔두게."

조조는 떠나는 관우에게 오히려 존경심이 일었다. 게다가 관우로 하여금 자신이 준 부귀와 명예를 초개처럼 버리게 한 유비란 인물이 새삼 크게 부각되었다. 조조는 장요에게 몇 가지 의복과 황금 돈이 든 주머니를 챙겨 관우를 따라가 경비로 쓰도록 전하라 일렀다. 장요는 관우가 간 길을 따라 남양으로 말을 달렸다.

"관장군 멈추시오!"

관우가 말을 세워 다리 위에 서서 뒤를 돌아보니 장요가 부하 수십명을 거느리고 달려오고 있었다. 관우는 경계하는 몸짓으로 장요와 마주섰다.

"조승상께서 관장군이 떠나는 데 여비나 하시라며 이걸 전하라 하셨소."

장요는 부하가 들고 있는 상자를 관우에게 넘기려 했다. 그러자 관우가 뒤로 물러서며 말했다.

"나는 조승상께 받을 만큼 받았소. 또 무얼 받겠소?"

"승상께서는 관장군이 떠나심을 몹시 섭섭해하셨소. 마음 같아서는 어떻게 해서든 관장군을 붙잡아두고 싶어하는 눈치였소. 관장군이 떠나는 것은 자신이 복이 없어 그런 것이라며 무사히 가도록 배려하라고 이르기도 하셨소. 그러니 승상의 선심을 받아주시구려."

관우는 장요의 말을 듣고 상자를 받아들며 말했다.

"조승상께 감사 드리며 언젠가 이 은혜를 갚겠다고 전해주시오."

관우는 가던 길로 말 머리를 돌렸다. 관우는 두 형수와 자기의 가족을 안전하게 보호하면서 남양 땅으로 진격했다. 유벽과 공도는 남양에서 동진하여 주력부대가 여남으로 이동했다는 척후병들의 보고가 들어왔다. 그들의 보고에 따르면 현재 남양 주변의 황건군은 4천이 되지 못한다고 했다.

관우는 농민군 4천여 명이란 정규군의 500명에도 상대가 안 되므로 신속하게 제압할 수 있으리라 판단했다. 관우는 일단 남양 외곽에 비밀리에 주둔하고 있다가 특공대를 조직하여 성안에 침투시킨 후 야음을 틈타 내응하게 했다. 특공대가 성문을 열자 관우는 기병 200명을 총동원하여 황건 농민군의 남아 있는 지휘부를 기습해 전멸시켰다. 일단 관아가 점거된 다음 관우는 신속히 무장해제를 단행했다. 군영에는 자다가 깬 농민군들이 영문도 모르고 붙잡혀오기도 했다. 하지만 관우는 농민군을 한 명도 다치지 않게 하고 산을 내려가도록 설득하니 모두들 절하며 감사해했다.

그런데 관운장 앞에서는 절을 하며 고마워하던 농민군들 가운데 많은 수가 귀향하지 않고 또다시 산속으로 들어가 새로운 세력을 만들거나, 산속에 숨어 농민군의 우두머리인 유벽과 공도를 기다렸다. 관우에게 이러한 현상은 몹시 부담스러웠다. 산에서 저항하는 농민군은 정규전으로 잡아내기가 무척 어려웠다. 그들은 자신들이 환히 꿰뚫고 있는 산아에 의지해 유격전을 전개하기 때문에 내응하면 할수록 손해가 컸다. 이때 방면한 농민군 부장 가운데 배원소裴元紹라는 자가 500~600여 명의 부하를 규합해 남양 관아에 있는 관우를 찾아왔다.

"저는 최초의 황건 봉기가 있었던 해에, 장보 장군을 따라다니며 멀리서 관장군님을 뵌 적이 있습니다. 그러나 그때는 황건이라는 대의에 흘려서 미처 장군님의 충절을 제대로 이해하지 못했습니다. 하지만 이제야 장군님을 직접 대하고 은혜까지 받게 되니, 지금까지 황건적에 몸담았던 사실이 한이 됩니다. 청하건대 저희들을 거두어 말이나 개처럼 부려주십시오."

그러자 배원소 뒤에 서 있던 옛 황건군들이 하나같이 머리를 조아리며 말했다.

"저희들을 거두어주십시오."

관우는 배원소 일행이 눈물을 흘리며 간곡하게 부탁하자 마음이 흔들렸다. 유비와 만날 때 한 사람의 사병이라도 더 데려가고 싶은 욕심이 굴뚝 같았지만, 한수정후라는 작위를 가진 한 황실의 장수로서 반역 도당과 함께 한다는 것이 못내 용납되지 않았다. 그때 관우와 배원소 일행의 실랑이를 본 두 형수가 궁금해서 물었다.

"관장군님, 대체 무슨 일로 그러십니까?"

관운장이 공손하게 두 손을 모아 읍하고 나서, 사정을 설명했다.

그러자 감부인이 대답했다.

"장군님, 예로부터 병비일가兵匪一家(군인과 비적은 원래 하나)라고 했으니, 죄를 뉘우친다면 받아들여도 괜찮지 않겠습니까?"

관우는 그제야 배원소 일행을 받아들였다. 허도에서 데려온 군사를 비롯해 남양 관아에서 접수한 병사와 말 300여 필, 거기다가 새로 편입한 배원소의 부하들까지 합하니 관운장 휘하 군사는 그럭저럭 4천여 명 가까이 되었다. 어느 날 관우는 산 깊숙이 은거하고 있는 황건적을 어떻게 끌어내야 할지 의논하고자 배원소를 불렀다.

"지금 황건적들이 다시 모이고 있다고 들었네. 내 비록 군문에 있지만 세상이 어지러워 농민들이 집과 가족을 버리고 조정에 대항하는 것은 알고 있네. 그러나 그런다고 얻는 게 있는가?"

배원소가 대답했다.

"그렇다고 앉아서 굶어 죽기만을 바라겠습니까? 황건군은 죽기를 각오하고 싸우니 사실 그들을 뿌리째 뽑아 없애는 것은 불가능할 것입니다. 태평한 나라가 되기 전까지는 절대 없어지지 않습니다."

배원소는 말없이 고개를 끄덕이는 관우를 보며 말을 이었다.

"그래도 장군은 나으신 편입니다. 다른 사람들은 우리를 황건적으로 부르며 도둑 취급합니다. 그러나 제가 보기에는 그들이 더 도둑이에요. 우리는 겨우 굶지 않으려고 이러고 다니지만 그 영웅이라는 작자들은 뭡니까? 오직 자기의 욕심이나 정치적 목적을 채우려 움직이지 않습니까? 우리는 그들을 이기는 법을 터득하고 있습니다. 적이 공격하면 우리는 도망을 갑니다. 적이 가만히 있으면 우리는 집적거리지요. 그러다가 적이 우리를 피하면 그제야 공격을 시작하는 식이지요. 세상 그 어느 군대도 우리를 이기지는 못할 것입니다."

관우는 배원소의
말을 듣고 기가 찼다. 갈
길은 먼데 여기서 발목이 잡
혀 있을 수도 없고 앞으로 유비
가 오면 근거지도 마련해야 하는데 도
무지 길이 보이지 않았다. 만약 어설프게
자리잡고 있다가 조조군의 침공을 받으면 전멸
할 것이 뻔했다. 관우는 이런 사정을 숨기지 않고 배
원소에게 말했다. 배원소는 관우의 말을 듣자 반가운 듯
이 말했다.

"그러면 황건 농민군과 관장군님의 군대가 연합하면 되지 않겠습
니까?"

"황건과 우리가 어찌 한 부대가 될 수 있겠는가?

"장군, 그것은 생각하기 나름입니다. 장군은 왜 남양을 정벌하고
난 뒤 농민들을 다 집으로 돌려보내셨습니까? 그들이 도둑으로 태어
난 사람들입니까? 제가 보기에는 장군이 이끄는 군대도 우리보다 나
을 것이 없는 듯합니다. 어쨌거나 조조의 침공에 대비한 발판을 마련
하셔야지요."

관우는 배원소의 말에 일리가 있는 듯해 그대로 시행하기로 했다.

"예로부터 병비일가(兵匪一家)라 했으니……." 관우는 휘하 병력을 황건군 잔당과 합병한다.
유비나 손권, 조조와 같은 당시 일부 군벌들은 황건 농민군의 진압을 위해 모여든 의용병에서 그 기원을 찾을
수 있다. 그러나 조조가 청주 황건군을 병합한 경우처럼, 바로 그 황건 농민군과 다시 결합하여 큰 군벌을
이루는 일도 있었다.

"자네가 이 일을 주선해주겠나? 쉬운 일은 아닐 걸세."

"예, 제가 나서보겠습니다. 남양 땅 북서쪽에 복우산伏牛山이 있습니다. 그 산에는 우리 농민군의 맹장인 유벽 장군이 있습니다. 그는 회남 사람으로 소문에는 한손으로 100근의 무게를 들 수 있는 장사라고 합니다. 유벽 장군은 유난히 얼굴이 검붉고 메기 같은 수염을 길렀으며 기골이 장대합니다. 원래 지공장군地公將軍(장보)의 부장 막하에 있었는데, 지공장군이 승천하신 후에 복우산으로 들어가서 지금까지 10여 년 이상을 그 산에 주둔하고 있습니다. 얼마 전에 유벽 장군이 여남으로 원정을 갔다가 돌아왔다는 말을 들었습니다. 제가 그분에게 가서 관장군님과 동맹을 맺도록 설득하겠습니다. 제가 생각할 때 두 분은 공통점이 많아서 생각보다 쉽게 일이 성사되리라 여겨집니다."

다음날 배원소는 복우산으로 들어가서 유벽과 관우와의 연대 문제를 논의했다. 유벽이 배원소에게 물었다.

"들어보니 관우라는 작자는 우리의 적이나 다름없는데 동맹을 맺으라니, 무슨 말인가?"

"장군, 관우는 다른 관군과는 달리 우리를 적으로만 생각지 않는 개방된 사람입니다. 그 사람이나 우리나 백성을 생각하는 마음은 하나입니다."

"나는 관군놈들과 거래해서 한 번도 도움이 된 적이 없어. 여차하면 우리가 몰살되거나 이용만 당하게 될지도 모르네. 그래서 난 그들과 연합하는 것이 썩 내키지 않네."

"거듭 말씀드리지만 그는 여느 관군과는 다릅니다. 관우는 조조가 내린 정후 벼슬을 팽개쳤고 또 그가 모시는 유비라는 자는 세궁역진하여 원소의 진영에 있다가 남양으로 오고 있답니다."

"유비 그놈은 우리 황건군과는 사연이 많은 놈일세. 내가 돌아가신 정원지 장군 막하에 있던 친구에게 그놈의 이름을 들은 적이 있긴 하네만."

"장군, 물론 전적으로 믿기는 힘들겠지만 지금 우리 처지로는 정규전을 펼치는 부대와 연합한다고 해서 해로울 것은 없을 것입니다. 관우군은 만약의 경우를 대비하여 자기가 조조군에 대패할 경우 산으로 피신할 곳이 필요하여 우리와 연합하려는 듯이 보입니다. 우리 입장에서는 형식적이지만 관군과 연합하면 행동이 더욱 자유로울 수도 있지 않겠습니까?"

유벽은 배원소의 말에 수긍이 가서 관우와 일정 부분을 협력하기로 했다. 배원소는 관우에게 돌아가 협상 결과를 알렸다. 이로써 관우는 조조의 군대가 침공해올 경우 최후의 응전을 할 수 있는 거점을 마련한 셈이 됐다.

한편, 손건은 필마를 달려 백마에 있는 유비에게 관우의 편지를 전했다. 유비는 관우의 편지를 보더니 눈물을 쏟으며 생각했다.

'관우는 참으로 대단하구나. 이러고 있을 때가 아니다. 이제 지체하지 말고 이곳을 떠나야겠다. 마침 이곳에 간옹簡雍이 와 있으니 그를 은밀히 불러 협의해야겠다.'

유비는 아무도 모르게 간옹을 불렀다. 얼마 후 간옹이 도착하여 손건과 인사를 나누고 난 뒤 함께 그곳을 빠져나갈 방법을 의논했다.

"다른 방법이 없습니다. 내일 주공께서 원소를 만나십시오. 그래서 형주의 유표를 만나 함께 조조를 치도록 설득하겠다고 말씀하십시오. 그러면 원소는 기뻐하며 유황숙께서 떠날 수 있도록 해줄 것입니다."

유비의 안색이 밝아지며 말했다.

"그거 좋은 생각이오. 공도 나와 함께 가도록 합시다."

"아닙니다. 저는 빠져나갈 계책이 따로 있습니다.

다음날 유비는 원소를 만났다.

"제가 공께 의탁한 지 반년이 지났으나 이렇다 할 공을 세우지 못하여 면목이 없습니다. 그렇다고 제가 어찌 잠자코 있기만 하겠습니까? 공께 유리한 방도를 찾던 중 형주의 유표를 떠올렸습니다. 형주의 유표는 아홉 고을을 거느리고 있으며, 잘 훈련된 군사들이 있을 뿐 아니라 군량미도 풍족하니 그를 잘 설득하여 허도를 칠 수 있도록 해보겠습니다."

원소는 유비의 말이 반갑기 그지없었다.

"유표를 설득할 수 있다면 그보다 더 좋은 것이 없지요. 유황숙께서 꼭 그 일을 성사시켜 주시기 바라오."

원소는 크게 기뻐하면서 유비가 형주 방면으로 바로 출발하도록 조처했다. 유비가 떠날 채비를 하고 있는 사이 간옹이 원소에게 가서 말했다.

"유비는 어쩌면 돌아오지 않을지도 모릅니다. 제가 유비와 함께 가서 유표를 설득시키는 데 일조를 하고 유비도 감시하겠습니다."

원소는 간옹의 말이 맞는 것 같아 유비와 함께 갈 것을 명했다.

간옹이 나간 후 곽도가 원소에게 말했다.

"유비나 간옹은 한 패거리입니다. 저들은 이곳을 떠나면 다시는 돌아오지 않을 것입니다."

원소는 곽도를 보며 짜증 섞인 음성으로 꾸짖었다.

"매사에 무슨 의심이 그리 많소! 간옹은 분별력 있는 사람이니 믿어보면 될 것을……. 그리고 지금 내가 유비를 데리고 있다 한들 무슨 이익이 있겠소?"

유비가 온다는 소식을 듣자 관우는 남양성에서 10리 밖으로 나가 유비를 기다렸다. 유비의 모습이 보이자 관우는 앞으로 달려나가 유비를 맞이하고 기쁨의 눈물을 흘렸다. 유비도 관우의 손을 잡고 함께 울었다. 남양성으로 돌아오는 길에 관우가 그 동안 지내온 일들을 이야기했다. 유비는 특히 관우가 새부인을 얻었다는 말에 크게 기뻐했다. 서로 지난 일을 이야기하느라 10리 길을 언제 왔는지 모르게 남양성에 닿았다. 일행이 도착하자 미부인과 감부인, 관우의 왕부인 등이 나와서 인사했다. 관우는 유비에게 모든 권한을 넘긴 다음 그에게 청하여 큰 잔치를 열었다.

다음날 관우는 배원소를 불러 그간의 사정을 유비에게 고하도록 했다. 조조와 원소 밑에서 힘없고 세없는 유세객의 설움을 톡톡히 맛본 탓에 세상을 보는 시야가 넓어진 것일까. 관우의 우려와 달리 유비는 유벽에 대해 편견이 없었다. 따지고 보면 한 황실이 갑자기 기울게 된 것도 황건적 때문인 점을 감안할 때 유비가 무턱대고 반대할 듯도 한데 예상 밖이었다. 유비는 유벽과의 합작을 쉽게 수긍하고 복우산의 유벽을 직접 찾아가기로 한 것이다. 복우산은 남양의 북서쪽에 있었는데 중국 서부 고원지대를 출발점으로 하여 크기는 산동 반도만 하고 북으로는 함곡관을 거쳐 낙양과 장안으로 이어져 있었으며 한수만 건너면 바로 형주였다.

가을이라 바람은 시원하고 하늘은 더없이 맑았다. 유비는 간단히 10여 기의 기병들만 데리고 관우와 함께 유벽을 만나러 갔다. 복우산으로 가는 길은 생각보다 험했다. 몇 개의 다리와 개울을 건너고 언덕을 넘어 산중턱쯤에 다다르자 작은 산채 하나가 보였다. 이곳이 복우산 황건군의 제1차 연락처였다. 제1차 연락처에서 다시 좁은 산길을 따라서 한동안 올라가니 제2차 연락처가 나타났다. 유비가 이곳에 도착하자 유벽이 나타나 유비 일행을 반갑게 맞이했다. 유비는 유벽을 보자 허리를 숙여 인사했다.

"유벽 장군. 그 동안 제 아우를 통하여 존대성명尊大姓名을 많이 들었습니다. 장군이나 저나 이 난세를 평안하게 하겠다는 마음이 어찌 다르겠습니까? 백성은 국가의 근본이라 하였습니다. 저나 장군이나 나라의 안녕을 구하고 백성의 뜻을 모아 나라를 바로잡으려는 것이니 궁극적인 목적이 같은 것 아니겠습니까? 이렇게 뵙게 되어 반갑습니다."

유비의 예를 갖춘 거동과 부드러운 말에 배원소는 매우 안심이 되었다. 관우는 유비가 자존심이 강하고 고지식한 데가 있어 혹시라도 유벽 장군의 감정을 건드리면 어쩌나 걱정했는데 유비의 너그러운 행동이 그런 걱정을 씻어줄 만큼 분위기를 편안하게 이끌어가고 있었다. 유비를 맞이한 유벽 또한 매우 흡족했다. 유벽은 유비를 보며 답례했다.

"유황숙께서 친히 이곳까지 왕림해주셔서 참으로 영광이올시다. 제가 유황숙을 못 믿어서 이곳까지 오시게 한 것은 아닙니다. 세상이 어지러워 우리 같은 사람들이 두더지같이 살아야 하다 보니 유황숙을 불편하게 해드렸습니다."

유비도 최대한 겸손의 예를 갖추어 유벽에게 인사했다.

"복우산의 맹장을 이렇게 뵙게 되어 영광입니다."

일행은 유벽의 안내를 받으며 산자락을 따라 조금 더 위로 올라갔다. 산길과 연결된 곳에 좀 넓은 터가 나타나더니 그곳에 또 다른 산채가 몇 곳 더 있었다. 유벽과 유비 일행이 그 안으로 들어서보니 음식과 술이 푸짐하게 차려진 탁자가 놓여 있었다. 유벽은 유비를 향해 건배를 제의하고 잔치를 벌였다. 이로써 유비와 유벽은 하나가 되어 조조군에 맞서게 되었다. 이제 군사도 최대 1만여 명을 동원할 수 있었다.

유비가 돌아오는 길에 관우를 보며 말했다.

"아우 덕분에 다시 한 황실을 부흥할 수 있는 힘을 얻었네. 정말 수고가 많았네."

관우는 유비와 유벽의 합작이 일사천리로 성사되자 조금 싱겁기도 해서 이번에는 도리어 근심스러운 듯 대답했다.

"그러나 도적이나 다름없는 자들과 함께 한다는 것이 좀……"

"아우님, 그렇지 않아요. 지금 우리 처지를 생각해보면 이들과 연합을 하지 않고서는 조조와 원소라는 대적을 상대할 수가 없을뿐더러 종래는 그들 손에 사멸할 수밖에 없을 것이오. 그러면 한 황실은 끝장나는 것 아니겠소? 천자를 바로 모셔야지요. 그건 그렇고 이제 장비와 조운을 찾아야지."

유비는 산채에서 내려와 남양성에 들어온 후 장비와 조운의 행방을 찾도록 모든 조치를 했다. 관우는 유비에게 허도에서 데려온 병력들을 다시 허도로 돌려보내는 것이 좋겠다고 했다. 그래서 허도 병력을 연병장에 모으고 허도로 가고 싶은 사람은 돌아가고 남고 싶은 사람은 남으라고 하니 거의 절반이 돌아갔다.

이와 동시에 유비는 복우산의 유벽에게도 부탁하여 장비와 조운의 행방을 찾아달라고 청했다. 며칠이 지나자 복우산의 유벽측에서 소식을 전해왔다. 그들의 말에 따르면 장비는 항성杭城에 미축·미방과 함께 있고 조운은 복우산 인근에 있다고 했다. 유비는 사람을 보내 장비와 조운에게 하루빨리 남양 땅으로 돌아오라고 했다.

　사흘 후 조운이 남양에 도착했다. 유비는 조운이 왔다는 소식을 듣고 신발도 제대로 신지 않은 채 나가서 그를 맞았다. 유비는 조운의 손을 잡고서 눈물을 흘리며 반가워했다. 그날 밤 조운을 환영하는 잔치가 벌어졌다. 유비는 조운을 보면서 말했다.

　"조운 공을 저는 한시도 잊은 적이 없습니다. 공손찬 장군이 죽고 난 뒤, 바로 공을 찾아 모시려 했으나 당시 제 신세도 한심하게 되어 제가 모시지도 못했습니다. 그러나 오늘날 이렇게 만나게 되어 기쁘기 한량없습니다. 이제 우리 헤어지지 맙시다. 그 동안 어떻게 지냈소?"

　유비의 말을 듣자 조운이 대답했다.

　"유황숙과 헤어진 후 공손찬에게로 돌아갔습니다. 그러나 얼마 후 원소의 공격을 받아 오랫동안 전쟁이 계속되었습니다. 우리가 원소를 이기기엔 역부족이었지요. 결국 작년에 공손찬 장군은 자결하셨습니다. 성은 불타고 사람들은 모두 죽거나 뿔뿔이 흩어졌지요. 당시에 공손찬은 조조에게 구원병을 청하는 편지를 써서 허도로 보냈으나, 연락이 두절되었습니다. 복병들에 걸려 2만 군사의 태반을 잃자 원소군이 물밀듯이 성으로 들어와 철옹성 같은 역경루가 함락되고 말았습니다. 공손찬은 자기 손으로 먼저 처자식을 죽인 다음 집 안에 불을 지르고 스스로 목매어 죽었습니다. 게다가 불이 나서 서까래가 무너져 많은 장수와 참모들이 깔려 죽었습니다. 그때를 생각하면 지금도 참담합니다."

　유비도 조운의 말을 들으며 공손찬의 죽음에 가슴이 아파 우울해졌다.

"그후로 어떻게 되었는가?"

"공손찬이 죽은 후, 살아남은 가신들은 모두 산지팔방으로 흩어져 떠났습니다. 저도 간신히 그곳을 빠져나오긴 했으나 막상 갈 곳이 어디에 있겠습니까? 고향에 내려가 옛날에 하던 말 장사를 다시 하기도 싫고 해서 제남, 남피南皮 땅을 떠돌았습니다."

유비가 물었다.

"왜 원소 공을 찾지 않았소?"

조운이 한숨 섞인 목소리로 말했다.

"원소 공 휘하에는 워낙 쟁쟁한 사람들이 많습니다. 저 같은 사람은 어디 낄 자리나 있겠습니까? 말먹이꾼이면 몰라도……."

유비가 웃으며 말했다.

"사람이 겸손이 지나쳐도 안 되는 법입니다. 사람의 능력을 보아야지 그 사람의 출신이나 직업을 따지면서 그 사람을 평가해서는 안 되지요. 그렇게 친다면 한고조도 건달과 무엇이 다릅니까? 그러면 왜 진작 저에게 오지 않았소?"

조운이 말했다.

"사실 작년에 서주로 갔습니다. 그런데 유황숙께서 안 계시고 차주라는 자에게 심하게 무시를 당했습니다. 저를 만나주지도 않고 거의 건달 취급을 했습니다."

유비가 말했다.

"저런, 차주는 사람을 알아보는 위인이 못 되지요. 그러면 작년 10월경에 서주에 오셨으면 좋았을 텐데. 그때는 내가 겨우 조조를 벗어나서 서주에 자리를 잡으려 하고 있던 터라 제게도 큰 도움이 됐을

고난을 이기고 다시 모인 유비 형제. 이는 당시와 같은 난세에
보기 드문 아름다운 일이었다. 아무 밑천이 없던 유비 세력이
삼국의 한 축으로 성장할 수 있던 기반은 이러한 인간관계에
있었다. 그러므로 "조조의 위는 천시(天時)를, 손권의 오는
지리(地利)를, 유비의 촉은 인화(人和)를 얻었다"는 평이 지금껏
내려오는 것이다.

텐데요."

"그러게 말입니다. 그때 저는 하는 수 없이 고향으로 돌아갔습니다. 고향에서 다시 말 장사를 하며 지내다 원소와 조조가 전쟁을 한다는 소문을 들었습니다. 고향에서 계속 지내던 중 우연히 서주 쪽으로 갔다가 장비 소식을 들은 것은 최근의 일입니다. 그러다가 제가 여남 쪽으로 가던 도중에 황건적을 만났지요. 지금 생각해보면 제가 큰 실수를 했습니다. 제가 고향에서 말 서너 필을 끌고 다니면서 팔아서 생활했는데 복우산 부근에서 배원소라는 자가 산에서 내려와 저의 말을 빼앗으려 하기에 그를 죽이고 말았습니다. 그 때문에 그들에게 사로잡혀 산채로 끌려갔는데 그곳에서 관장군 이야기를 듣고 사정을 얘기했더니 유벽 장군이 저를 이곳으로 보낸 것이지요. 사실 유벽 장군이 자기와 같이 있자고 며칠을 조르기도 했습니다만."

옆에서 듣던 관우가 말했다.

"제 잘못도 있었습니다. 배원소를 제 곁에 두었어야 했는데, 참으로 아까운 사람입니다. 그 사람은 무예 실력은 없지만 굉장히 똑똑한 친구였어요. 우리가 유벽군과 동맹을 맺을 수 있었던 것도 배원소 덕분입니다. 하지만 이제 어떻게 하겠습니까? 다 운명이라고 봐야지요."

관우의 얼굴이 어두워지자 조운도 어쩔 줄 몰라했다. 유비는 분위기를 바꾸려 조운의 손을 잡으며 건배를 제의했다.

보름 뒤에 장비가 남양 땅에 도착했다. 유비는 장비를 보자 너무 기쁜 나머지 그 자리에서 통곡을 했고 관우와 유비를 만난 장비는 거의 정신이 나갈 지경이었다. 남양 땅에서 큰 잔치가 벌어졌다. 그 동안 못다 했던 이야기꽃이 만발했다. 유비는 장비가 거의 3천여 명의 군대를 거느리고 온 것을 보고 크게 치하했다.

"아우, 어떻게 이렇게 많은 군사를 거느리고 있었는가?"

"말도 마세요. 저는 항성과 망탕산을 오가며 피신하느라 죽을 고비를 여러 번 넘겼습니다. 처음에 한 달간은 조조군의 위세에 눌려 꼼짝하지 않고 망탕산에 있다가 3월쯤에 형님들 소식이나 들으려고 여남 땅 남쪽의 작은 고을인 고성古城으로 나갔지요. 그리고 나간 김에 그곳 현감에게 군량미를 달라고 청했더니 아니 이놈이 글쎄, 옛정은 어찌하고 일언지하에 거절을 하지 뭡니까? 그래서 그놈을 강제로 쫓아내고 관인을 빼앗은 후 일단 그곳을 점거해버렸어요. 처음에는 좀 불안하기도 했지만 다행히 관으로부터 별다른 움직임이 없었어요."

"그럴 것이다. 지금 조조는 관도에서 전쟁을 치르느라 혼이 다 빠져 있을 것이다."

장비가 신이 나서 말했다.

"저는 불과 수십 명의 기병을 거느리고 고성을 점령했지요. 우리가 서주에 있었을 때 부하들이 제법 많았어요. 그래서 별로 무리하지 않고도 쉽게 점령할 수 있었습니다. 저는 혹시라도 조조군이 밀려올까 걱정스러워 군사를 끌어모으고, 말을 사들이고 군량미와 마초들도 많이 비축했어요. 그래서 지금은 3천여 명의 기병과 보병을 가지게 되었지요. 이 정도 되니 주위에서 감히 덤비는 놈이 없습니다."

유비가 웃으면서 말했다.

"자네가 여남의 남쪽을 택한 것이 주효했네. 아우가 말하는 곳의 위치는 정확히 모르겠지만 여남의 남쪽이라면 아마 과거 원술의 영역일 것이다. 그런데 원술도 죽었고, 고성은 수춘에서 서북방에 있으므로 강동의 손책이나 형주의 유표나 조조의 힘이 미치지 않는, 말하자면 완충지대이지. 그러나 그곳은 오래 머물기는 적당치 않은 곳이야. 현재의 형세로 보면 조조와 강동과의 경계 지역이기 때문이네."

유비는 자리에서 일어나 이제 모든 가족들이 모였으니 건배를 하자고 제안하면서 다음과 같이 말했다.

"이제 우리 헤어지지 맙시다. 굶어 죽어도 같이 죽고 싸우다 죽더라도 한께 죽읍시다. 저는 이제 더 이상 갈 곳도 없어요. 갈 곳 없는 사람들이 모여 정말 있을 만한 곳을 만들어봅시다. 자, 건배 한번 합시다. 이렇게 기쁜 날이 또 있을까요?"

관우·장비·조운도 같은 심경이었다. 잔치는 밤늦게까지 계속되었다. 새로 생긴 가족들이 소개되자 모두 박수로 환영했다.

다음날, 유비는 남양성 전체의 병력·장비·호구수·생산물 등을 파악했다. 서주에 있을 때와는 비교할 수 없지만 부족한 대로 겨우 재기의 기회가 생긴 듯도 했다. 삼형제는 물론이고 이제 미축·미방도 돌아왔고, 간옹과 손건이 있으며 조운 장군도 얻었다. 전체 동원 가능한 병력이 6천 명이 되었으며 유벽 군대의 도움을 받으면 1만여 명까지 동원할 수 있었다. 유비는 하루라도 빨리 병력을 재정비하여 허도를 공격할 계획을 세웠다. 전쟁이란 시기를 놓치면 다시 일으키기 힘든 것을 잘 알기 때문이었다. 유비는 원소에게 사람을 보내 일단 유벽과의 연합전선이 결성됐음을 알리고 지원을 요청했다.

유비는 기병의 중요성을 잘 알고 있었으므로 직접 관우를 데리고 여기저기를 돌아다니며 말을 사들이는 한편, 장비와 조운을 시켜 장정들을 새로이 훈련시켜 앞으로 있을 전쟁에 대비하라고 명했다.

어느 날 유비와 관우가 말을 구하러 다니다가 어느 마을을 지나게 되었다. 유비와 관우는 어느 장원에 들어가서 하룻밤을 묵어가게 해달라고 하니 장원 안에서 지팡이를 짚은 한 노인이 나와 깍듯이 예를 갖추어 이들을 맞이했다. 유비는 자신이 황숙이며 한수정후 관우와 함께 말을 구하러 다니고 있음을 밝혔다. 그러자 노인이 말릴 사이도 없이 마당에 꿇어 엎드렸다.

"귀인들께서 이렇게 오실 줄 미처 몰랐습니다. 저는 관정關定이란 사람입니다. 오래전부터 두 분 장군의 존함을 들어 알고 있었는데 이렇게 뵙게 되어 영광입니다."

유비가 황급히 다가가 노인을 일으켜세웠다.

"어허, 관씨는 드문 성씨인데 이곳에서 우리 아우와 같은 종족 사람을 만나게 되네요. 아무래도 귀한 인연인 듯합니다. 그렇지 않은가, 아우?"

관우도 고개를 끄덕였다. 관정은 유비 일행을 초당으로 안내하여 대접했다. 유비가 초당에 들자 관정은 두 아들을 불러 유비에게 인사시켰다.

"이분은 한좌장군漢左將軍 의성정후 황숙 유비이시고 옆에 계신 분은 편장군 한수정후 관우이시니 함께 절을 올려라."

아들들이 초당 앞에 나가 절을 올리자 관정이 유비에게 말했다.

"오른쪽에 있는 장자인 관녕關寧은 글을 배우고 있고, 그 옆에 서 있는 관평關平은 무예를 닦고 있습니다. 특히 궁술과 창술에 능한 편입니다."

관우가 이 말을 듣자 관평에게 관심을 보였다. 때를 놓치지 않고 관정이 유비에게 말했다.

"외람된 말씀이나 저의 어리석은 소견으로는 둘째 아이를 보내어 관장군을 모시고 다니도록 하고 싶습니다. 제가 있는 곳이 워낙 외진 곳이라 뜻을 펴고 싶어도 방법이 없습니다. 저는 오늘 두 분이 저의 집에 와주신 것을 커다란 은총으로 생각하고 있습니다. 아무쪼록 저의 소원을 들어주시면 안 되겠습니까?"

유비가 관정에게 물었다.

"둘째의 나이는 몇 살이오?"

"예, 열여덟입니다."

유비가 말했다.

"노인장의 뜻도 갸륵하고 마침 아우가 아직 아들이 없으니 이번 기회에 아드님을 아우의 양자로 보내는 것이 어떻겠소?"

유비의 말을 들은 관정은 크게 기뻐하며 곧 관평에게 명하여 관우에게 절을 올리게 했다. 그리고 관평을 돌아보며 말했다.

"관평아, 이제는 이분이 너의 부친이시다. 그리고 그 옆에 계신 분이 너의 백부가 되실 분이다. 내가 너를 데리고 있어보았자 농사꾼밖에 더 되겠느냐. 이 두 분은 천하의 영웅으로 그 이름이 높으신 분이다. 이 두 분을 충심으로 모시고 너의 뜻도 마음껏 펴보아라. 이제 고향 일은 모두 잊어라."

다음날 관정과 아쉬운 작별을 한 유비 일행은 관평을 데리고 하남 땅으로 돌아왔다.

원소는 유비 편에서 사람이 와서 유표가 아니라 유벽이라는 황건적과 연합했다는 소식을 듣고 기분이 언짢았다. 그러나 지금은 한 사람이라도 자기편으로 끌어들여야 하는 형편이라 사람을 시켜 군수품을 구입할 수 있는 자금을 지원해주라고 명했다. 옆에서 곽도가 진언했다.

"사실 유표는 유비 아니라 천자가 나선다고 해도 움직일 위인이 아닙니다. 어쩌면 유비가 유벽이라는 도적놈과 일을 도모하는 것이 더 나을 수도 있습니다. 유표를 키워준들 나중에 우환거리만 될 것입니다. 그러나 유비는 설령 허도를 장악한다 해도 유벽과의 알력 때문에 세력을 키우기가 쉽지 않을 것입니다. 그러니 이번 기회에 손책에게도 사람을 보내 허도를 치게 하십시오. 그러면 허도는 손책 · 유벽 · 유비의 삼파전이 되니 그들이 권력을 전횡하기는 어렵고 이 모든 일을 주선하신 주군께서 이들을 통제하시기가 쉬울 것입니다. 특히 세 강과 여섯 고을에 위력을 떨치고 있는 강동의 손책은 그의 휘하에 많은 장수와 무사들을 거느리고 있습니다. 손책과도 연합하셔야 합니다."

원소는 곽도의 진언에 따라 편지를 써서 진진을 사자로 삼아 강동의 손책에게 보냈다. 그러나 손책이 이미 죽은 뒤였다.

유비 · 관우 · 장비의 아름다운 인연은 도원결의에서 비롯한다.
삼형제가 도원에서 천지신명에 제사지내는 장면. 여기에는 당시 보편적으로 신앙되던
청룡 · 백호 · 주작 · 현무 등 사신(四神)의 모습을 볼 수 있다. 이후로 중국 사람들은 의형제를
맺을 때, 의리의 화신인 관제(關帝 : 관우)에게 제사를 올린다고 한다.

관도 수성전

연진에서 대패한 원소는 심배를 불러 전황을 논의했다. 심배가 말했다.

"지난번 전투와 마찬가지로 지긴 했지만 지금 아군은 다시 연진을 점령했습니다. 조조군이 중과부적임을 알고 관도에 수습할 수 있는 군대를 모두 집결시키는 듯합니다. 아군은 백마·연진은 물론이고 양무陽武까지 진격하고 있습니다. 아군의 병력은 7만여 명입니다. 그리고 적군은 아마 2만여 명으로 추산됩니다. 우리측에서는 안량과 문추 장군이 전사했으나 전선은 오히려 적군을 더욱 압박하는 형국입니다."

원소가 물었다.

"군은 어떻게 배치시키고 있는가?"

"일단 주공께서는 1만여 명의 병력과 함께 백마에 계시는 것이 좋을 듯합니다. 우리 군사 중 4만은 양무에 주둔시키고 나머지 병력 1만 5천은 연진에서 예비부대로 대기시킬 것입니다. 그리고 나머지 5천여 명은 병참수송선을 보호하는 데 동원될 것입니다."

"앞으로의 전략을 말해보게."

"관도성을 중심으로 한 공성과 수성이 반복될 가능성이 높습니다. 아군 입장에서 보면 조조가 관도로 병력을 집결시키는 것이 다행한 일입니다. 이제 조조가 사용할 수 있는 계략이 뻔하지 않습니까? 전선이 늘어진 것도 아니고 오직 양무를 중심으로 한 아군과 관도를 중심으로 한 적군이 정규전을 펼치거나 아니면 관도성을 포위하여 공격하는 형태가 될 것입니다."

"패전하면서도 진군이라. 나도 수십 년 전쟁터에 있었지만 이런 경우는 처음일세. 조조의 계략이 달리 있는 것이 아닌지 다각도로 살펴봐야 할 것이야."

"주군께서는 너무 심려하지 마시고 백마에 계시면 됩니다. 전쟁이란 상식입니다. 아군 병력이 압도적인 우위를 점하고 있으므로 천하의 조조라도 지속적으로 압박을 가하면 견디기 어려울 것입니다."

원소군은 심배의 명령에 따라 병력 이동이 시작됐다. 원소군은 백마를 본진으로 하고 양무를 중심으로 주둔하여 작은 내를 사이에 두고 관도를 마주보며 대치했다. 전선은 거의 10리에 걸쳐 구축됐다. 그러나 원소군과 조조군 어느 쪽도 전격적인 공격을 취하지는 않았다. 양쪽 다 서로의 이동 경로들을 탐지하고만 있었다. 이런 소강 상태는 1개월 이상 계속됐다. 어느덧 입추가 지나고 가을로 접어들었다. 봄의 한가운데서 시작된 전쟁은 초여름에 격전을 치르고 소강 상태에 접어들면서 양군의 대치가 시작됐다.

그 동안 원소의 진영에서는 참모들 사이에 보이지 않는 알력이 생기기 시작했다. 허유는 이 전쟁에 대한 최고 책임자로 심배가 지명된 것이 못마땅했고 심배는 저수가 아예 병영을 떠나 있는 것이 야속했다. 심배는 날이 갈수록 대병을 이끌고 통제하는 것이 힘에 부쳤다. 참모들 간의 의견이 달라서 작전이나 진투를 승인하는 데 애를 먹고 있었다.

한편 관도에 주둔하고 있던 조조는 한 달여 동안 관도 사수를 위한 대책을 논의했지만 별다른 것이 없었다. 조조는 관도성 앞의 참호를 깊이 파고 남쪽을 철저히 방어하여 원소군의 포위를 막으라고 지시했다. 원소군이 북·동·서쪽을 압박하고 있었으므로 남쪽까지 포위당하게 되면 견디기가 어렵기 때문에 남쪽 보급로를 방어하기 위한 대대적인 참호 파기 작업이 실시됐다.

조조는 원소군의 움직임이 있자, 지휘관들을 소집하여 훈시했다.

"병법에 따르면, 적의 군비가 충실하면 서두르지 말고 방비에 힘쓰며, 적이 강하면 충돌을 피하고, 적이 단합되어 있으면 분열시키고, 적이 무방비 상태에 있으면 즉각 공격하라고 했다. 지금 적은 서서히 그러나 철저하게 아군을 압박해 들어오고 있다. 양무에서 주둔하는 것으로 보아 이놈들은 아군이 공격하기를 바라는 것 같다. 그러나 여기에 말리면 안 될 것이다. 일단 적이 성을 공격할 가능성이 높으니 수성무기들을 점검하라. 하후돈은 현재 방어기구들을 잘 대비시키고 있는가?"

하후돈이 대답했다.

"지금 아군은 연발식 노·목뢰木檑(나무로 만든 것으로 성벽에 오르는 적을 떨어뜨리는 데 사용하는 기구)·야차뢰·혼아박 등을 일정한 간격으로 배치했습니다. 연발식 노는 최근에 개량된 병기입니다. 시위를 당기고 방아쇠를 당기면 화살이 발사되는 동시에 다시 장전되는 신무기로 현재 아군과 원소군에서만 사용되는 신병기입니다."

조조는 각 지휘관들에게 특별한 명령이 없는 한 각자의 위치에서 성 방어에 총력을 기울이라고 명하면서 말했다.

"우리가 성의 방어에 주력하는 이유는 성을 공격하려면 병력이 최소한 지금의 두세 배 이상은 되어야 하기 때문이다. 만약에 적병이 우리의 네 배라고 해도 우리는 성안에 있으므로 네 성문을 통해 언제든지 적병을 격파할 수 있다. 예를 들면 우리가 1만 명인데 적이 4만으로 우리 성의 네 개 지역을 포위한다고 하면 우리는 항상 1만 대 1만의 병력으로 적을 상대할 수 있는 것이다."

하후돈이 물었다.

"승상, 그러면 다른 문을 포위하고 있는 적군 병사들이 이동해오면 수적인 균형이 무너지지 않습니까?"

"그렇지. 그러니 우리는 신속하게 공격하여 궤멸시키고 다른 부대가 오기 전에 성안으로 퇴각해야 한다. 현재 상황을 보니 원소는 백마에 1만, 양무에 4만여 명을 주둔시키고 나머지 병력 2만 정도는 아마 예비부대이거나 병참 보호부대인 듯하다. 따라서 현재 관도를 포위하는 병력은 4만을 넘지 못하는데 우리는 동원 가능 병력이 1만 5천~2만 명은 된다. 그러니 적어도 5천~6천 병력은 예비부대로 둘수가 있다. 즉, 우리도 특공대를 편성하여 적에게 전격적인 타격을 줄 수 있다는 얘기이다. 물론 이럴 때는 철저히 기병을 중심으로 하는 기동전을 펼쳐야 한다. 기동전에는 속도가 생명이다. 순유는 항상 적의 움직임을 분석하여 우리 기병대를 급파해야 할 시점을 정확히 파악하도록 하라."

조조의 지휘관들은 자기 부대로 돌아가서 수성전에 대비했다. 한편, 원소군의 심배는 양무의 부대를 관도 쪽으로 이동시키기 시작했다. 동시에 연진 쪽에 있던 예비부대가 다시 양무 쪽으로 이동했다. 이때 감옥의 전풍이 원소에게 편지를 보냈다.

주군 보십시오. 제가 비록 옥에 갇힌 몸이나 꼭 한 말씀을 드리고자 합니다. 옥에서 천문을 보니 심히 위태롭습니다. 심배가 지휘권을 맡고 있지만 불안하기 그지없습니다. 심배는 이미 두 번씩이나 패전한 장수입니다. 제가 보기에는 차라리 연진·양무까지 군사를 주둔시킨 다음 방어 병력만을 남기고 철수하는 것이 좋을 듯합니다. 지금은 때가 아닙니다. 하늘의 운수를 좇아 때가 오기를 기다리는 것이 상책일 듯합니다. 누차 말씀드렸으나 이 전쟁으로 주군께서 어려움에 처하실까 심히 걱정됩니다.

편지를 읽은 원소는 불쾌한 기분이 들어 편지를 구겨버렸다. 이때 봉기가 옆에 있다가 원소의 화를 부추겼다.

"이제 전쟁을 시작할 판인데 전풍은 왜 이리 끝까지 불길한 말만 하는지 모르겠습니다."

봉기의 말에 원소는 더욱 울화가 치밀어 소리쳤다.

"전풍이 옥에서 근신하지 않고 이따위 편지질을 하는 저의가 도대체 무엇이냐? 그렇지 않아도 안량과 문추를 잃어 분통이 터지는데 이따위 글을 올려 사람 마음을 흔들어놓으려 들다니, 내 이자를 당장 참형에 처하리라!"

원소가 노발대발하며 전풍을 참형에 처하려 하자 여러 관리들이 이를 만류했다.

"그럼, 일단 조조를 격파한 후에 죄상을 따지도록 하지."

심배는 원소의 명을 받아 4만여 명의 군대를 이끌고 관도성을 포위하기 시작했다. 더 넓은 평야 위에 군영을 세우기 시작하니 오색 군기들이 가을바람에 나부껴 넓은 들판에 물결치고 칼과 창이 앞다투어 가을볕에 빛을 뿜어내고 있었다.

원소는 백마에서 연진으로 이동했다. 원소가 연진에 도착하자 한동안 보이지 않던 저수가 원소를 찾아와서 간했다.

"주공, 우리 군사가 숫자는 많지만 조조 군사의 용맹은 당해낼 수 없습니다. 저들은 그 동안 수많은 전투를 치른 정예부대입니다. 그러나 조조군은 필시 군량미가 모자라 속전속결의 방법을 취할 것입니다. 반면 우리는 군량미가 풍부하니 굳게 진영을 지키며 지구전을 펴야만 합니다. 저들이 스스로 지쳐 나가떨어질 때 공격하면 쉽게 승전할 수 있을 것입니다."

이 말을 들은 원소가 오히려 화를 내며 다그쳤다.

"이것 보게! 상식적으로 생각해도 1만 5천 명을 먹이는 게 쉽겠나, 아니면 8만 대군을 먹여 살리는 게 쉽겠나? 도대체 지금의 전황을 옳게 파악이나 하고 하는 얘긴가!"

저수는 자기의 의견이 전혀 먹혀들지 않을 뿐 아니라 원소에게 무안까지 당하고 보니 전의는 사라지고 원소에 대한 원망의 마음만 생겼다. 그후 저수는 몇몇 장수들에게 원소의 판단력에 대한 의심의 말을 하고 다녔는데 이것이 원소의 귀에 들어가고 말았다. 화가 난 원소는 저수를 연금시켜버렸다.

한편 원소의 대군이 속속 관도로 집결해오자 조조군은 그 위세에 밀려 몹시 긴장하고 있었다. 4만 대군이 동서남북으로 진영을 벌여 세우자 그것은 10리에 뻗쳤고 관도성 위에서 바라보니 마치 겨울에 너구리 사냥을 하는 형상을 띠었다. 남쪽 방면은 워낙 견고할 뿐 아니라 참호를 파고 목책을 세우고 있어서 원소군이 들어오지 못했으나 북·동·서 지역 모두가 원소군에 포위되었다.

조조는 여러 모사들을 불러 대책을 논의했다. 순유를 비롯하여 허저·장요·서황·이전 등이 모였다. 조조가 말했다.

"예상했던 대로 적이 사방에서 우리를 포위했소. 적이 대군인 것은 알고 있었으나 막상 대하고 보니 규모가 보통이 아니오. 보다시피 우리 군은 적의 기세에 눌려 몹시 당황하고 있소. 앞으로 어떻게 대처해야 좋을지 의견들을 말해보시오."

먼저 순유가 입을 열었다.

"적의 규모가 대단하기는 하나 그리 주눅들 필요가 없습니다. 지금 병졸들은 말할 것도 없고 장군들조차 적의 위세에 두려워하고 있는데 장군들은 무엇보다 자신감을 보여주어야 합니다. 우리 군사는 모두가 훈련이 잘된 정예군입니다. 아군은 능히 혼자서 100명을 당해낼 수 있습니다. 다만 문제가 되는 것은 군량미입니다. 속전속결로 밀고 나가야 승산이 있지 만일 시간을 허비하여 군량미가 떨어지면 아군에게 불리해집니다."

"나도 일찍부터 그렇게 생각하고 있었다."

다른 모사들 사이에도 이견이 없이 하루빨리 전투를 개시하는 쪽으로 결론이 내려졌다. 원소의 대군은 관도성 밖에 군영을 세우기가 무섭게 방어용 목책을 일제히 설치했다. 심배는 궁노수 4천 명을 해자 가까이 매복시킨 후 각종 공성攻城 기구들을 나르도록 명했다. 성의 정문 격인 동문 쪽으로 각종 공성 장비들이 배치됐다.

멀리 심배의 진영에는 성벽을 부수는 아골차, 땅굴을 파는 기구인 분온차가 들어와 있었다. 심배가 각군 지휘관들을 소집하니 장합·고람·한맹·순우경 등이 들어왔다. 나부끼는 깃발을 바라보며 심배는 각자 위치로 가서 공성 장비와 군호를 점검하고 총공격이 있을 것이니 이에 대비하라고 지시했다.

조조가 문루에서 바라보니 원소의 병사들이 마치 개미 떼와 같이 퍼져 있었다.

'원소놈이 나한테 시간을 주지 않는구나. 그놈이 지금까지 누린 영화만큼 군사력도 대단하구나. 내가 과연 저놈들을 이길 수 있을까?'

조조가 잠시 상념에 잠겨 있는데 전쟁을 알리는 화살(효시嚆矢)이 허공으로 솟아올랐다. 효시는 마치 허공을 가르며 길게 울음을 토해내는 듯하더니 문루 바로 앞에서 해자로 떨어졌다. 곧이어 원소군의 궁노수들이 화살로 엄호하는 가운데 선발대 병사들이 운제를 이용해 해자를 건너기 시작했다. 마치 해일이 밀려오듯 사람의 파도가 밀려들어왔다. 조조군은 해자를 건너는 원소군의 선발대를 향해 각 치에서 활과 노를 퍼붓기 시작했다. 그리고 운제가 제구실을 못하도록 불화살을 운제에 집중적으로 쏘아댔다.

관도성 안과 밖에서 쏘는 화살이 소나기처럼 쏟아지는 바람에 여기저기서 길을 잃고 날아가던 새들이 화살에 맞아 해자로 떨어졌다. 치 속에서 활과 노를 쏘던 조조군의 병사들이 일제히 함성을 지르기 시작하자 원소군의 궁노수들도 일제히 함성을 질렀다. 양군에서 두들겨대는 꽹과리와 북소리가 천지를 진동했다.

조조군의 집중공격을 받은 원소군의 선발대 병사들은 해자가 너무 깊어서 운제를 가지고 건너기도 전에 떼죽음을 당했다. 운제들은 불타고 해자 곳곳에 원소군 병사들의 몸이 화살로 뒤덮인 채 나뒹굴었다. 조조군의 저항이 예상을 넘자 심배는 당황하고 놀라지 않을 수 없었다. 심배는 일단 퇴군을 명했다. 그러나 이미 운제는 30여 대 이상이 불에 타거나 해자에 잠겨 못쓰게 되었고 첫번째 공격에서 2천 명 이상의 선발대가 희생되었다.

운제로 견고한 성을 공격하기가 불가능하다고 판단한 심배는 각군 지휘관에게 소차들을 필요한 지역에만 남기고 나머지를 모두 동원하여 10대씩 묶으라고 지시했다. 심배는 이어서 화살이 맞지 않도록 가죽이나 철판을 댄 탑을 부착한 개량 소차를 동문 쪽에 배치하라고 지시했다. 그리고 10대씩 한 조로 편성된 소차대를 해자 가까이에 바싹 붙이되, 각 부대에서 병사들을 500명씩 차출하여 포대에 흙을 가득 담아서 쌓아올리라고 명했다. 소차에 병사들이 쉽게 오르내릴 수 있을 뿐 아니라 적의 공격에도 방어하기 쉽도록 마치 지상 참호 구조를 갖추려 했던 것이다.

소차가 10여 대씩 한 조가 되고 지상에서 20여 척까지 흙 포대가 쌓이자 마치 하나의 산이 새로 만들어진 듯했다. 50개의 소차에 5개의 궁노대가 만들어지니 다섯 개의 토산이 순식간에 생겨난 것이다. 조조의 병사들은 기겁을 했다. 이제는 성 위에 있어도 안전하지 못했다. 원소군의 궁노수들이 관도성보다 더 높은 위치에서 활과 노를 쏘아대니 성벽도 제구실을 못하게 된 것이다.

조조의 군사들은 두려워 머리 위에 화살을 막는

공성전에 열중한 병사들. 그림 왼쪽과 아래쪽에 사다리가 보인다.
사다리를 올리는 병기 가운데 대표적인 것은 운제(雲梯)로, 가장 오래되고 요긴한 공성
병기였다. 전국시대의 청동기 그림을 통해, 바퀴 달린 긴 사다리를 밀고 가는 아래쪽의
운반조와 사다리를 오르는 공격조가 한 쌍을 이루어 성벽을 공격했음을 알 수 있다.

패牌를 쓰고 다녔다. 토산 위에서 울리는 포소리와 함께 화살이 쏟아져 들어오면 그때마다 조조의 병사들은 땅바닥에 바짝 엎드려 화살을 피해야 했다. 토성 위에서 그런 조조군의 모습을 내려다보던 원소의 군사들은 배를 잡고 웃어댔다. 조조는 성벽의 통로도 위험해지자 보병들에게 지급될 방패를 성 위의 궁노수들에게도 지급하도록 지시했다. 조조는 참모들을 불러 대책을 마련했다.

"나는 적들이 토산을 쌓는 것을 목격하고 이를 허물어버리려고 했지만 궁노수가 수천 명이 배치되어 엄호하고 있어 군대를 몰고 나가기가 어려웠다. 그러나 토산을 저대로 방치해서는 안 된다. 하루라도 빨리 이를 격퇴해야 한다. 좋은 의견들이 없는가?"

유엽이 말했다.

"기존에 사용하던 투석기投石機를 개량하여 돌덩이를 조금만 더 멀리 쏠 수만 있으면 될 것입니다. 즉, 투석기의 장치에서 당기는 힘을 더 가하게 되면 마치 돌을 쏘는 노와 같이 만들 수 있을 것입니다. 그러면 저따위 소차를 개량한 것쯤은 쉽게 부숴버릴 것입니다."

조조가 이 말을 듣자 손뼉을 쳤다.

"좋은 생각이다. 당장 신종 투석기를 만들도록 하라."

유엽은 공병대工兵隊를 불러서 투석기를 개량하기 시작했다. 그리고 1천 명 이상의 병사들을 동원하여 큰 돌을 성 위로 옮겼다. 유엽은 이틀에 걸쳐 10대 정도의 개량 투석기를 만들어냈다. 조조는 이 투석기를 살펴보고 만족해하며 진영내 곳곳에 설치했다.

심배는 토산 위에서 엄호 사격을 하는 것을 바탕으로 다시 공성 특공대를 2천 명 이상 모집했다. 이들을 성 공격에 투입하기 위해서 성 아래에서는 궁노수들이 엄호 준비를 하고 다른 궁노수들은 다시 토산 위로 올라갔다. 심배는 다시 성 공격을 명했다. 원소군의 공격이 다시 시작되려는 찰나, 갑자기 관도성 위에서 수십 개의 큰 돌이 날아와 토산 위에 있는 소차를 산산조각 내며 토산과 함께 무너져내렸다. 심배는 깜짝 놀라 소리쳤다.

"저게 뭐냐? 투석기는 저만큼 힘이 없는데 저것은 도대체 무엇이란 말이냐?"

소차 위에 있던 원소군의 병사들은 날아드는 돌덩이에 혼비백산했다. 큰 돌이 하늘을 날아서 토산 위의 소차들을 깨부수자 수많은 궁노수들이 땅 아래로 떨어지기 시작했다. 떨어져 죽은 시체들은 무너져내린 토산의 흙더미에 묻혀 그대로 매장되고 산 채로 흙 속에 파묻힌 병사들도 수두룩했다. 신종 투석기의 공격과 동시에 조조군은 원소의 공성 특공대를 향해 화살과 노를 쏘아대니 원소군은 수백 명의 사상자를 내면서 다시 후퇴했다.

조조군에서는 이 신종 무기를 수레가 달렸다고 하여 발석거發石車라고 불렀다. 한편 원소의 군사들은 돌을 쏘아올리는 발석거의 위력에 놀라 그것을 벽력거霹靂車라고 불렀다. 심배가 다시 후퇴를 명하자 전선은 또다시 소강 상태로 접어들었다. 발석거 소동이 있은 후 며칠이 지나자 심배는 분온차를 동원하라고 했다. 심배는 공병대와 병졸 500명을 동원하여 해자가 얕거나 흙으로 덮여 있는 곳에 땅굴을 뚫어서 적을 공격할 심산이었다. 심배는 공병 장교를 불러 지시했다.

"북문 쪽으로 해자가 얕거나, 없는 곳도 많다는 보고를 받았다. 그곳은 하천의 물을 끌어들이기 힘든 곳이라 그런 모양이다. 지금부터 분온차 30대를 가지고 가서 굴자군掘子軍으로 하여금 북문 쪽을 향해 집중적으로 땅굴을 파도록 하라."

그때부터 원소군은 관도성 북문 쪽에서 땅굴을 파들어갔다. 조조의 군사들은 원소의 군사들이 북문 쪽에서 땅굴을 파는 것을 목격하고 급히 조조에게 달려가 그 사실을 일렀다. 조조는 다시 유엽을 불러 원소군이 땅굴을 파는 이유를 물었다.

"원소군이 이리저리 해봐도 성 공격이 불가능하다고 생각하고 우리의 눈을 속이며 땅굴을 파는 것입니다. 땅굴을 통해 관도성 내부로 침투하겠다는 것이지요. 저들이 땅굴을 파고 들어오는 입구에 둥그렇게 깊은 참호를 파놓는다면 원소군은 제 무덤을 파고 있는 것이나 다름없습니다."

조조는 즉시 하후돈을 불렀다.

"지금 저놈들이 땅굴 공격을 한다고 한다. 북문 쪽에 해자가 시원치 않아서 생긴 일이다. 공병대를 동원하여 해자 지역에 참호를 깊이 파두어라. 그러면 그놈들이 땅굴을 파더라도 그 참호 구멍 밖으로 튀어나올 수밖에 없을 것이다. 그리고 성 위에 궁노수를 최대한 배치하여 엄호하고 네가 나가서 적병의 지상 공격을 막아주어라. 즉시 시행하라. 늦으면 효과가 없다. 적의 지상 병력이 많은 것을 명심하라."

하후돈은 군사를 독촉하여 주야로 참호를 파게 했다. 그리고 성 위에 궁노수의 배치는 물론 지상병력으로 해자 지역 앞에 목책을 설치하여 원소군의 지상 병력 침투를 막았다. 며칠 만에 참호가 깊이 파이자 원소의 굴자군들도 더 이상 조조의 진영으로 침투할 수가 없었다. 여러 번의 공격 시도에도 불구하고 원소군이 번번이 좌절당하자 전선은 소강상태에 접어들고 자연 지구전 양상을 띠기 시작했다.

황건군과 손잡다

유비는 유벽과 함께 한 달에 걸쳐 군을 정비하고 보니 1만여 명의 병력을 동원할 수 있었다. 유비는 유벽에게 조조를 향한 전쟁에 동참할 것을 의뢰했고, 유벽도 허도를 공격한다는 말에 매우 고무되었다. 그러던 어느 날 유벽이 유비를 보며 말했다.

"남양에서 허도는 그리 멀지 않습니다. 군대를 몰아가면 하루나 이틀 만에 당도할 수 있는 거리입니다. 그러나 허도의 방어가 절대로 만만치 않을 것입니다."

유비가 말했다.

"그렇지 않아요. 지금 조조는 관도에 고립되어 있는 것으로 압니다. 허도가 비어 있다는 것이지요. 맹장들은 모두 관도에 있어요. 조조는 물론이고 순유를 비롯하여 허저·장요·서황·이전 등이 모두 관도에 있으므로 허도를 방어하는 이는 순욱과 조인 정도일 거요.

전쟁이란 기회요. 유벽 장군도 허도를 공격했다는 소문이 나면 천하의 영웅이 되실 것이오. 너무 염려 마시고 이 기회를 살립시다."

그래도 유벽은 걱정스럽게 물었다.

"너무 서두르는 것이 아닐까요?"

"그럴 수도 있겠지만, 지금은 천하가 용호상박龍虎相搏하는 형상이오. 그러니 어부지리를 취하는 방법도 나쁘지 않소."

유벽이 다시 말했다.

"어부지리도 우리가 어느 정도 강함을 갖추었을 때 가능한 것이 아닐까요? 유황숙은 정규군들과 많은 교전을 했지만 우리 농민군들이 공성전이나 평원전平原戰을 제대로 수행할 수 있을지 걱정입니다."

"그 점은 염려 마십시오. 제가 장비나 관우를 파견하겠습니다."

그러자 유벽은 겨우 자신을 얻는 듯했다.

9월 초, 유비와 유벽은 전 병력을 동원하여 허도로 진군했다. 유비는 손건·간옹·미축과 미방 형제에게 남양성을 지키라고 하고 관우·장비·조운 등과 함께 군사를 거느리고 허도를 치기 위해 출발했다. 유벽은 군의 안전을 위해 후군을 맡아서 군수품의 수송과 예비부대의 역할을 맡기로 했다. 하늘은 더없이 높고 푸른 데다 병사들의 사기 또한 어느 때보다 높았다.

유비·유벽의 군대가 남양을 떠나자 첩자들이 이 소식을 바로 허도로 보고했고, 허도에서는 이 사실을 관도의 조조에게 보고했다. 보고를 받은 조조는 마음이 급해졌다.

그는 즉시 친서를 써서 허도로 보냈다. 조인은 순욱·가후와 협의하면서 1만여 명의 예비부대를 동원하여 허도성 밖으로 나가 진영을 구축했다. 순욱은 다시 만약의 경우를 대비하여 영천과 서주의 병력을 급파하라고 군령을 보냈다. 가후가 조인을 찾아가 말했다.

"지금 유비는 겨우 1만여 명의 병력으로 허도를 공략하려고 합니다. 그러나 말이 1만이지 실제로는 5천여 명의 병력도 안 됩니다."

"그것은 왜 그렇소?"

"유벽이 이끄는 군대는 농민군입니다. 이 군대는 정규전을 치를 능력이 없습니다. 무장도 제대로 되어 있지 않을 것이고 병종의 구분도 없어요. 지금 유비는 그런 오합지졸을 예비부대로 동원하고 병참을 담당시킨 모양인데 유비가 큰 실수를 한 것입니다."

"실수라니요?"

"이들을 기병으로 공격해버리면 이들은 평소의 습성대로 산으로 다 도망을 치고 말 것입니다. 그러면 전군에 배치된 유비군은 어찌 됩니까? 자멸입니다."

"구체적으로 어떻게 할지 말해보시오."

"이번 기회에 유비나 관우를 완전히 없애버리는 것입니다. 장군은 군대를 두 개의 부대로 나누세요. 한 부대는 조홍 장군에게 맡겨 유벽의 군대를 격파하면서 유비의 군대를 포위 공격할 필요도 없이 바로 남양 땅으로 가서 근거지를 없애버리도록 하세요. 그러면 유비의 군진은 우왕좌왕하다가 힘을 잃게 될 것이오. 그때 도망가는 유비군을 섬멸하는 것은 조인 장군이 하시면 되지요."

조인이 가후를 보며 말했다.

"알았소. 나도 이제 저 유비놈이 지긋지긋해요. 사실 힘도 없는 유비놈이 뭘 믿고 저리 날뛰는지 모르겠단 말이오. 제놈이 도대체 뭐기에 형주의 유표나 익주의 유장도 가만히 있는데 나서서 날뛰느냐 말이오. 유비란 놈을 가만히 지켜보니 한마디로 야차夜叉(밤도깨비, 괴

물)요, 야차. 어디든 머리를 디밀 데가 있으
면 염치 불구하고 죽기 살기로 빈틈을 노
린단 말이오."

가후가 이 소리를 듣더니 손바닥으로
무릎을 치며 껄껄껄 웃었다.

조인은 가후의 말대로 부대를 두 개로
나누었다. 조홍에게 후방으로 돌아가 유벽
을 죽이고 군량미와 군수물자를 모두 불태운
다음 곧바로 남양 땅으로 진격하라고 지시했다.
그리고 조인 자신은 병영에 일부 예비부대만을 남기고
가까운 복우산 자락인 양산穰山으로 나아가 주둔하면서 유
비군을 기다렸다.

다음날 정오 무렵이 되자 유비군이 나타났다. 유비는 양산
기슭에 진영을 세우고 군사를 3대로 나누어 진을 쳤다. 관우는
동남쪽, 장비는 서남쪽, 자신은 조운과 함께 정남쪽에 머물렀
다. 조인의 부대는 구릉에 진을 치고 유비의 군대와 대치했는
데 그 거리가 가까워 상대방 음성을 서로 들을 수가 있었다.

"이 야차 같은 놈아, 승상께서는 네놈을 상빈으로 대접했
거늘 네놈은 왜 이리도 주제를 모르고 배은망덕하게 구느
냐?"

유비는 황건군 지도자 유벽과 연합하여, 원소와 대결하는 조조의 배후를 치기로 한다.
조조측에서는 성가신 일이 아닐 수 없었다. "이제 유비가 지긋지긋해요.
어디든 머리를 들이밀 데만 있으면 염치불구, 죽자 사자로 빈틈을 노린단 말이오."

유비가 말했다.

"네놈의 사촌형 조조는 한나라 조정을 빙자하지만 실제로는 국적國賊이다. 나는 한 황실의 종친으로 네놈들을 토벌하러 왔다!"

조인은 유비의 말이 채 끝나기도 전에 기병들에게 유비를 공격하라고 명령했다. 조운도 기병을 이끌고 맞섰다. 쌍방이 일진일퇴를 거듭하고 있는데 동쪽에서 관우가, 서쪽에서는 장비가 군사를 몰아 조조군과 맞붙어 싸웠다. 조조군은 원소와 전쟁을 치른데다 먼길을 달려와서인지 쉽게 지쳤다. 조조의 군사들이 관우·장비·조운의 활약에 무너져내리기 시작하자 조인은 후퇴를 명했다.

다음날, 유비는 다시 조운과 장비를 차례로 보내 조조군에게 싸움을 걸었으나 조조군은 일체 응전하지 않았다. 그렇게 휴전 상태가 10여 일이나 계속됐다. 유비는 차츰 무슨 계략에 휘말린 것은 아닌가 하는 불안한 생각이 들었다. 그때 군량미를 운반하던 유벽의 군사가 조홍이 이끄는 군사에게 포위되어 농민군들이 전멸하고 살아남은 자들은 모두 복우산으로 도망치고 말았다는 보고가 들어왔다.

유비는 당황하여 전령에게 물었다.

"유벽은 어찌 되었다더냐?"

"유벽 장군은 다행히 전장을 빠져나와 남양으로 피했다고 합니다."

이때 또다시 하후돈이 여남을 공격한다는 급고가 날아들었다. 유비는 곧바로 관우를 남양 땅으로 급파했다. 그런 사이에 조인의 군대가 총공격을 시작했다는 보고가 들어왔다. 유비가 언덕에서 보니 조인의 군대가 벌떼같이 몰려오고 있었다. 유비가 놀라서 외쳤다.

"사방이 적이로구나. 돌아갈 곳이 없겠다!"

유비는 조운과 더불어 조인의 군대를 막기 위해 총력을 다했으나 역부족이었다. 산쪽으로 계속 밀려가는 가운데 다시 밤이 되었다. 조인은 산허리를 돌아서 일부 병력으로 유비의 퇴로를 최대한 막으라고 지시했다. 산속에 몸을 숨긴 유비에게 전장을 떠난 관우로부터 보고가 왔다. 관우와 장비가 각기 군사를 거느리고 나간 지 하루도 못되어 이미 조홍이 남양성을 공략했으며, 관우 자신과 장비가 조홍의 포위망에 갇혔다는 내용이었다. 유비는 낙담하여 하늘을 올려다보며 탄식했다.

"하늘은 어찌 이리도 한 황실을 돕지 않는가!"

유비의 탄식은 어둠 속에 묻히고 다시 먼동이 터왔다. 유비는 보병을 앞세우고 기병을 이끈 채 뒤를 따랐다. 진영에는 얼마 되지 않는 군사를 남겨 북을 치고 점호를 하게 하는 등 적에게 유비군이 건재함을 보이도록 했다. 이 광경을 본 조인이 측근들을 보며 유비를 비웃었다.

"우리가 제놈의 군세를 모두 알고 있는데, 저런 위계를 쓴다고 속을 것 같으냐? 당장 저놈을 잡아라."

유비가 진영에서부터 몇 리를 떠나 행군을 계속하고 있는데 갑자기 산 위에서 불길이 치솟으며 고함소리가 들려왔다.

"유비는 도망치지 말라. 조인이 여기 있다!"

유비가 당황하여 도주할 길을 찾고 있는데 조운이 말했다.

"걱정 마시고 몸을 피하십시오. 제가 적들을 물리치겠습니다."

조운은 창을 비껴들고 말을 몰아 닥치는 대로 적을 죽이며 겨우 길을 열고 유비는 칼을 휘두르며 뒤를 따랐다. 위기를 느낀 유비는 조운이 자기를 방어해주는 사이 황망히 도주했다. 한참을 달리다보니 깊은 산속 가파른 길을 따라 홀로 말을 타고 있었다. 유비는 계속 방향을 염두에 두고 달렸다.

'나는 양산에서 쫓겨 남서쪽으로 도망쳐 내려오고 있다. 그러니 이 방향으로 계속 나가면 남양 땅이 가까워지는 것이다. 그런데 남양 땅이 조홍에 의해 정벌되었다면 그곳에 있던 가족들과 남은 군사들이 도망갈 길은 두 갈래밖에 없다. 형주로 내려가거나 복우산으로 들어올 것이다. 그런데 형주는 유표군이 방비하고 있으므로 들어가기가 쉽지 않을 것이니 결국 복우산에서 그들을 만나게 될 것이다. 그래, 가족들과 남은 군사들을 찾아보고 유벽의 무리들과 다시 후일을 도모해야겠다.'

유비는 들리는 소리에 청각을 곤두세우고 남서쪽의 산길을 따라 내려갔다. 날이 어두워지기 시작했다. 말을 큰 나무에 매어두고 나뭇잎을 모아서 대충 자리를 만든 후 그 위에 누웠다. 하늘의 별이 누운 유비를 내려다보고 있었다. 그는 순간, 천하에 오직 자기만 남아 있는 듯한 고독감을 느꼈다. 유비는 돌아누우며 생각했다.

'형제와 가족들을 만난 기쁨도 잠시, 나는 또다시 쫓기는 신세가 되었다. 도대체 무엇이 잘못되었을까? 내가 너무 기회만을 좇은 것일까? 상대의 전력을 너무 쉽게 본 것이었을까? 분명한 것은 내가 패전했다는 것이다. 힘겹게 얻은 내 근거지를 또다시 잃게 되었다. 나는 왜 한 발짝도 앞으로 나아가지를 못하는가? 이 절망은 언제까지 계속될 것인가?'

유비는 밤새 뒤척이며 잠을 이루지 못하다가 새벽이 되어서야 깜박 잠이 들었다. 잠시 후 나무 사이로 햇살이 비쳐 유비를 깨우는가 싶더니 일단의 군사가 달려오는지 말발굽 소리가 들렸다. 유비가 당황하여 급하게 몸을 일으켰다. 몇 걸음 나아가 다가오는 행렬을 살펴보니 미축·미방·손건·간옹 등과 함께 유벽이 가족들을 호송하며 오는 것이 보였다. 유비는 옷매무새를 고치고 이들 앞으로 달려나갔다. 갑자기 나타난 유비를 보자 일행들은 그 자리에 꿇어앉아 울음을 터뜨렸다. 미축의 말에 의하면 관우와 장비가 지금 패잔병 1천여 기를 거느리고 후군을 맡아 혹시 있을지 모르는 조홍군의 공격에 대비하고 있다고 했다.

유비는 전령을 보내어 자기가 온 사실을 관우와 장비에게 알렸다. 정오가 조금 지난 시간에 산중에서 북소리가 한 번 크게 울리더니 퇴각중인 산길 남쪽에서 일단의 군사들이 몰려나와 유비 일행을 공격해왔다. 선봉에 선 대장은 조조군의 고람이었다. 이어 북쪽 방면에서도 산 위에 붉은 깃발이 펄럭이며 한 떼의 군사들이 쏟아져 내려왔다. 맨앞에 조조군의 장합이 달려오고 있었다. 유비군은 조조군에게 완전히 포위된 상태였다. 이때 유벽이 나서서 유비를 향해 소리쳤다.

"제가 죽는 한이 있더라도 유공을 구해드리겠습니다."

유벽은 칼을 높이 치켜들고 앞으로 나가 고람과 겨루었으나 얼마 싸우지도 못하고 고람의 칼을 맞고 즉사하고 말았다. 유벽의 죽음을 본 유비와 손건이 나서서 고람과 장합이 이끄는 조조군과 맞붙어 싸우려고 하는데 조조군의 후미가 갑자기 요동치기 시작했다. 어디에서 왔는지 한 떼의 군사가 몰려와 조조군을 공격했던 것이다. 유비가 갑자기 몰려온 군사들을 알아보기도 전에 그들 중 누군가가 던진 창을 맞고 쓰러지는 고람을 발견했다. 죽어 넘어진 고람 뒤로 보이는 사람은 바로 조운이었다.

유비는 반갑고 기쁜 마음에 손에 든 창을 떨어뜨릴 뻔했다. 조운과

정규전에 익숙지 않은 유벽의 부대는 조조군의 공격을 받자 순식간에 무너져버린다. 한때 한나라 황실을
뒤엎기 위해 봉기했던 황건군의 장수 유벽은, 황실을 되살리겠다는 명분을 내건 유비를 위해 목숨을 잃는다.

그가 이끌고 온 군사들은 고람의 후군을 무찌르고 곧바로 장합의 군과 맞붙어 싸웠다. 장합은 조운과 사투를 벌이다 힘에 겨워 달아났다. 조운은 장합의 뒤를 따라 공격의 고삐를 늦추지 않고 추격해갔다. 그런데 장합이 좁은 산길을 접어들다 갑자기 뒤돌아서 공격해왔다. 높은 위치에서 맹공격을 해오는 장합군에 밀려 조운은 힘겹게 싸웠다. 그때 관우가 군사를 이끌고 와 협공에 나섰다. 이들은 장합군을 전멸시키고 유비에게로 돌아왔다.

유비 일행은 험한 산골짜기에 진을 치고 방비를 단단히 하면서 일단 지친 병사들을 쉬게 했다. 유비는 관우에게 장비를 찾아보라고 일렀다. 관우는 장비를 찾아다니던 길에 한 패잔병을 만나 장비가 조조군의 악진에게 포위되어 있다는 말을 들었다. 관우는 장비가 포위된 곳으로 말을 달려가 악진의 군사를 물리치고 장비와 함께 유비에게로 돌아왔다. 장비가 유비에게 말했다.

"형님, 제가 유벽을 구하려고 갔을 때 공도는 이미 조홍에게 붙잡혀 죽었고 보급품들은 모두 불에 타버렸어요. 그리고 농민군들도 뿔뿔이 흩어져 없었습니다. 여기저기 농민군의 시체만 널려 있었어요. 남양으로 향하던 길에 조홍의 후군을 맞아서 한차례 싸우고 돌아오다가 악진에게 포위를 당하고 말았지요. 관우 형님이 협공해주어 겨우 빠져나올 수 있었습니다."

그날 밤 유비 일행은 산속에서 야영을 하며 하룻밤을 보냈다. 농민군들은 유벽이 죽고 수많은 사상자가 나자 유비군과의 협력을 거부하고 산채로 돌아가버렸다. 관우가 이들을 설득해보려 했으나 유비가 이를 말렸다.

"아우, 관두시게. 다 내 잘못이야. 그들은 지금까지 이번만큼 큰 사상자를 낸 적이 없었을 것이네. 유벽은 10년 동안 그 험한 세월을 버티며 복우산 호랑이로 살아왔는데 날 따라와서 정규전의 생리를 잘 모르고 있다가 죽은 것이 아닌가? 거기엔 나의 잘못도 커. 아무리 급하다지만 급조된 농민군과 합종을 했으니……. 우리와 원수가 되지 않은 것만으로도 만족하세. 우리도 산속에서만 있을 수는 없는 일이니 내일 아침 하산하세나."

조인과 조홍은 유비·유벽의 군대에 큰 타격을 입힌 후 만약의 경우를 대비하여 일부의 군사들을 남겨 남양을 지키도록 하고 일단 허창으로 돌아갔다. 조조는 허도를 공략할 수 있다는 유비의 망상을 완전히 꺾어놓았다고 생각하고 더 이상 유비에 대한 공격을 명하지 않았다.

다음날 아침, 조운의 척후병은 조홍의 군대가 남양으로 돌아간 것이 확인되었다고 했다. 그리고 일부 병력만을 남기고 허도로 철수했으니 더 이상의 공격은 없을 것이라 보고했다. 유비는 남양을 피해 남서쪽으로 내려가기로 했다. 이 산에 있다가는 오히려 황건적과의 갈등이 생길 수도 있고 만에 하나 남아 있는 조홍군에 의해 포위당하면 헤어날 수 없었기 때문이다.

무작정 산속에 있을 수 없었던 유비는 1천 명도 안 되는 자신의 패잔병들을 이끌고 일단 십언十堰 쪽으로 방향을 잡아 내려갔다. 얼마

가지 않아 일행은 작은 강 하나를 만났다. 우선 이 강을 건너야 안전을 보장받을 수 있었기 때문에 나루에 있는 모든 배를 동원하여 군사와 가족들이 강을 건넜다. 유비가 남양 땅이 멀어지는 것을 보며 뱃사공에게 물었다.

"영감님, 지금 이 강의 이름이 무엇입니까?"

"이 강은 한수의 상류인 한강漢江입니다. 이 강을 건너면 이제 형주 땅에 들어서게 됩니다. 저기를 보십시오 이 강을 건너면 백사장이 10리에 펼쳐져 있습니다. 참으로 아름다운 곳이지요. 뉘신지는 모르지만 참 잘 오셨습니다. 이곳 십언은 아직 아무런 전란이 없는 곳입니다. 그만큼 세상 사람들의 관심이 없는 곳이기도 하지요."

"저기 보이는 높고 험준한 산을 넘으면 어디로 갑니까?"

"그게 바로 익주益州지요."

"아하, 그렇군요. 저는 익주 땅을 장안長安이나, 한중漢中 쪽에서만 가는 줄 알았습니다."

"저는 장안·한중에서 익주로 통하는 길은 잘 모릅니다만, 여기에서 익주로 들어가시려면 지금 보이는 저 산은 험준해서 넘기가 어렵습니다. 형주를 거쳐 장강을 타고 올라가 파군巴郡에서 내려 다시 육로로 한참을 들어가야 합니다. 1개월은 족히 걸리는 거리지요."

"파군이라니 어디를 말합니까?"

"진나라 때는 이를 파군이라 했는데 요즘은 그냥 강江이라고도 합니다."

"아하, 그 강江 말입니까? 여름에 덥기로 유명한 곳 말이지요."

"맞습니다. 여름에는 살기 어려운 곳이지요. 그리고 장강과 가릉강 嘉陵江이 만나는 곳이어서 안개도 많은 곳입니다. 그러나 겨울을 보내기는 괜찮은 곳이라고 합디다. 그러나 뭐니뭐니 해도 난리가 없는 곳이니 얼마나 좋습니까? 중원에 아무리 전란이 있어도 익주는 태평세월이지요."

이윽고 유비는 강을 건넜다. 험준한 산이 눈앞에 좀더 가까이 와 있었다.

"말로만 듣던 익주 땅이 저 산 너머에 있다니."

유비는 왠지 모를 안도감과 희망이 섞여 가슴이 설레었다. 강을 건넌 유비가 주변을 둘러보니 이제껏 보지 못한 넓은 백사장이 펼쳐져 있었고 대파산맥大巴山脈이 시작되는 산기슭이 보였다. 넓은 야산에는 많은 양들이 방목되고 있었다. 지금까지 보아온 풍경과는 다른 이국적인 분위기였다. 유비는 다급한 대로 다시 병영을 세우게 하고 잠시 일행을 빠져나와 병영 주변을 여기저기 살펴보았다.

이곳의 평화롭고 아름다운 풍광과 멀리 높고 험하게 솟은 산을 바라보니 갑자기 자기의 처지가 답답하게 느껴졌다. 저 산을 넘으면 익주가 있고 동남쪽으로 나 있는 길을 따라가면 형주에 다다른다. 그러나 어느 곳에서도 환영받기는 어려울 듯하다는 생각이 들었다. 유비가 그러고 있자니, 병사들이 마을로 들어가서 약간의 식량과 양고기를 얻어왔다. 이어 원주민들도 유비에게 예를 갖추기 위해 방문했다. 원주민들 가운데 한 노인이 나서서 자기가 이장인데, 유비의 군대들이 만에 하나 이 마을에 피해를 주지 않았으면 한다고 사정했다. 이 말을 듣자 유비는 자신을 따라 이곳까지 온 장수들과 가족, 병졸들에게 미안한 생각이 들어 음식이 입에 들어가지 않았다.

'한나라 좌장군 · 의성정후 · 예주 목사 · 서주 목사 · 황숙이 다 무슨 소용인가? 가족과 1천 군마도 먹일 능력이 없어 남의 것을 얻어다

먹이고 있으니.'

음식을 먹는 둥 마는 둥한 유비는 먹는 데 열중한 자신의 군사들을 둘러보았다. 장수들의 식사가 끝날 때쯤 유비가 탄식했다.

"여러분께 참으로 미안하구려. 여러 장수들은 모두가 왕의 자질을 갖춘 사람인데 불행히도 저를 따르게 되었습니다. 제가 능력도 없고 복도 없어 여러분을 힘들게만 하고 있습니다. 지금 저는 마음놓고 식사 한 끼 할 땅도 얻지를 못했으니 여러분의 성의를 저버리게 될까 두렵소. 저를 떠난다고 조금도 섭섭해하지 않을 테니 여러분은 밝은 주인을 찾아 마음껏 기개를 펼치시오. 내가 관우를 부른 것도 지금 생각하면 견딜 수 없이 후회가 되오. 가만 놔두면 한나라의 대장군이 될 사람을 공연히 불러내어 패장으로 만들어놓았으니 내 어찌 죽일 놈이 아니겠소?"

그때 관우가 유비에게 다가와 말했다.

"형님, 무슨 말씀을 그리 하십니까? 그까짓 벼슬이 뭐 그리 중요합니까? 우리가 우국충정을 가지고 나라를 바로 세우려 한다는 사실이 중요한 것이지요. 옛날 고조께서는 항우와 함께 천하를 놓고 다투다가 수차에 걸쳐 항우에게 패했지만, 뒤에 구리산에서의 승리로 전세를 뒤엎고 한나라 400년 기업을 여셨습니다. 이기고 지는 것은 전쟁터에서 흔히 있을 수 있는 일입니다. 너무 낙담하지 마십시오."

손건도 옆에서 유비를 위로했다.

"절망하실 일이 아닙니다. 막강한 군사력을 자랑하던 여포도 조조의 손에 죽었고, 원소의 공격을 받은 공손찬도 가족을 죽이고 자신도 스스로 목숨을 끊었습니다. 회남 땅의 원술도 이미 죽어 없어졌습니다. 장수도 조조에게 항복하여 이제 남은 사람은 기주의 원소와 조조

그리고 주공밖에 없습니다. 그만큼 열심히 중원 회복을 위해 노력해 오신 것입니다. 이기고 지는 것은 다 때가 있으니 뜻을 잃지 마십시오. 최선이 통하지 않으면 차선을 찾아 최선의 지점으로 나아가면 되는 것입니다. 형주는 여기서 멀지 않습니다. 유표는 아홉 군 가운데 자리잡아 군사도 강하고 양곡도 풍족합니다. 또한 유표는 주공처럼 한 황실의 종친이니 그에게 일단 투항하여 의탁하시는 것이 좋겠습니다."

유비가 이 말을 듣고 한숨을 쉬며 대답했다.

"말이 같은 종친이지 그분이 우릴 받아주겠소?"

손건이 말했다.

"안 받아줄 리가 만무합니다. 지금 관도에서는 대전이 일어나고 있습니다. 그 전쟁의 승리자가 바로 중원을 지배할 것입니다. 그 다음 차례가 누구겠습니까? 바로 형주입니다. 유표는 원소나 조조에게 쉽게 굴복할 사람이 아닙니다. 유표가 그 두 사람 중 승리자에게 항복하면 그때 가서 우리도 항복하거나 아니면 다시 후일을 도모할 수도 있고, 그가 항복을 안 하면 이들과 겨뤄본 주공의 힘이 절실하게 필요할 것입니다. 두고보십시오. 유표가 바보가 아니라면 두 손을 들고 환영할 것입니다. 제가 가서 유표가 형주 10리 앞에까지 나와서 주공을 맞이하도록 하겠습니다."

의욕을 되찾은 유비는 그날 밤, 손건을 형주로 보냈다. 손건이 형주에 도착하여 예를 올리자 유표가 물었다.

"그대는 유비 사람인데 웬일로 여기까지 왔소?"

손건이 대답했다.

"유황숙은 한좌장군 의성정후로 천하의 영웅입니다. 그분은 비록 군사가 약하고 장수는 적으나 한나라 사직을 바로잡아야 한다는 일념을 가지고 기군망상하는 조조와 홀로 외로이 대적해오신 분입니다. 복우산의 유벽은 그와 아무런 친척관계도 아니면서 유황숙을 위해 목숨을 바쳤습니다. 명공께서는 유황숙과 한 황실의 종친이십니다. 유황숙께서는 이번 싸움에 패하고 강동의 손권에게 투항하려고 했습니다. 그런데 제가 나서서 '유표 장군께서는 유황숙과 종친이며 예의로써 어진 사람과 선비를 대하시니, 물이 낮은 곳으로 모이듯 뭇 사람들이 형주로 모인다는 말이 있을 정도로 사람을 아끼는 분입니다. 남에게도 그럴진대 유황숙께서는 종실 아우나 다름없으니 어찌 거두어주시지 않겠습니까?' 라고 말했더니 유황숙께서는 특별히 저를 사신으로 지명하시어 명공을 만나뵙고 공의 명을 기다리라 하셨습니다. 부디 잘 생각하시어 저희와 명공 모두에게 좋은 기회가 되기를 바라마지않습니다."

손건의 말을 들은 유표는 흐뭇한 표정으로 대답했다.

"유비의 나이는 내 아들과 비슷하지만, 항렬로 보면 내 아우나 다름없소. 오래전부터 꼭 한번 만나고 싶었으나 인연이 닿지 않아 소문으로만 듣고 있을 뿐이었소. 이제 고맙게도 내게로 온다니 기대가 적지 않소."

유표가 유비의 투항을 기꺼워했던 것은 일찍이 소문으로 듣던 유비에 대해 호감을 가지고 있었기 때문이다. 그러나 유비를 받아들임으로써 얻을 수 있는 정치적 타산도 생각하지 않을 수 없었다. 관도 전쟁이 끝나면 다음 차례는 남쪽, 즉 형주 쪽임은 불보듯 뻔했기 때문이다. 그렇게 되면 지금 가진 것은 없으나 조조가 결코 무시하지 못할 만큼 나름대로의 힘을 가진 유비가 자신의 편에 있다는 것이 적잖은 도움이 될 것이었다.

그때 유표의 처남이자 참모인 채모가 반대하고 나섰다.

"주공, 안 됩니다. 유비는 처음에는 여포를 따라다녔고, 다음에는 조조 밑에 있다가 근래에는 원소에게 투항했습니다. 그렇듯 쉽게 동반자를 갈아치우는 사람을 어떻게 믿고 받아들인단 말씀입니까?"

"그 일들은 내가 모르는 일이 아닐세. 그것은 해석하기 나름이야. 그리고 유비가 그럴 수밖에 없었던 상황들이 있었을지도 모르지 않나? 이 난세에 누가 옳고 누가 그른가를 따지기는 쉬운 일이 아니야. 여포는 천하의 오랑캐놈이니 죽이는 게 당연하고 조조는 기군망상하니 그에게 반역하는 것은 충신이네. 또 원소군을 도와서 이기지 못한 것이 어찌 허물이 되겠는가?"

채모가 다시 말했다.

"그렇다 해도, 지금 우리가 유비를 받아들인다면 조조가 반드시 군사를 일으켜 우리를 칠 것입니다. 그러면 쓸데없이 병란이 일어나 형주가 위태로워집니다. 차라리 사자 손건의 목을 베어 조조에게 바칩시다. 손건은 그 동안 천하를 헤집고 다니면서 유비를 재기하게 만들어 조조를 괴롭혀왔습니다. 저놈의 목을 조조에게 바치면 조조는 반드시 주공을 높이 대접할 것입니다."

채모의 말을 듣고 있던 손건이 정색을 하며 말했다.

"대장부가 되어 그것을 말이라고 하시오? 나 손건은 죽음을 두려워하는 사람이 아니오. 내가 죽음이 두려웠다면 진등과 같이 벌써 조조의 휘하에 들어갔을 것이오. 내가 유황숙을 따르는 것은 그가 충심으로 나라를 생각하는 분이기 때문이오. 유황숙은 조조·원소·여포 등에 비길 인물이 아니오. 세상이 어지러워 그같이 하찮은 사람들과 비교되어서 그렇지, 충신과 역적을 어떻게 하나의 반열에 올려 평한단 말이오."

손건의 말에 채모가 할말을 못하고 있자 손건이 다시 유표를 보며 말했다.

"언성을 높여서 송구스럽습니다. 제가 듣기로 유표 장군께서는 한 왕조의 후예로 동족同族을 생각하시는 마음이 간절한 것으로 알고 있습니다. 그래서 유황숙께서는 명공과 더불어 이 나라 사직을 바로 세울 뜻으로 투항하려 하는 것입니다. 일찍이 유황숙께서 따랐던 이들은 하나같이 이 나라를 바로 세운다는 명목으로 천자를 수중에 두고 천하를 우롱했습니다. 유황숙께서 어찌 그런 이들을 끝까지 충심으로 따를 수 있었겠습니까? 유황숙이 자신의 이익만을 좇아 사람을 갈아치우는 위인이라면 저도 그를 따르지 않았을 것입니다."

손건의 말을 들은 유표는 채모를 꾸짖어 보낸 후 시자들에게 명하여 유비를 맞을 준비를 하라고 했다. 채모는 무안하고 부끄러운 마음과 함께 원망을 품고 자리에서 물러나왔다. 유표는 손건에게 빨리 가서 유비에게 알리라고 말하고 자기도 유비를 맞을 준비를 했다. 유비가 기거할 만한 저택을 물색하고 유비의 군대가 주둔할 수 있는 군영도 마련했다.

손건이 인도하는 대로 유비 일행이 형주에 이르자 유표는 친히 성곽 10여 리 밖까지 유비를 맞으러 나왔다. 유비는 유표를 만나 깍듯이 공경의 예를 올렸다. 유비의 겸손함에 유표는 한층 기분이 좋아져 유비를 상빈上賓으로 후하게 접대했다. 유표와의 대면을 마친 유비는 관우·장비·간옹 등을 불러 차례로 유표에게 절을 올리게 했다. 유표는 이들을 한 사람씩 보며 그들이 뿜어내는 기상에 마음이 든든해졌다. 유표는 유비와 나란히 형주성 안으로 들어가 자신의 집과 이어진 곳에 유비의 사택을 마련해주고 유비군이 주둔할 수 있도록 배려했다.

한편 조조는 유비가 형주로 가서 유표에게 투항한 사실을 알고 당장 군사를 동원해 유표를 치려고 했다. 조조가 급하게 움직이려 하는 것을 보고 정욱이 말렸다.

"유비가 괘씸한 것은 사실이지만 아직 원소도 제거하지 못한 상태에서 형주를 친다면, 주력이 분산될 위험이 있습니다. 그렇게 되면 관도에서의 전쟁이 힘들어집니다. 일단 북방을 평정하는 것이 급선무이니 올해는 원소군을 섬멸하는 데 중점을 두시고 그 다음해에 형주를 쳐서 유비를 없애는 것이 좋을 듯합니다."

조조가 이 말을 듣고, 유비를 쳐야겠다는 급한 마음에 너무 쉽게 군사를 일으키려 했다고 생각하고 정욱의 말을 따라 다시 허도로 향하기로 했다.

불타는 오소

　어느덧 가을이 무르익어 화북평야가 온통 황색 물결을 이루었다. 봄부터 시작된 전쟁이 벌써 늦가을로 이어지고 있었다. 조조는 초조해지기 시작했다. 전투 때마다 원소군을 격퇴하기는 했으나 전선은 변동이 없었고 수적인 열세를 만회하는 것이 갈수록 부담스러웠다. 무엇보다 전쟁이 길어지면서 군량미 보급이 큰 문제로 다가왔다. 그런 사정을 피부로 느끼고 있던 군사들의 사기도 날이 갈수록 떨어졌다.

　조조는 굳이 관도를 사수할 것이 아니라 허도로 돌아가 군사를 재정비한 뒤 다시 관도에서 한판 승부를 벌이는 것이 낫지 않을까 하는 생각이 들기 시작했다. 그러나 이것은 전쟁터의 생리로 볼 때 위험 부담이 몹시 큰 일이었다. 등을 보이고 가는 적을 공격하기란 쉬운 일이므로 허도로 기수를 돌리는 조조군을 그대로 둘 원소가 아니기 때문이었다. 이러지도 저러지도 못하고 있던 조조는 순욱과 가후에게 편지를 보냈다. 이틀 만에 답장이 왔다. 순욱의 편지를 먼저 뜯어 보았다.

　　승상 보십시오. 지금 승상께서는 비록 군사가 적다고는 하지만 너무 두려워하지 마십시오. 지금 승상의 처지는 초나라와 한나라가 형양榮陽 과 성고成皐에서 싸우던 때보다는 나은 상황입니다. 원소는 결단력이 부족하여 사람을 모을 수는 있어도 사람을 때에 맞게 부릴 줄을 모릅니다. 무엇보다도 승상께서 경계를 철저히 하시어 적의 목을 누른다면 진격해 들어오지 못할 것입니다. 힘이 드시더라도 좀더 견뎌내십시오. 원소 진영에 반드시 어떤 변화가 일어날 것입니다. 이때 적절히 대응하시어 때를 잃지 마십시오.

　　순욱의 답신을 읽은 조조는 다소 안정을 얻었지만 구체적인 내용이 없어서 답답했다. 다시 가후의 편지를 뜯었다.

　　승상 보십시오. 지금 우리 군의 상황이 매우 어려운 것을 알고 있습니다. 지난번 서주 정벌 이후 대비가 부족했기 때문입니다. 이곳 허도는 안정되어 있으니 전혀 걱정하지 마십시오. 유표군의 동정도 낱낱이 점검하고 있습니다. 그러니 관도에만 신경을 쓰시면 됩니다. 지금 우리 군의 문제는 군량미가 부족하다는 것입니다. 그런데 우리 군의 숫자는 원소군의 4분의 1 정도밖에 안 됩니다. 그렇다면 군량미에 관한 한 원소군이 오히려 더 시달린다는 말이 될 수도 있습니다. 만약 그렇지 않다면 그렇게 만들면 됩니다. 척후병이나 정탐병 그리고 세작의 활동을 더욱 늘려서 적의 군량미 운송 지점을 파악하는 데 주력하십시오. 그리고 그것을 불태워버리십시오. 현재 적군은 관도를 포위하고 있지만 관도는 워낙 넓은 평야 한가운데에 위치하고 있으므로 이들의 방어를 뚫는 것은 쉬운 일입니다. 관도에서의 전쟁은 반드시 이겨야만 합니다. 이 전쟁은 천하통일의 대업을 이루는 데 결정적이기 때문입니다. 허도의 일을 대강 수습하는 대로 제가 관도로 가겠습니다.

조조는 가후가 온다는 소식을 듣자 크게 기뻐하며 관도를 사수할 것이라고 천명했다. 그리고 가후의 말대로 모든 정탐병·척후병·세작들을 동원하여 원소군의 군량미와 보급품 운송선을 찾으라고 명령하고 이것을 발견하는 자는 3급 이상의 군공을 내리겠다고 했다.

조조는 서황에게 명하여 가장 날랜 기병 1천 명을 뽑아서 밤을 이용해 세작들이나 정탐병이 알려주는 대로 군량미 수송부대를 찾아가서 불태우고 신속하게 귀대하라고 지시했다. 서황은 이 지역 지리에 밝은 사람들을 부장으로 임명하여 항상 대기하고 있도록 하고 병사들은 낮에 잠을 충분히 자두어 밤에 움직이는 데 지장이 없도록 하라고 했다. 조조가 서황을 불렀다.

"이제 밤이 길어지고 있다. 적도들은 관도와 양무에 주둔중이므로 군량미는 아마도 이 인근의 길을 통해 들어올 수밖에 없을 것이다. 그렇다면 그 거리가 짧기 때문에 원소의 군대를 감안해도 날랜 기병이면 밤 11시에 출발해서 새벽 4시쯤에는 도착할 수 있을 것이다. 새벽 4시라고 해도 날이 어둡기 때문에 성으로 들어오는 데는 지장이 없을 것이야."

이 같은 작전은 조조의 의도대로 먹혀들었다. 조조군의 식량은 관도성 안에 있는 반면, 원소의 대군은 여러 지역에 나뉘어 있었기 때문에 군량미 수송을 안전하게 지키는 데 한계가 있었다. 곳곳에서 조조군에 의해 원소군의 군량미가 불태워졌다. 그 가운데서도 원소군의 장수 한맹韓猛이 백수십 대의 군량미를 가지고 오다가 서황과 장요의 기병 특공대를 맞아서 큰 타격을 입게 됐다. 예상치 못한 공격을 받은 한맹의 군사들은 죽거나 기겁을 하여 도망쳤다. 서황은 긴급히 군량미를 모두 태우고 관도로 되돌아왔다. 조조는 자신의 의도대로 도처에서 원소군의 군량미 보급선을 끊어버리는 데 성공하자 크게 기뻐했다. 이제 군량미의 부족은 조조군만 걱정할 게 아니었다. 그럴 즈음 가후가 관도에 도착했다. 조조는 반가움에 겨워 막사 밖으로 뛰어나와 가후를 맞이했다. 조조는 이제 두 명의 유능한 군사를 데리고 전투를 치를 수 있게 되었다.

군량미가 도처에서 탈취되고 불태워지자 원소는 몹시 당황했다. 원소는 일단 가급적 한낮에 군량미를 옮길 것을 지시했는데 워낙 군사들이 많아서 쉽게 이행되지 않았다. 원소군의 군량미는 업도에서 여양을 거쳐 황하를 건너 백마에 일단 모여서 점검을 받은 다음 연진과 양무로 옮겨지고 최종적으로 관도성을 포위하고 있는 원소군에게 도착하도록 되어 있었으므로 보급로가 매우 길었다. 보급로에만 최소한 1천 명 이상의 군대가 동원되어 방어해야 했고 군량미와 말먹이를 옮기는 과정에서 하루 이틀이 지체되는 것은 다반사였다. 연진에 있던 원소는 보급로 차단에 대한 대책을 협의하기 위해 심배를 불렀다.

"조조에 의해 우리의 보급로가 곳곳에서 결딴이 났다. 그에 대한 대책을 갖고 있는가?"

"더 이상 적의 급습이 없을 것입니다. 저들의 공격을 칠 수 있도록 아군에서도 기병들을 동원해두었습니다."

"현재 양무와 관도를 지원하는 보급창은 어디에 있는가?"

"오소烏巢에 있습니다. 그런데 아마 조조가 그것까지는 아직 모를 것입니다. 오소는 많은 양곡을 쌓아둔 곳이니 반드시 많은 군사가 지켜야 합니다. 지금은 군량미 싸움이니 이것에 전력을 기울여야 할 것입니다."

원소는 대장 순우경淳于瓊에게 부장 목원진睦元進 · 한거자韓莒子 · 여위황呂威璜 · 조예趙叡 등과 함께 백마와 연진에 있는 예비부대 5천여 명을 데리고 가서 오소를 지키라고 명했다. 원래 순우경은 용맹스러운 장수로 영제 때 이미 중앙군의 우교위右校尉가 되어 원소 · 조조와 같은 반열에 있었던 사람이다. 원소는 그를 우대하여 대장으로 임명했으나 나이가 많은데다 성질이 괴팍스러워 심배가 그를 기용하기를 꺼렸다. 원래 원소를 따를 때는 원소와 함께 천하를 도모하겠다는 뜻으로 따라왔으나 원소의 수많은 인재들에 묻혀서 자기 역할을 해내기도 힘든 상황이 되자 술을 먹고 스스로를 달래는 날이 많았다.

순우경은 관도에서는 전투부대를 이끌지 못해 심기가 크게 불편하던 중 다시 병참부대장兵站部隊長을 맡게 되자 극도로 화가 나 있었다. 원래 순우경은 성품이 원만하고 너그러운 편이었으나 오랫동안 요직에 등용되지 못하고 한직으로 나돌자 성질이 괴팍스럽고 까다롭게 변했다. 게다가 가끔씩 주사까지 부려 휘하 부하들이나 병사들이 모두 그를 두려워했다. 오소에 도착한 순우경은 여러 상황들을 까다롭게 점검하긴 했으나 자기 막사에서 부하 장수들과 술을 먹는 경우가 잦았다.

한편 심배는 관도의 외곽에 주둔중인 군대에 명해 적의 첩자들을 철저히 색출해내고 야간 경비를 강화하여 적이 나타나면 바로 출진하도록 만반의 대비를 갖추라고 지시했다. 그러자 조조군도 보급로 차단이 더 이상 쉽지 않게 됐다. 원소도 전황이 악화되자 직접 관도 외곽까지 와서 본영에 머물렀다.

그때, 관도성 안의 군량미는 서서히 바닥나기 시작했다. 조조는 하는 수 없이 허도로 사람을 보내 급히 군량미를 보내라는 독촉장을 순욱에게 전하도록 했다. 관도의 남쪽은 아직도 조조군의 영역하에 있었지만 나머지 부분은 거의 원소군이 점령한 상태였다. 그런데 조조의 편지를 가지고 가던 전령이 30여 리도 못 가서 원소의 군사에게 붙잡히고 말았다. 전령은 원소의 모사 허유許攸에게 끌려왔다.

허유는 남양 사람으로 자는 자원子遠이며, 어릴 때부터 조조의 친구였으나 이때는 원소의 모사로 몸을 의탁하고 있었다. 그런데 심배와 봉기가 관도 전쟁을 주도하고 있어 그의 역할은 미미했다. 그런 까닭에 허유는 전쟁이 치러지는 내내 못마땅한 마음을 지닌 채 참전하고 있었다. 더구나 자신은 이제 50줄에 접어든 나이인데 40대 초반의 지휘관들 말을 듣자니 유쾌한 일이 아니었다. 허유는 백마·연진 전투의 패전 때 그 책임을 물어서 심배와 봉기를 경질해야 한다고 원소에게 진언했다가, 전쟁중에 함부로 지휘부를 바꾸면 더욱 위험하다며 원소로부터 심한 꾸지람까지 들은 이후 풀이 죽어 있었다. 그런 허유인지라 잡혀온 전령의 몸에서 조조가 쓴 편지가 나오자 쾌재를 불렀다.

허유는 이번 기회에 원소의 마음을 사서 좀더 큰 군공을 세워야겠다고 생각하고 원소를 찾아갔다. 이때는 원소가 관도 본진에 머물고 있을 때였다. 만약 원소가 없었더라면 심배를 찾아가 의논했겠지만 허유는 바로 원소를 찾아가 조조의 편지를 보이며 말했다.

"주공, 이 편지를 보면 조조의 군량이 지금 바닥나고 있음을 알 수 있습니다. 그렇다고 그들이 관도에서 철수하지는 않을 듯하니 양면 작전을 구사하는 것이 좋겠습니다. 다시 말씀드리면 조조가 군사를 관도에 주둔시켜 오랫동안 우리와 맞서고 있으니 지금 허도는 아마 완전히 비어 있을 것입니다. 그러니 우리가 관도와 허도를 동시에 공격하자는 말씀입니다. 즉, 심배나 봉기의 주장처럼 무작정 대치만 하고 있을 것이 아니라 남은 병력을 빼어 야간에 조조군의 관도 남쪽 방어선을 무너뜨리고 곧장 허도를 기습한다면 아군은 쉽게 승리할 수 있을 것입니다."

원소는 조조의 편지를 읽고 또 읽더니 말했다.

"자원(허유의 자)도 조조의 친구이니 잘 알 것이오. 조조는 변칙의 명수인데다 꾀가 많은 놈이오. 이 편지가 그의 편지인지 우리가 어찌 알겠소? 만약에 이 편지만 믿고 군대를 양분한다면 더욱 심각한 타격을 받을 수도 있어요."

원소는 심배를 오라고 했다. 심배가 들어와 허유를 보자 심기가 불편했다. 연진·백마의 패전 이후 사사건건 자기를 비난해온 사람이었기 때문이다. 심배는 조조의 편지를 보고 허유의 설명을 듣더니 잠시 생각하다가 말했다.

"이 편지는 분명히 조조가 우리를 유혹하려는 위계입니다. 만약 허유 장군의 말대로 우리가 군대를 둘로 나눈다고 생각해봅시다. 조조의 군대는 최대 동원 가능한 병력이 실은 8만~9만여 명에 이르고 있습니다. 그리고 최근에 유비·유벽의 군대가 섬멸되어 재기 불능한 상태로 유표에게 투항했다고 합니다. 지금 관도에 있는 1만~2만 병력이 적다고 해서 그들을 얕볼 수도 없는 일입니다. 그리고 허도가 비어 있다는 것은 어리석은 착각입니다. 조조는 관도에 겨우 1만~2만의 병력을 동원했을 뿐입니다. 그것은 허도를 완벽하게 방어하기 위해 병력을 남겨두었기 때문입니다. 조조가 생각하는 이번 전쟁의 목표는 관도를 점령하고 일단 유리한 교두보만 확보하면 되는 것입니다. 공연히 무리하여 허도로 군대를 끌고 가서 수천 명이 포로가 되면 그때는 어찌하시겠습니까?"

심배의 말에 허유가 할말이 없어졌다. 그러나 허유가 원소를 보며 우겼다.

"만약 이번에 조조를 치지 아니하시면, 때를 잃게 되어 후일의 어려움이 막심해질 것입니다."

그러나 원소는 허유의 말이 무리가 있다고 생각하고 받아들이지 않았다. 그런데 다음날 기주의 업도로부터 업도의 현황을 적은 서류가 원소에게 도착했다. 그 기록 가운데는 허유의 아들과 조카를 감옥에 넣었다는 내용이 들어 있었다. 놀란 원소가 그 부분을 자세히 읽어보니, 허유가 기주에 있을 때 백성들의 재물을 수탈하고 세금으로 거둬들인 양곡을 아들과 조카를 시켜 유용한 혐의가 있어 현재 그 아들과 조카를 구금해놓고 치죄중이라는 내용이었다. 원소는 크게 노하여 허유를 불렀다.

"허자원, 이것이 도대체 어찌 된 일이오?"

허유가 보니 예삿일이 아니었다. 허유의 얼굴이 붉어지더니 원소에게 무릎을 꿇고 엎드려 말했다.

"제가 어찌 거짓을 말씀드리겠습니까만, 이것은 구금될 만한 범죄가 아닙니다. 올해 정월을 맞아 남모南某라는 자가 와서 제게 은혜를 입었다고 쌀 두 가마니를 두고 간 일이 있었습니다. 저는 그것을 하인들에게 듣고 일이 바빠 그대로 내버려둔 일이 있습니다. 그것이 죄라면 죄입니다. 이것은 저를 음해하고자 하는 사람들의 짓이 분명합니다."

원소가 말했다.

"그래도 그렇지, 전쟁중에 이런 불명예스런 일이 있어서야 되겠소? 일단 돌아가시오."

허유가 힘없이 원소의 군막을 나오는데 심배의 목소리가 들렸다.

"참으로 뻔뻔한 사람입니다. 원로이면 원로답게 행동을 해야지 그따위 짓을 하고서도 뻔뻔스럽게 얼굴을 들고 계책을 내놓다니 말이 됩니까? 허유는 조조와 친구 사이였습니다. 앞으로 그의 말에 더욱 주의해야 할 것 같습니다."

허유가 기가 막혀 하늘을 보며 탄식했다.

"이것은 필시 심배가 나에게 복수하려고 꾸민 짓이다. 충언은 귀에 거슬리고 속이 좁은 사람과는 큰일을 함께 하지 말라고 하더니 옛말이 틀린 것이 없구나. 이미 아들과 조카가 심배에게 당하고 말았어. 이제 내가 기주로 돌아간들 살아날 길이 없겠구나."

그날 밤 허유는 가벼운 짐만 챙겨 나와 조조의 진영으로 말을 달렸다. 관도성에 이르자 경비가 삼엄했다. 해자 앞에도 조조군의 군영이 있었는데 검문하는 병사들이 어둠 속에서 창검을 들고 달려왔다. 허유는 그들에게 큰 소리로 외쳤다.

"나는 조승상의 옛 친구이다. 남양의 허유가 만나러 왔다고 빨리 승상께 아뢰어라."

병사들은 급히 허유를 데리고 성안으로 들어갔다. 이 보고를 들은 장교가 즉시 성안의 조조 숙소로 달려갔다. 그때 조조는 일과를 마치고 자리에 누우려던 참이었다. 조조는 허유가 도망하여 왔다는 보고를 받고 크게 기뻐하며 당장 모시라고 일렀다. 조조는 희색이 만면하여 반갑게 허유를 맞이했다. 조조가 급하게 사령부로 들어오자 가후·순유·정욱 등의 모사는 물론이고 서황·장요·이전·하후돈 등의 장수들과 작전 참모들이 모두 모였다. 조조가 허리를 반쯤 숙인 채 허유의 손을 잡고 반가워하자 허유는 주위를 돌아보며 정색을 하고 말했다.

"공은 한나라의 승상이요, 저는 한낱 벼슬 없는 선비에 지나지 않는데 어찌하여 이렇게 겸손하십니까?"

조조가 말했다.

"허어, 공은 이 조조의 오랜 친구요. 그 동안 보지 못했을 뿐이오. 공과 나 사이에 승상이니 뭐니 위아래를 따질 게 뭐가 있소?"

조조가 의자를 권해 허유를 앉히며 자기도 앉자 허유가 말했다.

"나는 그간 원소에게 의탁해왔소만 사람을 잘못 선택했던 것 같소. 원소는 나의 직언은 듣지 않으면서 어린 심배의 말만 듣고 나의 계책을 마치 제 욕심을 채우려는 것으로 받아들이므로 차라리 목숨을 끊어버리려고 했소. 그런데 어떤 자가 말하기를 '원소가 죽을 날이 가까워졌소. 공연히 당신이 죽을 일이 무엇이 있소'라고 하기에 느낀 바가 있어 옛 친구를 찾아온 것이오. 과거에 공과 적대한 일이 있다고 하여 나를 내치지 마시고 부디 거두어주시오."

"저런, 큰일날 뻔했구려. 허유가 나를 찾아주었으니 이제 이 전쟁도 끝이 났소. 내게 원소를 격파할 계책을 말해주시오."

조조는 이리저리 잴 것 없이 바로 필요한 것을 물었다. 그런데 허유는 대답은 하지 않고 엉뚱한 말을 했다.

"나는 원소에게 기병을 이끌고 가 비어 있는 허도를 공격하라고 했지요. 그런데 원소는 내 말을 듣지 않았소."

조조가 깜짝 놀라며 말했다.

"만일 원소가 공의 계책을 따랐다면 큰 변을 당할 뻔했어요. 실은 남양과 여남에서 난리가 났을 때 동원되었던 군대가 불가피하게 남양과 여남에 남아 있고 서주에서 왔던 군대도 내가 돌려보내라고 했소이다."

허유가 웃으며 조조에게 물었다.

"지금 승상께서는 군량미를 얼마나 비축하고 계십니까?"

"글쎄, 한 1년쯤은 버틸 수 있소."

허유가 다시 웃으며 말했다.

"그만큼은 되지 않을 것이오."

그러자 조조가 고쳐 말했다.

"반년분은 될 것이오."

이 말에 허유는 탁자를 박차고 일어서며 말했다.

"내가 애써 옛 친구에게 투항했는데 그 친구가 날 속이려 하니, 여기는 내가 올 자리가 아닌 모양이오."

조조는 놀라며 허유의 소매를 붙잡았다.

"어허, 너무 화내지 마오. 내가 사실대로 실토하리다. 지금 관도성 안에 있는 군량미로는 석 달밖에 견딜 수가 없소."

허유가 비웃는 듯한 표정으로 조조를 보며 말했다.

"세상 사람들이 조승상을 가리켜 꾀 많은 영웅이라고 하더니 과연 빈말이 아니군요."

조조도 주위를 돌아보며 겸연쩍은 듯 말했다.

"전쟁터에서야 속임수를 쓴다고 어찌 탓하겠소? 허장군도 그것쯤이야 용납할 수 있는 일 아니오?"

조조는 자신이 속인 것을 무마하려는 듯 허유에게 비싹 다가가 속삭였다.

"군중에 군량미는 이달치밖에 없소."

이 말에 허유가 또다시 화를 버럭 내며 소리쳤다.

"거짓말하지 마십시오. 군량미는 보름치 정도밖에 없어요. 그것은 이미 바닥나 있다는 말과 다를 바 없소. 승상은 보름 만에 전쟁을 끝낼 수가 있다는 게요?"

조조가 얼굴이 붉어지면서 물었다.

"도대체 그것을 어떻게 알았소?"

허유는 조조가 순욱에게 보낸 편지를 내보이면서 말했다.

"이 편지를 쓴 사람이 누구요?"

조조가 놀라며 물었다.

"아니, 이 편지는 어디서 났소?"

허유가 조조의 편지를 입수하게 된 경위를 자세히 설명하자 조조는 허유의 손을 꼭 쥐며 말했다.

"하늘이 날 도왔구려. 자원이 이토록 옛 친구를 생각하여 찾아왔으니, 내게 부디 좋은 가르침을 주시오."

허유가 말했다.

"승상께서는 적은 군사로 원소의 대군을 맞아 싸우고 있습니다. 원소의 보급로는 길지만 특별히 방해받을 일은 없어요. 허나 승상의 경우는 달라요. 동서남북으로 감시받고 있기 때문에 군량미를 옮기기가 쉽지는 않을 것이오. 그러면 결론은 뻔합니다. 속전속결하지 않으면 패배가 눈에 보입니다. 심배는 계략에 뛰어나고 침착한 사람이라 정상적인 방법으로 전세를 돌리기는 역부족이오. 내 말을 들으면 불과 사흘 만에 싸우지 않고도 원소의 10만 대군을 이길 수 있소. 그런데 승상이 과연 내 말을 들을지가 걱정입니다."

조급해진 조조가 말했다.

"그래, 그 계책을 말해주시오. 내가 꼭 그렇게 하겠소."

"간단히 말씀드리면 총력을 다해 오소를 치라는 것입니다. 지금 원소의 병참기지가 오소에 있소. 연진·양무·관도 지역에 공급되는 모든 군량미와 병장기들은 모두 오소에 쌓여 있소. 그리고 그곳은 승상도 잘 아는 사람이 지키고 있소."

"그게 누구요?"

"순우경이오. 순우경은 사실 심배와 갈등이 많은데, 원소와도 그리 좋은 사이는 아니랍니다. 그간 심하다 싶을 만큼 소외당했기 때문이지요. 그 용맹하고 야심 많은 사람에게 병참사령관을 시켰으니 오죽하겠소? 순우경은 아마 술로 지새우고 있을 거요. 승상께서는 정예 군사를 선발하여 밤에 오소로 가도록 하시오. 그리고 원소의 장수 장기蔣奇의 군사라고 속여 군량미를 지키러 왔다고 하면 됩니다. 장기는 밤에 도착하여 아침에 군량미를 수송하는 임무를 맡고 있는 장수이지요. 그가 대체로 도착하는 시간이 새벽 4시이므로 늦어도 새벽 3시까지는 이 일을 마쳐야 하오. 그래서 군량미와 무기를 불질러버리면 원소의 군사는 사흘도 견딜 수가 없게 될 거요. 그러면 철군이 불가피할 테고 그 후방을 공격하는 것은 일도 아닐 것이오."

조조가 말했다.

"오소라, 그 크기도 만만치는 않겠소."

"승상도 생각해보시오, 통상적으로 사람이 하루 3승(升은 되, 통상 600g)~5승(1kg)을 소비합니다. 대개 빈민구제 사업을 할 때 3승 정도를 주지만 전쟁을 치러야 할 군인들에게 그 정도의 양은 부족하지요. 그러니 우리(원소군)는 대개 5승 정도를 주는 편이었소. 여기는 어떻소?"

조조가 대답했다.

"우리도 그 정도요. 요즘은 식량 사정이 좋지 못해서 대략 4승 정도를 주고 있소."

허유가 말했다.

"여기서는 1석石(섬)을 얼마로 치고 있소? 내가 듣기로 20두를 한 석으로 치는 경우도 있고, 15두를 한 석으로 치는 경우도 있다고 하던데."

"우리는 15두를 한 석으로 치고 있소."

"원소군도 마찬가지요. 그러면 군인 한 사람이 하루 5승을 소비한다고 하면 한 달은 150승, 10승이 1두이므로 병사 한 사람이 한 달에 먹어치우는 곡물이 15두, 즉 곡물 1석이 되는 것이오. 따라서 1만 명의 군인이 소비하는 식량은 통상적으로 1만 석이 조금 넘는 수치요. 대체로 보면 1만 1천~1만 2천 석 정도로 추정되오. 그러니 지금 원소군은 8만 대군이므로 1개월간 소비하는 곡물의 양은 거의 8만 5천 석에 가깝소. 가히 상상도 못하는 수치요."

조조가 고개를 끄덕이며 말했다.

"거기에 부식까지 포함하면 거의 9만 석이겠군요. 그러면 군막 하나에 100석의 곡물을 보관한다고 하면 군막만 해도 거의 900개이니 작은 도시 하나가 오소에 있는 셈이로군. 참으로 어마어마한 숫자가 아니오?"

허유가 다시 말했다.

"더구나 9만 석에 가까운 곡물을 수송하려면 어찌 되겠습니까? 말수레 하나에 20석을 실으면 4,500대가 필요한데 원소군의 보급로는 업도에서 여양·백마·연진을 거쳐 오소에 이르러야 하니 그 보급로의 길이가 거의 전쟁을 치르는 수준입니다. 만약에 오소를 불태우면 원소군은 이내 철수하고 말 거요."

조조는 크게 기뻐하며 허유에게 당분간 편안하게 쉴 수 있도록 관저를 마련해주었다. 다음날 아침, 전군 지휘관들이 다 모였다. 먼저 장요가 조조에게 진언했다.

"어제 저도 허유의 말을 들었는데 오소의 방비가 그처럼 허술하다는 것이 이해가 되지 않습니다. 승상께서는 가벼이 움직이지 마십시오. 허유의 속임수가 아닐까 두렵습니다."

정욱이 말했다.

"제가 보기에도 허유란 작자가 석연찮게 느껴집니다. 그가 말한 허도에 대한 분석도 그렇고 그가 투항한 이유도 납득할 수 없습니다."

이전도 거들었다.

"심배가 그 동안 써온 작전을 보면 기상천외한 것이 많습니다. 이것도 그런 종류가 아닐까요?"

대부분의 참모와 장수들이 반대하고 나섰다. 조조도 허유에 대해 완전히 신뢰하지는 못하고 있었다. 이때 순유가 말했다.

"그렇지 않아요. 허유가 여기에 온 것은 어쩌면 하늘의 뜻입니다. 분명한 것은 아군의 군량미가 보름이면 떨어진다는 것입니다. 이제

한 달을 버티기가 어려워요. 만일 허유의 계책이라도 따르지 않는다면 우리는 앉아서 날벼락을 맞거나 허도로 철수할 운명입니다."

가후가 이에 동조하면서 말했다.

"문제는 항상 상식적으로 풀어야 합니다. 대군과의 전쟁에서는 보급선의 보호가 생명입니다. 설령 허유의 말이 아니더라도 적의 병참 기지를 찾아서 공격하지 않으면 안 되는 입장입니다. 그 동안 아군은 정탐병이나 첩자를 이용했는데 그것도 이제 어려워졌습니다. 허유를 세작으로 볼 수도 있습니다. 설령 그의 말이 속임수라 해도 오소는 벌판 한가운데 있기 때문에 빠져나올 수 없는 험지가 아닙니다. 그리고 우리는 성을 방어하고 있기 때문에 설령 작전이 실패한다 해도 큰 피해를 보지는 않을 것입니다. 일단은 시도해야만 이 난국을 타개할 수 있습니다."

다시 순유가 말했다.

"만약 허유가 편지로 이 같은 사실을 전했다면 우리는 그를 의심할 수도 있습니다. 그러나 그가 위계에 의해 아군 진영에 왔다면 그는 어차피 살아남지 못합니다. 허유는 그런 식으로 충성을 바칠 위인은 아닙니다."

조조는 이 말을 끝으로 오소 공격을 결정했다.

"이번 전투에는 내가 직접 가겠다. 오소를 지키고 있는 순우경도 내가 잘 알고 있는 사람이니 전황을 보다 정확하게 파악하고 대처할 수 있을 것이다."

조조는 즉시 힘이 세고 날랜 기병과 보병 5천을 선발하여 낮에 충분히 자도록 한 후 그날 밤 오소로 출발했다. 조조는 출발하기 직전에 참모와 장수들을 불러서 당부했다.

"원소가 우리의 허점을 노려 기습할지도 모르니 방비를 단단히 하라. 장요·허저·서황·우금은 나를 따라갈 것이다. 순유와 가후는 성을 지켜라. 하후돈·하후연은 각 2천 명씩 왼쪽에 매복하게 하고 이전은 2천 명으로 오른쪽에 매복하여 만일의 사태에 대비하라. 그리고 허유를 편하게 모셔라."

조조는 오후 3시에 출발했다. 장요와 허저를 전군에 세우고 서황·우금을 후군에 세운 뒤 조조 자신은 중군이 되어 군사를 이끌고 오소를 향해 나갔다. 초겨울의 바람이 불어오고 있었다. 평원은 황량하고 조용한데 오직 병사들의 발소리와 창검 부딪치는 소리, 말발굽 소리만이 잦아드는 어둠을 맞이하고 있었다.

밤 11시가 지나자 멀리 원소군의 병참기지가 보이기 시작했다. 조조는 군령을 내려 5천 군사는 준비한 원소의 깃발을 들게 하고 보병들은 준비한 짚단을 하나씩 짊어지게 했다. 이 짚단들은 원소의 군량미를 소각할 용도로 준비된 것이었다. 그리고 말 울음소리가 가급적 들리지 않도록 재갈을 물리고 보병들에게는 함매衡枚(진군할 때 소리내지 못하게 입에 물리던 장비)를 목 뒤로 매게 했다. 그날 따라 하늘에는 주먹만한 별들이 등불처럼 무수히 떠 있었다.

드디어 전군이 오소의 병참기지에 도착했다. 조조가 바라보니 오소의 병참기지는 끝이 잘 보이지 않을 정도로 거대한 도시가 되어 있었다. 병참기지가 너무 넓어서 군사들이 일일이 다 진지를 세우지도 못하고 군데군데 초소를 만들어 지키고 있었는데 그 간격이 거의 500보가 넘는 듯했다. 조조는, 전군은 정문으로 들어가게 하고 자신이 인솔하고 있는 중군의 대부분 병력을 그 사이사이 비어 있는 틈새로 침투시켰다. 후군은 만약의 사태에 대비하여 외곽의 방어를 담당하게 했다.

조조는 전군의 전령에게 가능하면 순우경을 사로잡아야겠지만 조금이라도 힘들면 그대로 시살하라고 명했다. 이미 군인으로서 활용 가치도 없는 순우경을 잡기보다는 오소 전체를 불태워 없애는 것이 더 중요한 일이기 때문이었다. 과거에 친분이 있는 순우경을 공연히 관도로 데려가면서 행군이 늦어질 우려도 있었다. 지금은 오소 공격 작전을 끝내고 빨리 관도로 철수하는 것이 더 시급한 문제였다. 조조의 전군 병사들이 병참기지의 정문에 도착하자, 입구를 지키고 있던 군사들이 다가왔다. 그 가운데 장교 하나가 어디서 오는 군사들인지 물었다. 조조의 전군 장교 하나가 대답했다.

"내일 전투에 앞서 원소 장군의 영을 받들어 군량미를 수령하러 왔소. 저 뒤에 장군기 옆에 계신 분이 바로 장기 장군이시오."

"그래요? 본래 오늘 새벽 4시경에 오시기로 되어 있지 않소?"

"내일 작전이 중요하다고 해서 일찍 출발했소. 그래 그 동안 적진의 상황이 보고된 바는 없었소?"

"글쎄, 별다른 적정을 보고 받은 바는 없소. 이곳은 철저히 숨겨진 장소이니 적의 침투가 어디 가능하겠소?"

원소군의 병참 장교가 어둠 속에서 좀 멀리 떨어져 있는 가짜 장기 장군을 유심히 보는 듯하더니 줄지어 펄럭이는 원소군의 군기를 보자 큰 의심 없이 조조의 전군을 통과시켰다. 전군이 정문을 통과할 즈음 조조는 중군과 후군을 병참기지 주변에 매복시켰다. 병참기지로 들어간 조조의 군사들은 여러 곳에 설치된 원소의 진영을 거리낌 없이 침투해 들어갔다. 이미 시간은 새벽 3시를 지나고 있었다.

장요는 오소에 들어가자마자 군사들에게 군량미가 들어차 있는 군막에 일제히 불을 붙이라고 신호했다. 군사들은 장요의 명에 따라 준비한 홰에 불을 붙이니 불어오는 초겨울 바람을 타고 군막들이 거세게 불타올랐다. 이때를 맞추어 기지 외곽에서 매복하던 조조군의 병사들도 일제히 공격해들어가 원소군의 군량미 창고에 불을 붙였다. 넓은 벌판에 걷잡지 못할 불길들이 솟기 시작했다. 삽시간에 오소의 새벽은 불바다가 됐다. 원소군들은 허겁지겁 잠에서 깨어나 조조군과 맞붙었으나 조직적으로 침투하는 조조군을 당해내지 못했다. 여기저기서 군공을 세우려는 조조군 병사들이 원소군 병사들을 죽여서 코를 베어갔다.

장요와 허저의 병사들이 장군막을 공격해 들어갔다. 이때 평소처럼 술에 취하여 곯아떨어져 있던 순우경은 함성과 코를 찌르는 연기에 정신이 번쩍 들어 깨어났다.

"무슨 일이냐!"

순우경은 몸을 추스를 사이도 없이 장군막을 치고 들어온 장요에 의해 결박을 당했다. 아직 술에서 깨어나지 못한 순우경은 얼결에 생포되고 말았다. 한편 장기는 군량미를 운반해 오다가 오소에서 큰 불기둥이 솟아오르는 것을 보고 급히 달려왔다. 원소군이 급하게 몰려오는 것을 본 조조의 척후병들이 날 듯이 달려가 조조에게 보고했다.

"적병이 뒤에서 몰려오고 있습니다."

"원소의 병참기지를 모조리 다 태우려면 시간이 좀더 걸릴 것이다. 후군은 뒤에서 달려오는 적들을 방어하라. 그리고 중군은 계속 진격하여 적의 병참기지를 남기지 말고 신속히 소각하라. 전군은 최선을 다하라. 전쟁은 오늘로 끝이 날 것이다."

또 조조는 서황과 우금을 불러 원소군이 불길만 보고 정신없이 달려올 테니 매복으로 이를 격퇴하라고 지시했다. 준비된 조조의 군사들은 준비되지 않은 오소의 병참기지를 빠른 시간 안에 잿더미로 만들어갔다. 사방에서 치솟는 불기둥 위로 검은 연기가 하늘을 가려 오소 일대를 삶아놓는 듯했다.

원소의 장수 목원진과 조예가 구원병을 이끌고 오소로 달려왔지만 곳곳에 복병을 만나서 거의 시살당하고 나머지는 조조군의 공격에 밀려 온 길을 다시 돌아갔다. 동이 트면서 희뿌옇게 밝아오는 햇살이 간밤에 화마에 휩쓸린 오소의 폐허를 비추었다. 한바탕 전쟁이 가라앉자 사로잡혔던 순우경이 조조 앞으로 끌려왔다.

"저놈의 귀와 코, 손가락을 잘라버리고 말에 묶어 원소 진영으로 돌려보내라."

조조의 혹독한 처사에 바로 영을 시행하지 못하고 있는 장졸들을 향해 조조가 다시 차가운 표정을 지으며 말했다.

"한때는 나를 도왔던 저자를 혹독하게 대하는 것은 군사들의 생명줄이나 다름없는 곳을 맡고 있으면서도 방만하게 자기 책임을 방기한 장수의 죄가 엄청나기 때문이다."

한편 심배는 연진에 있다가 오소 방면에서 거대한 불기둥이 솟아

원소군의 군량이 쌓여 있던 오소는 순식간에 불바다로 변한다. 패전의 결정적인 책임은 순우경에게 있지만, 원소 진영 내부 신·구 갈등의 희생자였던 순우경의 불만도 이해할 수 없는 것은 아니다. 원소 진영 내부에서 치고 올라오는 신세대에 밀려 날로 경원시되던 순우경의 마음을 달랠 수 있는 것은 술밖에 없었다.

오른다는 보고를 받았다. 심배는 바로 원소에게 전했다. 이때 장막 안에서 쉬고 있던 원소는 오소가 조조의 손아귀에 들어갔음을 직감하고 급하게 장수들을 불러모았다. 자다가 불려온 모사와 장수들은 오소가 불타고 있다는 소리를 듣고 아연실색하다가 뭔가 대책을 구하기 위해 생각을 모았다. 장합이 먼저 원소에게 말했다.

"제가 고람과 함께 가서 오소를 구하겠습니다."

그러자 곽도가 나서서 이를 막았다.

"여기서 오소까지는 가까운 거리가 아니오. 지금 간다고 해도 이미 조조군은 일을 끝내고 철수했을 가능성이 더 높아요. 아직까지 전령이 오지 않아서 정확한 상황을 알기는 어렵지만, 만약에 조조가 오소를 공격했다면 그것은 상당한 군대가 이동했음을 뜻합니다. 왜냐하면 오소에 주둔중인 우리 병력도 적은 병력은 아니니 말이오. 그러니 지금 관도는 비어 있을 것이오. 오소로 갈 것이 아니라 현재 관도에 주둔중인 병력들과 합류하여 관도를 총공격해야 할 것입니다."

원소가 심배에게 물었다.

"현재 관도성은 제대로 포위하고 있나?"

"거의 1년 여 동안 공격하고 있으나 적의 저항이 워낙 완강하여 일단 우리 군사는 관도성으로부터 대략 10리 정도 뒤로 물러나 군영을 구축했습니다. 적의 기습전과 전격전을 대비하기 위해서입니다."

"그렇다면 지금 당장 관도성을 총공격하기는 어렵겠군."

곽도가 말했다.

"만약 오소가 공격을 당했다면 아군은 내일부터 철수를 시작해야 할 상황입니다. 군사와 말을 먹일 식량이 없으니 어떻게 전쟁을 계속하겠습니까? 그러나 지금이라도 늦진 않을 것입니다. 관도 외곽에 주둔중인 군영에 전령을 보내어 장합과 고람의 군대를 돕게 하시고 장합과 고람은 지금 당장 관도 쪽으로 보내시는 것이 좋을 듯합니다. 만약 아군이 조조의 본진이 있는 관도성을 공격하려 한다는 것을 알면, 조조군은 반드시 오소에서 관도로 돌아올 것입니다. 문제는 시간입니다. 누가 더 빨리 관도에 가느냐 하는 것입니다. 이 전법은 손빈孫臏이 위나라를 포위해 조나라를 구한 계책과도 같습니다. 즉, 포위당한 아군을 구하기 위해 적의 근거지를 공격하는 것입니다. 과거에 위나라가 조나라의 수도 한단邯鄲을 포위 공격하자, 제나라가 위나라의 본거지를 포위 공격하여 조나라를 구원했던 것과 같은 이치입니다."

장합이 이에 반박했다.

"제가 보기에는 다르오. 조조는 꾀가 많은 사람인데 밖으로 대병을 이끌고 나가면서 안을 허술하게 두었을 리가 있겠소. 사실 관도는 우리가 거의 1년 동안 함락시키지 못하고 있습니다. 지금 우리가 관도로 출발하는 과정에서 관도에 주둔중인 부대와 연락이 두절되어 돌아오는 조조군과 마주치면 우리조차도 모두 포위당할 수 있어요."

고람도 이에 동조했다.

"수가 적다고 조조군을 과소평가해서는 안 됩니다. 아군이 거의 8개월 동안 관도성을 포위하고도 이를 함락시키지 못한 점을 생각하셔야 합니다. 지금까지 우리는 그들의 열 배나 되는 병력을 가지고 있으면서도 백마·연진·관도·오소 등에서 계속 패전했습니다. 그런데 상황을 정확히 모르는 상태에서 군사를 몰고 간다는 것은 위험천만입니다."

곽도가 다시 설득했다.

"조조는 지금 오소를 공격하여 양곡을 태우는 데 혈안이 되어 있습니다. 조조군의 본진이 관도를 방비한다 해도 그 힘이 미약할 것입니다. 조조는 때로 모험도 불사하는 사람 아닙니까?"

이 같은 논의를 하던 중에 오소에서 전령이 왔다.

"오소는 불 공격을 받아서 완전히 파괴되었습니다. 대부분의 병사들은 전사하거나 위수衛戍(오소를 말함) 지역을 이탈했습니다."

원소는 전령의 보고를 받고 즉시 장합과 고람에게 5천 군사를 거느리고 조조를 공격하러 관도로 가게 했다. 또한 관도에 주둔중인 부대에게 명해 장합과 고람의 군대와 합류하여 관도성을 함락시키라고 명령했다. 이때 귀와 코, 양 손가락이 모두 잘린 순우경이 돌아왔다. 원소가 어이가 없어 얼굴을 붉히며 소리쳤다.

"이게 어떻게 된 일이냐?"

순우경과 함께 온 패잔병이 기어들어가는 목소리로 대답했다.

"적이 공격해올 때 순우경이 술에 취해 자고 있던 죄를 물어 조조가 그렇게 한 것입니다."

원소는 화가 폭발한 듯 몸을 부르르 떨며 당장 칼을 들어 순우경의 목을 쳤다.

한편, 조조는 오소의 대부분이 불에 탄 것을 확인하고는 군대를 수습해 관도로 향했다. 오소에서 관도로 가려면 작은 내 두 개를 건너야 했다. 오소는 제수濟水와 복수濮水가 만나는 지점에 있고 그것을 건너면 이내 넓은 화북평야가 펼쳐진다. 여기에서 관도로 가다보면 관도 앞 20리 부근에서 다시 내 하나가 흐른다. 조조군은 이 내를 관도천官渡川이라고 불렀다. 그런데 관도천에 이를 즈음 먼 발치에서 먼지가 일어나더니 바람을 타고 흩어졌다. 척후병들이 와서 보고하기를 원소군이 관도를 향해 가고 있다고 했다.

"저 부대는 아마 원소가 증원한 부대임이 틀림없다. 군대를 격파할 때는 반드시 큰 것을 나누어 격파해야 한다. 우리는 오늘 대전과를 올렸다. 한시라도 빨리 관도성으로 들어가야 한다. 다만 우리 갈 길을 재촉하되 2천여 정예기병은 저 앞의 원소군을 굳이 섬멸하지 않아도 좋으니 진영을 무너뜨려 타격만 입히고 복귀하라. 그리고 보병들은 신속하게 관도천 상류로 5리쯤 이동하여 관도의 남문 쪽으로 들어가 아군의 엄호를 받으면서 복귀하라. 일단 성안으로 들어간 부대는 휴식을 먼저 취하라. 지금 눈앞의 적들은 아직 관도천의 절반도 건너지 못했다. 지금이 공격의 적기이다. 지금 공격하면 저놈들은 내를 건널 수도, 건너지 않을 수도 없게 된다. 허저와 장요는 서둘러 출발하라."

허저와 장요는 이내 기병을 몰고 원소군의 후미를 공격하기 시작했다. 관도천을 건너고 있던 장합·고람의 군대는 조조군의 기습으로 후군이 심하게 어지러워져 대오가 흩어지기 시작했다. 그러자 앞서갔던 전군이 이를 지원할 수밖에 없다고 여겨 관도천을 이미 건넜던 전군을 도로 불렀다. 그러나 후군이 밀려서 앞으로 쫓겨가는 상태에서 전군이 다시 관도천을 건너자 작은 강이지만 강 안으로 원소군이 몰려 있는 상황이 되고 말았다.

허저와 장요는 기병을 시켜 강 안쪽에서 원소군이 밖으로 나오지 못하도록 고립시키게 한 다음 화살을 퍼붓기 시작했다. 강 안에 갇히다시피 한 원소군은 쑤셔놓은 벌집처럼 혼란에 빠지고 말았다. 장합·고람은 일단 다른 길을 돌아서 양무 쪽으로 퇴각하라고 명했다. 그러나 수많은 원소군이 강을 빠져나오지 못하고 죽어갔다. 겨울 강이라 물은 많지 않았지만 죽은 원소군의 시체에서 흘러나온 피로, 강

조조군이 원소의 잔여세력을 물리치기 위해 출병한다.
곰과 호랑이, 송골매와 주작 등 옛 중국에서 이용되던 깃발이
화려하게 펄럭이고 있다. '기(旗)'는 군사활동과 관련하여 예부터
다채롭게 발달했는데, '여(旅 : 여단)'나 '족(族 : 혈족을 기반으로 삼은
군사 단위)'과 같은 글자는 이러한 사실을 반영한다는 연구가 있다.

은 검붉은 물감을 뿌려놓은 듯했다. 겨우 목숨을 구한 장합·고람은 패잔병들을 거느리고 일단 가까운 양무로 돌아갔다. 한편 곽도는 자신의 계책이 실패로 돌아간 것에 대한 책임을 두려워하여 원소를 만나 둘러댔다.

"이번 전투에서 장합·고람 두 사람이 과연 제대로 싸웠는지 의심스럽습니다. 관도천에서 조조군의 기습에 당했다는 것도 석연치가 않습니다. 왜냐하면 그들이 습격당한 장소는 관도 주둔군의 위치와 매우 가까운 거리에 있습니다. 그렇게 볼 때 이들이 평소부터 조조에게 투항할 마음을 먹고 있지 않았나 싶습니다. 장합은 떠나기 전에, 아군이 관도로 가는 도중에 조조군과 마주치면 포위당하여 죽을 것이라 했습니다. 그것은 마치 포위당하는 것을 예견하고 있음을 보여주는 말이 아닙니까?"

원소는 이 말을 듣고 일단 장합·고람을 연진으로 불러서 조사하라고 지시했다. 곽도는 다시 장합·고람이 주둔하고 있는 양무로 은밀히 사람을 보내 말을 전하게 했다. 장합은 패잔병을 이끌고 양무의 외곽에 주둔하고 있었는데 곽도가 보낸 전령으로부터 '주공께서 장군들을 죽이려 합니다'라는 청천벽력 같은 말을 전해들었다. 패전의 책임이 없는 바는 아니지만 장합은 분명히 이번 출진을 반대했는데 이제 와서 그 책임을 묻고 있으니 분통이 터졌다.

오소가 불탄 지 닷새를 넘기지 못하고 원소군에서는 전군에 동요가 일기 시작했다. 8만 대군의 식량문제가 바로 대두된 것이다. 굶고 있는 병사들에게 군령이 먹혀들기 어려웠고 군의 사기도 급속히 떨어졌다. 특히 관도에 주둔하고 있던 원소군의 동요는 극심했다. 이 지역은 다른 곳과 달리 현지조달이 거의 불가능한, 말 그대로 전선이었기 때문이다.

이즈음 장합·고람에게 원소가 보낸 사자가 왔다.

"두 분 장군님은 신속히 연진으로 복귀하라는 주공의 명을 전하러 왔습니다."

고람이 사자에게 물었다.

"주공께서 우리를 부르는 까닭이 무엇이오?"

"그것을 제가 어찌 알겠습니까?"

사자의 기색을 살피던 고람이 갑자기 칼을 빼어 사자의 목을 쳐버 렸다. 장합이 깜짝 놀라서 어쩔 줄을 모르자 고람이 말했다.

"지금 연진에서 계속 이상한 말들이 오가고 있소. 원소는 야전 장 군보다 심배·봉기·곽도를 신임하고 있어요. 원소를 믿고 있다간 반드시 조조에게 잡히는 날이 올 것이오. 앉아서 당할 일이 뭐 있겠 소? 차라리 조조에게 투항합시다."

장합·고람은 2천여 군사를 거느리고 조조의 진영에 투항했다. 투 항 병력은 많지 않았지만, 이 일은 원소군 전체에 큰 충격을 주었다. 오소의 파괴로 식량에 대한 압박이 전군에 미치고 있는 가운데 장수 두 명이 다시 조조군에 투항했으니 이로써 원소군의 사기는 땅바닥 으로 곤두박질쳤다. 하후돈이 장합·고람의 투항사실을 보고하면서 조조에게 진언했다.

"장합과 고람이 투항해왔는데 이들의 진의를 정확히 알기는 어렵 습니다."

조조가 말했다.

"그 말도 틀리지는 않지만 내가 사람을 성심껏 대하면, 설령 그자 들이 딴마음을 품었다가도 나를 따를 것이다. 만약 내가 그렇게 하지 못하면 나는 사람을 잘못 대한 것이다."

조조는 곧 문을 열어 두 사람을 맞아들였다. 장합과 고람은 갑옷과 투구들을 벗어놓고 땅에 엎드려 조조에게 절했다. 조조는 이들을 일으켜세우며 말했다.

"저는 두 분께서 원소에게 무모한 공격을 하지 않도록 여러 번 간언했다는 말을 들었습니다. 원소가 만약에 두 장수의 말을 들었더라면 상황은 훨씬 좋았을 수도 있었겠지요. 두 장군이 나를 찾아준 것은 주왕의 서형庶兄이었던 미자微子가 은殷나라의 주왕에게 여러 번 간했으나 듣지 않아 은나라를 떠난 것이나, 초나라의 한신이 처음에는 항우를 섬겼으나 인정받지 못하자 한고조 유방에게 돌아온 것과 같소이다. 그러니 내가 어찌 기쁘지 않겠소."

조조는 장합을 편장군 도정후都亭侯에 봉하고, 고람에게는 편장군 동래후東萊侯의 벼슬을 내렸다. 장합과 고람은 조조의 대우에 크게 만족했다. 병력의 절대 우세를 믿고 기세등등했던 원소군은 허유가 조조에게 투항하여 오소를 붕괴시키도록 하고, 이어 장합·고람이 투항함으로써 완전히 전의를 상실했다. 장합·고람이 투항했다는 소식을 듣자 허유가 조조를 찾아왔다.

"승상, 바로 지금입니다. 원소군은 이미 군심이 떠났습니다. 이때를 놓치지 마십시오. 원소군을 사정없이 몰아붙여야 할 때입니다."

"나도 그리 생각하고 있으나 누구를 내세워야 할지가 걱정이오."

"걱정하실 것 없습니다. 적의 사정을 가장 잘 아는 장합과 고람을 선봉에 세우면 될 것이 아닙니까?"

"과연 그렇겠군요."

조조는 곧 장합·고람에게 군사를 몰고 나가 원소의 진영을 치라는 명을 내렸다. 그날 자정쯤에 조조의 군사는 세 갈래 길로 나뉘어 원소의 진영을 기습했다. 1로군은 장합·고람이 이끄는 군대로 양무를 공격하고, 2로군은 장요·서황이 맡아 연진 쪽을 공격하고, 3로군은 우금·이전이 이끄는 부대로 관도에 주둔하는 원소군을 습격했다. 군심이 어지러운 판에 또다시 조조군의 기습을 받자 원소군은 극심한 혼란에 빠졌다. 특히 장합·고람이 이끄는 군대가 양무를 공격하자 양무의 원소군은 싸울 의지를 잃고 말았다. 관도에 주둔중인 병사들조차도 일진일퇴를 거듭하면서 연진 쪽으로 후퇴했다. 순유가 다시 조조에게 계책을 일렀다.

"지금 적은 군량미 공급이 문제이긴 하지만 그래도 아직은 강병입니다. 이들을 격파하기 위해서 심리전을 이용하도록 하시지요. 부대 주변에 많은 세작들을 풀어서 여러 곳에 동시다발로 유언비어를 퍼뜨리십시오."

조조가 말했다.

"구체적으로 얘기해보게. 지금 적은 양무와 연진 그리고 오소에서 퇴군중인데 어떻게 유언비어를 퍼뜨린다는 말인가?"

순유가 말했다.

"지금 적은 궤멸 직전에 있습니다. 원소는 현재 연진에 있는 것으로 파악되고 있습니다. 만약 그가 쫓기게 되면 황하를 건너야 하는데 그가 택할 길은 아마도 여양의 맞은편에 있는 백마가 될 것입니다. 우리가 연진의 서남쪽에 있는 산조酸棗를 먼저 점령하고 원소의 근거지인 업도를 공격한다고 소문을 내는 것입니다. 또한 허도에서 온 증원군이 여양을 점령하여 원소군의 돌아갈 길을 끊는다고 소문을 퍼뜨리십시오. 그러면 원소는 반드시 군을 나누어 아군을 막으려 할 것입니다. 이를 이용하여 우리는 흩어지는 원소의 관도 주둔군을 완벽히 격파할 수 있을 것입니다. 관도 주둔군이 무너지면 원소도 끝이 나는 것이지요."

조조는 순유의 계책에 동의하고 즉시 세작을 총동원하여 순유가 말한 대로 소문을 퍼뜨리라고 명했다. 닷새를 넘지 않고 이 소문은 원소의 귀에 들어갔다. 원소는 봉기를 불렀다.

"조조군의 동향에 대해 들었겠지?"

"첩보에 의하면 조조가 군사를 양쪽으로 나누어 업도와 여양을 동시에 공격하여 아군의 퇴로를 끊고 아군의 근거지인 업도를 취한다는 것 같습니다."

"그게 사실인가?"

"그것을 전반적으로 확인하기는 매우 어려운 형편입니다. 일단 심배 장군이 적과 교전하면서 관도 주둔군을 퇴각시키고 있기 때문에 다른 부대를 통솔하기는 어려운 상태입니다. 그리고 모든 전선에 걸쳐 퇴군하고 있기 때문에 연락이 효과적으로 이루어지고 있지 못한 상태입니다."

"현재 아군의 총병력은 얼마인가?"

"관도 전쟁을 시작할 때는 10만 대병이었으나 백마에서 5천~6천 명의 병력 손실이 있었고 연진에서 1만여 명의 대병을 잃었습니다. 오소에서 역시 1만여 명의 병력 손실이 있었습니다. 뿐만 아니라 관도성 공격에서 1만여 명이 희생되었습니다. 그리고 크고 작은 전투에서 거의 1만여 명의 손실이 있었습니다. 따라서 현재 남은 병력은 거의 5만여 명에도 못 미치고 있습니다."

"그런데 조조군은 얼마나 된다고 하더냐?"

"조조는 워낙 위계에 능한 놈이라 정확하게 파악하기는 어려우나 원래 관도성에는 2만여 명 이하의 군사가 있는 것으로 파악됩니다. 그 동안 수많은 전투 결과, 병력 손실이 아마 1만여 명에 달한 것으로 보입니다만 첩보에 의하면 허도로부터 다시 병력이 투입된다고 합니다."

봉기의 말에 원소는 울화통이 터졌다.

"안 되겠다. 일단 병사 2만을 동원해 업도를 구하도록 해야겠다. 원상袁尙에게 병사들을 지휘하여 업도로 회군하도록 하라. 나도 이들을 따라가겠다. 그리고 심배에게 관도에서 철군하고 있는 2만여 명 가운데 1만여 명을 차출하고 현재 연진과 양무에 있던 병력을 모아 2만을 만들어 여양을 보호토록 하라. 심배에게 군령을 전하고 신명辛明을 불러서 여양으로 갈 때까지 총지휘를 맡도록 하라. 그리고 심배는 남은 1만 군대로 철군작전을 차질 없이 수행하여 여양으로 귀환하라고 하라."

철수하면서도 워낙 저항이 완강하여 고전하던 조조군의 진영에 낭보가 들어오기 시작했다. 원소군의 전열이 급격하게 흩어지고 있으며 황하는 원소군의 철수병력으로 밤낮없이 배가 오가고 있다는 것이었다. 조조는 원소군이 움직였다는 소리를 듣고 여덟 군데로 군사를 나누어 일제히 원소군의 본진으로 치고 들어갔다. 관도에서 퇴각하던 1만여 명의 원소군은 조조군의 대대적인 공격으로 전열이 완전히 붕괴되고 말았다.

원소군이 붕괴되자 심배는 심복들 수십 기만 데리고 겨우 연진에 도착했다. 이미 원소는 막내아들 원상과 함께 여양으로 철수해버리고 없었다. 심배는 연진에 설치되었던 사령부를 수습하여 황하를 건너기로 되어 있었으나 워낙 다급하여 사령부를 정리할 틈도 없이 연진을 빠져나가버렸다. 조조는 추격의 속도를 높여 연진에 도착했다. 그곳은 원소군이 급하게 철수한 탓에 아수라장이 되어 있었다.

조조는 주인이 떠나고 없는 사령부 막사를 돌아보았다. 다급해진 원소가 경황없이 황허를 건너려 한 흔적들이 여기저기 남아 있었다. 여러 가지 문서와 책·무기·금은보화 등이 그대로 내팽개쳐져 있었다. 조조는 더 이상 원소군을 추격하지 말라고 명하고 노획물들과 전리품들을 거두어 본진으로 돌아왔다. 조조는 전리품들을 한곳에 모아 군사들에게 모두 나누어주게 했다. 얼마 후 한 병사가 정방형의 고급스러운 칠기로 된 보물함 같은 것을 들고 와 조조에게 바쳤다.

"이 함 속에 편지 꾸러미와 서류 등이 많이 들어 있는데 승상께서 보시는 것이 좋을 것 같아서 가지고 왔습니다."

조조의 부하 장수가 함을 열어보니 허도의 인사들이 원소와 내통한 밀서와 기밀급 서류들이 한 묶음 들어 있었다. 이를 본 측근들이 말했다.

"밀서를 주고받은 놈들을 모두 색출해 죽여버려야 합니다."

잠시 조조가 생각에 잠기는 듯하더니 고개를 흔들며 말했다.

"사람은 누구나 나약해질 때가 있다. 이 일은 내가 원소군보다 약했을 때 일어난 일이다."

조조는 밀서를 묶음째로 모두 불태워버리고 두 번 다시 이 일에 대해 거론하지 말라고 엄명을 내렸다. 그날 밤 조조는 막사를 빠져나와 하늘에 총총 떠 있는 별을 올려다보며 이리저리 걸었다. 이때 가후 역시 잠을 이루지 못하고 밖을 배회하다 조조와 마주쳤다. 둘은 아무 말 없이 어깨를 나란히 하고 몇 걸음 걸었다. 잠시 후 조조가 가후에게 말했다.

"봄에 시작된 전쟁이 겨울이 되어서야 끝이 나고 있소. 오늘은 이긴 전쟁을 승리로 장식한 밤이오. 처음부터 참으로 힘든 전쟁이었소. 이번 전쟁만큼 많은 군인들이 죽은 적이 있었을까요? 이제 전쟁을 끝내고 나니 볏단처럼 쓰러져간 병사들이 생각나는구려."

가후가 낮은 목소리로 대답했다.

"승상의 후덕함이 먼저 간 영령들에게도 미쳐 모두 고이 잠들 것입니다."

"그렇지 않소. 죽은 자는 그렇다 해도 남은 가족들은 또 얼마나 기가 막히겠소. 그들을 구제할 방법들을 찾아야 할 것이오."

조조는 작은 야전용 탁자와 술 한 병을 가져오게 하여 가후와 마주 앉아 술잔을 기울였다. 조조가 술 한잔을 비우더니 가후에게 말했다.

"내가 오늘 밤을 기념하여 노래를 한 곡 부르고 싶소."

가후가 다시 술을 따르자 조조가 노래했다.

어두운 하늘로
흩어져가는 불꽃
전진戰塵의 자취 위에
젊음의 아우성이 들린다.
핏빛 가득한 대지 위에
묻어버린 꿈과 사랑
고향으로 가지 못하는 영령이
겨울 바람을 타고
파도처럼 하늘로 오르내리며

나를 부른다.

누구라서 알 것인가

치국治國의 푸른 꿈은 바래고

시詩의 가슴이 얼어붙고 있는 것을!

말발굽 소리도 그치고

진군의 북소리도 멈춘 밤

영영 뜨지 않을 병사의 눈꺼풀 위에도

새 아침은 오는가?

어두운 하늘로

흩어져가는 저 불꽃.

노래를 듣고 난 가후는 조조를 찬양하며 말했다.

"승상께서 죽어간 병사들의 가슴 아픈 사연들을 조상하시니 그들도 피아彼我와 관계없이 중원통일 대업을 가슴속으로 바랄 것입니다."

조조가 말했다.

"그러나 어떤 변명도 저들의 죽음에 대한 위로가 되지는 못해요."

가후는 조조를 보며 생각했다.

'일을 처리할 때는 그렇게 주도면밀하고 냉혹하기조차 한 사람이 이처럼 감성적일 줄이야. 지금 중원 땅에서 저만한 인물을 찾기란 쉽지 않을 것이다.'

다음날 아침 병졸들이 원소군의 참모인 저수를 포로로 잡아왔다. 옥에 갇혀 있던 저수는 제때에 달아나지 못하고 뒤늦게 빠져나와 원소에게로 향하려다 조조의 군사에게 붙잡혔던 것이다. 포승줄로 꽁꽁 묶여서 끌려온 저수를 보자 조조는 당장 저수를 풀어주라고 명하고 저수에게 다가가 말했다.

"저수 공, 무례를 용서하오. 그 동안 고생이 많았던 것으로 압니다. 여기 앉으시오."

그러나 저수는 정색을 하고 조조의 호의를 거절했다.

"호의는 감사하나 저는 절대로 투항하지 않을 것입니다."

조조가 저수에게 다시 말했다.

"허어, 누가 공더러 제게 투항하라고 했소? 원소는 무모하여 공의 말을 듣지 않아서 이렇게 패전했소. 세상을 살다보면 이런 일도 있고 저런 일도 있어요. 군이 그렇게 강박적으로 생각하실 일이 뭐 있소. 내가 일찍이 공을 얻었다면 천하에 걱정할 것이 없었을 것이오."

조조는 측근에게 명하여 저수를 후히 대접하고 군중에 머물도록 조치했다. 그러나 그날 밤 저수는 진영에 있는 말을 훔쳐 타고 군영을 이탈하여 황하 쪽으로 도주했다. 저수의 재주를 아껴 살려주려 했던 조조는 저수가 달아났다는 말을 듣고 벌컥 화가 나 당장 쫓아가서 목을 베어버리라고 명령했다. 저수는 황하에 닿기 전에 추격병의 화살을 맞아 죽고 말았다. 병사들이 저수의 시체를 끌고 조조에게 데려왔다. 죽은 저수의 얼굴은 낯빛 하나 흐트러지지 않고 태연했다. 조조는 탄식했다.

"내가 잘못 판단하여 충의지사를 죽였구나!"

조조는 안타까워하며 저수의 장례를 후하게 치러주라고 명했다.

한편 원소가 황하를 건너 여양에 도착하자 대장군 장의거蔣義渠가 나와서 원소를 영접했다. 원소는 장의거를 보자마자 조조군의 동향을 보고하라고 했다. 장의거가 대답했다.

"주공의 영을 받아 황하 유역의 조조군 동향을 낱낱이 감시하고 있었습니다만 별 움직임이 없었습니다. 황하 유역의 선단을 아군이 모두 장악하고 있기 때문에 조조군은 단 한 명도 황하를 건너오지 못하는 듯합니다."

원소의 얼굴이 일그러졌다.

"10만의 대군을 동원하고도 조조놈을 잡지 못했으니 이제 어떻게 해야 한단 말인가?"

원소는 일단 장의거에게 황하를 건너온 원소군을 모두 모아 군을 재정비하도록 명령했다. 원소는 심복 참모들인 주전과 심배와 봉기를 불러서 전반적인 패전의 원인에 대해 추궁했다. 심배와 봉기는 얼굴을 들 수가 없었다. 원소는 탄식하며 말했다.

"모든 책임은 내게 있다. 내가 신중하게 생각지 못하고 전쟁을 결정한 것이 원인이다. 거의 1년 동안 전쟁을 치르면서 기주가 입은 경제적 손실은 이루 말할 수가 없다. 아아, 내가 전풍의 말을 듣지 않고 성급하게 전쟁을 일으켜서 이 꼴이 된 것이 아닌가?"

그러자 봉기가 원소에게 조심스럽게 반박했다.

"정말 주공께 면목이 없는 전쟁이었습니다. 그러나 전쟁의 승패란 반드시 군사력의 크기나 노력만으로 되는 것이 아닙니다. 허유·장합·고람의 투항은 우리가 전혀 예상하지 못했던 일입니다. 사실 장기전에서 보급선의 중요성은 아무리 강조해도 지나치지 않습니다. 적군들이 오소에 보급기지가 있는지 전혀 모르는 상태였음에도 불구하고 조조군의 공격과정을 보면 자로 잰 듯이 정확하였습니다. 이것은 허유가 투항하여 오소의 사정을 상세히 일러주었기 때문입니다. 물론 조조가 기상천외하게도 아군의 포위망을 뚫고 오소를 공격했다는 점은 인정합니다. 그러나 아군 내부에 아군을 교란하는 자들을 우리 스스로 키우고 있었다는 점도 생각해야 합니다. 적과 싸우고 있는 마당에 등뒤에서 도끼를 맞는다면 그 누가 이길 수 있겠습니까?"

원소가 봉기의 말을 들으니 그도 그럴듯했다.

"사공이 많으면 배가 산으로 간다더니 결국 우리가 그 짝이 되었구나. 앞으로 그런 문제들을 어떻게 처리하면 좋겠는가?"

봉기가 말했다.

"패전의 위험은 패전 자체보다 그 후유증에 더 많은 법입니다. 아군의 가장 큰 문제는 국론의 분열입니다. 이제 주군께서 업도로 돌아가시면 주군의 뜻에 반대했던 세력이 날뛸 것입니다. 주군께서는 이 점을 엄중 문책하셔야 합니다. 특히 전풍은 전쟁이 결정되었음에도 불구하고 끊임없이 군심을 동요시키는 짓거리들을 해왔습니다. 이런 자들이 있으니 어떻게 전쟁을 승리로 이끌겠습니까? 그렇지 않아도 전풍은 주공께서 패했다는 소문을 듣고 손뼉을 치며, '내 말을 듣지 않고 고집을 부리더니 패전했다'고 말했다고 합니다. 지금 즉시 업도로 돌아가셔서 허유·장합·고람의 삼족을 모두 멸하시고 전풍도 예외 없이 처단해야 합니다."

원소는 옥에 갇힌 전풍이 자신을 조롱했다는 말을 듣고 아픈 곳을 찔린 것 같아 화가 머리끝까지 솟았다.

"그놈이 끝까지 나를 우습게 보는구나. 당장 그놈을 처단하리라!"

원소는 친위군들을 업도로 보내 봉기가 한 말을 그대로 집행하도록 명했다. 한편 옥에 갇혀 있는 전풍에게 옥리가 와서 기쁜 듯이 말했다.

"기쁜 소식입니다."

전풍이 이 말을 듣자 영문을 몰라 반문했다.

"지금 내게 무슨 기쁜 일이 있단 말인가? 자네가 나를 놀리려는 모양이로군."

옥리가 말했다.

"아군이 패했다고 합니다."

"아니, 아군이 패전한 것이 어찌 기뻐할 일인가?"

"그렇지 않습니다. 원소 장군께서 공의 말을 따르지 않아 크게 패하지 않았습니까? 그러니 원소 장군이 돌아오면 공을 다시 중하게 여기게 될 것이고 다시 벼슬도 높아질 것이 아닙니까?"

이 말을 듣자, 전풍이 쓸쓸히 웃으며 말했다.

"나는 곧 죽게 될 것이야."

옥리가 전풍의 말을 듣고 놀라서 물었다.

"모든 사람들이 이번 패전으로 공께서 크게 기뻐하실 것이라 하는데 공은 왜 오히려 죽을 것이라고 하십니까?"

전풍이 탄식하며 말했다.

"원래 전쟁에서 이기면 논공행상이 따르고, 지면 희생양이 필요한 것일세. 이번 싸움에 승리했다면 내가 살 수도 있었을 것이나 패전했으니 나는 죽을 것이네."

옥리는 도대체 전풍의 말이 믿어지지 않았다. 그런데 그때 원소가 보낸 사자가 왔다. 사자는 칼을 들고 원소의 명이라며 전풍의 목을 내놓으라고 했다. 놀란 옥리는 떨며 전풍을 바라보았다.

전풍이 말했다.

"좋은 새는 가지를 가려서 앉는다고 했는데 나는 내 선택이 옳았는지 장담할 수는 없다. 하지만 대장부로 태어나서 내 뜻을 펴게 해준 나의 주인을 욕되게 할 생각은 없다. 오늘 내가 죽임을 당하더라도 나는 원망할 것이 아무것도 없다. 다만 기울고 있는 해를 바라보며 눈을 감아야 한다는 것이 안타까울 뿐이다. 세상의 일이란 아무리 노력해도 안 되는 일이 있고, 별 노력을 하지 않아도 이루어지는 일이 있음을 이제야 알았다."

전풍은 사자가 들고 있던 칼을 가로채어 자결했다. 업도로 돌아온 원소는 전풍의 소식을 듣고서 마음이 심란해졌다. 전풍의 말을 듣지 않았던 사실이며 허유를 조조편으로 넘어가게 했던 일까지 하나하나 돌이켜보니 후회스럽지 않은 게 없었다. 애초에 강단있게 일을 처리하지 못한데다 오히려 자신의 우유부단함이 국론분열을 자초하고 그 많은 인재들을 관리하는 데 실패했다고 생각하니 마음이 쓰라렸다. 원소는 심신이 피로하고 지쳐 도무지 정사를 돌볼 의욕이 나지 않았다. 그런 가운데 아내 유씨劉氏가 후사 문제를 재차 거론하고 나섰다.

원소는 첩의 소생들 외에 정부인들에게서 얻은 세 아들이 있었다. 첫째 아들은 원담으로 자를 현충顯忠이라 하며 청주를 지키고 있었고, 둘째 아들은 원희袁熙로 자는 현혁顯奕이라 하며 유주를 지키고 있었다. 또 막내는 원상으로 자는 현보顯甫인데 그는 원소가 있는 업도에서 아버지를 모시고 있었다. 이들 가운데 원상은 원소의 후처 유씨의 소생이었고 나머지는 전처 소생이었다. 원상은 날 때부터 용모가 준수했고 커가면서 총명함이 남달라, 원소는 세 아들 가운데 원상을 가장 사랑했다. 원소는 후에 많은 처첩을 거느리면서 후처에 대한 애정은 많이 식었으나 원상만큼은 애지중지했다. 그래서 원소는 늘 원상을 가까이 두었다.

관도 전쟁에서 패하여 돌아온 후로 정사에서 물러나 쉬고 싶은 마음이 없지 않았던 원소는 후사를 정하는 문제를 정식으로 고려해야겠다고 마음먹었다. 원소는 심배·봉기·신평·곽도 등을 불러 후사 문제를 논의했다. 그런데 원소 측근들 가운데서도 심배와 봉기는 원상을 지지하는 편이었고, 신평과 곽도는 원담을 마음에 두고 있었다. 원소가 참모들을 둘러보며 말했다.

"지금 밖으로는 조적曹敵의 무리가 창궐하여 근심이 끊이지 않고 안으로는 아직 국가의 기틀도 제대로 잡지 못하고 있지만 내 나이를 생각해볼 때 이제 후사 문제를 매듭지어둘 필요가 있을 것 같소. 첫째 아들 담은 성격이 너무 강해서 사람들과 화합하는 데 문제가 있을 수 있고, 둘째 아들 희는 성격은 좋으나 우유부단하여 일을 진취적으로 해나가는 데 문제가 있을 것으로 보이오. 막내아들 상은 이들보다는 어리지만 사람을 제대로 대접하는 예절도 알고 영웅적 기상도 가지고 있으니 나는 셋째에게 내 뒤를 잇게 하고 싶은데 공들의 생각은 어떠하오?"

막내인 상을 지지하는 봉기가 말했다.

"예로부터 어진 사람이 대업을 이어야 나라가 편안한 법입니다. 주공께서 어질면서도 장부다운 기개가 넘치는 막내아드님을 후사로 지목하신 것은 현명한 판단이라 생각합니다. 주공의 뜻이 그러하시니 차일피일 미룰 것이 아니라 하루라도 빨리 후사를 결정하신 후에 정국을 수습하시는 것이 바람직할 것으로 생각됩니다."

장자인 담을 지지하는 곽도가 말했다.

"제가 생각건대 지금 후사 문제가 나오는 것은 시기적으로 알맞은 때가 아닙니다. 조조군은 관도 전쟁에 겨우 2만의 군사를 동원했을 뿐이니 이제 허도로 돌아가면 훨씬 더 많은 병력을 전장에 투입할 수 있게 될 것입니다. 상황이 이렇게 위급한데 혹여 후사 문제로 내분이 일어난다면 조조를 돕는 격이 될 것입니다. 주공께서는 먼저 조조를 막으실 계책을 생각하시고 후사 문제는 그 다음에 거론해도 늦지 않을 것입니다."

원소는 곽도의 말이 일리가 있어 후사 문제는 좀더 시간을 두고 결정을 내리기로 했다.

서기 201년 5월 초여름.

조조는 승리한 여세를 몰아 허도에서 다시 4만여 대병을 이끌고 황하를 건너 청주로 동진한 다음 황하의 하류 부근인 평음平陰까지 진군했다. 일단 원소군의 거점인 여양은 약화되었으므로 청주를 견제하기 위해 군대를 몰아 제남濟南으로 가는 척하다가 다시 진로를 돌려 업도로 향하면, 청주 방면에 몰려 있던 원소의 군대가 갑자기 다시 업도 쪽으로 옮기는 것이 불가능할 것이라고 예상한 것이다. 조조는 관도대전이 황하의 상류에서 일어난 전쟁이므로 이번에는 황하의 중하류를 거점으로 삼아서 업도를 치고 들어갈 생각이었다.

조조가 황하의 하류에 군진을 치니 그 지역 사람 수십 명이 조조군에게 혹시라도 시달릴 것을 염려하여 소와 돼지를 잡아 장만한 음식을 대나무 광주리에 가득 담아 이고 나와 조조군을 맞이했다. 이들 가운데는 머리와 수염이 새하얀 노인이 눈에 띄게 많았다. 조조가 이들을 특별히 막사 안으로 불러들였다. 그러고는 한 노인에게 물었다.

"노인장께서는 올해 춘추가 얼마나 되십니까?"

"글쎄, 저희 같은 이가 어찌 나이를 제대로 알고 있겠습니까마는 제가 순제順帝 8년 임신년壬申年(서기 132년)쯤 태어났다고 하니 이제 아마 70은 되었으리라 생각됩니다."

"허어, 대단하십니다. 어째 남들의 두 배를 사십니다그려."

"헛되이 나이만 먹었습니다. 이제 저승으로 갈 궁리를 해야겠지요. 그나저나 승상께서는 올해 춘추가 얼마나 되시는지 여쭤봐도 되겠습니까?"

"저는 을미년乙未年(서기 155년) 태생이니 이제 마흔일곱입니다. 제가 나이보다 더 늙어 보이는 것은 제 평생을 거의 전쟁터에서 보냈기 때문입니다. 그보다는 우리 군사들이 혹시 노인장 여러분의 고을에 폐를 끼치지 아니할까 걱정스럽습니다."

조조가 잔뜩 걱정어린 표정으로 말하자 한 노인이 답했다.

"제가 스무 살 무렵인 환제桓帝 때였습니다. 하루는 요동遼東 사람으로 은규殷馗라는 이가 우리 고을에서 묵게 되었습니다. 그는 천문에 매우 밝은 사람이었습니다. 하루는 그가 동네 사람들에게 황성이 건상乾象에 나타나 비추니 나와서 보라고 했습니다. 그래서 동네 사람들이 우르르 나와서 하늘을 올려다보자 그는 하늘을 향해 유난히 밝은 곳을 가리키더니 '앞으로 50년 후에는 반드시 양주나 패주沛州에서 진인眞人(천자가 될 인물)이 나타날 것이다'라고 말했습니다. 사람들은 너무 오래된 이야기라 잊어버렸지만 제가 곰곰이 생각해보니 올해가 바로 50년이 되는 해입니다. 원소는 이 지역을 평정한 영웅이기는 하나 그 동안 백성들에게 너무 무거운 세금을 물렸고, 이번의 관도 전쟁에서 장정들의 희생이 너무 큰 탓에 민심을 많이 잃었습니다. 승상께서는 위로는 천자를 받들고 아래로는 백성을 보살펴 삶을 풍요롭게 하시며 죄 있는 자를 분명히 가려 벌하신다고 들었습니다. 그래서 관도에서도 의로운 군사를 일으켜 2만도 안 되는 병사들로 원소의 10만 대군을 격파하셨으니 은규의 예언이 정말로 맞는 모양입니다. 이제 화북 지방도 곧 태평성대를 누리게 되나 봅니다."

노인의 말을 듣고 조조가 빙그레 웃었다.

"제가 어찌 어른들의 말씀을 감당할 능력이 있겠습니까?"

조조는 겸손한 듯이 말했으나 마음은 흐뭇하기만 했다. 조조는 노인들에게 술과 음식을 대접하여 크게 잔치를 베풀고 돌아가는 길에 값비싼 비단을 내렸다. 그리고 그들이 보는 앞에서 3군에 군령을 내려 마을 사람들에게 조금이라도 민폐를 끼치는 자는 살인죄로 다스리겠다고 다짐했다. 특히 닭이나 개 등의 가축이 돌아다닌다고 해서 함부로 죽이는 것도 같은 죄목으로 다스릴 것이라고 명했다.

한편 조조가 황하를 건너 동진해온다는 전령들의 보고가 잇따르자 원소는 매우 걱정스러워졌다. 급하게 전령을 보내 병주·청주·기주·유주에 총동원령을 내릴 것을 지시했다. 다시 화북평원에 전운이 감돌기 시작했다. 조조군의 이동을 감지한 원소는 휘하 모든 군대를 창정蒼亭의 동쪽 외곽지에 집결시키도록 명령했다. 창정에 원소의 군단이 들어서기 시작했다. 유주를 다스리던 원희가 2만 군사를 거느리고 왔고 병주를 다스리던 원소의 외조카 고간高幹도 1만여 군사를 이끌고 창정에 집결하기 시작했다. 다만 청주의 원담이 이끄는 2만 군사는 조조군에 막혀서 오기가 쉽지 않은 상태였다.

조조는 원소가 유주·청주·병주·기주 등 4주의 군사 5만여 명을 이끌고 창정에 집결하고 있다는 보고를 듣고 여러 장수들과 모사를 불러들였다.

"우리는 지금 평음平陰의 황하 건너편에 있다. 아군의 현 위치에서 적의 진지인 창정까지는 그리 멀지 않다. 빨리 각 휘하 군대를 창정으로 진격시켜라. 그리고 신속하게 고지대와 구릉 등 작전을 수행할 수 있는 지형을 먼저 차지하라. 그리고 병법에 따라 군대를 배치하

라. 이것을 곽가가 다시 한번 지휘관들에게 주지시켜라."

곽가가 장수들을 보고 말했다.

"각 장군들께 군대 배치의 4원칙을 말씀드리겠습니다. 모두 다 아시는 내용이라도 한번 더 숙지해두시는 것이 좋을 듯합니다. 첫째, 산악전의 원칙입니다. 산악전을 치를 때는 계곡에 의지하고 전망이 트인 고지를 점령해야 합니다. 그리고 적이 고지에 있으면 대적하지 말아야 할 것입니다. 둘째, 강변 전투의 원칙입니다. 물을 건너면 반드시 물에서 떨어지고 적이 물을 건너오면 물가에서 대적하지 말고 반쯤 건너온 뒤 반격해야 합니다. 그러나 경우에 따라서 강을 등지고 싸우는 배수진이 필요할 수도 있다는 점도 고려해둡시다. 셋째, 소택지 전투 원칙입니다. 소택지는 가급적 빨리 지나가도록 하십시오. 부득이 소택지에서 싸우게 될 때는 수초로 가리고 숲을 등지고 싸우도록 하십시오. 넷째, 평지 전투의 원칙입니다. 항상 지형지물을 파악하여 고지를 배후나 오른쪽에 두고 저지대는 앞에 두어야 합니다. 개인적인 소견으로는 이번 전투는 소택지가 많은 강변지역이므로 갈대가 많아서 매복으로 적의 허를 찌르고 화공으로 적을 무찌르는 것이 최선의 계책이 될 것이라 생각합니다."

조조가 다시 말을 이었다.

"곽가의 지적이 맞다. 강변 전투에서는 물을 건너면 반드시 물에서 떨어지고, 적이 물을 건너오면 물가에서 대적하지 말고 반쯤 건너온 뒤 반격해야 한다. 따라서 적을 유인할 때 우리는 강둑이나 강으로 난 길에서 적을 강으로 몰아붙여야 한다. 그렇게 하여 퇴로를 없앤 후에 화공으로 적을 격파하고 매복된 궁수들은 집중적으로 사격을 실시하면 적을 궤멸시킬 수 있을 것이다. 그런데 지금은 초여름이라

풀과 나무에 물기가 많아서 화공을 하기는 어렵다. 내가 보기에 원소군은 유주·청주·병주·기주 등에서 오는 병사들이라 전체적인 통솔이 어려울 것이라고 판단된다. 틈을 주지 말고 공격하는 것이 유리할 것이다. 예전처럼 저들을 분산 격파하자는 말이다. 이에 대해 정욱이 좀더 구체적으로 설명을 해보라.”

정욱이 장수들을 둘러보며 입을 열었다.

“아군은 지금 기존의 병법 개념으로 보면 매우 위험한 계책을 쓰고자 합니다. 원소의 참모들 가운데는 워낙 노련한 사람들이 많기 때문에 불가피한 조치입니다. 작전의 골자는, 우리가 황하의 하류로 포진하고 원소군이 우리 반대편에 있다면 그들은 정상적인 작전대로 아군을 공격할 게 뻔합니다. 즉, 아군을 평음의 강변으로 몰아가서 강에 빠져 죽게 하거나 활로 사살하려 할 것이라는 말입니다. 이 경우 아군은 배수진을 치는 형상으로 보이게 되는데 실은 배수진을 치자는 것이 아니라 강의 소택지나 갈대밭에 매복하여 섬멸하자는 것입니다.”

서황이 물었다.

“그렇다면, 강변 전투의 원칙은 아군이 공격할 때는 고지대를 먼저 점령하고 하류에서 상류로 공격하면 안 된다고 하는데 우리는 일부러 강변 고지대를 내어주는 형상이 되지 않습니까? 그럴 경우 오히려 적에게 화공을 당할 수 있고 배수진의 위험성이 있지 않소? 사실 배수진을 해서 이긴 전쟁은 거의 없습니다. 그것은 말이 좋아서 배수진이지 퇴로가 차단된 포위 상태에 불과하다는 점입니다. 그런데 왜 우리가 그 같은 모험을 해야 한다는 말입니까?”

정욱이 말했다.

“옳으신 말씀입니다. 그러나 승상께서 지적하신 대로 계절적으로 적은 화공을 쓰기 힘듭니다. 그렇다면 적은 아군이 배수진을 치도록 몰고 갈 것을 예상할 수 있습니다. 우리는 바로 그 점을 이용하는 것입니다. 어떤 특정 지점에서 쌍방이 웬만한 병법들의 지식을 모두 가지고 있으면 기존의 병법보다는 새로운 형태의 병법, 즉 변법을 이용할 수밖에 없는 노릇이 아니겠습니까? 그러니 매복작전을 대대적으로 쓰자는 것입니다. 원소군의 숨통을 자르는 것은 이 방법밖에 없습니다. 즉, 아군을 10개의 부대로 나누어 황하의 하류로 갈수록 많이 매복해두고 적들을 유인하면 상류 쪽의 원소군이 병법에 따라 상류를 등지고 하류를 공격할 것이므로 쉽게 유인작전에 말려들 것이라는 뜻입니다."

정욱은 장수들의 반응을 살피는 듯하다가 십면매복지계十面埋伏之計의 계책을 설명하기 시작했다.

"군사는 먼저 좌우로 각 5대로 나눌 것입니다. 첫째 좌측의 1대는 하후돈 장군이, 2대는 장요 장군이, 3대는 이전 장군이, 4대는 악진 장군이, 5대는 하후연 장군이 각각 거느리고 각기 적의 이동로를 예측하시고 협의해 일정 간격으로 매복하시기 바랍니다. 둘째, 우측의 1대는 조홍 장군이, 2대는 장합 장군이, 3대는 서황 장군이, 4대는 우금 장군이, 5대는 고람 장군이 각각 인솔하여 매복 지점으로 이동해주시기 바랍니다. 특히 강 연안 쪽에 있는 우측의 매복병들은 적의 움직임에 매우 주의를 기울여야 할 것입니다. 적의 화공을 받게 되면 치명적일 수도 있고 배수진의 형태가 될 수도 있기 때문에 공격은 전격적으로 행해야 합니다. 주의할 점은 원소군을 최대한 황하 하류인 평음 쪽으로 유도하도록 해야 한다는 것입니다. 그래서 이들이 매복군의 공격을 받고 도망치기 시작할 때 지속적으로 공격을 해야 합니다. 즉, 원소군이 평음 쪽 맞은편의 황하 강변으로 완전히 들어왔다고 판단되면 고람 장군과 하후연 장군이 먼저 공격하고, 원소군이 퇴각하기 시작하면 우금 장군과 악진 장군이 공격하고, 이들이 또 도망치면 서황 장군과 이전 장군이, 그 다음은 장요 장군과 장합 장군이, 또 그 다음에는 조홍 장군과 하후돈 장군이 공격을 하면 됩니다. 셋째, 중군의 선봉장은 허저 장군이 맡을 것입니다. 허저 장군은 적과의 싸움에서 이기기보다는 최선을 다해 퇴각해야 합니다."

정욱의 말이 끝나자 조조가 말했다.

"상대를 이긴다는 것은 쉬운 일이 아니다. 바둑을 두다 보면 정석이라는 것이 있다. 정석을 알면 실전에 분명히 이롭지만 그것을 맹신하면 안 된다. 정석은 외우고 잊어버려야 하는 것인데 그것을 무조건 적용하면 위기가 닥칠 수도 있다. 무릇 모든 작전은 현재의 형세에 따라 결정되는 것이지 정해진 바는 없다. 우리가 오소를 공격하여 원소의 허를 찔러 궤멸시킨 것과 마찬가지로 이번 작전도 변법으로 원소를 제압하고자 하니 모든 지휘관은 내 명을 제대로 이해하고 실행하기 바란다. 특히 원담군이 올라오는 청주 쪽을 맡은 장수는 각별히 유념하여 섬멸하기 바란다. 그들은 틀림없이 황하를 도강해 와야 할 것이다. 그러면서 우리를 협공하거나 창정의 원소 본군과 합류할 것인데 이들을 공격하는 것은 식은죽 먹기다. 이들 군대가 강을 반쯤 건너오면 즉각적으로 공격하여 섬멸하면 된다."

조조의 명령에 따라 조조의 군대가 이동하며 요소요소에 매복하기 시작했다.

한편 원소는 조조군이 황하의 중하류에 진을 치기 시작하자 다소 의아하게 여겼다. 봉기가 원소에게 말했다.

"조조는 필시 청주의 병력과 아군을 차단하려고 황하의 중하류에 진영을 구축한 듯합니다. 지금 원담 공자가 이끄는 군대가 창정으로 들어오지 못하고 있고 조조군의 형세는 관도대전 때보다 더 커진 것도 사실입니다. 그러나 우리는 이 상황을 오히려 역이용할 수도 있습니다."

"그것이 무엇인가?"

"조조군이 '분산 후 공격'이라는 전략을 쓸 것으로 보이니 우리는 역으로 협공작전을 펼쳐 적의 계략을 물리치는 것입니다. 그리고 조조군은 지금 하류에 진영을 구축하고 있기 때문에 아군이 그들을 몰아치면 거의 배수진의 형국으로 만들 수 있다는 것입니다."

"그러나 지금 청주에 있는 원담의 군사들이 하류의 넓은 강을 넘어 우리를 지원하러 올 수 있겠는가?"

"물론 그것이 문제입니다. 그렇다고 하여 이들이 아예 황하의 하류에 눌러앉아서 창정을 점령한다거나 청주를 압박하여 청주를 손아귀에 넣어버리게 내버려둘 수도 없는 일이 아니겠습니까?"

"지구전을 사용하는 것은 어떻겠느냐?"

"그것은 불가합니다. 아군은 오소에서 병참이 대파된 이후 물자 수송용 수레와 말의 손실이 매우 큽니다. 뿐만 아니라 군수품을 제대로 보급해내기가 현재로서는 힘겨운 실정입니다. 그러나 조조는 상대적으로 관도전에서 큰 피해를 입지 않았습니다. 이번 여름에 창정까지 들어온 조조군은 허도에서 새로 차출된 병력입니다. 안타깝지만, 이제는 우리가 속전하지 않으면 안 될 형편입니다."

원소는 몸이 불편하여 전체적인 지휘를 원상과 봉기에게 위임했다. 원소는 원담에게 남쪽에서 황하를 도강하여 조조군을 협공하게 하고 자신은 3만여 명의 병력을 창정에서부터 조조군의 진영으로 이동시키기 시작했다. 관도대전이 끝난 지 석 달 만에 다시 전쟁이 시작된 것이다. 원상은 선봉군을 이끌고 조조군의 선봉과 맞섰다. 그러자 허저는 자신의 부장인 사환史渙을 시켜 부대를 몰고 원상군을 막다가 후퇴하라고 지시했다. 그러나 원상군의 기병이 워낙 강하여 사환은 후퇴하기도 전에 그 자리에서 전사하고 사환이 이끄는 선발군도 일거에 섬멸돼 버렸다.

원상이 사환군을 무찌르는 것을 본 봉기가 전군에게 진군을 명하여 마구 쳐들어가자 허저의 군대가 그 기세를 막기 위해 출진했다. 양쪽 군사는 황하 중하류 유역에서 일대 혈전을 벌였다. 허저가 이끄는 군사들은 4천 명에 불과하여 원상군을 막아낼 수가 없었다. 그래서 작전대로 좌우에 열 군데 이상 조조군이 매복하고 있는 곳으로 이동하기 시작했다.

이미 날은 어두워지기 시작하여 원소는 후군에 남고 봉기와 원상의 군대는 일제히 허저군을 몰아갔다. 날이 밝을 때까지 후퇴를 거듭하던 허저의 군대가 더 이상 갈 곳이 없어 배수진을 치게 됐다. 먼동이 틀 무렵 봉기와 원상은 허저의 군사들을 평음까지 몰고 보니 그 병력이 얼마 되지 않아 크게 놀랐다. 봉기는 속으로 '도대체 조조의 4만 대군은 어디로 갔을까?' 라고 생각하니 정신이 혼란스러웠다. 허저군은 끝까지 몰렸음에도 불구하고 강을 등지고 결전할 태세를 갖추기 시작했다. 허저는 군사들을 향해 소리쳤다.

"우리는 더 이상 도망칠 길도 없다. 등 뒤로는 깊은 황하가 있다. 이제 우리가 살길은 적들을 섬멸하는 것뿐이다. 사력을 다해 싸워라."

후퇴하던 허저의 군사들이 다시 몸을 돌려 원상과 봉기가 이끄는 군대에 맞서기 시작하니 다시 혼전이 벌어졌다. 원상과 봉기는 마상에서 허저의 군사가 쫓겨가는 듯하다가 돌연 뒤돌아서서 반격해오는 것을 보고 뭔가 이상한 낌새를 느꼈다. 봉기가 큰 소리로 외쳤다.

"속았다. 빨리 철수하라. 지금 우리는 조조군의 복병에 걸렸다. 즉시 철수하라."

허저군을 공격하던 원소군이 갑자기 철수를 시작하자 허저는 기다렸다는 듯이 공격의 기세를 높였고, 이내 고람과 하후연이 이끄는 궁수들도 원상과 봉기를 향해 일제히 화살을 퍼부었다. 원소군은 전열이 혼란에 빠지면서 후퇴했다. 후퇴하는 원소군을 다시 우금과 악진이 공격했다. 원소군의 병사들은 제대로 싸워볼 기회도 없이 화살과 창에 쓰러지기 시작했고 강으로 난 길의 양쪽에서 날아오는 활에 의해 섬멸되어 황하 강변은 피와 비명으로 가득 메워졌다. 원소의 남은 대군은 거의 빈사 지경에 빠지고 말았다.

원상과 봉기는 남은 군사들을 이끌고 창정 쪽으로 급히 이동해 가다가 서황과 이전의 군사들에 의해 또 습격을 당했다. 포위망을 겨우 탈출하자 다시 장요와 장합의 공격을 받았다. 조조군의 포위와 원소군의 탈출이 거듭된 끝에 원상과 봉기는 마침내 조홍과 하후돈에게 완전히 퇴로가 차단됐다.

한편 원소는 밤새도록 원상과 봉기의 전령이 오지 않자 조조의 위계에 당했을 거라 판단하고 조카 고간과 함께 직접 군대를 거느리고 조조군 진영으로 향했다. 얼마를 가니 조조군이 원상과 봉기를 포위하고 집중 공격하고 있다는 보고가 들어왔다. 원소는 전력을 다해 조홍과 하후돈에게 공격을 시작했다. 조홍과 하후돈은 앞뒤로 협공을 받게 되어 포위망을 풀 수밖에 없었다.

원소와 원상, 봉기와 고간은 겨우 5천여 병사들만 데리고 창정의 본진으로 후퇴하기 시작했다. 들판은 원소 군사들의 시체로 뒤덮였으며 그 흐르는 피가 황하로 흘러들어 강은 핏빛이 됐다. 조조는 다시 군령을 내려 고람과 하후연, 우금과 악진은 현재 위치를 사수하여 청주에서 오는 병사들을 격퇴시키라고 명령했다.

이윽고 청주의 원담군이 황하를 건너고 있다는 보고가 들어왔다. 조조군은 평음 건너편 황하 강변에 매복하고 있다가 원담군이 강을 반쯤 건너오기 시작했을 때 총공격을 시작했다. 먼저 궁수들이 일어나 배를 향하여 일제히 불화살을 쏘았다. 황하를 건너온 배들은 평음에 닿기가 무섭게 불붙기 시작했다. 강을 건너온 수많은 병사들은 조조군의 매복에 걸려 목숨을 잃었다. 불에 탄 배에서 수많은 원담군의 병사들이 물위로 떨어져 헤엄쳐서 도망하고 헤엄을 치지 못하는 병사들은 물에 빠져 죽었다. 원담은 당황하여 전군에게 철수 명령을 내렸다. 원담이 다시 황하를 건너 평음으로 돌아와보니 병력의 절반이 죽거나 이탈한 상태였다. 처음 청주를 출발할 때 2만여 대병이던 것이 1만 명 이하로 줄어들었다. 원담은 크게 낙심하여 일단 청주로 돌아가 다음 명령을 기다릴 수밖에 없었다.

한편 원소와 원상은 계속 업도를 향해 패주했다. 밤새도록 포위망을 풀기 위해 싸운데다가 아침 나절이 되도록 쉬지 않고 도주했던 군사들이 창정에 이르렀을 때는 거의 기진맥진한 상태였다. 원소는 조조군의 추격이 없는 것을 보자 일단은 식사를 하도록 명했다. 병사들은 군용식량으로 쓰이는 보릿가루·밀가루 등의 마른 곡물들로 허기를 채웠고, 어떤 부대는 밥을 짓기도 했다. 그러나 밥을 뜨기도 전에 조홍과 하후돈의 군대가 다시 쳐들어온다는 보고가 들어왔다. 원소는 이들에게 공격을 막도록 하는 한편, 창정의 방어선을 포기하고 업도로 신속히 이동하라고 명령했다. 이미 조조군의 기세는 노도와 같아서 걷잡을 수 없는 상태가 되어버렸다.

원소가 창정을 거쳐 동군을 지나 여양에 이르자 여양을 지키던 병사들이 원소의 패잔병들을 호위했다. 여양에 돌아와서 점검해보니 고간과 원희는 활에 맞아 크게 다쳤고 병사들을 최대한 수습해보아도 5천이 되지 못했다. 원소는 원희와 고간의 상처를 살펴보다가 원상을 껴안고 통곡하더니 실신하고 말았다. 원소의 측근들이 급히 달려들어 원소를 부축했지만, 원소는 입에서 붉은 선혈을 계속 쏟아냈다. 정신이 든 원소는 원상을 보며 탄식했다.

"아들아, 나는 평생을 전쟁터에서 보낸 사람인데 이렇게 참담한 적이 없었다. 지금 나의 꼴이 어떠냐? 마치 화살 맞은 승냥이 꼴이 아니냐? 아아, 어쩌면 하늘은 이다지도 무심하신가? 나는 공맹의 도를 좇아 세상을 살아왔고 어진 이를 높이 받들었으며 천하의 안정을 위해 노력해왔다. 그리고 항상 하늘의 뜻을 따르고자 애썼다. 그런데도 하늘은 저렇게 무뢰한 같은 조조의 편을 계속 들어주고 있다. 나는 이제 더 이상 재기할 수가 없다. 아들아, 너는 다친 형과 함께 각기 자기가 맡은 주로 돌아가 기필코 조조와 다시 결전을 치르도록 하라."

원상은 원소의 말을 들으며 통곡했다. 원소는 신평과 곽도에게 화급히 원담에게 가서 청주 군사를 정돈하여 조조군의 재침공에 대비하라고 명하고, 원희에게는 유주로 돌아가라고 하는 한편, 고간은 병주로 돌아가 군대를 재정비하고 만일의 사태에 대비하라고 명했다. 원소는 아들 원상 등을 거느리고 기주의 업도로 가서 자리에 드러누웠다. 그리고 심배와 봉기에게 원상을 도와 기주 일을 총괄하고 조조군의 침공에 대비할 수 있도록 군통제권을 내주었다. 이로써 원상은 심배·봉기와 함께 군권을 장악하게 됐다.

한편 창정 싸움에서 대승한 조조는 장수와 사병들에게 크게 상을 내렸다. 이와 동시에 세작들을 기주로 보내 원소군의 동향과 기주의 형편을 정탐하도록 했다. 정보 장교들이 정기적으로 원소군의 동향을 보고했다.

"원소는 지금 일선에서 완전히 물러나 병석에 누워 있고 원상과 심배가 실권을 장악한 듯합니다. 원담·원희·고간은 각자 군사를 거느리고 원래 자기들이 맡고 있는 주로 돌아갔다고 합니다."

정욱이 말했다.

"승상, 이제 원소를 죽일 때가 왔습니다. 지금 원소는 숨이 곧 넘어갈 듯하니 이때를 놓치시면 안 될 것입니다. 우리 군은 관도와 창정에서의 대승으로 사기가 충천해 있습니다. 여세를 몰아 업도로 쳐들어가 빨리 원소를 공략하시는 것이 좋겠습니다."

조홍도 말했다.

"제 생각도 그렇습니다. 적들은 패전한데다 원소까지 드러누웠으니 방비에 만전을 기하고 있지는 못할 것입니다."

그러나 조조는 머리를 가로저었다.

"여름이 지나고 있으니 이제 곧 가을이다. 들에 곡식이 익어가는 계절에 우리가 또 군사를 일으키면 올해 농사를 망치게 될지도 모른다. 지금 원소는 재기가 힘들 것이다. 조금 더 기다렸다가 곡식이 다 익은 후에 원소를 치더라도 늦지 않다. 그리고 원소군도 지치고 쇠약해졌지만 아군도 계속 혈전을 치르고 있다. 그러니 우리도 정비가 필요한 시점이다. 피로한 군대를 몰아 적을 공격할 수는 없다. 특히 심배는 만만하게 볼 장수가 아니니 급히 서두르다가 아군이 크게 당할 수도 있다."

조조는 군대를 일단 허도로 철수시켰다. 허도로 돌아온 조조는 전쟁에서 공을 세운 병사들을 가려내어 상을 내렸다. 특히 전쟁터에서 여러 계책으로 큰 공훈을 세우고 허도를 맡아 잘 지켜준 가후에게 태중태부太中太傅의 벼슬을 내렸다. 태부太傅란 3공보다 윗자리로 상공上公이라고도 불렀는데, 어린 천자를 보도輔導하는 직책이다. 조조는 중원통일이 임박했다고 느끼고 자신의 아들들에게 수성의 방략을 배우게 할 심산이었다.

조조도 오랜 전쟁으로 지친 심신을 달래기 위해 그해 겨울 조정의 일을 곽가·순욱 등에게 맡기고 자신은 아들들과 가후를 데리고 고향 초현으로 내려갔다. 조조가 출생한 패국 초군은 넓은 중국 땅 가운데서도 풍광이 뛰어났다. 또한 이곳은 중원에서 장강으로 내려가려면 반드시 지나야 하는 길목으로 서쪽에는 형주, 동쪽에는 강동이 있었다. 그래서 이곳 사람들은 지역적으로는 남방에 가깝지만 북방의 기질을 가지고 있어 인정이 후했다. 조조가 허도를 전진기지 겸 도읍으로 삼은 것도 그곳이 자신의 고향에서 낙양에 이르는 중간 기착지였기 때문이다. 조조는 자신의 고향까지 동행한 가후에게 말했다.

"나는 패국에서 태어난 것을 행운으로 생각하고 있소. 이 지역은 중국을 남북으로 이해하기가 쉬운 곳이지요. 지형적으로 보면 중원·형주·강동·청주 어느 곳에서도 가깝지 않은 곳이 없지요. 경치도 아름답고 무엇보다도 관중管仲의 고향이 바로 패국입니다. 관중이 누구입니까? 관중은 공자가 태어나기 약 90년 전에 죽은 사람으로 법가法家의 시조始祖이지요. 그는 제나라의 재상으로 임금 환공桓公

을 보좌하여 그를 춘추시대 오패五霸의 우두머리가 되게 했던 사람이오. 보통 법가의 저작들 가운데 손꼽을 만한 것으로 『한비자韓非子』 『상군서商君書』 『관자管子』 등을 들지 않습니까? 이 『관자』는 관중의 언행록이지요. 내가 보기에 관자는 제자백가의 사상가라기보다는 정치가라고 하는 게 옳아요. 관자는 의식衣食이 자족하고 국가 경제가 부강해지면 도덕의식과 예절이 저절로 생긴다고 했지요. 나는 젊은 날 항상 관중 같은 이가 되고 싶었어요. 관자는 칠법편七法篇에서 '물질이 풍부하기가 천하 제일이 아니면 정신적으로 천하를 제압할 수 없다'고 하였소. 관중은 경제정책을 중요시하여 농업을 보호하고 장려할 것, 국가에서 소금이나 철과 같은 주요 물자들을 관리할 것, 균형재정을 유지할 것, 물가를 조절하는 정책을 실시할 것 등을 주장했어요. 나는 후세인들에게 전쟁술의 대가이기보다는 정치가로서 이름이 남기를 원해요."

그때 가후는 조조에게 가장 친근한 심복 중의 하나요, 권력의 실세가 되어 있었다. 그러나 가후는 조조의 총애를 일체 내색하지 않았고 더욱더 근신했다. 조조는 그런 이유로 가후를 더욱 신뢰하였다. 가후가 7년이나 연상이었으나 조조는 자기의 신하이면서 든든한 후원자이기도 한 가후를 마치 오랜 친구나 고향 선배처럼 여겼다. 가후가 말했다.

"하늘이 내린 승상의 뛰어난 재주가 어찌 한 곳만을 비추겠습니까? 승상께서는 이 나라의 경제와 군사를 일으키셨으며 이 시대의 문단文壇을 주도하는 탁월한 문필가이기도 하십니다. 승상께서 하신 일 가운데 사리에 맞지 않고 후대에 빛나지 않을 게 하나도 없지만, 그 중에서도 전쟁포로와 전란으로 유랑민 신세가 된 백성들을 위해 실시한 둔전제屯田制는 백성과 이 나라를 살리는 제도였습니다."

가후의 격찬에 조조가 신이 나서 말했다.

"오랜 전쟁으로 이 넓고 비옥한 화북평야가 방치된다는 것이 말이 됩니까? 백성들은 백성들대로 굶고 있는 판에 말입니다. 누군가 물꼬를 터주어야 했어요. 그래서 나는 이 주인 없는 토지들을 국유화하여 수리시설을 정비하고 농기구 생산에 박차를 가했던 것이지요."

"승상의 정책이 궁극적으로 관도 전쟁을 승리로 이끌었습니다. 화북평야의 쌀 생산이 결국 관도를 지켜준 것이지요. 원소는 해내지 못한 일이었습니다."

조조는 가후의 말을 듣고 흐뭇한 미소를 지으며 말했다.

"나는 30세에 기도위騎都尉(기병대장)로서 출정하여 공을 세우고 그 공적으로 제남국濟南國의 상相이 되었소. 30대에 태수급으로 승진한 셈이지요. 그때 나는 여덟 명의 장관을 파면하고 600여 개의 사당祠堂을 모조리 없애 관민에게 제사를 금했소. 제사를 지내는 것은 위령의 의미가 살아 있으면 되는 것이지 그것이 미신으로 이어져서는 안 돼요. 나도 귀신이 없다고 보는 사람은 아니지만 귀신은 귀신이 있어야 할 곳이 있고, 이승의 인간은 이승의 인간이 살아야 할 곳이 있는 법이지요."

조조는 고향으로 돌아온 후 옛 친구들이나 은사들을 찾아보기로 했다. 그러나 고향을 떠난 지가 이미 오래되었고 계속되는 전란으로 대부분의 사람들이 고향을 떠나고 없었다. 조조는 황폐해진 마을을 둘러보며 아쉬운 마음을 금할 길이 없었다.

원소의 죽음

서기 20△년 1월.

고향 초현에서 새해를 맞은 조조는 그곳에서 전국의 관헌들에게 내려보내는 포고령을 썼다.

나는 반도들을 없애 전란을 평정하고 천하를 안정시키기 위해 정의의 군사를 일으켰다. 이제 고향에 와보니 가까운 친지들과 벗들은 이미 세상을 떠나거나 흩어져 며칠을 묵었건만 한 사람도 아는 이를 찾을 수가 없다. 어찌 이곳만 그렇겠는가? 그 동안의 전란으로 얼마나 많은 중원의 젊은이들이 아까운 생명을 초개같이 버렸겠는가? 내가 의로운 군대를 일으킨 이후 전쟁에서 전사한 장병이 있는 가족들에게는 토지를 후하게 지급해주고 그 자식들은 교육을 받을 수 있도록 해주라. 만약에 자식이나 가족이 없으면 그 친척을 찾아서 대를 잇게 해주고 제사를 지내도록 해주어라. 우리가 이와 같이 그들의 명복을 빌고 가족을 아껴준다면 구천에 있는 우리 장병들도 기쁨이 넘칠 것이다. 문무백관들은 이 같은 나의 의지를 잘 알아서 한 치의 소홀함도 없이 일을 수행하도록 하라.

문무백관들과 허도로 돌아온 조조는 어느 정도 민심이 수습되고 군사들의 누적된 피로도 씻긴 듯하자 다시 원소를 칠 대책을 세우기 시작했다.

한편 원소는 해를 넘기고도 병석에서 일어나지 못했다. 조조군에 대한 보고가 원소의 병세를 더욱 악화시켰다. 그런 중에도 원소는 심복들을 불러 조조군을 격파할 계책을 찾고 있었다. 심배가 말했다.

"주공, 너무 염려 마십시오. 조조군의 공세가 파죽지세이기는 하나 제가 업도를 방어하고 있는 한 섣불리 공격하지는 못할 것입니다. 전쟁이란 백 번을 이기더라도 한 번에 대패하는 경우도 있고 계속 지더라도 적의 수괴를 잡으면 단번에 끝나는 수도 있습니다. 다만 지금은 정비가 필요한 때입니다. 지난해에 관도와 창정에서 패하여 아직까지 군인들의 사기가 땅에 떨어져 있습니다. 일단 성들을 정비하기 위해 무너진 벽을 복구하고, 해자와 참호를 깊게 파고 보루를 높이 쌓아 조조군의 침공에 대비하는 것이 상책입니다. 따라서 군사를 기르고 백성들의 힘을 북돋우어야 합니다."

원소도 심배의 말에 동의하고 만반의 대비를 하라 일렀다. 초여름에 접어들자 조조는 다시 군대를 일으켜 원소군 정벌에 나섰다. 조조는 먼저 여양을 공격해 들어갔다. 여양은 원소군의 근거지인 업도를 보호하는 가장 중요한 군사기지였으므로 조조군이 여양으로 진격해 온다는 보고가 들어오자 원소는 아픈 와중에도 크게 걱정이 되어 어쩔 줄을 몰랐다. 원소는 일단 청주의 원담, 유주의 원희, 병주의 고간에게 사자를 보내 네 방면에서 조조를 협공하라고 지시했다. 그리고 원상과 심배에게 조조군이 업도를 넘보지 못하도록 철저히 막아내라고 지시했다.

여양을 중심으로 동쪽으로는 동군東郡, 서쪽으로는 복양濮陽까지 원소군의 방어선이 형성되었다. 복양은 병주의 고간군이 조조군을 방어했고 여양은 원상과 심배가, 동군은 유주의 원희군과 청주의 원담군이 방어했다. 양군은 전선을 사이에 두고 길게 대치하고 있었다. 원상과 심배는 여양이 무너지면 바로 기주도 함락되기 때문에 조조군의 침공을 막지 않으면 안 된다는 위기감이 팽배해 있었다.

원상이 이끄는 원소의 중앙군이 조조군의 선봉인 장요를 먼저 공격함으로써 다시 여양 전투가 시작됐다. 그러나 원상이 장요의 군대를 맞아 싸우다 크게 패하여 여양 방어선이 무너지고 말았다. 원상은 주요 군사기지인 여양을 포기한 채 기주로 돌아가고 장요는 여세를 몰아 기주의 업도로 몰려가기 시작했다. 그러나 여양의 동쪽인 동군과 서쪽인 복양에서 원소군이 다시 총공격을 감행해와 장요는 고전하고 있다가 할 수 없이 여양성 외곽으로 철수했다. 이로써 전선이 다시 여양과 복양 북부, 동군 서부로 변경됐다. 의외로 원소군의 저항이 강하자 조조는 일단 관도성으로 군을 철수시켰다

조조는 군의 일부를 남기고 전열을 강화하는 데 만전을 기울였다. 그리고 다시 원소군의 움직임을 파악하며 공격을 늦추지 않았다. 원소는 원상이 여양에서 패퇴하고 있다는 소식을 듣자 그 충격으로 다시 많은 피를 토하며 실신하고 말았다. 소식을 듣고 원소의 아내 유부인이 허둥지둥 병실로 달려왔을 때 이미 원소는 사경을 헤매고 있었

다. 유부인은 급히 심배·봉기 등을 원소의 병상 앞으로 불러들여 원소의 후사 문제를 처리하고자 했다. 많은 참모와 장수들이 전쟁터에 있었기 때문에 원소의 임종을 볼 수가 없었다. 원소는 기력이 다하여 겨우 손짓만 할 뿐 말은 한마디도 못했다. 유부인이 울면서 말했다.

"영감, 이제 우리는 어찌하면 좋습니까?"

한동안 눈물을 흘리던 유부인은 정신을 수습하더니 원소를 향해 물었다.

"영감, 우리 아들 상으로 후사를 잇게 하는 것이죠?"

사경을 헤매던 원소가 유부인을 보더니 고개를 끄덕여 응낙했다. 옆에 있던 심배가 병상 앞에서 급하게 원소의 유언을 받아쓰는데 원소가 갑자기 몸을 일으키더니 다시 한움큼의 피를 쏟고는 숨을 거두고 말았다. 원소가 죽자 심배가 모든 장례절차를 주관했다. 심배와 봉기는 원상을 먼저 대사마장군大司馬將軍에 올리고 기주·청주·유주·병주의 4주목을 거느리게 한 다음 사방에 원소의 부고를 띄웠다. 동군 쪽에서 조조군과 대치하다가 조조군이 퇴각한 것을 확인한 원담은 부친 원소가 사망했다는 소식을 듣자 곽도·신평 등을 불러 대책을 협의했다. 곽도가 말했다.

"주공께서 서거하시어 이제 기주에 계시지 않습니다. 보나마나 심배와 봉기가 이미 원상을 주공 자리에 옹립시켰을 것입니다. 지금이라도 속히 가셔야 이 일을 따져 바로잡을 수 있을 것입니다."

그러자 나이 든 신평이 이를 말렸다.

"신중하셔야 합니다. 심배와 봉기 두 사람이 이미 계획한 대로 원상을 주공 자리에 앉혔을 것이니 지금 그곳으로 가시면 틀림없이 화를 입을 것입니다. 과거에도 이같은 일은 허다했습니다."

이 말을 듣자 곽도도 고개를 끄떡였다. 원담이 물었다.

"그렇다면 장차 이 일을 어찌하면 좋겠소?"

곽도가 말했다.

"신평 장군의 말이 옳은 듯하니 일단 성밖에 주둔하면서 동정을 살피는 것이 좋겠습니다. 공자께서는 여기 계시고 제가 가서 살펴보겠습니다."

곽도는 일부의 기병들을 이끌고 신속하게 기주로 들어갔다. 곽도는 원소의 빈소에 가서 통곡했다. 그러고 난 뒤 상주인 원상에게 예를 올렸다. 곽도를 보자 원상이 물었다.

"참으로 황망한 일을 당하여 경황이 없었소. 그런데 왜 형님은 오시지 않았습니까? 의당 형님이 상주를 하셔야 하는데……."

곽도가 둘러댔다.

"조조군과 대치중에 약간의 부상을 입으셨습니다. 그래서 저를 급히 보내셨습니다."

원상이 잠시 생각하다가 말했다.

"저는 아버님의 유명을 받아 대사마장군에 오르게 되어 이제 기주 · 청주 · 유주 · 병주의 4주목을 거느리게 되었소. 형님들에게 송구하나 아버님의 유명을 좇다보니 어쩔 수가 없었소. 제가 미안한 마음에 형님의 벼슬을 올려 거기장군에 봉할 것이오. 지금 조조의 군사들이 국경을 침범하고 있으니 형님께서 전군을 맡으시어 조조군을 무찌르면 저도 후군을 맡아서 출전하겠소."

곽도가 원상에게 말했다.

"잘 알겠습니다. 돌아가신 주공의 뜻을 첫째 공자님께 전해올리겠습니다. 그런데 한 가지 청이 있습니다."

"그래, 무엇이오?"

"지금 동군 방어선을 지키는 첫째 공자님께는 전략과 전술을 상의할 만한 군사가 없습니다. 주공께서 총애하시던 전략·전술의 대가 심배와 봉기 두 분께서 보필해주시면 첫째 공자께서는 능히 조조를 무찌를 수 있을 것으로 생각됩니다."

원상은 난처해졌다.

"충분히 이해가 갑니다. 그러나 저 역시 업도를 지켜야 하니 그 두 분의 의견을 들어야 하는 입장입니다. 그러니 지금은 두 분을 보낼 수가 없지 않겠습니까?"

곽도가 다시 부탁했다.

"그것도 옳으신 말씀입니다. 그러시다면 두 분 중에서 한 분이라도 보내주십시오."

원상은 그것까지 거절하기는 어려웠다. 원상은 두 사람 중에 제비를 뽑아 보내기로 하여 결국 봉기가 가게 되었다. 원상은 봉기에게 원담에게 보낼 거기장군 대장인을 주어 곽도와 함께 원담에게 보냈다. 봉기가 곽도를 따라 원담의 군중에 도착해보니 원담이 부상은커녕 멀쩡한 것을 보고는 매우 놀랐다. 봉기는 내심 불안했지만 예를 갖추어 대장인을 원담에게 바쳤다.

"이것이 무엇이냐?"

"주공께서 첫째 공자님을 거기장군으로 봉하셔서 그 대장인을 가지고 왔습니다."

원담이 소리쳤다.

"무엇이 어째! 그 어린 것이 누구 맘대로 주공 자리에 앉았으며, 거기장군은 또 뭐냐? 그래, 원상이 그놈이 그렇게 시키더냐? 아버님의 임종도 보지 못했는데 누가 유명遺命을 받았단 말이냐. 흥! 초록은 동색이라, 같은 놈들이 유명을 조작한 것이 틀림없다. 여봐라, 이놈의 목을 베어 원상에게 보내라."

이때 곽도가 원담의 귀에 대고 속삭였다.

"공자님, 지금은 조조군이 계속 국경을 침범해오니 일단 봉기놈을 인질로 잡아두고 원상에게는 봉기를 후대하는 듯이 하십시오. 그렇게 하면 원상은 필시 안심할 것입니다. 일단 조조를 무찌른 후에 기주에 가시더라도 늦지 않습니다. 조조군과 대치하는 상황에서 자중지란이 일어나면 모두 다 죽게 됩니다."

원담이 고개를 끄덕이며 봉기를 보고 말했다.

"이놈아, 원상놈은 그 어미와 더불어 아버지가 돌아가신 후 권력에만 눈이 어두워 있지만 나는 그렇지가 않다. 내가 지금이라도 당장돌아가 원상놈을 죽이고 싶지만, 나는 너희들과는 다르다. 아버님이 생전에 고생하여 일구신 터전을 골육상쟁으로 망쳤다는 이야기를 듣고 싶지 않다. 그래서 네 목숨은 살려주겠다. 여봐라, 이놈을 군막에 연금하고 감시를 철저히 해라."

원담은 동군에서 여양 쪽으로 군대를 옮겨 조조군의 침공에 대비했다. 한편 유부인은 원소의 장례를 치른 후 원소가 총애하던 다섯 명의 첩들을 모두 죽였다. 뿐만 아니라 죽은 애첩들의 혼백이 원소주위를 맴돌 것을 시샘하여 시체의 머리카락을 자르고 얼굴을 짓이겨버리도록 했다. 그러고 난 뒤 유부인은 원상을 불러 토로했다.

"세상 사람들은 나더러 포악하고 모질다고 말하겠지만 나는 저 첩들 때문에 헤아릴 수 없이 많은 날을 가슴을 쓸어내리며 살았다. 물론 저것들만의 죄는 아니겠지. 아들아, 나는 오로지 너만 바라보고 세상을 살았다. 생각해보아라. 만약에 저것들이 첩실이라도 영감이 총애하는 자식을 낳았다면 너와 나의 신세는 지금과 같지 못했을 것이다."

원상이 유부인에게 말했다.

"원래부터 수호랑이는 암호랑이를 맞을 때 암호랑이가 가진 새끼를 다 죽인다고 합니다. 왕실도 마찬가지입니다. 진나라의 2세 황제 호해는 형제자매 스물두 명을 죽였습니다. 잔인했지만 천하의 안정을 위해 불가피한 일일 수도 있었습니다. 제가 보기에 그 어미를 죽이고 자식이 남아 있으면 앞으로 더욱 위험한 일입니다."

원상은 애첩들의 가족까지 모조리 붙잡아 죽였다. 혹 자기를 해칠까 두려워서였다. 조조군이 여양을 중심으로 다시 북진을 시작했다. 결국 조조군의 최강 정예병을 원담이 방어하게 되었다. 원담이 감당하기에 장요의 선봉군은 너무 강했다. 원래 장요는 여포의 철기강병을 이끌었던 맹장이다. 이들은 상당수가 흉노족 출신으로 마술馬術과 마상전투력馬上戰鬪力이 뛰어난 병사들이었다. 원담은 여양성 밖으로 나아가 참호전도 전개하면서 사력을 다해 막았으나 결국 크게 패하고 말았다.

원담은 군사를 거두어 여양성 안으로 철수하고 원상에게 사람을 보내어 구원병을 요청했다. 원상은 즉각 5천 명의 군사를 선발하여 보냈다. 그러나 여양성을 포위하고 있던 조조는 원상의 구원병이 온다는 사실을 탐지하고 악진과 이전을 보내 여양 북쪽 10리 되는 지점에 매복하고 있다가 원상이 보낸 5천 명의 구원병을 섬멸하게 했다. 원담은 구원병이 오지 않는 것에 크게 노하여 봉기를 불러 다그쳤다. 봉기는 덜덜 떨면서 대답했다.

"이번에는 제가 주공께 직접 편지를 써서 구원하도록 하겠습니다."

원담은 봉기의 편지를 기주로 보냈다. 원상은 봉기의 편지를 받고서 심배를 불러 협의했다. 심배가 말했다.

　"적에는 내부의 적이 있고, 외부의 적이 있습니다. 지금 우리는 내부의 적이 더욱 위태로운 상황입니다. 역사를 돌이켜보면, 창업하는 데 수백 년이 걸려도 망하는 데는 채 20년이 걸리지 않는 경우가 허다합니다. 그것은 대부분 외부의 적을 소멸했으나 내부의 적을 키웠기 때문입니다. 지금 봉기의 글을 보니 그의 필체가 평상시와 다릅니다. 이것은 봉기가 심한 위협을 받고 있음을 의미합니다. 특히 곽도는 꾀가 많은 인물입니다. 전에 원담의 군사들이 업도를 공격하지 않고 그냥 돌아갔던 것은 조조군의 위협이 있었기 때문입니다. 지금 원담이 우리 구원병의 힘을 보태어 만약 조조의 군사를 격파하여 물리친다면 반드시 기주로 몰려와 돌아가신 주공의 유명을 되돌리려 할 것입니다. 그러니 더 이상 구원병을 보내지 말고 조조의 힘을 빌려 원담을 제거하고 우리는 어부지리를 노려보는 것이 좋을 듯합니다."

　원상은 심배의 말대로 구원병을 보내지 않았다. 원담은 업도 쪽에 긴급한 사정이 생겨 구원병이 오지 못한다는 말을 듣고 그 자리에서 당장 봉기의 목을 베어버린 다음 원상에게 보냈다. 아울러 구원병을 보내지 않으면 조조군에게 투항하거나 청주로 돌아갈 것이라고 알렸다. 원상과 심배는 봉기의 목이 돌아오고 원담이 조조군에게 투항할지도 모른다는 보고를 듣고 급하게 대책을 논의했다.

　"제가 심히 잘못 판단했습니다. 지금은 골육상쟁이 일어나서는 안 됩니다. 만에 하나라도 원담이 조조에게 투항하여 함께 공격한다면 기주는 이제 지켜낼 수가 없습니다. 일단 원담군을 돕는 것이 좋겠습니다."

　원상은 심배와 대장 소유蘇由를 업도에 남겨 지키게 하고 자신은 대군을 이끌고 원담을 구원하려고 여양성으로 떠났다. 이미 동군 지역의 방어선은 없어지고 여양성을 중심으로 전선이 형성됐다. 이어서 원희와 고간의 군대도 여양성으로 이동했다. 대군이 모두 여양 땅으로 집결한 것이다.

원상의 군대는 여양성 북쪽에, 조조군은 여양성 남쪽에서 대치했다. 이로써 원담은 성안에 주둔하고 원상은 성밖에 군사를 주둔시켜 서로 돕고 의지하게 됐다. 이들의 군대는 거의 5만여 명에 육박했고, 조조군도 4만여 명에 이르러 여양 일대가 군마들의 울음소리와 병사들의 고함소리로 진동했다. 양군은 일진일퇴를 거듭했지만 원담·원희·원상·고간의 군대는 명령계통이 일원화되어 있지 않아 작전에 구멍이 뚫리기 일쑤였다. 조조가 장요를 주축으로 한 기병공격으로 원상군의 선봉을 격파하자 모든 전선에 걸쳐서 원상의 군대가 무너져내리며 패주하기 바빴다.

원담·원희·원상·고간의 군대가 여양을 버리고 도주하기 시작하자 조조는 대군을 이끌고 기주까지 추격했다. 결국 도주하던 군대는 업도로 들어가 수성전에 돌입했다. 조조군은 원상군을 성밖으로 유인하기 위해 여러 방법을 동원했으나 심배는 이에 말려들지 않고 전체 병력을 철저히 관리하여 오직 수성전에만 몰두했다. 심배의 통솔력은 탁월했다. 조조는 몇 달을 공격했으나 방어군의 병력이 워낙 많고 때로는 성밖으로 나와서 공격하니 업도를 함락하기가 쉽지 않았다. 마치 관도대전에서의 지구전과 유사한 상황이 벌어졌다.

초여름부터 시작된 공격이 늦가을이 되도록 끝나지 못하고 있었다. 전투 기간이 길어지다 보니 허도·관도·백마·황하·여양·업도에 이르는 기나긴 보급선도 원활하게 돌아가지 않아 4만 병력의 군수품

조달이 쉽지 않았다. 겨울바람이 거세게 불기 시작했다. 거의 반년 동안 조조는 원소의 본거지를 공격했으나 심배와 원상은 업도를 견고히 지켜내고 있었다. 겨울을 지나면서 업도에 큰 전투는 없었다.

이듬해 초여름으로 접어들 무렵 심배는 대대적인 기습 공격을 감행했고, 조조군이 원상의 군대에 밀려 여양 땅까지 후퇴하는 일도 있었다. 그러나 결국 조조군이 역습하여 원상군을 섬멸했다. 이후 원씨 형제들과 심배는 업도성에서 한 발짝도 나가지 않고 성을 지키고만 있었다.

5월이 되자 조조가 업도를 공격한 지 거의 1년이 지나고 있었다. 조조가 이러지도 저러지도 못하고 있을 때 곽가가 조조에게 간했다.

"여양을 점령했으니 차라리 허도로 철수하는 것이 좋겠습니다."

"아니, 철수라니? 지금 저놈들을 업도성에 모두 몰아넣었으니 독 안에 든 쥐가 아닌가? 여기까지 와서 철수하다니 말도 안 된다."

"제가 보기에 이들은 쉽게 무너질 것 같지 않습니다. 아군은 여름부터 시작하여 지금까지 거의 1년 동안 적을 공격했으나 진척이 없습니다. 그것은 이들의 힘이 아직 막강하다는 것입니다. 더구나 업도를 함락한다고 해서 이들이 모두 없어지지는 않는다는 것이죠. 원담은 청주로 돌아갈 것이고 원희는 유주로, 고간은 병주로 갈 것입니다. 그렇게 되면 각 처에서 범의 새끼를 키우게 되는 격이니 어려움이 더 커질 것입니다."

조조가 다시 물었다.

"허도로 돌아간다고 해결 방법이 생기겠는가?"

"밖에서 공격해서 안 되면 안이 스스로 곪아 터지도록 만들면 되겠지요. 원소가 죽으면서 큰아들 원담을 버리고 막내아들 원상을 후사로 내세웠다고 합니다. 그런데 원담·원희와 원상은 서로 배다른 형제들입니다. 지금은 급한 상황이라 이들이 하나가 되어 있으나 급한 불이 잦아들면 이들은 금세 권력다툼에 혈안이 될 것이 뻔합니다. 원래 외부의 적이 강하면 내부의 적을 살필 여력이 없듯이 우리가 이들을 조급히 치려고 하면 원씨 형제들은 더욱 단합할 것입니다. 차라리 우리가 철수하면 그들의 불화가 불거질 것입니다. 그 동안에 우리는 일단 군사를 거두어 남쪽 형주로 내려가 유표를 토벌하면서 시간을 버는 것입니다. 그리고 원씨 형제들 사이에 갈등이 극에 달해 자기들끼리 전쟁을 할 때 그들을 공격한다면 우리는 어렵잖게 이들을 평정할 수 있을 것입니다."

조조는 전략을 짜는 데는 곽가를 따를 자가 없다고 여기며 가후로 하여금 여양을 지키게 하고 조홍에게는 관도를 지키게 한 후 자신은 대군을 거느리고 형주로 향했다.

6월 늦여름, 원담과 원상은 조조가 여양에 일부 병력만 남기고 철수하고 있다는 보고를 듣고 잘됐다고 기뻐하며 서로 격려했다. 거의 1년간을 전쟁의 와중에 있었으니 장수와 장병 모두가 지쳐 있었다. 심배는 원상에게 청하여 성에 큰 잔치를 열어 장수와 장병들의 노고를 치하했다. 원희와 고간은 더 이상 업도에 머무를 이유가 없어 각자의 영지로 돌아갔다. 원담은 형제가 한곳에 모인 참에 후계자 문제를 거론하고 싶었으나 원희가 돌아가버리자 이러지도 저러지도 못하고 미적거리고 있었다. 원담은 일단 업도성 밖에 군대를 주둔시켜놓고, 심복 곽도와 신평을 불러 협의했다. 원담이 말했다.

"나는 맏아들이면서도 아버지의 작위를 계승하지 못하고 원상은 계모의 소생이면서도 오히려 돌아가신 아버지의 지위를 이었다. 이

것이 말이 되는가? 그런데 원희와 고간은 별 말이 없이 돌아가버렸으니 이 일을 어떻게 처리하면 좋겠는가?"

곽도가 말했다.

"그리 힘들게 생각하실 필요 없습니다. 주공께서는 바로 우리 군사들을 이끌고 성밖으로 나가시며 청주로 돌아간다고 소문을 내십시오. 그리고 원상과 심배에게 사람을 보내 성밖 아군의 진영에서 오늘 밤 작별의 술이나 하자고 청하십시오. 그러면 제가 미리 도부수를 매복해두었다가 그들을 처치하면 대사가 정해질 일 아니겠습니까?"

원담은 곽도의 말대로 하기로 했다. 이때 왕수王修가 청주에서 왔다. 왕수는 북해 영릉營陵 사람으로 일찍이 원소의 부하로 있었으며 벼슬은 청주별가靑州別駕였다. 원담은 왕수를 반가이 맞으며 자기의 계획을 얘기하고 의논하려 했다. 원담의 말을 듣더니 왕수는 의외로 착잡한 표정이 되어 말했다.

"주공의 억울한 심정에 가슴이 아프지만 지금은 조조와 맞서 싸우는 것에만 힘을 쏟아야 합니다. 형제란 양 손과 같습니다. 적과 싸우고 있는 마당에 자기의 한 손을 자르고 어찌 승리하기를 바라겠습니까? 형제를 버리고 도대체 누구와 친하려 하십니까? 형제간을 이간질시켜 더러운 이익을 취하려는 말에 귀를 기울이지 마십시오."

원담은 왕수의 충고가 달갑지 않았다. 그는 왕수를 막사로 돌려보내고 곽도에게 "아무래도 왕수와는 이야기가 안 되겠다"고 말한 후 사람을 보내어 원상과 심배를 청했다. 원상과 심배는 원담의 초청이 개운치 않았다. 심배가 말했다.

"이것은 틀림없는 곽도의 계교입니다. 홍문鴻門의 연宴과 다르지 않습니다. 한고조 유방이 관중 땅을 점령하자 충격을 받은 항우가 40

만의 군사를 이끌고 홍문에서 진을 쳐 유방을 공격하려 했습니다. 유방은 자신은 항우에게 전혀 적대할 의사가 없음을 알리기 위해 홍문으로 나아갔으나 범증范增은 이 기회야말로 유방을 제거할 수 있는 절호의 기회라고 생각하여 항장項莊에게 칼춤을 추게 하여 유방을 죽이려 한 고사가 있습니다. 이번 일은 곽도가 범증의 흉내를 내어 꾸민 일입니다. 주공께서 나가시면 반드시 곽도의 간악한 계교에 말려들 것입니다. 제놈들이 이렇게 주공을 죽이려 한 이상 차라리 원담을 기습하여 토벌해버리십시오."

원상은 심배의 말대로 투구와 갑옷을 갖추고 말에 올라 기병을 동원하여 전격적으로 원담의 장군막을 공격해 들어갔다. 업도성 밖에서 원상과 심배가 나오기를 기다리고 있던 곽도와 원담은 갑자기 기병들이 장군막을 향하여 달려오는 것을 보고 혼비백산할 수밖에 없었다. 장군기가 부러지고 막사는 기병대에 밟혀 걸레가 되고 말았다. 곽도와 원담은 겨우 목숨을 건져서 피신했다. 이때를 놓치지 않고 심배와 원상은 원담군을 사정없이 공격했다. 원담은 말을 타고 언덕 위로 피신하여 큰 소리로 외쳤다.

"네놈은 아버지를 독살해 죽이고 작위를 찬탈하는 것도 모자라 형까지 죽이려 하는구나. 이놈, 천벌을 받을 놈아!"

원담의 군사들은 많은 사상자를 내면서 평원성으로 도주했다. 그러나 준비가 되어 있지 않았던 원담군은 많은 병력손실을 입었으며 그 뒤를 원상의 군대가 끝까지 몰아붙였다. 원담이 평원성의 문을 닫고 농성에 들어갔다. 원상은 평원성을 3면으로 포위하여 공격했다. 위기에 처한 원담은 곽도를 불러 계책을 물었다. 곽도가 말했다.

"평원성 안에는 곡식도 떨어져가고 적의 군대가 워낙 강경하게 몰아붙이니 대적해 싸우기도 힘이 듭니다. 평원은 제남과 청주성으로 바로 연결된 지역이라 함락이 되면 피해가 클 것입니다. 제 생각으로는 차라리 조조에게 사람을 보내어 투항하면서 업도를 공략해달라고 부탁하면 원상은 반드시 돌아가 업도를 지킬 것입니다. 이때 주공께서 군사를 거느리고 협공한다면 원상은 주공과 조조에게 몰리게 되므로 쉽게 사로잡을 수 있을 것입니다."

원담이 걱정스러운 듯 물었다.

"그런데 만약 조조가 업도를 점령하여 기주를 손아귀에 넣어버리면 어떻게 하는가?"

"물론 그럴 수도 있습니다. 그렇다고 가만히 앉아서 원상의 밥이 될 수는 없지 않습니까? 일단 지금의 위기를 넘기고 난 뒤에 조조가 원상의 군대를 격파하면 발빠르게 움직여 기주 군사를 달래어 조조에게 대항하면 됩니다. 조조군은 분명히 여양의 군단을 몰고 올 것입니다. 허도는 파병하기에는 너무 멀리 있기 때문입니다. 그러니 그다지 많은 병력이 당장 동원되지는 않을 것입니다. 따라서 기주의 병력들과 연합하면 일단 조조군을 퇴각시킬 수 있고, 그들이 퇴각하면 주공께서는 기주의 업도와 청주를 장악하게 되어 돌아가신 아버님의 작위를 그대로 잇게 되는 것입니다. 이보다 더 좋은 계책이 어디 있겠습니까?"

"그런데 조조같이 노련한 사람이 내 말을 믿겠는가?"

"그것이 안 되면 공자의 따님과 조조의 아들을 결혼시키는 방법도 있습니다."

"내가 아무리 집을 나와 청주를 다스린다고 하지만 아버님이 돌아가신 지 1년 반도 되지 않았는데 삼년상도 치르기 전에 딸아이를 시집보낸다는 것이 말이 되겠나?"

"지금 그 문제를 따질 때가 아닙니다. 어차피 주공께서 이 전투에서 지시면 주공의 가족이나 친지는 더 이상 이 세상 사람이 될 수 없습니다. 이 순간까지 그 같은 법도를 따지신다면 어찌 이 난관을 이겨내시겠습니까?"

원담은 할 수 없이 곽도에게 편지를 쓰게 하여 말솜씨가 능한 신비辛毗(신평의 동생)를 조조에게 보냈다. 허도에 있던 조조는 측근이 가져온 원담의 편지를 읽어본 후 신비를 허도에 머물게 하고, 곧 문무백관들을 불러모아 계책을 물었다. 정욱이 말했다.

"이 항복은 거짓입니다. 원담은 원상의 공격을 받아 사태가 위급하여 일시적으로 항복하려는 것입니다. 이 사람은 결코 항복할 자가 아닙니다."

여건과 만총도 반대했다. 만총이 말했다.

"원담은 성격이 급하고 과격한 사람입니다. 지금 당장 자신이 급하니까 투항하는 척하지만 원담을 돕는 것은 범 새끼를 키우는 격입니다. 원담을 도우러 가느니 차라리 형주의 유표를 공격해야 합니다."

그러자 순유가 이를 반박하고 말했다.

"제 생각은 다릅니다. 지금 천하는 약육강식의 무대입니다. 그런데도 유표는 천하태평입니다. 유표는 형주 일대만 보존하고 앉아 있습니다. 이것은 유표가 천하를 도모할 용기나 배짱이 전혀 없음을 의미하는 것입니다. 그러나 원씨 일족은 다릅니다. 원씨 일족은 청주·병주·기주·유주의 광대한 지역을 근거지로 하여 무장한 군사가 10만 명이 넘을 것입니다. 만일 원상과 원담이 서로 화목하여 함께 승상께 대항한다면 중원통일이 어떻게 될지 알 수 없는 일입니다. 원상과 원

담 두 형제가 서로 다투다가 원담이 궁지에 몰려 우리에게 투항하려
는 것입니다. 이것은 기회입니다. 아군이 먼저 군사를 거느리고 원상
을 제거한 후에 상황을 봐가며 원담을 제거하면 중원통일은 눈앞으
로 다가올 것입니다."

조조가 순유의 말을 듣고 크게 기뻐하며 그대로 시행하라고 일렀
다. 그리고 조조는 허도에 머무르고 있던 신비를 따로 불러 술과 음
식을 대접하고 물었다.

"이렇게 만나게 되어서 반갑소. 오시는 길이 어렵지는 않으셨소?
저는 신비공의 높으신 이름을 들은 지 오래인데 이제야 뵙게 되니 기
쁘기 한량없소이다."

신비가 화답하여 말했다.

"승상의 고명하심은 세상이 다 아는 바입니다. 대한의 승상께서 일
개 이름없는 선비에게 이다지 환대를 해주시니 몸둘 바를 모르겠습
니다."

"별 말씀을……. 그래 원담이 제게 투항을 한다는 것은 사실입니
까? 저는 원담을 도와줄 의향은 있습니다. 아마 내일이라도 여양에
전령을 보내 군대를 보낼 수가 있을 것입니다."

신비가 대답했다.

"대세를 살펴보십시오. 그 동안 가장 큰 피해를 본 기주와 청주는
사실 말이 아니었습니다. 원소 장군은 해마다 패하여 군사들은 지칠
대로 지쳤습니다. 원소 장군이 돌아가신 후에는 형제간의 갈등이 극
심해져 서로 죽이고 죽는 일이 계속되고 있습니다. 급기야 나라가 두
쪽으로 갈라졌습니다. 특히 이번에 원담의 군사들이 원상군의 기습
을 받아서 많은 장병이 죽었습니다. 제가 듣기로 기주나 청주에서는

배운 자나 못 배운 자나 남녀노소 할 것 없이 원씨가 곧 망할 것이라고 생각하고 있습니다."

"허어, 그 정도인 줄은 몰랐습니다."

"승상께서는 이것은 하늘이 원씨를 망하게 하는 때를 알리는 것임을 가슴에 새기십시오. 지금 승상께서 군사를 보내시어 업도를 치면 원상은 자기의 본거지가 함락될까 두려워 평원에서 업도로 돌아올 것입니다. 그러나 평원에서 업도는 그리 가까운 길은 아닙니다. 제가 듣건대 승상의 군대는 여양 땅에 머물러 있다고 하는데 일시에 업도를 공격하면 원상이 업도를 구하러 돌아와도 군대가 지쳐 있는데다 원담은 원상의 배후를 기습할 것이니 원상의 군대는 가랑잎이 강풍에 쓸려나가듯 제거될 것입니다. 제가 보기에 형주는 지금 도모할 때가 아닙니다. 하북 평정이 더 시급한 문제입니다. 승상께서는 조속히 하북을 손에 넣으시어 중원을 통일하십시오."

조조는 신비의 손을 잡고 크게 기뻐하며 말했다.

"오호, 신공, 어찌 제가 그대를 이제야 만나게 되었습니까?"

조조는 신비를 후하게 환대하여 원담의 진영으로 보내면서 반드시 이 일이 끝나면 다시 모시겠다고 말했다. 조조는 그날로 관도에 있는 조홍에게 가후와 연합하여 업도를 공격하라고 지시하고 가후에게도 즉각 출진을 명했다. 그리고 자신은 아들 조정曹整과 함께 2천여 기병을 이끌고 업도로 가서 합류할 것이라고 했다.

한편 원상에게 여양의 조조군이 업도를 공격하기 위해 이동중이며 관도에 주둔중인 조조군도 황하를 건너 업도로 향한다는 전령의 보고가 날아들었다. 원상은 급히 군사를 이끌고 업도로 돌아가면서 형제 장수인 여광呂曠·여상呂翔에게 후군을 맡아서 원담군을 막으라고 명했다. 여광·여상은 10리 정도 되는 곳에 매복하기 시작했다. 원담은 원상이 군사를 이끌고 돌아가는 것을 목격하고 이를 추격하기 시작했다. 원담이 원상군을 추격해가는데 갑자기 포소리가 한 번 크게 울리더니 좌우에서 일제히 군사들이 뛰쳐나와 원담의 군대를 시살했다. 원담이 살펴보니 왼쪽에는 여광이 서 있고 오른쪽에는 여상이 버티고 있었다.

원담은 큰 소리로 "모든 군사는 전투를 중지하라"고 외쳤다. 여상·여광이 이끄는 원상의 매복군이 잠시 머뭇거렸다. 원담은 말을 몰아 여광·여상이 있는 곳으로 달려갔다. 원담은 여광·여상에게 큰 소리로 외쳤다.

"두 분 장수는 들으시오. 부친께서 살아계실 때 나는 두 분 장군을 한 번도 박대하지 않았소. 그리고 여광 장군이 여상 장군을 추천했을 때 아버지께 천거한 사람이 누구요, 바로 나 아니오? 그런데 어찌하여 두 분은 못된 아우의 편에 서서 날 괴롭히고 있소? 내가 무엇을 그리 잘못했소? 형제를 기습적으로 공격하여 아군간의 혈전을 일으킨 것이 옳은 일이오? 장군, 말을 해보시오. 왜 우리끼리 싸우게 되었소? 그 원인이 무엇이오? 어찌 열 살이나 위인 내가 아버지의 작위를 잇지도 못하고 오늘날 이렇게 참담하게 되었소?"

여광·여상은 원담의 말을 듣고 모든 전투를 중지시키고 말에서 내려 원담에게 사과했다.

"정말 어쩔 수가 없는 상황이니 용서해주십시오."

원담은 눈물을 흘리며 이들의 손을 잡고 말했다.

"지금 우리가 왜 이 지경이 되었는지 모르겠소. 두 분은 나에게 항복할 것이 아니라 조승상께 항복하시오. 나는 이미 조승상께 항복한 몸이오. 지금 업도로 갑시다."

원담은 여광·여상을 거느리고 업도로 출발했다. 초겨울 바람이 세차게 불고 있었다. 원담이 군대를 거느리고 업도에 이르자 이미 조조의 군사들이 업도를 포위하고 있었다. 원담이 여광·여상을 데리고와 투항했음을 고하자 조조는 기뻐하며 이들의 손을 잡았다.

여광·여상은 조조가 의외로 다정다감하고 따뜻한 사람임에 놀랐다. 조조가 이들을 열후에 봉하자 둘은 더욱 감격했다. 이로써 여광과 여상은 조조군의 장수와 신하가 되었다. 그리고 원담은 약속한 대로 자신의 딸을 주어 조조의 아들인 조정과 정략 결혼을 시키고 여광·여상을 중매인으로 삼았다.

겨울바람이 세차게 불고 눈이 많이 내려 전쟁을 수행하기가 매우 어려워졌다. 원담이 여러 차례 기주를 공략할 것을 청하자, 조조는 고개를 저으며 말했다.

"안 되오. 지금은 한겨울이라 아군의 군량미 보급이 원활하지 못하오. 올해도 일단 철군해야겠소. 참으로 긴 전쟁이구려. 제가 보기엔 우선 제하濟河에서 기수淇水를 막아 물줄기를 백구白溝(운하이름)로 돌려 운반로를 여는 것이 좋겠소. 그러고 난 후 진격합시다."

조조는 이제는 사돈이자 신하가 된 원담에게 일단 평원으로 돌아가 있으라고 했다. 조조는 여광·여상을 자기 휘하에 두었다. 평원으로 돌아온 원담에게 곽도가 말했다.

"조조가 여광·여상에게 벼슬을 올려주고 상을 내린 것은 하북 사람들의 인심을 얻으려는 수작입니다. 이것은 머지않아 우리에게 커다란 화근이 될 것입니다. 조조는 후한 사람이며 투항한 장수를 열후에 봉한다고 소문이 나면 앞으로 누가 조조와 대항해서 싸우겠습니까? 모두 항복하고 말지요. 그러니 주공께서는 먼저 여광·여상의 벼슬을 더욱 높여서 대장으로 봉한다고 하십시오. 즉, 주공께서는 대장인 두 개를 만들어 은밀히 여광·여상에게 보내도록 하세요. 그러면 주공께서 이들을 언제든지 장군으로 중용하실 의향이 있다는 것을 보이신 셈이 됩니다. 그렇게 하여 이들과 항상 내응하고 있다가 조조가 원상을 격파하는 것을 기다려 조조군을 기주 땅에서 몰아내는 데 이들의 힘을 이용하면 됩니다."

원담은 곽도의 진언에 따라 대장의 직위를 보장하는 징표로 대장인 두 개를 만들어 몰래 여광·여상에게 보냈다. 그런데 대장인을 전해받은 여광·여상은 이것을 곧바로 조조에게 바쳤다. 이들은 이미 완전한 조조의 사람이 돼 있었다. 이들은 일찌감치 원담은 천하를 도모할 위인이 아니라고 판단했던 것이다. 조조는 여광·여상에게 크게 예를 갖추어 인사하고 고마워했다.

"두 분께 뭐라고 감사의 말을 드려야 할지 모르겠소. 원담이 대장인을 몰래 보낸 것은 장군들께서 원담과 내응하여 내가 원상을 격파하면 이내 기주를 가지려는 속셈이 아니겠소? 정말 고맙소. 제가 그동안 인생을 잘못 살지는 않았나 봅니다. 일단 대장인은 두 분께서 지니고 계시오."

조조는 이미 짐작한 일이지만 원담을 그대로 두어서는 안 되겠다는 생각을 확고히했다. 조조는 일단 허도로 철수했고 다시 한 해가 지났다.

〈4권에 계속〉